ELLA LO SABE

ELLA LO SABE

Lorena Franco

1.ª edición: junio, 2017

© Lorena Franco, 2017
© Ediciones B, S. A., 2017
    Consell de Cent, 425-427 - 08009 Barcelona (España)
    www.edicionesb.com

Printed in Spain
ISBN: 978-84-17001-09-4
DL B 8121-2017

Impreso por Rodesa

A Celso.
Sé que te hubiera encantado
leer esta historia.

SÁLVATE TÚ, YO YA ESTOY MUERTA

El Monstruo está cerca, lo noto.

En el interior de mi cerebro, martilleos y risas absurdas quieren jugar conmigo y volverme loca.

Tengo una venda en los ojos, y no puedo desatarla con las manos tan entumecidas.

Es un lugar minúsculo y claustrofóbico, apenas puedo respirar.

El suelo y las paredes están fríos y húmedos, siento escalofríos; quiero ponerme en pie, pero me tiemblan demasiado las piernas.

He intentado gritar pero ha sido en vano: mis cuerdas vocales se han quedado sin fuerzas.

No es la primera vez que el cuerpo no me pertenece, pero sí es la ocasión en la que más miedo me da.

Tendría que haber dejado a un lado mi obsesión por la oscuridad del alma y huir, mucho antes de descubrir la carta.

Ahora ya no tengo escapatoria.

Querría volver a olvidar.

Doy vueltas sobre mí misma, intento protegerme con mi propio cuerpo.

¿Estoy muerta? ¿Así es la muerte?

«Ya quisieras estar muerta», me dice la voz, esa que desapareció hace un tiempo; siempre hiriente, siempre realista y sarcástica.

Si muevo la mano solo un milímetro más puedo volver a tocar esa mano fría y viscosa, como si estuviera en estado de descomposición. No sé quién hay a mi lado, acompañándome en esta pesadilla; pero, en el caso de que sea una persona, está muerta. Porque aquí huele a muerte por todos y cada uno de los rincones que no puedo ver.

La ha matado el Monstruo, vete a saber cuándo. Y estoy segura de que en unos minutos también me va a matar a mí.

Deseo con todas mis fuerzas mitigar de alguna forma el terror que siento.

Quiero hacer desaparecer los martilleos y las risas.

Debo salir antes de que el Monstruo vuelva.

Finalmente consigo ponerme en pie y con desesperación voy palpando las paredes húmedas buscando una salida, alejándome tanto como puedo de esa mano.

Intento comunicarme con mis pesadas piernas para que dejen de temblar, decirles que las necesito, aquí y ahora, porque tengo que huir a alguna parte, hacia mi salvación.

Pero nada sale nunca como lo planeo. Nada.

Una llave se introduce en el cerrojo de una puerta. Ya ha entrado, ya está aquí. Noto que me observa, su risa resuena como un eco de ultratumba.

—¿Por qué, Andrea? ¿Por qué? —pregunta con fingida condescendencia.

Esa voz. Esa voz.

Un objeto punzante me golpea fuertemente en la cabeza y me quedo tendida en el suelo.

El martilleo y las risas desaparecen.

Estoy segura de que en poco tiempo dejaré de respirar.

—Me duele... —le digo con las pocas fuerzas que me quedan, apenas en un murmullo, buscando absurdamente algo de piedad.

El Monstruo no contesta. En silencio, se agacha junto a mí. Su aliento desprende toda la maldad que anida en su alma; esa maldad que no supe ver.

Me arranca la venda de los ojos para que lo mire por última vez.

En mis últimos segundos de vida me pregunto si realmente conocemos a quienes nos rodean.

Primera parte

Cerrar los ojos no va a cambiar nada.
Nada va a desaparecer
simplemente por no ver lo que está pasando.
De hecho, las cosas serán aún peor
la próxima vez que los abras.
Solo un cobarde cierra los ojos.
Cerrar los ojos y taparse los oídos
no va a hacer que el tiempo se detenga.

Haruki Murakami

ANDREA

Lunes, 8 de junio de 2015

EL ANIVERSARIO

Hoy es mi aniversario. No cumplo años, ni coincide con el día de mi boda o algo por el estilo. Hoy se cumplen dos años desde que salí de la prisión en la que se convirtió nuestro apartamento de la estrecha calle Santa Anna, en Barcelona, para entrar en otra jaula que pensé que sería mi salvación. Pero no lo fue; solo consiguió alejarme aún más de todo.

Sé que Nico, mi marido, aún me culpa por haberme encaprichado de aquel asfixiante apartamento que, aunque lo reformamos a nuestro gusto, se convirtió en la peor decisión que podríamos haber tomado. Quizás hasta me odia por haber tenido que vivir durante años en un lugar en donde todos los vecinos nos dieron la espalda. Además, el sol nunca hacía acto de presencia y nos agobiaba tener que encender las luces para alumbrar el salón. Suciedad, borrachos gritando en la calle a las tres de la madrugada, turistas...

Insistí en ir a vivir allí por ser uno de los escenarios emblemáticos de la que para mí es una de las mejores novelas de todos los tiempos: *La sombra del viento*, de Carlos Ruiz Zafón. Allí, en esa misma calle, haciendo esquina con la emblemática avenida Portal de l'Àngel, vivía su protagonista, Daniel Sempere, y no podía dejar de imaginar que podría ser capaz de traspasar el papel escrito y viajar hacia los años cuarenta en busca de ese momento en el que el joven devora la novela ficticia de Julián Carax con tanta intensidad como lo hacía yo cada vez que me sumergía en las páginas del libro.

Me preguntaba si Daniel Sempere también vivía este tipo de calamidades en sus tiempos; y entonces me reía de mí misma al reconocer que me estaba volviendo loca: Sempere no existía; tampoco su piso, aunque a menudo me daba por imaginar que Zafón se había inspirado en el mío. Pero lo que sí es seguro es que Sempere no tenía que soportar todas las quejas de mi marido, que nunca supo la importancia que tenía ese libro para mí; ese ejemplar en concreto, que desapareció entre el centenar de cajas de la mudanza cuando dejamos el apartamento. Aún tengo la esperanza de encontrarlo, porque lo necesito, a pesar de tener cada capítulo grabado en mi mente.

«[...] y caminábamos por las calles de una Barcelona atrapada bajo cielos de ceniza y un sol de vapor.»

Cuántas veces soñé con el momento en el que, con mi mano entrelazada a la de Nico, lo llevaba a conocer el Cementerio de los Libros Olvidados, haciéndole prometer que guardaría el secreto. Qué estúpida me siento a veces por no saber distinguir la mentira de la verdad, la ficción de la realidad...

No sé en qué momento empecé a mezclar alcohol con pastillas para dormir, en qué momento inicié mi declive hacia los infiernos. En realidad sí lo sé, pero he preferido olvidarlo porque duele demasiado. A veces lo recuerdo, solo a veces... y entonces me repito «La vida es demasiado valiosa para desperdiciarla». Pero vuelvo a la realidad y se me olvida ese lema, que antes, hace muchos años, era casi como un mandato que cumplía a rajatabla.

Nico ganaba lo suficiente como para mantenernos con comodidad a los dos, así que me empeñé en escribir novela negra, algo que me tenía encerrada en casa noche y día sin conseguir ni una línea que valiera la pena. Además, nos habíamos alejado de nuestros amigos poco a poco, aún no sé por qué, y la única persona con quien me relacionaba era nuestra vecina Clara, que con sus frecuentes visitas a casa me hacía ver que no era una fracasada, sino una persona con sueños y objetivos que algún día, aunque ese momento aún tardara en llegar, brillaría con luz propia sin tener que depender de mi marido ni de nadie.

Clara era especial. Era tres años mayor que yo y vivía en compañía de dos gatos. Era increíblemente atractiva, alta y esbelta, con esa hermosa melena rubia; de ese tipo de personas que yo siempre he envidiado y que con solo entrar en un lugar lo iluminan todo con su radiante sonrisa.

Muchas veces la echo de menos. Otras veces la olvido.

Las últimas personas que vimos a Clara con vida fuimos Nico y yo. Normalmente nos gustaba salir a cenar los tres al restaurante La Lluna, situado cerca de casa. Su luminoso salón nos transportaba a los años veinte y éramos grandes aficionados a su crema de calabaza y al delicioso salmón al vapor con ravioli cremoso de brócoli. Sin embargo, esa noche, Clara nos invitó a su apartamento y cenamos unas pizzas; luego Nico y yo nos fuimos a dormir y ella se quedó con sus gatos.

Al día siguiente, nos despertó la sirena de los coches de la policía que aparcaron frente a nuestro edificio. Aunque la presencia policial en el barrio era muy frecuente debido a robos o peleas, tuve un mal presentimiento desde el principio, y me vino a la mente el último momento en el que vi a Clara, cuando me despedí de ella la noche anterior: me miró fijamente a los ojos, me dedicó una media sonrisa que me pareció la más triste que había visto en mi vida y, queriendo decir algo muy distinto a un simple «Buenas noches», se limitó a acariciar mi hombro en un gesto cariñoso de despedida.

Al salir al rellano, mi mal presentimiento se confirmó: el apartamento de mi amiga estaba acordonado y un policía sostenía a los dos gatos, que maullaron pidiéndome ayuda en cuanto me vieron.

—¡Ellos, ellos fueron los últimos que la vieron! —gritó, señalándonos, el señor Gregorio, que vivía enfrente de Clara y conocía todos y cada uno de los movimientos de su joven y atractiva vecina.

—¿Q-qué ha pasado? —preguntó Nico, tan confuso como yo.

—Aún no lo podemos confirmar, pero parece ser que su vecina ha muerto por una sobredosis de heroína que le ha provocado un paro cardíaco —nos respondió otro de los policías.

—¿Cómo? —pregunté alarmada y aún medio dormida—. Eso es imposible, Clara es... No, joder. Clara era la persona más sana del mundo —acerté a decir, ante la mirada reprobatoria de Gregorio, como si yo tuviera algo que ver en lo sucedido.

Ocurrió la madrugada del lunes 15 de abril; han pasado poco más de dos años y ha sido la tragedia que ha marcado mi vida para siempre.

La policía interrogó a todos y cada uno de los vecinos y con más insistencia a Nico y a mí, ya que, efectivamente, habíamos sido los últimos en ver con vida a Clara, aunque en ningún momento fuimos sospechosos de nada. En el momento de la muerte de Clara, estábamos durmiendo plácidamente y, aunque no podíamos demostrarlo, nuestra visible tristeza por lo sucedido lo demostraba.

Nico, al ser abogado y miembro de un prestigioso bufete, pudo indagar entre sus contactos, y así nos enteramos poco después de que, tras la autopsia y la casi inexistente investigación, determinaron que fue una muerte accidental. Según ellos, no había nadie involucrado en su muerte; sin embargo, yo me negaba a creer que eso fuera cierto.

No, qué va. Podían engañarse a sí mismos, podían engañar al resto, pero siempre pensé que alguien había entrado en mitad de la noche en el apartamento de Clara, acabando con su vida de una forma cruel y a la vez muy bien preparada, sin cometer un solo error. Sin embargo, para la policía, lo más cómodo era pensar que Clara era una drogadicta.

Recuerdo también que en su funeral lloré como nunca, y Nico tuvo que llevarme a casa sin poder ir al cementerio; y a lo largo de estos dos años, en soledad, lo he seguido haciendo cada vez que pienso en ella.

Pero ese no fue el fin de la historia, porque poco después los vecinos empezaron a hacernos la vida imposible. Más de uno creyó, al igual que yo, que alguien había matado a Clara, pero nos culparon a nosotros y se dedicaron a escribir con pintura roja en nuestra puerta palabras tan soeces como «Hijos de puta» o «Monstruos».

Fue entonces cuando empecé a convertirme en quien soy ahora. Imagino que a Nico también le marcó la muerte de Clara y sus consecuencias, aunque de forma distinta; es como si siempre lo observara todo desde la lejanía y no le tocara de manera tan profunda y directa como a mí.

Para dejar atrás nuestro pequeño y tormentoso apartamento, donde llegué a temer por la seguridad de mi marido y por la mía, nos mudamos a esta remodelada urbanización a las afueras de Mataró construida en el año 1965, con sus idénticas y monótonas casitas de ladrillo rojo de dos plantas y abundante naturaleza alrededor, buscando un refugio tranquilo donde poder formar una familia y alejarnos de lo que aún considero el infierno de Barcelona.

Pero las cosas no fueron mejor; y el bebé no llegaba. Durante los primeros meses estuve tomando ácido fólico y adaptando mi alimentación a las nuevas circunstancias. Pero lo que Nico no sabe es que me he convertido en una asquerosa adicta a los tranquilizantes, que me están destrozando el cuerpo y que son, estoy convencida, los que me impiden crear una nueva vida en mi interior.

Y hoy es el aniversario de nuestra llegada a esta urbanización, donde mis sueños se vieron truncados al darme cuenta de que, a veces, la felicidad no tiene nada que ver con el lugar en el que vives o las personas que te rodean. Casi siempre depende de ti. Si tú no estás bien, no lo estarás en ningún sitio y mucho menos con nadie. No puedes cambiar ni tu interior ni tus recuerdos. Qué pena me da Nico... qué pena me doy yo.

Ya lo decía Zafón: «Hay peores cárceles que las palabras.»

Como cada mañana desde hace dos años, observo la rutina del vecindario desde la discreta ventana de mi cocina. Saboreando el café que me acabo de servir. Quiero saber si la hermana octogenaria de la señora Dolores, que está a punto de ir a hacer la compra, ha muerto o no. Mi imprevisible y serio vecino que vive dos casas más abajo —y que, según me dijo la señora Dolores, se llama Antonio y tiene cincuenta y tantos años—, como siempre hace una o dos veces al mes, ha lanzado una de sus enormes y pesadas bolsas de basura al contenedor. Lo hace con discreción, mirando hacia un lado y hacia el otro, sin saber que yo soy la única que lo vigila de cerca. Me gustaría saber qué habrá dentro de esas bolsas para que pesen tanto. No me atrevo a preguntárselo, porque nunca he hablado con él.

María y Carlos, su marido, se dan un beso en la puerta de

su casa; están tan enamorados... Él, siempre tan correcto y con actitud reservada, tan pulcro y bien afeitado; ella, con esa elegancia natural, perfectamente arreglada desde primera hora de la mañana. Él acaricia la media melena negra y sedosa de María y se dirige hacia el coche, desde donde se gira y hace un último gesto de despedida; ella le sonríe mostrando su dentadura perfecta mientras acaricia su vientre disimuladamente.

Alicia, siempre absorta en su mundo, hace *footing* con los cascos puestos. Tras ella, su perro *Matías* —al que quiere más que a Ismael, el nuevo chico que acaba de instalarse a vivir con ella—, corre a gran velocidad moviendo su larga lengua de un lado a otro. Federico, un hombre sabio de ochenta y tantos años, les da de comer a unos cuantos gatos callejeros en la esquina por donde Carlos, con su coche, acaba de desaparecer, y Alicia, a paso rápido, también. Mi imaginación empieza a divagar e imagino a la joven Alicia y a Carlos liados, engañando a sus respectivos y viviendo una tórrida relación a escondidas.

María, que acaba de sacar unas cuantas cartas del buzón, me saluda agitando exageradamente la mano izquierda y yo le respondo ladeando la cabeza y sonriendo. Es la única que conoce mi afición por el espionaje desde la comodidad de mi cocina. Nadie, salvo ella, conoce mi secreto. Y parece no importarle.

Esta es una calle tranquila, repleta de pinos y arbustos que separan las casas de una pequeña urbanización como cualquier otra, donde nunca pasa nada.

«Aquí nunca pasa nada —me dijo un día María—. Pero, si pasara, tú lo sabrías; y nadie se libraría de ir a prisión en el caso de que le diera por asesinar a alguien.»

¡Hacía tiempo que no me reía tanto! En ese momento pude visualizar al viejo Federico con una de las escopetas de caza que sé que guarda en su garaje acabando con la vida de la señora Dolores, harto de que ella ponga el volumen del televisor demasiado alto de madrugada. O al rarito de Antonio envenenando a la joven Alicia porque su perro ha descubierto qué era lo que había en una de las bolsas de basura que tanto me inquietan y me obsesionan. Además, muchas tardes, carga con dos abultadas maletas que pone en el maletero del coche antes de salir discretamente hacia vete a saber dónde. ¿Es Antonio un asesino descuartizador? Algún día, en la oscuridad de la noche, cuando las luces se apaguen y todos duerman, saldré a la calle y abriré una de las bolsas. Quizá no descubra nada importante o interesante. Quizás encuentre dentro cachitos de carne humana podridos. Supongo que lo mejor sería que dejara de obsesionarme con el pobre Antonio y pensara que su seriedad no es más que el fruto de la soledad y claustrofobia que se siente muchas veces al vivir aquí.

Aparentemente, es un lugar agradable y de ensueño, pero poco a poco te encierra y te atrapa como si de una jaula se tratase. Cada vez da más pereza coger el coche e ir hasta el centro de Barcelona, a tan solo media hora de aquí, pero tan lejos en mi pensamiento. Siempre la misma gente, siempre la misma angustia, la misma locura de ver diariamente esas caras que muestran una historia muy diferente de la que ocultan.

A nuestra calle le falta algo que le sobra a la de atrás: niños. Sus risas se oyen a lo lejos; así como sus berrinches y los gritos histéricos de sus padres, que a menudo no saben cómo lidiar con los típicos conflictos infantiles a los que se enfrentan. Supongo que deben de saber que tienen suerte, pero tal vez no lo piensen a menudo. Ojalá tuviera a un renacuajo correteando por aquí, rompiéndome jarrones, despertándome los fines de semana a las siete de la mañana, escondiéndome utensilios de cocina o poniendo en peligro su vida colgándose de la lámpara del salón. Lo que daría yo por saber si heredaría mis ojos azules y mi cabello castaño; o, por el contrario, quizá tendría ese atractivo salvaje de Nico. Ignoraría mi querida ventana, esa que ahora, con el calor infernal del verano y mi imposibilidad de dormir bien, me atrapa durante horas. Con un niño en casa no me obsesionaría con las bolsas y maletas de Antonio o con el feliz matrimonio de Carlos y María.

Me he hinchado como un globo por culpa del ácido fólico, los tranquilizantes y el alcohol, y duermo mal desde hace tanto tiempo que ya ni lo recuerdo. De hecho, «dormir mal» no sería exactamente la expresión, porque apenas puedo conciliar el sueño, a pesar de las pastillas. Cierro los ojos y, como si de una tradición se tratara, me desvelo al momento para contemplar durante toda la noche el cabello negro y despeinado de Nico dándome la espalda. A veces me aburro y voy hasta mi estudio con la intención de escribir, pero, en la mayoría de las ocasiones, bajo hasta la cocina donde se está más fresquito y miro a través de la ventana la frialdad de la oscura noche estival. Pienso en lo culpable que me siento, porque sé que Nico desea tanto o más que yo un hijo que no puedo darle. Hace un tiempo hablamos de la posibilidad de realizar una fecundación *in vitro*, aunque siempre he tenido un resquicio de esperanza y pienso que en cualquier momento podría quedarme embarazada de forma natural. El problema ahora es que desde hace dos meses Nico no quiere hacer el amor. Me rechaza como si fuera una completa desconocida; parece estar apartándome de su vida, y lo peor de todo es que yo no puedo imaginar la mía sin él.

Nos conocimos hace diez años, cuando yo era una ingenua de veintitrés y él un guaperas de veinticinco. Estábamos cada uno con nuestro grupo de amigos en la entrada de un cine, y tanto él como yo no nos poníamos de acuerdo con la película que querían ver nuestros amigos. Nico se dio cuenta de que me ocurría lo mismo que a él, así que se acercó y, con su sonrisa burlona y un poco chulesca, y esa mirada algo gamberra de ojos rasgados color miel, me propuso que entráramos juntos a ver la peli: «Creo que nuestros gustos son un poco más selectos.» Y así acabamos él y yo, dos completos desconocidos, en una sala vacía disfrutando de la película *Elsa y Fred*, mientras el resto del mundo engullía palomitas deleitándose con los músculos de Brad Pitt y los ojazos de Angelina Jolie en *Sr. y Sra. Smith*.

Hace tiempo que dejó de quedarse con la mirada suspendida mientras me observaba; hace tiempo, demasiado, que no oigo su voz ronca —«Eres tan preciosa...»— después de un orgasmo infinito mientras yo, extasiada, acaricio su tez morena y su cabello revuelto. Demasiado tiempo hace que Nico no vive por mí. Ya no es el hermoso héroe que conocí.

Oigo que baja las escaleras.

—Hola —saluda secamente.

—Hola —repito sin mucho entusiasmo.

—¿Qué vas a hacer hoy? —pregunta. Se sirve una taza de café y coge una tostada.

—Tengo cita con la ginecóloga... Podrías venir —sugiero, mirándolo fijamente para ver si así consigo que él haga lo mismo. «¡Estoy aquí! ¡Mírame! ¿Por qué no me miras como antes? ¿Por qué has dejado de hacerme sentir la mujer más especial del mundo?»

—¿Para qué?

—Para ver qué decidimos, Nico, si hacemos la *in vitro* o no.

—Decide tú. Haz lo que quieras —contesta con indiferencia.

Y va a ducharse.

Poco tiempo atrás, me habría dado un beso antes de darme los buenos días. Ahora, solo un saludo seco desde la distancia; y solo me besa si yo se lo pido cuando está a punto de salir de casa. Y, sinceramente, no me gusta ser una mujer florero que tiene que ir detrás de su marido para conseguir un beso a modo de premio. ¿En esto me he convertido? ¿En serio? Es una maldita broma pesada.

«Te odio. Te odio. Te odio», dice una vocecita en mi cabeza, que hace que de repente tenga ganas de mezclar alcohol con pastillas en su presencia. Su comportamiento me hace pensar que sí sabe algo de mi adicción, y que me odia por ello. Cuando él está en casa, controlo la dosis. Cuando se va de viaje, todo cambia y no tengo control.

Una noche en la que Nico estaba en Zaragoza por un asunto del bufete, María vino a cenar a casa, y cuando ella se fue logré evadirme de todo, olvidarme incluso de quién soy. No sé cómo demonios acabé tirada en el garaje desnuda. Tampoco sé cómo me hice un corte profundo en el labio ni por qué tenía un moratón en la frente. Sin embargo, la sensación de sufrir lagunas en mi mente me conquistó por completo. Desde entonces, deseo que Nico viaje más y me deje sola para no tener que medir los medicamentos que ingiero. La locura es una adicción peligrosa, pero la única que ahora mismo puede salvarme.

Él tiene su rutina. Sale de casa, se va al bufete, en el centro de Barcelona, y vuelve absorto en sus asuntos. Mis días son distintos: prácticamente paso todo el día en casa, creando historias en mi mente que no sé todavía hacia dónde irán, esperando algún día poder verlas reflejadas en papel; y mi única distracción es contemplar la vida ajena, para así dejar de pensar que la mía se va al garete.

Reprimo las lágrimas por la indiferencia de Nico y vuelvo a fijar la mirada a través del cristal de la ventana. Son las ocho de la mañana y la mayoría de mis vecinos se han ido a trabajar. Dentro de cinco minutos aparecerá Alicia con *Matías* finalizando su rutina deportiva o el escarceo con Carlos que solo existe en mi mente, para así llegar puntual al trabajo. María quizá coja el coche para ir a hacer la compra a las nueve; la señora Dolores, que tiene el jardín más bonito y cuidado de la calle, regará las rosas a las diez y media y Federico saldrá de casa para decirle: «¡Ay, Dolores! Qué suerte tenerte en esta calle, los jóvenes de hoy en día no quieren saber nada de flores.» Es cierto. Los jardines del resto de las casas son sosos, a duras penas cortamos el césped los fines de semana y salvamos la vida como podemos a los pocos árboles frutales que ya estaban plantados cuando vinimos a vivir aquí.

A mi vecino Antonio no se le volverá a ver el pelo hasta las siete de la tarde en que, como siempre, con las dos maletas, cogerá el coche y se irá hacia un destino que desconozco. Y me prometo que esta será «la noche»: hoy desenmascararé al misterioso vecino que, en realidad, es un asesino en serie. Pero es algo que pienso cada día al despertar y que luego, al atardecer, nunca me atrevo a llevar a cabo; esto no es una película de serie B de las que echan a las cuatro de la tarde los fines de semana.

Y yo seguiré en casa, intentando unir palabras que tengan sentido para finalizar mi novela, mientras mi marido está encerrado en su despacho de la calle Muntaner, con una secretaria que seguro que es más joven que yo y también mucho más guapa.

Nico vuelve a entrar en la cocina ya con el abrigo puesto.

—¿A qué hora llegarás hoy? —le pregunto, dando un último sorbo a mi café.

—Intentaré venir pronto, hoy llega Víctor.

—¿Víctor?

—Mi hermano.

—¿Cómo que viene tu hermano?

—Te lo dije la semana pasada, Andrea. Se quedará en casa unos días.

No me lo dijo. O quizá sí y no lo recuerdo.

—Pero vive en San Francisco, ¿no? ¿Viene de vacaciones?

—No, creo que lo ha dejado todo y vuelve a Barcelona, pero no lo sé con seguridad —informa Nico—. Será solo por unos días, no pasa nada. Es mi hermano, ¿vale? Si necesita ayuda, yo estoy aquí.

—¿Necesita ayuda? ¿Le ha pasado algo? —pregunto fingiendo estar alarmada, aunque en realidad me importa un pimiento.

—¡No sé! Solo me preguntó si podía quedarse en casa, nada más. Parecía un poco nervioso, pero siempre ha sido muy raro, así que no le di importancia. Choca mucho con nuestros padres y prefiere quedarse aquí.

—Qué bien —digo irónicamente.

—Llegaré pronto, ¿vale? Creo que Víctor estará aquí sobre las seis.

Me he cansado de pedirle besos de despedida, así que dejo que se vaya y mientras lavo las tazas de café miro ausente cómo Nico se aleja por la calle con el coche, a sesenta kilómetros por hora: una velocidad excesiva, tendría que ir a treinta.

Solo he visto a Víctor dos veces y de eso hace muchos años. Apenas tiene contacto con Nico o con sus padres, se llaman una vez cada tres meses y creo que vive de lo que estudió, arquitectura. Nunca me ha caído especialmente bien y esa indiferencia que siente hacia la familia es lo que menos me agrada. Cuando lo conocí me pareció soberbio y en ningún momento mostró ningún interés por la pareja de su único hermano. No me preguntó qué tal estaba, no se interesó en saber en qué trabajaba y ni siquiera quiso saber si era de Barcelona o de cualquier otro lugar del mundo. Es lo típico que se le pregunta a alguien a quien acabas de conocer, hasta dudo mucho que recuerde cómo es mi cara. En ninguna de las dos ocasiones facilitó que yo me acercara a él para entablar una conversación; era como si no permitiera a nadie traspasar la barrera que él solito, y por motivos que desconozco, se ha creado. Un tipo raro y silencioso, que en estos momentos no me apetece tener en casa.

A pesar de eso, pienso que Nico debería estar más unido a Víctor. Tampoco ha sugerido nunca que fuéramos a San Francisco para visitarlo. Siempre he creído que si yo tuviera hermanos estaría muy ligada a ellos, aunque solo fuera por el hecho de compartir los mismos genes. Pero ellos no. De hecho, Nico habla muy poco de Víctor.

Pensar en la familia de mi marido me recuerda que hace días que no hablo con mi madre... Quizá la llame luego.

Subo con desgana las escaleras, entro en el dormitorio, hago la cama y recojo la ropa sucia. Acto seguido, me doy una ducha de cinco minutos y me visto con lo primero que encuentro en el armario, unos simples tejanos y una camiseta gris. Hace tiempo, no mucho, habría estado media hora frente al armario decidiendo qué ponerme. Era coqueta, no estaba hinchada como un globo y me gustaba vestir bien.

«La mujer de un abogado y aspirante a escritora de novela negra debe vestir con distinción», solía pensar.

Ahora me da igual. Mis ojos azules, un color deseable para los comunes marrones, carecen de brillo y están hinchados y ojerosos. Unas arruguitas se asoman disimuladamente mientras que en la comisura de los labios lo hacen de manera descarada e hiriente. Debería haberme cuidado más, no debería fumar tanto y podría haber comprado más cremas hidratantes de las que suelen anunciar las famosas en televisión. Recojo mi cabello maltratado, seco y con alguna cana indeseable en un moño que no me queda tan bien como quisiera, y me empeño en querer dar de sí la camiseta, intentando agrandarla para disimular las lorzas que sobresalen de los tejanos.

Minutos más tarde, soy yo la que conduce con pereza hasta el centro de Barcelona para acudir a la consulta de mi ginecóloga, preguntándome si alguien me ha observado tras alguna ventana indiscreta en la intimidad de su hogar.

Me apetece huir de la triste sala de espera del hospital, dejar de ver el horrendo color verde de las paredes y no pisar nunca más estas baldosas de mármol gris. Algunas mujeres han entrado antes que yo y en todas he visto ese brillo especial en los ojos que yo también tuve una vez. Puede que ya estén embarazadas de pocas semanas o que la misma ginecóloga, que lo único que ha sabido decirme en cada visita es: «Ten paciencia, llegará», les haya dado esperanzas reales de que a ellas sí les llegará el deseado embarazo. Claro que es posible que se cuiden más que yo y sean capaces de dejar una peligrosa adicción para cumplir con el deseo de ser madres. Yo no he sido capaz, no soy capaz; y me siento una basura por eso.

Últimamente se me hace muy difícil ver a una mujer embarazada. Cuando me topo con alguna, la miro y pienso: «¿Por qué yo no? ¿Por qué ella sí y yo no?» Me fustigo, me deprimo y solo me apetece encerrarme en una habitación oscura y llorar hasta quedarme sin lágrimas. Y encima me siento abandonada y rechazada por el hombre con el que comparto mi vida desde hace diez años.

Es duro cuando la gente te pregunta: «¿Para cuándo el bebé?» Si eso a lo que llamamos «pensar» se nos diera un poquito mejor jamás le preguntaríamos a una pareja algo así, sin saber en qué circunstancias se encuentran.

—Andrea Fernández —dice una joven morena desde el umbral de la puerta de la consulta, vestida de blanco y con una mirada tan agradable como su sonrisa.

Entro en la consulta con decisión aunque por dentro estoy hecha un flan. ¡Como si algo hubiera cambiado!

—¿Cómo estás? —pregunta Marta, mi ginecóloga de

toda la vida. Es una mujer de unos cincuenta y tantos años; de cabello gris y ojos claros que inspiran confianza. No suele sonreír mucho, pero, cuando lo hace, muestra unos dientes blancos y perfectamente alineados.

—Bastante bien —miento.

Tras examinarme exhaustivamente, nos sentamos una frente a la otra a la mesa de la consulta.

—¿Qué hacemos, Marta? —le pregunto indecisa.

—En tu caso no hay ningún problema de edad, eres joven, solo tienes treinta y tres años. Es extraño que en todo este tiempo no haya ocurrido, Andrea. Pero no tienes que desesperarte, los hay que tardan mucho más. —Me mira con lástima. No soporto que la gente me mire con lástima. Luego ojea de nuevo mi historial. Sabe que juego con tranquilizantes desde hace dos años, aunque no conoce la cantidad exacta. Le he ocultado información durante todo este tiempo y cree que tampoco es algo que pueda perjudicarme a la hora de quedarme embarazada—. Las pruebas no indicaron problemas de fertilidad ni en tu marido ni en ti, y sigo sin ver nada anómalo. Tú —duda un instante—... ¿qué quieres hacer?

Silencio. Estoy tan acostumbrada a reprimir las lágrimas que lo único que me delata es un leve temblor en el mentón. Por lo demás, aguanto el tipo, me encojo de hombros y arqueo las cejas, esperando que sea ella quien me diga qué debo hacer.

—Tenemos varias opciones —empieza a decir—. Verás, te voy a hablar de tres tratamientos para la fertilidad. No está todo perdido, Andrea. Hay soluciones, ¿de acuerdo? Aunque siempre nos queda la opción de esperar. Tal y como te he comentado, en comparación con otros casos, un año de espera no es nada. —Toma aire un momento y entrelazando los dedos se dispone a hablarme de opciones que quiero escuchar con atención—. Por un lado tenemos la hiperestimulación ovárica controlada, por ejemplo. Consiste en tomar ciertos medicamentos para ayudar a liberar un óvulo. No se trata de ácido fólico, proteínas y una dieta equilibrada como has estado haciendo; sino que te recetaría citrato de clomifeno, que es el medicamento más común para ayudar a las mujeres a ovular, o gonadotropinas, que se administran con inyecciones. ¿Bien?

—¿Hay efectos secundarios? Porque el ácido fólico y las proteínas me han hinchado. —Y el whisky y los tranquilizantes... Pero, obviamente, es algo que no le voy a decir.

—Sí, los hay. En el caso del citrato de clomifeno puedes sentir molestias de estómago, tener sofocos, cambios de humor y dolor en los senos. Con las inyecciones de gonadotropinas puede haber hinchazón y dolor en la parte inferior del abdomen. Pero es lo más sencillo, Andrea. En tu caso, yo no haría una intervención quirúrgica para reparar parte del sistema reproductivo, como puede ser una cirugía en las trompas de Falopio para ayudar a que los óvulos pasen de los ovarios al útero.

—No. Mucho más fácil medicarme.

Suspiro y me froto los ojos.

—Y la fertilización *in vitro* de la que ya hablamos.

—Lo más sencillo es la medicación. Lo de inyectarme me da un poco de cosa. —Me entran escalofríos solo de pensar en inyectarme algo vía intravenosa—. Me quedo con la pastilla.

—El citrato de clomifeno.

—Es en pastilla, ¿no?

Marta asiente y procede a hacer la receta en silencio. Temo que ahora el citrato de clomifeno que acabo de conocer se convierta también en una adicción para mí. Como si el hecho de engullir una pastilla tras otra fuera a salvar mi matrimonio con Nico.

—Viene envasado en forma de tabletas, tómate una al día

siempre a la misma hora durante cinco días, empezando el día cinco del ciclo o alrededor de esa fecha, ¿de acuerdo? Y Andrea, por favor, no lo mezcles con tranquilizantes... ¿vale?
—No digo nada porque no puedo prometérselo, es superior a mí—. Ven a verme en dos semanas y vamos viendo.

Me despido de Marta aún con la receta en la mano. Aunque un año de espera sea poco tiempo según ella, me pregunto por qué no llegamos a esta posible solución antes de que mi matrimonio estuviera a punto de naufragar; antes de que Nico me ignorara como si fuera un perro callejero. Dudo mucho que vaya a buscar el dichoso medicamento nuevo a la farmacia, ¿qué sentido tiene ahora? No querría traer al mundo a un niño que no fuera deseado, no me lo perdonaría jamás.

Guardo la receta en el bolso y salgo del hospital recordando que hoy viene el hermano de mi marido y que lo que menos me apetece en estos momentos es tener a mi cuñado en casa.

LA VISITA DE UN EXTRAÑO

Alicia vuelve a casa respetando la señalización de ir a treinta kilómetros por hora. Sé que su novio Ismael no trabaja porque lo he visto dando un tranquilo paseo con *Matías* hace un rato. No he cruzado ni media palabra con él, pero no es un tipo con el que me apetezca entablar conversación. Creo que fuma porros y bebe en exceso entre los matorrales de la urbanización, en los que he visto latas de cerveza tiradas sobre el césped; y a menudo parece que no sabe que puede lavar sus rastas con champú. Alicia no sabe elegir bien a sus novios, pero no seré yo quien le dé consejos. Ni quiero ni puedo.

La señora Dolores lleva unas dos horas sentada en el porche de su casa con un vaso de limonada. Finge leer, pero lleva más de media hora sin pasar página.

Antonio saldrá de casa en media hora, aunque lo he visto a las tres de la tarde metiendo sus abultadas maletas en el coche.

Federico, como siempre, le ha estado dando conversación a la señora Dolores durante más de tres horas. Habrán hablado del tiempo, del calentamiento global, de lo guapos que eran en los años cuarenta y en el poco caso que les hacen sus respectivos hijos. Ahora estará viendo cualquier documental de la 2, sentado en su sillón orejero de piel marrón, con una tacita de té verde en la mesita de centro.

No he visto a María en todo el día; normalmente la veo salir de casa frecuentemente, siempre ocupada, yendo de un lado para otro. Estos últimos días ha salido poco. Suele venir a media mañana a tomar un café y a hablar conmigo, pero puede que hoy haya llamado al timbre en el momento en el que yo estaba en la consulta de la ginecóloga. Lo cierto es que, aunque hablemos mucho, no nos contamos nada interesante, porque tampoco nos conocemos tanto.

María y Carlos se instalaron en la casa de enfrente hace diez meses. Al conocerlos vi la luz, después de comprobar que no me apetecía alzar la voz en cada conversación para que Federico y la señora Dolores me oyeran correctamente; que no tenía nada que ver con Alicia, una niña bien cuyos padres retirados en una aldea gallega le han dejado la casa para ella sola y sus múltiples parejas «estables»; o con Antonio, de quien solo puedo decir que su vida me resulta misteriosa. Pensaba, pues, que con María y Carlos nos llevaríamos bien, porque tenemos aproximadamente la misma edad; que quedaríamos a menudo para cenar o hacer planes juntos... pero nada de eso ha ocurrido a lo largo de este tiempo; solo nos invitaron una vez a cenar, al poco de mudarse aquí. Creo que a Nico no le caen muy bien, y preguntarle la razón sería inútil, porque no soporta al ochenta por ciento de la humanidad. Sin embargo, a mí me gustan, sobre todo María, que me recuerda mucho a Clara, aunque nada tenga que ver con ella. Sobre todo, por su sentido del humor: María, al igual que Clara, no les da importancia a ciertas cosas por las que yo me tiraría de un puente.

Y además me siento identificada con ella en ciertos aspectos; por ejemplo, en que Carlos se pasa el día fuera de casa, igual que Nico. Aunque, al contrario que él, sigue mostrándose enamoradísimo de su mujer; siento envidia cada vez que lo veo salir del coche con un ramo de flores.

María es muy diferente a mí. Sabe cuidarse y vestir bien. Es la mujer perfecta, parece sacada de una de esas películas de los años cincuenta en las que las amas de casa siempre van perfectamente peinadas y sin una sola arruga en la blusa o en la falda. Y además siempre va con tacones y nunca parece que le duelan los pies, algo que siempre creí que era cosa de modelos o de seres procedentes de Marte. Nunca muestra ojeras y su maquillaje es perfecto, casi tanto como su sonrisa. A veces lleva gafas y le quedan bien. Si yo las llevara, perdería el poco atractivo que me queda. Según me contó, estudió magisterio, pero, después de dar cien vueltas por distintos institutos, decidió, como yo, no trabajar; y parece satisfecha con esa elección, ya que, Carlos es farmacéutico y se gana muy bien la vida en el laboratorio de una empresa de origen alemán.

«¿Qué harías si pensaras que Carlos tiene una amante?», le pregunté una vez.

Se puso a reír y me miró de manera burlona con sus profundos ojos de color verde pistacho.

«Dejar que se entretuviese. Así, cuando llegara a casa, no me molestaría tanto a mí.»

Yo no me reí. Han pasado unos cuantos meses desde que tuvimos esta conversación, cuando empecé a sospechar que

Nico tenía una aventura extramatrimonial con su secretaria. En más de una ocasión pensé en presentarme por sorpresa en el bufete, imaginando que los encontraba haciendo el amor sobre la mesa del despacho de mi marido. Pero luego pensé: «Ojos que no ven, corazón que no siente», y continué jugando a ser la mujer que no se entera de nada y aún tiene esperanzas de tener un bebé con un hombre que ya ni siquiera le toca el codo.

Me sobresalto al ver que un taxi se detiene frente a la puerta de casa. Le doy un último sorbo a mi café y dejo la taza sobre el mármol de la cocina para acercarme al cristal y comprobar que el hombre que está pagando la cuenta del taxi es mi cuñado. No lo recordaba tan alto ni tan atlético. Tampoco recordaba que se pareciera tanto a Nico, podría pasar por su gemelo perfectamente. La misma cabellera negra, los mismos ojos rasgados de color miel y la misma tez morena. Lleva una barba descuidada de hace días y, aunque no puede presumir de tener buena cara, me resulta muy atractivo.

Víctor recoge con la ayuda del taxista una enorme maleta negra y se queda quieto mirando mi casa mientras el taxi se aleja. Dudo de si ir a abrir la puerta o esperar a que toque el timbre, y entonces él dirige la mirada hacia la ventana de la cocina y me descubre. No sonríe, ni siquiera hace amago de saludarme. Deseo con todas mis fuerzas que Nico llegue. Maldita sea, son las siete de la tarde y ya debería estar aquí. Me dijo que llegaría pronto, ¿por qué le creo? Víctor señala la puerta, yo asiento y voy a abrirle.

—Hola, Víctor —saludo, con una sonrisa forzada.

—¿Qué tal?

—Bien, aquí... esperando a tu hermano.

—Ajá.

Cruza el pasillo de la entrada, deja la maleta frente a las

escaleras y se apoya en el marco del arco que da al salón co-
medor. Mira a su alrededor con curiosidad, como queriendo
descubrir algo en alguno de los recovecos de mi casa. Me
pone nerviosa cuando, sin pedir permiso, da un paso hacia
delante y se adentra en el salón. Coge una fotografía enmar-
cada en la que Nico y yo aparecemos sonrientes y felices el
día de nuestra boda. Achina los ojos y hace una mueca de disgusto que no sé cómo interpretar.

—Qué lástima que no pudieras venir a la boda —le digo,
señalando la fotografía, con la intención de romper el hielo.

—Ajá...

No tiene ningún interés en entablar conversación conmigo, como en las otras dos ocasiones en las que lo vi hace años.
Ni siquiera me mira, lo cual me parece desconcertante teniendo en cuenta que está en mi casa y que debería mostrar-
se un poco más agradable.

—¿Quieres algo? —le ofrezco, algo tensa y nerviosa—.
¿Tienes *jet lag*?

—¿Tú qué crees? —pregunta con un gesto burlón.

Yo no sé qué es eso del *jet lag*. He viajado poco, Italia ha
sido el lugar más lejano en el que he estado, durante la luna
de miel. Sigo pensando que este hombre es un completo extraño que tengo que soportar en casa durante unos días.

«Solo unos días. Solo serán unos días», me tranquilizo,
incómoda por su silencio sepulcral y su mirada fija en mí que
no transmite absolutamente nada.

Yo, como una idiota, aparto la mirada porque me produce un inesperado nudo en la garganta que no querría sentir.
Su presencia me incomoda; definitivamente, no lo quiero en
mi casa.

—Voy a preparar la cena. Si quieres darte una ducha, adelante, investiga. Es en el piso de arriba. Estás en tu casa —digo,
con la única intención de perderlo de vista durante un rato.

—Ajá...

Quiero decirle que, como vuelva a decir «Ajá», lo echo a patadas y le lanzo la maleta a la cabeza; pero me limito a sonreír y, sin quitarle ojo de encima, voy hasta la cocina a preparar algo de cenar. Una tortilla de patatas estará bien, siempre me queda riquísima y fue lo primero que cociné cuando Nico y yo nos instalamos en esta casa en la que hoy, me recuerdo de nuevo, cumplimos dos años. Una casa que pensábamos colmar de niños, llantos nocturnos, risas y alegría. Y al final... se ha quedado en una casa vacía que tiene que soportar la ausencia de un hombre frío y distante y la depresión de una mujer cada vez más gorda, fea y enferma.

—¿Cuándo viene Nico?

Me doy la vuelta y veo a Víctor apoyado en el marco de la puerta de la cocina, observando detenidamente mi arte en la laboriosa misión de pelar una cebolla. Mierda. ¿Por qué no se va al piso de arriba a darse una ducha? ¿Por qué sigue aquí, intentando hacer como que nos sentimos cómodos?

—Debería haber venido ya —contesto, mirando el reloj. Las agujas parecen no moverse, es como si se hubiera detenido el tiempo—. ¿Quieres algo? ¿Café, té?

—¿Tienes cerveza?

—Sírvete tú mismo —le digo, señalando la nevera.

Víctor sonríe por primera vez, y puedo vislumbrar una sonrisa franca, muy parecida a la del Nico de antes. Ahora, cuando Nico sonríe, parece forzado a hacerlo, nunca le sale natural. Sin embargo, Víctor parece una de esas personas a las que la sonrisa le sale sola sin verse en la obligación de forzar nada. Pensar esto me sorprende aún más. Coge una cerveza del fondo de la nevera cubierta de gotas de condensación y en vez de irse al salón vuelve a quedarse apoyado en el marco de la puerta de la cocina donde estoy yo.

—¿No quieres ir a ducharte o algo?

No es una pregunta, es una sugerencia.

—¿Te molesto?

—¿Eh? No, no... haz lo que quieras.

Nerviosa, empiezo a moverme de un lado a otro sin saber muy bien qué es lo que hago. Acabo de pelar la cebolla, corto en rodajas muy finitas las patatas y pongo la sartén repleta de aceite al fuego.

—¿Y qué te ha traído hasta aquí? —le pregunto, dándome la vuelta y sabiendo que ha estado observándome durante todo el rato.

Me seco el sudor de la frente y voy a por un vaso de agua. ¡Qué calor!

—Echo de menos a la familia, ya sabes.

Su respuesta podría parecerme normal si no la hubiera dicho tan apresuradamente, bajando la mirada y girando la cara hacia otra dirección para evitar mirarme. Puede que mi mente de escritora de novela negra, acostumbrada a ver el lado oscuro de cada persona, me la esté jugando inventando cosas que no son; pero creo que ese no es el motivo por el que Víctor está aquí.

Si mal no recuerdo, creo que Nico me comentó una vez que su hermano tenía mi edad; y que se fue a vivir a San Francisco con tan solo dieciocho años a estudiar arquitectura. Por lo tanto, de eso hace ya quince años. Yo nunca me hubiera atrevido a cruzar el charco sola y menos tan joven. Lo cierto es que sabemos muy poco de su vida, al menos yo. ¿Por qué ha venido ahora aquí? ¿No sería más fácil quedarse en casa de «papá» y «mamá» como las otras dos veces que vino? Nico apenas habla de Víctor, y si en alguna ocasión le he preguntado por él ha llegado incluso a enfadarse conmigo o a contestarme con un gruñido. Suficiente tengo yo con mis obsesiones y fijaciones. Pero Víctor es, sin lugar a dudas, todo un misterio que me gustaría desentrañar, tanto o más que el contenido de las bolsas y maletas de Antonio.

—Te estarás preguntando por qué he venido aquí en lugar de quedarme en casa de mis padres —dice, leyéndome el pensamiento. Todo en él es inquietante, desde la primera palabra que pronuncia hasta la última, consiguiendo intimidarme con solo una mirada—. Como sabrás —continúa diciendo—, la relación con mi hermano es nula. Supongo que somos dos personas demasiado independientes y poco familiares. Pero con el tiempo te das cuenta de que necesitas a la familia, crear vínculos... No sé, llámalo como quieras. —Le da un sorbo a la cerveza y vuelve a mirarme fijamente a los ojos. Vuelvo a incomodarme, vuelvo a sentir ese nudo en la garganta que me impide hasta respirar—. No quiero molestarte ni incomodarte, en cuanto resuelva unos asuntos me iré —finaliza misteriosamente.

—¿Unos asuntos?

—Ajá...

Víctor se da la vuelta y con la cerveza en la mano sube las escaleras. Aún desconcertada por esos misteriosos «asuntos» que tiene que resolver, afino el oído y sé que ha estado abriendo todas y cada una de las puertas del piso de arriba con la intención, supongo, de encontrar el cuarto de baño. Cinco minutos más tarde, oigo correr el agua de la ducha, mezclándose con el ruido de las patatas y las cebollas friéndose en la sartén.

Nada de lo que ha dicho tiene sentido.

¿Por qué ahora, después de tantos años, quiere crear vínculos? ¿Ha hecho algo que le haga sentir tan culpable como para necesitar al hermano que desde siempre ha ignorado? ¿Qué clase de problemas tuvieron? Lo de ser independientes y poco familiares suena a excusa y a mentira para ocultar algo.

COMO DOS DESCONOCIDOS

La tortilla de patatas se está enfriando en la mesa de la cocina. Víctor sigue en el cuarto de baño después de una hora, quizá debería mostrarme mejor anfitriona e ir a comprobar que está bien.

Nico no ha llegado todavía y ya son tres las llamadas que le he hecho, dejándole en cada una un mensaje en el buzón de voz, diciéndole que su hermano ya estaba en casa.

Abro el cajón donde he guardado esta mañana la receta del citrato de clomifeno y la miro como si me acechara. ¿Voy a por él o no? ¿Quiero tener un hijo con Nico? ¿Realmente eso es lo que quiero? Ya no lo sé. Mientras lo pienso, enciendo un cigarrillo; vicio que sí he dejado mil veces desde que me puse a la tarea de tener un bebé. Pero, en vista del éxito, ¿por qué negarme al placer? Al fin y al cabo, es el vicio menos perjudicial que tengo ahora.

El reloj marca las ocho y media de la tarde y, justo cuando se mueve un milímetro hacia el treinta y uno, Víctor abre la puerta del cuarto de baño.

—¿Estás bien? —le pregunto, sin moverme de la cocina y alzando la voz para que me oiga.

—Ajá —le oigo murmurar.

Baja las escaleras, sé que ha utilizado mi gel de lavanda por el aroma que desprende. Se ha cambiado de ropa, ahora en vez de tejanos lleva unos pantalones grises de chándal y una cómoda camiseta verde en sustitución de la camisa azul oscuro que tanto le favorecía.

Sé que va a haber otro silencio incómodo, así que me levanto y observo la vida pasar desde mi ventana para no perder la costumbre, incluso teniendo visita en casa. Antonio ya se habrá ido, con la visita de Víctor se me ha olvidado contemplar, un día más, cómo introduce a las siete de la tarde las maletas en su Fiat rojo y desaparece calle abajo vete a saber hacia dónde. La señora Dolores ha dejado el libro y su vaso vacío de limonada en la mesita de mimbre del porche y tiene la luz de la cocina encendida. Seguramente estará preparando la cena y en un rato la calle olerá a sardinas, su plato preferido en verano. Ismael, con un canuto entre sus dedos, vuelve a pasear a *Matías* y yo vuelvo a pensar en lo poco que me gusta este chico. María sale de casa a recibir a Carlos, que acaba de aparcar el coche en el garaje. Pero, por lo que puedo distinguir desde mi ventana, parece más pendiente de mi casa que de su marido.

—Y tú, ¿estás bien? —pregunta Víctor, sentándose en una silla.

—Escribo, ¿sabes? Novela negra. Me gusta ver y saber qué es lo que pasa a mi alrededor —le cuento, sin saber muy bien por qué.

—Qué interesante. Y qué buena pinta tiene la tortilla. Hace mil años que no como una buena tortilla de patatas... En San Francisco todos los restaurantes que dicen ser españoles no saben hacerla bien.

Su voz es pausada y grave. Quizá no sea tan antipático como creía en un principio, puede que su presencia en esta casa nos vaya bien a Nico y a mí para romper con la rutina. Justo cuando quiero prometerle a Víctor que esta será la mejor tortilla de patatas que pruebe —en plan broma, claro—, oímos la llave introduciéndose en la cerradura y abriendo la puerta principal.

Víctor se levanta y va hacia el recibidor, pero lo que creía que sería un encuentro emocionante, con abrazo efusivo entre dos hermanos que hace años que no se ven, se convierte en algo frío, distante y muy extraño. Víctor y Nico se saludan levantando la cabeza y mirándose fijamente. Retándose, más bien. El ambiente se tensa y el agradable aroma a lavanda desaparece como por arte de magia para dar paso al olor a humedad que siempre siento cuando vivo una situación incómoda como esta, en la que no sé ni qué hacer con las manos.

—¿Qué tal? —pregunta Nico.

—¿Qué tal tú?

Nico, pensativo, ignora la pregunta de su hermano y entra en la cocina. Ahora que los tengo a los dos juntos, veo el extraordinario parecido que tienen entre sí. Nico es más bajito y delgado; su piel no está tan bronceada y sus labios son más carnosos, pero aun así me parecen casi idénticos.

—Siento llegar tarde —se disculpa Nico, con la mala costumbre de no mirarme a la cara—. Ah, hogar, dulce hogar...

Corta un trozo de tortilla, se la sirve en un plato y se sienta a la mesa.

—¿No pensáis cenar? —pregunta de malas formas.

Y sé que no va a preguntarme qué tal me ha ido en la consulta de la ginecóloga, ni siquiera qué tal me ha ido el día. Pero que adopte esta actitud ante su hermano, teniendo en cuenta que hace años que no se ven, me acaba de dejar completamente desconcertada.

—Me voy a dar una vuelta —decido yo—. Espero que la tortilla esté buena.

Nico ni me mira. Víctor sí, y lo hace con pena. Otra vez la maldita pena en unos ojos ajenos que se compadecen de mí. «Lo odio. Lo odio. Lo odio.»

Salgo a la calle, esa que contemplo más desde la ventana de la cocina que desde el exterior, y miro hacia la casa de María y Carlos. Están en el salón y tras las cortinas blancas me parece intuir movimientos excesivamente exaltados por parte de Carlos. Me detengo. María está cruzada de brazos, Carlos parece alzarle la voz. No veo bien la expresión del rostro de María, pero es como si achinara los ojos, frunciera el ceño y se apartase un poco de su marido. La parte egoísta de mí se alegra al comprobar que no soy la única con problemas matrimoniales. María y Carlos, esa pareja tan aparentemente enamorada, también los tienen. Y, por lo que vislumbro a una discreta distancia, muy gordos.

Sigo caminando. Ismael vuelve a casa con *Matías* y el canuto entre los dedos. Nos saludamos con un gesto seco e indiferente de cabeza y él sigue su camino; yo me giro a mirar sus rastas y me coloco un poco debido al humo del porro. Durante la siguiente media hora, en la que el cielo presume de anochecer, paseo por los alrededores de la urbanización e incluso me atrevo a adentrarme un poco en el bosque.

Imagino cómo era en los años sesenta, quiénes paseaban por donde hoy camino yo y si el cielo parecía estar tan prisionero como me lo parece a mí ahora, entre las casitas de ladrillos rojos. La luz de la luna, aún débil aunque limpia y blanca, hace que todo tenga una apariencia bidimensional; mi sombra se alarga por delante de mis pasos y parezco más alta de lo que soy. Todo está tranquilo y silencioso. Respiro el aire puro que nos otorgan los frondosos árboles que hay alrededor y fisgoneo un poco mirando hacia la luz de las ventanas de los vecinos de otras calles que no conozco tan bien como la mía. Estas casas desconocidas no significan nada para mí, a diferencia de las de mis vecinos, porque estas no las puedo ver desde mi ventana. Me pregunto si mi obsesión por las personas que tengo a mi alrededor, las conozca o no, también es una especie de enfermedad. Doy media vuelta con la intención de volver a casa, dejando de pensar en eso, porque el simple hecho de pensar me tortura.

A veces echo de menos el bullicio de la ciudad. El mal humor de la gente que se amontona en el asfalto y los cientos de tiendas, bares y restaurantes a los que podría ir. Echo de menos cómo era yo antes de la muerte de Clara o incluso mucho antes de conocerla.

A Nico y a mí nos encantaba dar largos paseos por el barrio gótico de Barcelona; nos perdíamos entre sus estrechas, oscuras y pintorescas calles, y acabábamos tomando el vermut de los domingos en la mítica bodega Cala del Vermut; oscura, de reducidas dimensiones y siempre repleta de gente; turistas, curiosos y veteranos. En verano nos tostábamos al sol de la bulliciosa playa de la Barceloneta; íbamos a comer una rica y abundante paella a uno de los pocos restaurantes que no timan a los turistas, como es el caso de Can Majó, cuyas paredes pintadas de azul cielo y sus fotografías y pinturas con motivos marítimos nos hacían sentir como en un buque; luego caminábamos por el paseo marítimo viendo el atardecer, siempre muy abrazados como cualquier otra pareja feliz con la que nos topábamos a cada paso que dábamos. Por la noche acabábamos en la terraza de algún chiringuito bebiendo mojitos y luego volvíamos a casa dando un agradable paseo.

Adoraba ir de compras por la avenida Portal de l'Àngel, conocía todas y cada una de sus tiendas; así como las del emblemático paseo de Gràcia, aunque estas debía mirarlas desde el escaparate por el alto nivel adquisitivo que exigen sus precios.

Cada 23 de abril, día de San Jorge, Nico y yo paseábamos Rambla arriba, Rambla abajo; mezclándonos con millones de personas que no querían perderse, al igual que nosotros, un día tan especial en Barcelona. Qué orgullosa iba yo de la mano de Nico, con la rosa que me regalaba ese día en la mano que me quedaba libre. ¿Qué ha sido de aquellos amigos con los que hace años íbamos a cenar cada viernes a cualquier restaurante de moda del barrio de Gràcia? Nuestros picoteos en la interminable barra del Bardot; el tartar de atún rojo que comíamos en el Café Emma, con su decorado elegante, con arañas de cristal que quería trasladar a mi salón y acogedoras mesas que ofrecían una velada íntima; o las tapas asiáticas de Doble Zeroo, cerca del mercado de Santa Caterina, en el casco antiguo de la ciudad.

«¿Qué fue de aquella vida y de las personas que nos rodeaban? ¿En qué me he convertido?», me pregunto constantemente.

De todo esto parece que haya pasado una vida.

Entonces pienso en Clara y dejo de echar de menos el

centro de Barcelona y todas las cosas que solía hacer con Nico y con aquellos amigos que hoy parece que hayan desaparecido de la faz de la Tierra. Cuando Clara murió, veía su rostro en todas las mujeres; y supuestos asesinos en serie en cualquier hombre que me miraba de manera extraña. Yo, que siempre había dormido como un tronco, empecé a obsesionarme con la idea de que alguien entraría en mi casa en plena noche y me mataría provocándome una sobredosis de heroína que mi cuerpo no podría soportar.

Por eso no puedo dormir. Es como si le hubiera ordenado a mi cerebro la incapacidad de descansar. El calor sofocante que ha hecho estos días tampoco ayuda. Y el recuerdo de Clara tampoco.

A veces, tengo la sensación de que las luces de mi dormitorio se encienden y apagan solas, y en otras ocasiones la frecuencia de la radio parece volverse loca. En más de una ocasión he pensado que es Clara, que, desde el más allá, quiere hacerme señales. Luego me convenzo de que son alucinaciones debidas a los tranquilizantes y el whisky; pero que aun así lo he seguido haciendo: ¿por qué dejar algo que me evade de esta mierda de vida? Además, en el fondo, creo que me gusta que la radio se vuelva loca, como si también fuera adicta al terror que me produce imaginar un espíritu a mi lado lanzándome mensajes.

Cuando llego a casa ya es de noche. Nico mira un documental en la televisión sentado en el sofá y, aunque vuelvo a sentir el aroma a lavanda de mi gel de ducha en la planta de abajo, no hay ni rastro de Víctor.

—¿Y tu hermano? —le pregunto, secándome el sudor de la frente. El aire acondicionado se ha estropeado y aún no he llamado al técnico. Malditas casas viejas.

—En la habitación, la de invitados —responde—. Le he dado unas sábanas de flores que tenías en el cajón del armario.

—¿Qué miras? —pregunto, sentándome a su lado. Una

vez más me ignora y se limita a señalar el televisor, dejándo-me como una idiota integral—. Vale. Pues, en vista de que no quieres hablar conmigo, me voy a la cama.

—Muy bien.

Podría no haber dicho nada y me hubiera sentado mejor que el maldito «Muy bien». Es como si me hubiera lanzado una piedra en el ojo.

Desde la ventana de mi habitación solo veo la casa de al lado, la de Federico, que ya ha apagado todas las luces. Abro el cajón de la mesita de noche y saco mi cajita de pastillas, que tengo oculta entre unos cuantos libros. Hoy necesito una, solo una... o dos... Las trago sin necesidad de agua porque me he acostumbrado tanto a ellas como a respirar.

Apago la luz y cierro los ojos. Siento paz y calma... qui-zás en unas horas me despierte aún con los efectos de los dos tranquilizantes y aun así no pueda dormir. Puede que con este calor infernal decida irme al estudio y ponerme a escri-bir durante toda la noche. O quizás espíe a través de la ven-tana de la cocina cómo duermen esas almas que conviven tan cerca y a la vez tan lejos de mí.

Me atormento durante unos segundos, pero luego pien-so «Mañana será otro día», y vuelvo a sentir la paz y la cal-ma que tanto necesito.

Martes, 9 de junio de 2015

TENSIÓN

Es extraño. Por primera vez en mucho tiempo estoy más pendiente de lo que sucede en el interior de mi cocina que del exterior que contemplo cada mañana desde la ventana. Nico y Víctor se han servido café y, con el mismo estilo, han comi-do una tostada untada en mermelada de frambuesa. Yo, atónita, los observo como si estuviera viendo a una sola persona imitando los mismos movimientos frente al espejo. Ambos silenciosos y absortos en su propio mundo, no tienen necesidad de hablar. Quizás ayer, por airearme y salir a pasear un poco, me perdí una conversación interesante entre los dos. Tal vez ya se lo contaron todo y ahora no tienen nada de qué hablar, aunque quince años dan para mucho.

—Bueno, me voy —dice Nico, mirando a su hermano de reojo.

—Que vaya bien —le desea Víctor, con el mismo gesto seco e indiferente de Nico.

—¿Qué vas a hacer hoy? —me pregunta Nico, con una sonrisa que me sorprende.

—Escribir, supongo —respondo mirando a Víctor.

Nico se planta delante de mí y, por primera vez en estos dos meses, me coge por la cintura acercándome a su pecho y me da un beso en los labios.

—Te quiero —me susurra al oído, dejándome con una sonrisa boba que seguramente mantendré todo el día.

Miro de reojo el cajón en el que está la receta que puede ayudarme a crear una nueva vida y decido que hoy será el día en el que vaya a la farmacia y compre el clomifeno. Quiero un hijo. Y quiero que Nico sea el padre. Necesito convencerme de que todo irá bien si me limito a seguir las instrucciones de mi ginecóloga.

«No mezclar el clomifeno con el perjudicial abuso de tranquilizantes y alcohol», anoto mentalmente.

Cuando Nico se va y vuelvo a quedarme sola con Víctor, la tensión se palpa en el ambiente. Por no saber qué decir, por seguir incómoda ante su presencia y su mirada esquiva. De nuevo ese olor putrefacto de humedad que no sé de dónde procede. Otra vez la sensación de mareo y de visión doble que, aunque sé que en dos segundos desaparece, me produce arcadas y rechazo.

—Y tú, ¿qué vas a hacer hoy? —le pregunto cuando logro recobrar un poco el sentido común y la conciencia.

—De momento, iré a recoger un coche que he alquilado.

—Y... ¿con Nico bien?

Estudio con detenimiento la expresión de su rostro.

Él, antes de responder, arquea las cejas y tuerce la boca. Abre los ojos en exceso y termina con una sonrisa burlona.

—En la misma línea —responde, levantándose y yendo hacia el piso de arriba, impidiendo que siga con la conversación.

Cinco minutos más tarde soy yo la que sube al piso de arriba hasta mi habitación y pego la oreja a la pared para intentar oír algo. Víctor abre el armario, lo vuelve a cerrar. Arrastra un objeto metálico, posiblemente de debajo de la cama, y lo vuelve a arrastrar hacia el interior, imagino. Después de esto, la puerta se abre, se cierra y oigo que baja las escaleras.

—¿Andrea?

—Sí, dime —contesto abriendo la puerta.

—Me voy.

—Vale, que lo pases bien.

Otra puerta, la de la entrada. Espero un poco por si vuelve a entrar y luego voy hasta el cuarto de invitados. Sé que no está bien fisgonear, ¡claro que no lo está! Pero tengo derecho a saber quién vive en mi casa.

Todo parece correcto. Abro el armario de su habitación: tejanos, camisas, camisetas y cinco pares de zapatos en perfecto orden, como si mi cuñado fuera un maniático de esos que necesitan que todo esté clasificado por tamaños y colores.

¡Es como si se fuera a quedar toda la vida!

Aunque, si con la presencia de Víctor Nico sigue estando tan cariñoso cada mañana, firmo un contrato para que se quede aquí indefinidamente.

Miro debajo de la cama, donde me ha parecido oír el inquietante ruido de un objeto arrastrándose, pero no hay nada. Solo un cúmulo de polvo que pienso que debería eliminar con la aspiradora. La cama, bien hecha; la ventana, abierta, y el aroma a lavanda de mi gel de ducha.

Salgo de la habitación y vuelvo a entrar en la mía, dispuesta a cambiarme de ropa y acercarme a la farmacia a comprar mi «ayudita» para tener un bebé. Estoy ilusionada, parezco una idiota por un simple beso y un «Te quiero» que en realidad debería parecerme normal y, sin embargo, es algo insólito que me ha hecho muy feliz.

Una hora más tarde vuelvo a casa. Hay un Seat negro aparcado enfrente; supongo que es el que ha alquilado Víctor.

—¡Andrea!

Es María. Va cargada con unas bolsas de la compra y me saluda desde la puerta de su casa. Miro hacia la mía, pienso que Víctor debe de estar dentro.

—¡Hola, María! —saludo yo, escondiendo en mi bolso la bolsita de la farmacia.

—¿Quieres café?

Asiento y entro en su casa, tan perfecta como lo es su propietaria. La ubicación de las estancias es prácticamente idéntica a la mía, pero la decoración es minimalista y los muebles impolutamente blancos, algo que costaría mantener con la presencia de niños. Jamás le he preguntado por qué no tienen hijos ni lo pienso hacer. Al igual que no me gusta que me lo pregunten a mí, ¿por qué voy a hacerlo yo? ¿Y si no pueden? ¿Y si ayer discutían por este asunto?

María, vestida con una falda de tubo negra y una camisa blanca, deja las bolsas de la compra sobre el mármol de la cocina y empieza a preparar café.

—¿Qué tal? —pregunta—. Veo que tenéis invitados en casa.

—El hermano de Nico.

—Ah, ¿sí?

—Vive en San Francisco y ha venido a pasar unos días.

—Qué interesante —comenta, pendiente de la cafetera, pero sin dejar de mirarme.

—¿Tú qué tal? —le pregunto.

No querría contarle que ayer me pareció ver a Carlos alterado, como si le estuviera gritando. Sí, María sabe que espío y tengo bajo control la calle desde mi ventana, pero no quiero que piense que me meto en la vida de los demás, y mucho menos en la suya.

—Como siempre —responde con una sonrisa forzada.

Miro su tripa. Esa que acarició ayer cuando se despedía de Carlos. No es tripa de embarazada; puede que no sea plana del todo, pero quizá simplemente María también ha cogido unos kilitos como yo, y sería muy incómodo hacerle la pregunta y que me respondiera que no lo está. Prefiero no arriesgarme.

Me sirve café en una taza y se sienta junto a mí. Me transmite calma, es de ese tipo de personas con quien, al contrario que con Nico o Víctor, puedes sentarte y no sentir incomodidad si no habláis de nada.

Con Clara me pasaba lo mismo. Era yo la que siempre bajaba a su apartamento a tomar café, aunque también eran muchas las ocasiones en las que se nos antojaba ir hasta Vallcarca a visitar nuestra cafetería preferida situada en la esquina de las calles República Argentina y Gomis, por encima del puente de Vallcarca y desde donde veíamos el Park Güell, la Montaña Pelada, casas y cielo, mucho cielo. Se llamaba El Rincón, imagino que aún existe; me pregunto si su dueño, un tipo muy agradable, nos echará de menos y pensará en nosotras y nuestras escandalosas carcajadas producidas por cualquier bobada. Pasábamos horas ahí dentro, tratando de ver el mar desde la mesa de la terraza situada más hacia el sur; pero el dueño se reía de nosotras y decía que era una «leyenda urbana».

Cuando discutía con Nico por cualquier tontería, Clara era la que, con una palmadita en el hombro y unas palabras sabias típicas de cualquier soltera despreocupada a la que ya no hay nada que la sorprenda, calmaba mis nervios y me hacía ver que no era para tanto. Claro que no. Luego, al volver a mi apartamento, Nico y yo nos abrazábamos, nos pedíamos perdón y hacíamos el amor durante horas. Qué tiempos... esos tiempos.

María me regresa al presente:

—Carlos y yo discutimos ayer. ¿No lo viste desde tu ventana? —Me guiña un ojo y sonríe—. No sé, son tonterías, pero... lo siento, lo siento mucho.

—¿Qué es lo que sientes?

María me mira fijamente, me coge la mano y la estrecha con dulzura. Parece querer decirme algo importante, pero sé que no lo hará. Una vez más, hablaremos de muchas cosas, superficiales todas ellas, pero de nada que nos fuerce a abrir el corazón realmente.

«Lo siento, lo siento mucho»: ¿eso ha ido por mí? Aparto disimuladamente mi mano de la suya, tratando de no parecer una fría antipática.

—Sentir... No sé, siento ser así, ¿sabes? Solo eso.

—No te pillo...

—¿No discutes con Nico?

—Es algo normal —le digo.

—Claro —musita, le da un sorbo a su café y se echa a reír. Parece nerviosa, y menos correcta de lo habitual—. ¿Y qué tal tu cuñado? —pregunta, cambiando de tema.

—No he hablado mucho con él.

—¿No? ¿No os lleváis bien?

—Apenas lo conozco.

—A su hermano le hará ilusión verlo después de tanto tiempo, ¿no?

Su comentario me hace reflexionar. Quizá tengo la mala costumbre de desconfiar de todo cuanto pasa a mi alrededor y de todos, igual los tranquilizantes hacen que vea u oiga cosas que realmente no suceden; pero no recuerdo haberle dicho nunca a María que Nico y Víctor no se veían desde hacía tiempo. Que viva en San Francisco no significa que no hubiera venido antes. La miro con desconfianza y, tras esos ojos vivarachos y esas manos que hoy están más inquietas de lo normal, observo el nerviosismo por algo que ni sé ni comprendo.

—Ya sabes que Nico no es muy dado a expresar lo que siente —respondo al fin.

—No sé, no lo conozco tanto —dice apresuradamente—. Creo que Carlos y yo no le caemos muy bien.

—No le cae bien casi nadie. Eso de defender a los malos en los tribunales puede volver arisco a cualquiera.

—¿Siempre defiende a los malos?

—Casi siempre. El último caso fue el de una mujer maltratada.

El rostro de María cambia por completo. Se da la vuelta y finge buscar algo en un cajón. Parece asustada y me asusta a mí al pensar que quizá Carlos no es el marido perfecto que aparenta y esté abusando de alguna forma de su mujer. Recuerdo sus aspavientos de anoche y empiezo a preocuparme, aunque trato de disimularlo bien. También pienso en las flores que a menudo Carlos le regala, quizá para quitarse de encima el cargo de conciencia que le produce maltratar a su mujer. Y entonces recuerdo que una vez vi un documental en el que decían que, en su mayoría, los maltratadores parecen a simple vista hombres encantadores; nada los hace parecer los monstruos que son en realidad.

—María, ¿te pasa algo?

—¿Eh? No, no... nada.

Sonríe de nuevo. La miro disimuladamente, queriendo encontrar algún rasguño, golpe o moratón que afirme mis sospechas. Pero no veo nada. Seguro que soy yo, que vuelvo a imaginar cosas.

—Como te iba diciendo, Nico trabajó en la defensa del maltratador sabiendo todo lo que había hecho y finalmente ganó. ¡Un maltratador, maldita sea! ¿Puedes creer que fue él quien se quedó con la custodia de sus tres hijos porque incapacitaron mentalmente a su mujer, que había sido golpeada cientos de veces y maltratada psicológicamente?

—¿Y Nico puede dormir por las noches?

Nunca lo había pensado. Sí, duerme por las noches como un tronco sin preocuparse por este tipo de cosas. Si unos niños inocentes se quedaran en manos de un padre maltratador gracias a mí dudo mucho que pudiera continuar viviendo si les pasara algo a esos niños.

—Bueno, me tengo que ir —musito un poco confusa.

—Ah, sí, claro, no quiero entretenerte.

Termino mi café y salgo de casa de María con una sensación muy distinta a la de otras veces.

«Ser perfecto sería un defecto», oí a alguien decir una vez. La perfección no existe, ni siquiera en alguien tan aparentemente maravilloso como María. Puede que tenga sus propios conflictos internos y no tan internos. Puede que tenga que vigilarla más desde mi ventana y comprobar si realmente mis dudas sobre un posible maltrato por parte de Carlos son reales o fruto de mi mente algo enferma y depresiva que necesita crear historias para no pensar tanto en lo que me ocurre.

LA VISITA DE CARLOS

Poco después de que yo llegara a casa, Víctor me ha dicho que volvía a salir. He supuesto que habrá ido a visitar a sus padres, espero que le den más conversación que su hermano.

He estado durante horas escribiendo sin parar. No he comido, ni siquiera he calculado los días idóneos para empezar a tomar la medicación que me ha recetado Marta.

Ya son las seis de la tarde. Alicia vuelve del trabajo, imagino que Ismael, el mantenido, la espera en casa con *Matías* y que dentro de media hora darán una vuelta por la urbanización juntos, o quizá decidan ir por separado.

Antonio parece haber cambiado su rutina de no salir de casa hasta las siete de la tarde: hoy lo hace una hora antes y, como siempre, cargando con sus maletas.

Me sorprende ver cómo la señora Dolores ha cambiado un viejo libro por un teléfono móvil que examina con curiosidad y que seguramente le habrán traído sus hijos para que se entretenga.

Ni rastro de Federico y, por lo que parece, Carlos, al igual que Nico, aún no ha llegado a casa.

—¿Otra vez espiando? —dice con sorna mi cuñado detrás de mí.

Me vuelvo sobresaltada.

—No sabía que estabas en casa.

—Acabo de llegar. ¿No has oído la puerta?

—No me he dado cuenta.

—Vives en tu mundo, ¿eh? —se atreve a decir.

No contesto, me parece una falta de respeto, una osadía hacerle este comentario a alguien con quien no tienes confianza.

—¿Quieres café?

—Mejor una cerveza. Tranquila, yo me sirvo.

—Como si estuvieras en tu casa —digo con ironía.

—He ido a ver a mis padres. Qué viejos están...

—El tiempo pasa para todos.

Cojo el móvil y calculo, ante la atenta mirada de Víctor, los cinco días durante los que tendré que tomarme el clomifeno.

—Todos estáis enganchados a las redes sociales —suelta de repente—. Yo no estoy en ninguna. Son una pérdida de tiempo.

—Nico dice lo mismo —digo, sin quitar ojo de la pantalla del teléfono móvil.

La semana que viene, según mis cálculos, debo empezar a tomarlas. Que queden unos días me facilita la tarea de terminar de decidirme si sí o si no.

—Te quita libertad —añade Víctor, que parece que ahora tiene ganas de hablar—. Es como si nadie quisiera preservar su intimidad y tuviera la necesidad de mostrar al mundo lo que come, cómo duerme e incluso los pedos que se tira.

Lo miro atónita, no puedo creer lo que acaba de decir, y su comentario sobre los pedos provoca que me ponga a reír. Víctor tiene sentido del humor y me gusta cómo dice las cosas, directamente y sin filtros.

—Estoy totalmente de acuerdo contigo. Aunque mis amigos virtuales afortunadamente no comparten los pedos que se tiran —añado riéndome de nuevo—, pero sí fotos de sus hijos, de celebraciones familiares... No sé, ese tipo de cosas.

—¿Y qué necesidad hay? ¿No es mejor guardar esos recuerdos en un álbum privado? Como se ha hecho toda la vida. Vamos, digo yo. ¿Para qué gritar a los cuatro vientos que eres feliz? El otro día leí que las parejas que más problemas tienen muestran en las redes sociales fotografías en las que parece que su vida sea idílica. Siempre felices y sonrientes. En el Caribe, por ejemplo..., y quizás están en el Caribe, sí, pero cada uno con su teléfono móvil sin prestarse atención. ¿Qué tipo de vida es esa? —reflexiona, más para sí mismo que para mí.

Eso me hace recordar las fotografías que María suele subir en Facebook. Lo hace más para ella que para mostrarlas al mundo, puesto que tiene muy pocos amigos virtuales. En las fotografías que sube a la red siempre aparece presumiendo de marido; hay una gran cantidad en París, bajo la Torre Eiffel. Pero empiezo a sospechar que la realidad es otra muy distinta a la que ha querido mostrar en su perfil.

—¿Y por qué Nico y tú no habéis tenido hijos? —pregunta pensativo.

Suena el timbre.

«Salvada por la campana», pienso yo. Salvada de dar explicaciones y contar mis problemas.

Al abrir la puerta, me sorprende ver a Carlos. Su rostro es de todo menos amigable.

—Hola, Carlos, ¿puedo ayudarte en algo?

—¿Qué le has dicho a mi mujer? —me pregunta amenazadoramente con voz ronca y mirada enfurecida, balanceándose levemente como si estuviera un poco borracho.

No sé qué decir. Él se pasa la mano por su espeso cabello castaño y estoy segura de que lo hace para evitar golpearme, como presiento que ha hecho alguna vez con María.

—¿Qué pasa? —pregunta Víctor, que se sitúa detrás de mí.

—¿Quién es este?

—Víctor, el cuñado de Andrea —interviene Víctor a la defensiva—. ¿Y tú...?

—Carlos, el marido de la vecina de enfrente a la que tu cuñada le mete ideas estúpidas en la cabeza —escupe entre dientes y con la mandíbula apretada.

—Carlos, yo no le he dicho nada. Hemos tomado un café pero solo hemos hablado del trabajo de Nico —me defiendo, tratando por todos los medios de mostrarme tranquila.

Nunca había visto a Carlos así, al menos no de cerca. Mis sospechas sobre que sea un maltratador aumentan por segundos. Trato de recordar mientras me enfrento a su mirada en qué momento le he podido decir algo inoportuno a María.

—¡Mira, me da igual! —grita, haciendo los mismos aspavientos con las manos que ayer, cuando lo vi discutiendo con María—. Solo sé que cuando he llegado a casa mi mujer estaba sentada en el sofá llorando. Al preguntarle qué es lo que ha hecho hoy, se ha limitado a responder que ha estado tomando café contigo; así que si alguien la ha hecho sentirse mal, esa eres tú. Deja de cotillear con la vida de los demás y haz algo con la tuya, te estás echando a perder.

Carlos me mira con el mismo desprecio que Nico a lo largo de estos últimos meses, exceptuando los maravillosos segundos de esta mañana que ahora necesito recordar para no echarme a llorar.

—Largo de aquí, imbécil. —Víctor da un paso y empuja a Carlos hacia el exterior.

Empiezan a forcejear y yo me quedo quieta en la puerta en estado de *shock*. Pienso, siento, veo; pero soy incapaz de hablar. Entonces llega Nico y observa la escena desde el coche; por fin Carlos cruza la calle dándose la vuelta varias veces y mirándome amenazante mientras María, desde la ventana del salón, nos observa a todos como si fuera un alma en pena, casi un espectro.

—¿Sucede algo? —pregunta la señora Dolores desde su porche floreado, levantándose de su sillón balancín.

—Nada, señora Dolores. Nada —respondo, alzando la voz y viendo cómo Carlos se encierra en su casa.

—¿Qué ha pasado? —pregunta Nico, deshaciéndose el nudo de la corbata mientras viene hacia casa.

—Menudo imbécil. ¿Estás bien? —Víctor me coloca la mano sobre el hombro ignorando a su hermano.

Asiento y le agradezco con una sonrisa lo que acaba de hacer por mí.

Nico, en un arrebato de celos, imagino, aparta a Víctor de mi lado y me planta un beso en la boca.

—Pero ¿qué ha pasado? —vuelve a preguntar, esta vez dirigiéndose directamente a mí.

—Dice que le meto a María ideas estúpidas en la cabeza... —respondo aún temblando.

—Bueno, no te preocupes, habrá tenido un mal día —añade Nico entrando en casa—. ¿Qué has hecho para cenar?

—Aún nada —le digo.

—¿Por qué no haces tú la cena, Nico? —propone Víctor.

Nico lo mira con esa indiferencia a la que yo ya estoy acostumbrada y sube al piso de arriba.

—Nico nunca hace la cena —le informo—. Trabaja todo el día, llega a casa cansado y...

—Yo también trabajo todos los días y cuando llego a casa hago la cena.

—Porque vives solo, ¿no? No te queda otro remedio.

Víctor se encoge de hombros dejándome con la intriga de si vive solo, tiene pareja o qué.

Nico, ya con el pijama puesto, vuelve a bajar, se sienta en el sofá y pone la tele mientras Víctor viene conmigo a la cocina.

—¿Qué es lo que pasa entre tu hermano y tú? —me atrevo a preguntar.

—Nada.

—Algo pasa...

—¿Qué cocinamos?

Víctor me guiña un ojo y me ayuda a preparar una rica ensalada y unas hamburguesas; mientras, Nico, desde el salón, sé que nos vigila. Me gusta esta sensación. Sé que Nico está celoso del repentino acercamiento de su hermano hacia mí. Después de tanto tiempo de silencios y desplantes, podría decir incluso que me pone verlo celoso. Me pone mucho. Siempre he pensado que lo primordial es sentirse bien con una misma sin importar qué es lo que piensan los hombres de ti, pero no puedo evitar la necesidad de sentirme deseada por él.

«¿Me llevas a cenar?», le pregunté en una ocasión.

«¿Y quieres ir así? Ese vestido no te favorece mucho», dijo él.

Era lo más correcto que podía decirme, aunque yo sé que lo que pensaba realmente era que me estaba poniendo como una foca y que ese vestido me hacía gorda. Me costó la vida terminar de abrochar la cremallera. Y todo ese esfuerzo había sido una pérdida de tiempo. Fue el principio del declive. Desde entonces, enterré los bonitos vestidos en el rincón invisible al fondo del armario y me limité a vestir con tejanos y camisetas descuidadas que no disimulan, por más que intente agrandarlas, esta maldita hinchazón.

LOCURA EN UNA NOCHE DE VERANO

Justo después de cenar, tanto Víctor como yo nos hemos ido a dormir y hemos dejado a Nico viendo la televisión. Pero, como siempre, a mí me es imposible conciliar el sueño, y me niego a ir hasta el salón. ¿Para qué? ¿Para que Nico me mire nuevamente con desprecio o me diga que cierre el pico porque se despista?

Doy vueltas en la cama y al mirar en el cajón de la mesita de noche compruebo que la caja de tranquilizantes está vacía.

«Ahora no tendrás más remedio que ir a la cocina», me dice burlona la voz, esa voz que desde que Clara murió y, aunque sé que es solo fruto de mi imaginación, a veces me ayuda, a pesar de su malicia, a sentirme menos sola.

Con la necesidad de engullir las diminutas pastillas, por el simple placer de ver cómo se clavan una a una en mi tráquea, empiezo a bajar las escaleras en silencio para que Nico no me oiga: ahora soy yo la que no quiere hablar con él.

En la cocina debo de tener un par de cajas llenas, es en lo único en lo que puedo pensar.

—¡No fastidies! —exclama Nico desde el salón.

Me asomo por la barandilla y lo veo de espaldas hablando por teléfono. Camina de un lado a otro con nerviosismo mientras se acaricia la nuca, un gesto muy suyo cuando está tenso.

—Entonces, ¿estáis seguros de que fue él? ¿Mi hermano mató a ese hombre?

«¿Cómo que tu hermano mató a un hombre?»

Me llevo la mano al corazón y por poco doy un traspié y me caigo por las escaleras; algo que hubiera conducido a Nico a colgar inmediatamente y, por lo tanto, no habría podido enterarme de nada más.

—Él se lo buscó. Te agradezco mucho la información, Richard.

—...

—Hay que tener amigos hasta en el infierno.

—...

—Claro, ahora lo entiendo todo; lo tendré controlado.

—...

—Sí, lo hizo bien, nadie puede sospechar nada.

—...

—Entiendo.

Estoy tan impactada por lo que estoy descubriendo que no me doy cuenta de que Nico se ha dado la vuelta y por poco no ve mi mano apoyada en la barandilla. La retiro rápidamente pero ya es demasiado tarde: sus pasos se aproximan hacia mí.

—Richard, tengo que colgar —le oigo decir apresuradamente desde la lejanía.

A mí ya me ha dado tiempo de subir las escaleras, encerrarme en la habitación y tumbarme en la cama de espaldas a la puerta como si no hubiera oído nada.

El corazón me late desbocado, creo que se me va a salir del pecho.

Mi cuñado es un asesino. Y encima mi marido está dispuesto a guardar su secreto, tampoco ha parecido muy sorprendido al recibir la información del tal Richard. ¿Y quién es Richard?

¡Dios mío, estoy cobijando en mi casa a un asesino! Pienso en la pena de cárcel que puede caerme si en Estados Unidos se enteran de esto.

—¿Todo bien? —pregunta Nico desde el umbral de la puerta. Ni siquiera me he dado cuenta de su presencia—. Sé que has oído la conversación y quiero decirte que nada es lo que parece.

Me doy la vuelta y le miro, sin saber qué decir.

—Víctor se ha metido en líos, sí. ¿Y quién no? Entiende que es mi hermano y que le ayudaré en todo cuanto esté en mi mano.

—¿Incluso le encubrirás por asesinato? —pregunto horrorizada.

Nico ni se inmuta y me dedica una media sonrisa.

—Nadie lo acusa de asesinato, lo hizo muy bien. Solo le dio un empujoncito a un rico empresario de San Francisco adicto a la heroína y a la coca a dar el paso final. Eso es todo —explica fríamente. Me deja helada.

—¿Sobredosis de heroína?

Nico asiente. Yo solo puedo pensar en Clara y en que murió de la misma forma, y también sin que sospecharan de nadie.

—Ni una palabra, Andrea. Confío en ti.

Nico sale de la habitación dejándome hecha un amasijo de nervios.

«¿Cómo vas a guardar un secreto así, Andrea?», pregunta la voz de manera malintencionada.

Eso me pregunto yo. ¿Cómo voy a poder mirar a los ojos de un asesino que se aloja en mi casa? ¿Cómo puedo confiar en él sin sospechar que en cualquier momento me puede matar a mí?

No tengo ganas de darle más vueltas a la conversación que he oído, y por eso no le he preguntado a Nico quién es Richard y de qué lo conoce. No sabía que tenía contactos en San Francisco, tal vez mi protector marido ha estado «cuidando» o más bien vigilando a su hermano desde el otro lado del charco.

Minutos más tarde, mientras Nico está en el cuarto de baño, consigo escaparme hasta la cocina y engullir cuatro pastillas. Más tranquila, vuelvo al dormitorio, aunque sé que esta noche será muy larga. Hace un calor abrasador, así es imposible conciliar el sueño.

«Como si el calor tuviera la culpa», me responde la voz riendo.

MIEDO

Deben de ser las dos de la madrugada. Quizá las tres, no lo sé.

Miro embelesada el torso desnudo de mi marido dándome la espalda en la cama.

En estos momentos, hoy más que nunca, quiero que me haga el amor; sentirme querida, volver a tener seguridad en mí misma y en nuestra relación. Pienso en María y en Carlos y quizá yo sea una afortunada al tener a alguien como Nico, que nunca me ha puesto la mano encima o me ha alzado la voz hasta extremos peligrosos que me hicieran saber qué se siente al tener miedo. Miedo de verdad. Miedo por ver peligrar tu propia vida. Una parte de mí entiende que quiera proteger a su hermano y, por otro lado, me da un poco de miedo el temple que ha demostrado. No sé a qué clase de enferma o tarada le puede poner que su marido guarde bajo llave la información de un asesinato que ha cometido su propio hermano.

Rozo con las yemas de los dedos su piel desnuda. Lentamente me acerco más a su cuerpo y con la otra mano le acaricio la nuca. No se mueve y tampoco parece tener intención de hacerlo. Acabo pegándome a él. Toco su hombro para ver si se da la vuelta, pero no lo consigo.

—Nico... —le susurro al oído.

—¿Qué?

—Vuélvete...

—¿Por qué?

Me encanta cuando su voz suena cansada y adormilada.

—Quiero hacer el amor... —murmuro.

—Ahora no, Andrea.

Me quedo quieta y al cabo de unos segundos es él quien se vuelve. Sonrío. El reflejo de la luna entra por la ventana, otorgándole una mirada casi mágica.

Me hechiza completamente.

—No quiero que mi hermano nos oiga.

—Tu hermano no está en casa, ha salido.

—¿Ha salido? ¿Cómo lo sabes?

—Hace un rato he oído que abría la puerta de su habitación, bajaba las escaleras y luego cerraba la puerta principal.

—¿A estas horas? ¿Y adónde habrá ido? —pregunta agitado.

—No sé, Nico, me da igual. Habrá quedado con alguien. Venga...

—He dicho que no, Andrea.

Vuelve a girarse, esta vez de forma brusca, dándome la espalda de nuevo. Esa pizquita de felicidad que he sentido a lo largo del día, en las dos ocasiones en las que ha sido él el que se ha acercado a besarme, se desvanecen.

No dejo de darle vueltas al tema de Víctor y del asesinato.

¿Y si es un psicópata y ha salido por ahí a matar?

Lo mejor será que me olvide, que haga como que no sé nada. Eso siempre se me ha dado muy bien.

MARÍA

Miércoles, 10 de junio de 2015

MENTIRAS Y CONFESIONES

Nadie hablará de nosotras cuando hayamos muerto. Nunca un título de una película había tenido tanto significado para mí. Lo siento por Andrea, lo siento de verdad porque ella no tiene la culpa de nada. Siento todo lo que debió de decirle ayer Carlos; él no está bien y yo tengo gran parte de culpa al haberlo confundido y vivir mis días entre tantas mentiras que me mantienen prisionera no solo de esta casa y de esta calle que tan nauseabunda me resulta; sino también de mi propio cuerpo, que debería cuidar porque ahora no solo me pertenece a mí. Hay alguien más. Un ser vivo que quiere venir a este mundo dentro de siete meses y que no sabe todavía de lo que es capaz el ser humano.

Me gusta contemplar a Andrea cuando fisgonea desde la ventana de la cocina, siempre con una taza de café en la mano y a veces fumando un cigarrillo. Sabe que sé lo que hace, como una especie de *hobby* que no deja de sorprenderme pero que en parte me he acostumbrado a imitar. Yo la observo y me encanta ver su mundo a través de mi ventana. ¿Qué pensará? ¿Qué imaginará? ¿Nos otorgará la virtud de vivir unas vidas que realmente no existen? Son muchas las ocasiones en las que pienso que debería haber aprendido a olvidar el pasado y no haber venido a vivir aquí. Fue un impulso debido a una obsesión que me martiriza y me oprime el pecho cada vez que pienso en ella. Todos tenemos nuestras obsesiones, pero son pocas las ocasiones en las que estas pueden llevarte hasta la tumba.

Pronto desapareceré de esta calle tranquila de una urbanización cualquiera a las afueras de Mataró, y aunque es probable que al principio me recuerden y me echen de menos, con el tiempo aprenderán a vivir sin mí. Me olvidarán. Seré solo una mujer llamada María que parecía estar locamente enamorada de su marido y que a duras penas conseguía mantener vivo el limonero de su jardín.

Seré aquella vecina silenciosa que solo salía a la calle para ir a hacer unos recados, siempre con tacones y perfectamente arreglada; aquella que no permitía que las cartas se amontonaran en el buzón y que a veces tomaba café con la discreta fisgona de la casa de enfrente.

Pero a lo largo de estos diez meses ella no me ha permitido entrar en su mundo. La miro y me siento identificada con su soledad y melancolía. Sé de sobra por qué está así. Puede que yo sea la causante de su depresión, en parte es posible que sí; o por lo contrario me otorgo demasiado protagonismo. Me pregunto si ella me echará de menos cuando me vaya, si querrá descubrir qué sucedió con su vecina María. Una parte de mí así lo desea, pero la otra quiere mantenerla a salvo y espera que no le dé por obsesionarse ante mi inminente desaparición.

«Nadie hablará de nosotras cuando hayamos muerto», me repito una y otra vez, mientras escribo mi historia en una carta que espero que algún día Andrea lea. Qué contrariedad.

Espero que ese día no llegue demasiado tarde, que no sea tarde para ella. Que esté a salvo. Que estemos a salvo las dos.

Carlos se ha ido de viaje a Berlín en el momento perfecto, justo cuando lo tengo todo planeado. No son nuestros mejores días, hemos discutido, nos hemos dicho cosas muy feas que realmente no pensamos. Contemplo con pena el álbum fotográfico titulado «Tú y yo» que tengo en Facebook y sé que voy a echar de menos esas poses absurdas que nos hacían reír como si fuéramos dos locos. Tengo la esperanza de que cuando todo se solucione pueda volver y contar la verdad. La gente piensa que siempre hay que escuchar las dos versiones de una historia, pero ¿qué pasa cuando una de esas voces ya no puede defenderse? Que otra tiene que coger el relevo.

Los planes no siempre salen como uno quiere y a mí se me ha ido todo de las manos. Tan diferente va a ser a cómo lo planeaba desde un principio...

Unas últimas palabras para Andrea. Las medito, queriendo plasmar en ellas algún tipo de jeroglífico que sé que podrá descifrar. Pienso, pienso... pero mi mente hoy se ha despertado un poco nublada, tengo náuseas y me pasaría el día encerrada en el cuarto de baño.

Finalmente encuentro la frase y la escribo. Espero que lo pille y sepa qué es lo que debe hacer.

Luego escondo la carta en un lugar seguro, confiando en que Andrea la encuentre a tiempo.

ANDREA

Miércoles, 10 de junio de 2015

DICEN POR AHÍ

Algo ha cambiado en el comportamiento de Víctor, y me pregunto si ha descubierto que Nico sabe lo que hizo en San Francisco. Por otro lado, quizá no sea verdad lo que el tal Richard le contó a Nico. De todos modos, su presencia, ahora mismo, me pone la piel de gallina, pero trato de disimular.

«Es lo mejor. Tú no sabes nada. Nada», me aconseja la voz.

«Exacto. Olvidado, no sé nada», me digo para tranquilizarme.

Con solo mirarlo sé que le pasa algo.

Está muy callado y ojeroso; ni siquiera me ha dado los buenos días después de haberme defendido ayer del ataque de Carlos. Obviamente, no le he preguntado adónde ha ido esta madrugada o con quién, me diría algo así como «¿A ti qué te importa?». Yo al menos lo haría con alguien que quiere inmiscuirse en mis asuntos. La única explicación razonable que le encuentro es que tenga problemas de carácter, mentales o se drogue. Qué sé yo. O quizá tenga remordimientos porque sí mató a ese hombre...

En vez de mirar por la ventana, observo disimuladamente a Víctor mientras me tomo el primer café del día y enciendo un cigarrillo. Me mira con asombro, pero no se atreve a preguntarme lo que está pensando: «¿Fumas?» «Sí, fumo. Y, al paso que voy, terminaré muerta en la bañera por una sobredosis de pastillas.»

Este diálogo no ha existido. No en realidad, solo en mi cabeza. No me encuentro bien, tengo ganas de quedarme todo el día tumbada en la cama mirando las musarañas. ¡Dios, qué aburrimiento! Si no habla voy a gritar. Si vuelve a responderme con un «Ajá», le meto una paliza. No sé qué me pasa, quizás esta tensión y mis malditas adicciones me estén volviendo loca. Quizá Víctor me está contando lo bien que se lo pasó anoche en cualquier barrio animado de Barcelona y yo solo oigo el silencio, o vivo en una realidad paralela que nada tiene que ver con lo que sucede de verdad.

Me pasó una vez y fue extraño. Fue hace seis meses. En vez de café, mi taza contenía whisky y había tomado unas cuantas de mis pastillas. Por lo visto, Nico me estaba hablando de un viaje que podríamos hacer a Ámsterdam, siempre hemos querido ir a Ámsterdam, pero mi mente solo oía el silencio, recuerdo a Nico extraño, mirándome fijamente y haciendo gestos amenazantes que luego él prometió no haber hecho. Claro que no los hizo. Fueron las pastillas y el alcohol los que me hicieron sufrir alucinaciones y vivir algo que en realidad no estaba ocurriendo.

«Tengo que dejarlo, tengo que dejarlo...» Pero nunca lo dejo. Es como cuando digo que cotillearé el contenido de las bolsas de Antonio por la noche, cuando todas las luces se apaguen, y luego termino en mi cama hasta arriba de pastillas, contemplando, debido a mi eterno insomnio, la espalda y el pelo revuelto de Nico. Las pastillas que me tomo tumbarían a un elefante. A mí, sin embargo, solo me oxidan las neuronas y me impiden dormir.

Víctor me mira, como queriendo descubrir qué es lo que pienso. Evito su mirada y me doy la vuelta hacia la ventana para no perder la costumbre. La de cosas que me he perdido por no estar atenta. No he visto a María despedirse de Carlos o a Alicia haciendo *footing*. Sigo sintiendo la mirada de Víctor sobre mí pero intento ignorar la angustia que me produce ser observada, cuando siempre soy yo la que está acostumbrada a hacerlo sin ser el centro de atención de nadie. Ni siquiera de mi marido, que baja las escaleras apresurado colocándose bien la corbata y, para mi sorpresa, me agarra de la cintura provocándome un sobresalto y me besa en el cuello. Nadie dice nada. No miro a Nico, que está detrás de mí, pero sé que está sirviéndose café y que ha salpicado el mármol; luego se acerca a la mesa, coge un periódico viejo que hay al lado de un jarrón de flores muertas y hace como que lo lee, pero en realidad está evitando a su hermano. Al cabo de pocos minutos, en los que yo he permanecido mirando mi penoso reflejo en el cristal de la ventana, vuelve a darme un beso y se va.

—Yo también me voy —dice Víctor.

Sin que me dé tiempo a decir nada, mi cuñado va hacia el recibidor, abre la puerta y luego veo, desde la ventana, cómo se mete en su coche de alquiler y desaparece calle abajo.

«¿Puedo vivir con un asesino?»

«No te queda otro remedio», responde la voz tranquilamente, como si le encantara verme en esta desagradable situación.

Al fin, sola en casa. Es mi momento.

Le echo al café un poco del whisky que tengo escondido bajo el sofá, me tomo dos pastillas y voy hasta mi estudio.

Enciendo el portátil y escribo en Google: «Víctor Costa.» Inmediatamente me aparece la sugerencia de: «Víctor Costa arquitecto», por lo que decido que esa será mi búsqueda principal. Todo lo que encuentro está en inglés, y se me informa de que Víctor es un estafador que ha huido del país y que debe millones de dólares a cientos de empresarios adinerados, importantes y cabreados, muy cabreados. Por lo visto, la inteligencia que demostró mi cuñado fue algo fuera de serie, puesto que ninguno de los altos cargos estafados sospechó nada de él ni de los tres americanos que también están involucrados y detenidos.

En todas las imágenes que me ofrece Google, Víctor aparece trajeado y muy serio; con la mirada esquiva hacia la cámara, evitándola en todo momento para intentar no salir en las fotografías; otros profesionales importantes del sector de la arquitectura posan junto a él. No aparece nada más, tampoco noticias sobre algún empresario americano muerto por sobredosis y mucho menos cargos contra Víctor por asesinato.

Recuerdo las palabras de Nico: «Lo hizo bien.»

Víctor no solo huye por haber matado a un hombre; al fin y al cabo, nadie le culpa de este crimen que, al igual que pasó con Clara, mi vecina, resultó ser algo «accidental» y autodestructivo. Nadie cree que alguien pueda asesinar provocándole a la víctima una sobredosis de heroína; siempre pensarán: «Ha echado su vida a perder él solito.» Luego está el tema de las estafas; adinerados empresarios... y todo me cuadra: Víctor mató a uno de ellos.

Todo esto me hace pensar que mi cuñado se quedará en casa durante mucho tiempo y que Nico ya intuía que algo iba mal desde el principio, y de ahí su comportamiento frío y distante con Víctor. Es normal, Nico es una persona diplomática, con sentido común y jamás sería capaz de estafar a alguien. Y mucho menos de matar. También dudo que Nico, aunque lo considero un hombre inteligente, conozca las artimañas necesarias como para realizar estafas de tales dimensiones.

Dejo el portátil y deambulo por casa como una zombi.

Engullo más pastillas de esas que me hacen sentir un poco mejor. Bebo café y también un poquito de whisky.

A las doce del mediodía la cabeza me da vueltas y me tumbo boca abajo en el suelo del recibidor, esperando que Víctor no venga a casa hasta muy tarde y que nadie vea el estado lamentable en el que me encuentro.

SOLA EN CASA CON EL ENEMIGO

El insistente sonido del teléfono me despierta. Miro a mi alrededor sin recordar cuándo ha sido el momento en el que me he quedado dormida en el suelo del recibidor. Está anocheciendo. Siento la boca pastosa, el suelo de parqué está pegajoso con un charquito de mi saliva incluido; apenas puedo articular palabra y me pesan los párpados. Poco a poco me incorporo, rogándole al dichoso teléfono que sea paciente y me dé tiempo a encontrarlo para poder contestar. Tras unos segundos confusos ubicándome en mi propia casa a tientas, logro dar con el teléfono: está escondido entre dos cojines del sofá. ¿Cuándo lo metí aquí, cuándo? No recuerdo nada de este día. He abierto los ojos y es como si hubiera vuelto a empezar el día, solo que ya es casi de noche y no sé qué es lo que he hecho antes de quedarme dormida en el suelo.

Veo en la pantalla del móvil que es Nico quien me llama.

—Dime —logro decir, con el teléfono muy pegado a mi dolorida oreja.

—Oye, estoy en Madrid.

—¿Cómo que estás en Madrid? —pregunto, dirigiéndome a la cocina y sirviéndome un vaso de agua para no sonar tan gangosa.

—Un caso, me han enviado hasta aquí, ¿vale?

—¿Y me dejas sola con Víctor? —pregunto desquiciada.

—¿Qué te has tomado? Mierda... —murmura.

—¿Cuándo vienes?

—¡Mierda! ¡Joder!

—¿Qué te pasa, Nico? —pregunto alarmada.

—¿Cómo?

—Has dicho «mierda» y «joder». ¿Qué pasa?

—Yo no he dicho eso. Andrea, acuéstate y no abuses de las drogas y el alcohol, un día de estos te va a pasar algo. —Resopla con la indiferencia de una persona que ha dejado de amar, alguien a quien le ha dejado de importar lo que le pase a su compañera de viaje—. Adiós.

Cuelga el teléfono. Yo, tras unos segundos desconcertantes, también.

Juro por Dios que le he oído gritar enfurecido «¡Mierda! ¡Joder!» en una misma frase. ¿Por qué me lo niega? Puede que esté enferma, pero no me invento cosas que no ha dicho. No puedo estar tan loca.

Estoy tan cabreada que he pasado por alto lo importante de la cuestión: sabe lo de mis adicciones. Lo sabe y por eso está así conmigo. Y puede que yo merezca que esté enfadado, pero lo que él no sabe es que su comportamiento no hace más que acrecentar mi ansiedad y, por lo tanto, el abuso y el maltrato hacia mi propio cuerpo.

Trago saliva al oír la llave introducirse en el cerrojo de la puerta con cierta torpeza. No estoy preparada para mirar a la cara a mi cuñado; no ahora, después de saber que es un estafador y un posible criminal. Voy corriendo hacia las escaleras, las subo con cuidado para no tropezar y me encierro en mi estudio desde donde puedo ver que Víctor ha dejado el coche aparcado frente a la casa de María y Carlos y no en la nuestra. Me extraña, pero no le doy demasiada importancia y miro hacia la puerta, intentando ver si la he cerrado con pestillo o no.

Víctor está subiendo. Oigo sus pasos, recorren el pasillo dirigiéndose hasta donde estoy yo. Mierda. Inmediatamente, me abalanzo contra la puerta, pero me caigo dándome un leve golpe en la cabeza. Me incorporo con rapidez y logro alcanzar el pestillo alzando el brazo. Con la oreja pegada a la puerta, presiento que se ha detenido ante mi puerta. No oigo nada y temo que me llame o que quiera forzarme a abrir. A los pocos segundos lo oigo alejarse un poco y abrir una puerta, deduzco que es la de la habitación de invitados. Apoyo la espalda contra la puerta dejándome caer hasta quedar sentada en el suelo, y respiro aliviada por no tenerme que enfrentar, al menos de momento, a la mirada de Víctor. A su carácter bipolar y a esos silencios que me incomodan aunque esté en mi propia casa.

«No estoy segura. Es mi casa, pero con Víctor aquí no estoy segura», pienso, mientras oigo a lo lejos arrastrar algo metálico por el suelo. Recuerdo que ya lo oí cuando llegó. Aquel día el objeto en cuestión parecía más grande. Claro que yo ahora también me encuentro más lejos y las pastillas me han dejado muy perjudicada esta vez. Me siento como cuando murió Clara y pensaba que el asesino de ella también vendría a por mí. Recuerdo lo mal que me sentía en todos y cada uno de los rincones de aquel apartamento que no quiero recordar. Y sé que con la presencia de Víctor en esta casa que ha servido para que me aleje, pero no para que olvide, voy a volver a sentirme igual de desprotegida y vulnerable que entonces.

Sigo con la oreja pegada a la puerta durante unos minutos, hasta que se me pone colorada y me escuece. Tras el silencio sepulcral que ha invadido la casa durante este tiempo, de nuevo oigo los pasos de Víctor y la puerta del dormitorio de invitados vuelve a abrirse y a cerrarse. Otra puerta se abre, no sé si es la del cuarto de baño o la de mi propia habitación. Me aterra la idea de que haya querido husmear en mis cosas, pero me alivia oír entonces el agua cayendo del grifo. Sigo tras la puerta, atenta a cada movimiento que realiza mi cuñado. Viene hacia aquí, pero luego se detiene y finalmente baja las escaleras.

Se me ocurre la loca idea de bajar corriendo e increparle, preguntándole por todo lo malo que ha hecho en San Francisco. Puede que si se entrega a la policía por el tema de las estafas no le caigan muchos años de cárcel si no tiene antecedentes.

«Recuerda que mató a una persona», me susurra la voz. Doy un respingo y corro hacia la ventana, por donde veo a Víctor cruzar la calle en la oscuridad de la noche para coger el coche que antes ha dejado aparcado frente a la casa de Carlos y María. No estoy muy acostumbrada a la perspectiva de esta ventana, es como si tuviera vista de pájaro, me resulta más cómodo verlo todo desde abajo. El coche se aleja y me pregunto dónde estarán Carlos y María. Son las nueve y media de la noche y todas las luces están apagadas.

El estómago me empieza a crujir. Con la seguridad de saber que Víctor ya no está, abro la puerta y, mirando durante unos segundos la habitación de invitados, dudando de si entrar o no, decido bajar e ir a la estancia donde más cómoda me siento: la cocina. Al abrir la nevera solo encuentro un par de cervezas, una pizza y queso. Mi estómago parece furioso por llevar días sin ocuparme de ir a hacer la compra. Suspiro y me conformo con un trozo de queso con pan de molde; mastico con pesadez, porque la mandíbula parece no querer responderme bien.

Miro a través del cristal de la ventana de la cocina con la única intención de esconderme por si veo a Víctor volver. Miro fijamente en dirección a la casa de Carlos y María y vuelvo a pensar en que es muy extraño que no estén en casa. ¿Se habrán ido de viaje?

Cojo el móvil y busco el perfil en Facebook de María, por

si ha gritado a los cuatro vientos que se ha ido de vacaciones o algo por el estilo, cuando me encuentro con la sorpresa de que la red social me informa que el perfil que solicito ha desaparecido. Sigo contemplando por la ventana por si descubro alguna tenue luz en su casa, pero solo alcanzo a ver la silueta de Antonio saliendo del coche.

Las agujas del reloj se ralentizan y yo me impaciento porque no pasa absolutamente nada.

«¿Y qué debería pasar?», me pregunta la voz, susurrante y lejana, más propia de ultratumba que de la realidad del espacio vacío y solitario en el que me encuentro.

Marco el número de Nico, necesito hablar con él. Pero tras tres intentos fallidos me doy por vencida y subo hasta mi dormitorio. Me tumbo en la cama, me distraigo mirando el reflejo de la luna y la luz anaranjada procedente de las farolas de la calle; me pesan los párpados, cierro los ojos y, después de mucho tiempo, entro en un sueño profundo sin verme en la obligación de contemplar una melena espesa negra y un torso masculino dándome la espalda.

MARÍA

Jueves, 11 de junio de 2015

LA DESPEDIDA

Andrea ha estado mirando mi casa durante un buen rato desde la ventana de su cocina. A estas horas ya habrá comprobado que mi rastro en Facebook, red que ella suele visitar en bastantes ocasiones, ha desaparecido. La he visto desde la lejanía, convirtiéndome en un fantasma tras las cortinas de mi dormitorio. Solo espero que, llegado el momento, descubra esa carta, que es, al fin y al cabo, mi historia, y gracias a ella consiga salvarse. No quiero que le ocurra nada, confío en que él la protegerá, aunque a veces dudo de que exista alguien que pueda acabar con esta pesadilla.

Son las dos de la madrugada. Un ligero temblor se apodera de mis piernas y solo tengo ganas de llorar. Un cúmulo de imágenes se me presentan para recordarme el auténtico motivo de todo esto. Y una y otra vez me susurro: «Ya es tarde. Muy tarde.» Yo solita lo he estropeado todo, pero ahora tengo un motivo para salvarme. Él o ella, tan chiquitito, tan indefenso... no puedo fallarle. Ahora no.

Escaparme de aquí va a ser fácil, o al menos así lo espero. Huir del pasado resulta más complicado y cruel.

Hace unas horas, cuando he hablado con Carlos, he hecho como si nada. Le he contado que he ido a hacer la compra, que he visto una película muy interesante que me gustaría que él también viera y que he limpiado la casa. Todo muy normal, nada que le haga sospechar que cuando vuelva yo ya no estaré. Él, por lo contrario, está muy ocupado en Berlín. Dice que no hace tanto calor como aquí y que el ambiente es animado; así que aún tendré unos días de margen hasta que llegue a preocuparse seriamente por mi voluntaria desaparición.

Carlos no podrá volver a golpearme. Cuando llegue a casa borracho y hasta arriba de cocaína, no tendrá a nadie a quien chillarle y así descargar toda la frustración que tiene dentro. Ha cambiado tanto en cuestión de un año... No parece el mismo, no es aquel hombre del que estaba tan enamorada... y tan equivocada.

Intento recordar si Andrea tiene el número de Carlos: si encuentra la carta podría intentar ponerse en contacto con él de algún modo; es lo único que me preocupa en estos momentos. Pero luego pienso en el encontronazo que tuvieron y una sonrisa maliciosa se me escapa de los labios al estar casi convencida de que Andrea jamás se pondría en contacto con él. Creo que, involuntariamente, le di motivos para que desconfiara de Carlos, aunque esto pueda despistarla a la hora de conocer la auténtica verdad de todo.

Oigo el rugido del motor de un coche. Debe de ser él. Cojo mi pequeña maleta violeta y, con resolución, bajo las escaleras.

Las luces de las farolas se han debido de volver a estropear, inundando el vecindario de la oscuridad de una noche pesada que se me va a hacer muy larga. Al salir de casa solo tengo ojos para él. Ha parado el motor del coche pero no las luces delanteras, que es lo único que alumbra un poco el tétrico escenario en el que nos encontramos.

—Bonita luna —dice él, con una franca sonrisa, mientras me detengo en el buzón a dejar otra carta, esta dedicada a mi «querido» marido.

—¿Nos vamos?

Solo quiero desaparecer de aquí; ni siquiera puedo contemplar la belleza de esta enorme luna, porque las sombras de los pinos y los arbustos, y este tétrico cielo oscuro, entre estas casas repletas de historias con más tristezas que alegrías, me han tenido prisionera demasiado tiempo.

Estoy impaciente, él también. Con un gesto amable y caballeroso que creía olvidado en el género masculino, me abre la puerta del asiento del copiloto, cerrándola en el momento en el que me acomodo. Pasa por delante del coche y y se sienta frente al volante. Me mira fijamente a los ojos durante unos segundos y vuelve a esbozar una sonrisa, con la única intención de transmitirme confianza y serenidad.

—¿Estás segura? —me pregunta una vez más, como si no lo hubiera hecho demasiadas veces a lo largo de estos días.

No digo nada. Me limito a mirar por la ventanilla y entonces, en el momento en el que él arranca el coche, veo una sombra contemplándonos desde la oscuridad de su casa. Tras la ventana de su cocina. Tan silenciosa y discreta como siempre. Le sonrío por última vez y, a pesar de saber que no puede verme, le digo adiós con la mano.

ANDREA

Jueves, 11 de junio de 2015

A TRAVÉS DE LA VENTANA

«Si no me hubiera levantado en mitad de la noche, desesperada y dándome lástima por querer engullir más pastillas como si fuera una yonqui, jamás los habría visto», pienso, repasando la escena mentalmente una y otra vez.

Sobre las dos de la madrugada, hora en la que suelo desvelarme empapada de sudor por este calor insoportable, he bajado a la cocina. No le he dado al interruptor de la luz al percatarme de que un coche con las luces delanteras encendidas estaba aparcado frente a la casa de Carlos y María. Me he asomado por la ventana de la cocina, sin importarme ya las malditas pastillas. La calle me ha dado miedo; una vez más las bombillas de las farolas se han vuelto a estropear, otorgándole así un aire tétrico como de película de terror, con las sombras alargadas de los pinos y los arbustos reflejadas en el asfalto.

Me apoyo en la encimera, tratando de no resbalar con los restos de agua que hay en el fregadero, para así pegar la cara contra el cristal de la ventana y poder ver mejor qué es lo que ocurre ahí fuera.

Me fijo en el coche. Un Seat León oscuro, no sé si negro o azul marino; si es esto último, es idéntico al que ha alquilado Víctor. Aunque mis párpados, aún somnolientos, pesan, abro los ojos con toda la fuerza de la que soy capaz para que no se me escape un solo detalle. Llámalo presentimiento o curiosidad, pero cuando siento este cosquilleo en el estómago significa que algo va a pasar. La puerta del conductor se abre. Una figura masculina, de espaldas anchas, alta y fuerte, posa un pie en la acera y mira hacia la casa de Carlos y María. Expectante, cuando se gira hacia mí doy un respingo y me alejo un poco de la ventana para no ser vista. Su mirada se detiene en mi casa, pero no me ve. No puede verme, estoy convencida de ello.

Cuando se acerca a las luces delanteras del coche, emito un pequeño chillido al darme cuenta de que se trata de mi cuñado. Va vestido de negro. Lleva una chupa de cuero que en ningún momento a lo largo de estos días he visto y creo que unos tejanos. Su mirada ahora está centrada en el coche y también en la puerta de la casa de María, por donde segundos más tarde la veo aparecer. En su mano derecha lleva bien agarrada una pequeña maleta, su gesto abatido refleja la pena de quien abandona algo querido. Mi cuñado y María se miran. Me parece que están sonriendo. Él le dice algo y ella le responde con indiferencia. Parecen conocerse de hace tiempo, pero ¿de qué? Frunzo el ceño e intento convencerme de que aún estoy soñando; porque, de no ser así, esta es la situación más inesperada y surrealista que hubiera podido imaginar.

Víctor, con la galantería que no creía que poseía, le abre la puerta de la parte del copiloto y María entra en el interior del coche con confianza. Mi cuñado corre, pasando por delante del coche, y también se encierra en su interior. Tras unos segundos, en los que me pregunto qué es lo que hacen juntos, Víctor arranca el motor y desaparecen calle abajo.

INSOMNIO

Son las cinco de la madrugada y no sé cuántos cafés llevo encima. Sigo paralizada frente a la ventana de la cocina, queriendo ver de nuevo el coche de mi cuñado y asegurarme de que María está bien. Han pasado tres horas. Tres horas en las que él ha podido llevarla a cualquier descampado y descuartizarla; qué sé yo con qué intenciones se la ha llevado en coche lejos de aquí.

¿Y Carlos? ¿Dónde está Carlos? Mi mente divaga, quizá no debería haberle echado tanto whisky al café. Pienso en la posibilidad de colarme en casa de Carlos y María y me lo imagino a él muerto en la cama. No querría ser yo quien descubriera la escena en la que Carlos, tumbado sobre un charco de sangre, poniendo perdidas las siempre inmaculadas sábanas blancas de María, yace sin vida.

«Dios... No, no, no... Me voy a volver loca.»

«Ya lo estás. Un poquito», me dice la voz disfrutando.

Doy un sorbo y cuando dirijo de nuevo la mirada hacia la casa de Carlos y María una luz intermitente se enciende en su dormitorio. Es solo un segundo, quizá dos. Alguien ha encendido y apagado la luz, como pidiendo auxilio.

Salgo de la cocina y me detengo frente a la puerta de la entrada. En silencio, aunque soy consciente de que nadie me va a oír, cojo las llaves y salgo de casa con el ímpetu de una superheroína. Cruzo la calle corriendo, tratando de no tropezar con las zapatillas de andar por casa; salto la valla de mis vecinos que afortunadamente no es demasiado alta y me meto en su jardín trasero. ¡Dios! Nunca había hecho algo así. ¡Qué adrenalina! Me siento como Lara Croft pero con lorzas; mucho menos flexible y demasiado torpe a la hora de saltar. Sé que me pasará factura y que en unas horas me dolerá todo el cuerpo. Pero da igual si de esta forma descubro qué es lo que pasa aquí. Por qué María se ha ido con mi cuñado, qué esconde en casa y quién ha encendido y apagado la luz de una de las estancias con una asombrosa rapidez.

Me dirijo a la puerta trasera acristalada que da al salón. Rezo para que María sea tan despistada como yo y se la haya dejado abierta. A través del cristal solo puedo ver oscuridad, como todo a mi alrededor. Agarro el pomo con fuerza y tiro de él, dándome cuenta de que efectivamente, adrede o no, se han dejado la puerta abierta, y entro en el interior de la casa ajena con pudor. En mi mente todo había quedado mucho mejor, más aventurero y arriesgado. Ahora no sé qué paso debo dar a continuación.

Recorro las estancias oscuras y solitarias a mi antojo y al encontrarme frente a las escaleras medito un segundo sobre si sería buena idea subir al piso de arriba.

«¿Qué demonios? Ya estás dentro. Adelante.»

Subo despacio, apenas hago ruido, y en cuestión de segundos me encuentro en el interior del dormitorio de Carlos y María, invadiendo la intimidad del matrimonio. El cuerpo de Carlos no yace ensangrentado y muerto sobre la cama; todo está en orden y no parece que nadie haya cometido un asesinato. Huele a limpio, como si María se hubiera esmerado más de la cuenta en dejarlo todo en orden antes de irse. Sobre una mesa de cristal que hay frente a la ventana encuentro un papel en blanco aunque con letras marcadas encima y un bolígrafo tirado a su suerte. No puedo distinguir con las luces apagadas qué es lo que han podido escribir sobre ese papel, así que decido llevármelo. «Ni Carlos ni María recordarán que tenían un papel ahí encima», me digo para convencerme.

Abro tan silenciosamente como puedo el resto de las puertas del piso de arriba. No hay nada extraño que me haga sospechar que aquí ha pasado algo. El parpadeo de la luz habrá sido un cortocircuito o fruto de mi imaginación, no pienso darle más vueltas al extraño fenómeno.

«O fantasmas...», la voz intenta asustarme.

«Sabes que no creo en fantasmas, señorita», me río yo.

Más tranquila, aunque con la inquietud de saber que en cualquier momento pueden venir y encontrarme aquí, salgo de la casa ajena con el papel en la mano y, justo en el momento en el que me asomo a la valla para asegurarme de que no haya nadie alrededor que me pueda ver, oigo un motor: es mi cuñado conduciendo el mismo coche con el que se ha llevado a María hace unas tres horas y media.

Mierda. Mierda. Mierda. Mierda.

¿DÓNDE ESTÁS, MARÍA?

Ya es de día, deben de ser las siete de la mañana. Me muero por una taza de café y un cigarrillo. El imbécil de mi cuñado seguramente estará durmiendo y no le importará saber dónde estoy. Claro, lo lógico sería pensar que duermo plácidamente en mi cama. Pero no. Sigo tras la valla del jardín trasero de María, enfundada en mi ridículo y minúsculo pijama rosa de algodón, con las piernas paralizadas y un nuevo rasguño por culpa de un matorral mal cortado; la vista nublada y la mente espesa, sabiendo que tengo que salir pitando de aquí, porque en nada el ritmo —aunque no demasiado frenético— de la calle dará comienzo, y esta vez no lo podré observar desde la seguridad de la ventana de mi cocina con una taza de café en la mano. No sería nada discreto estar aquí, y lo de regar las flores de la vecina no me serviría de excusa, porque el jardín está completamente abandonado y desértico. Muerto, diría yo.

Aún no he salido del jardín porque siento pánico de volver a casa y encerrarme entre las mismas paredes que Víctor. Y lo peor de todo: no hay ni rastro de María. La vi irse con mi cuñado, él ha vuelto y ella no. ¿Qué le ha hecho?

Miro alrededor como si mi vida pendiera de un hilo. Tengo los dedos de los pies entumecidos y apenas los puedo mover, pero, gracias a un enorme esfuerzo por mi parte que no creía tener, consigo saltar la valla y correr como alma que lleva el diablo hasta mi casa. Con las manos temblorosas y el sudor recorriéndome el cuerpo, introduzco la llave en el cerrojo de la puerta lo más silenciosamente que puedo y abro. Un olor a humedad y a putrefacción me recibe en el vestíbulo, pero lo único que hay extraño es la chupa de cuero negra que llevaba puesta Víctor esta madrugada, colocada de cualquier manera en la barandilla de las escaleras. Con los dedos en forma de pinza, la cojo, más como si fuera una bomba a punto de explotar que una simple chaqueta. Busco en los bolsillos alguna pista que me pueda indicar dónde estuvieron anoche pero no hay nada, solo un mechero. Busco restos de sangre, de tierra... ya no sé ni lo que busco, porque no encuentro absolutamente nada. Y en el momento en el que me la acerco sin pudor a la cara y la olfateo, siento la presencia de Víctor detrás de mí.

—¿Qué haces? —pregunta frunciendo el ceño, y arrebatándome la chaqueta de las manos. Lo miro confundida y avergonzada, sin saber qué hacer o qué decir. Víctor mira mi cabello, seguramente está revuelto y mi piel seca y sudada por haber pasado la noche en la intemperie—. ¿Qué tienes en el pelo?

Víctor se acerca demasiado a mí con la mano levantada y yo no disimulo cuando doy un paso hacia atrás, apartándome bruscamente de él.

—Tienes una ramita enredada en el pelo.

—¿Eh?

Automáticamente llevo mi mano a la cabeza y desenredo un mechón en el que se había enroscado una ramita; seguramente del momento en que salté la valla.

—¿Y mi hermano? —pregunta Víctor.

—Me llamó anoche. En Madrid —respondo, intentando aparentar normalidad.

Víctor parece aliviado al oír la respuesta. Una vez más, estudio la expresión de su rostro; tiene los músculos tensos, no parece haber dormido bien. Los ojos aún adormilados parecen pedir a gritos un café cargado y de sus labios es difícil sonsacarle una sonrisa. Bajo la mirada hasta llegar a las manos, en las que no había reparado hasta ahora. Son unas manos fuertes, masculinas y muy grandes, que sin duda podrían acabar con la vida de una persona. ¡Dios! Con la vida de María... María... ¿Por qué? ¿Adónde la llevó anoche? Víctor no aparta la mirada de mí. Parece enfadado o disgustado, no sé cómo interpretarlo. Puede que se enfurezca si le digo que lo vi anoche con María; quizás es peligroso que lo sepa, podría reaccionar de manera violenta.

Decido callar y hacer como si nada por mucho que me cueste, al menos hasta que llegue Nico y me sienta a salvo.

—¿Café? —pregunto risueña, interpretando el papel de mi vida.

—Vale.

No me quita los ojos de encima. Siento vergüenza al mostrarme en pijama y zapatillas, pero pienso que en cuanto me tome el café me encerraré en el estudio y trabajaré hasta tarde con tal de no volver a coincidir con él en todo el día.

—¿Tienes planes hoy?

—Ajá.

No pienso preguntarle nada más. Le sirvo una taza de café, cojo el mío y veo que ayer me olvidé de esconder la botella de whisky en el fondo del armario de debajo del fregadero; disimuladamente le echo un chorrito a mi taza. Creo que no me ha visto.

—¿Whisky a estas horas? —pregunta mirando el reloj—. ¿Tienes problemas con la bebida, cuñada?

No entiendo sus silencios y tampoco las confianzas repentinas que se toma a veces, cuando resulta menos apropiado. Ignoro su comentario y me doy la vuelta para observar, un día más desde hace dos años, la vida de un vecindario que hoy amanece diferente sin ella.

RECUERDOS DE OTRA VIDA

—Vuelve, por favor —le suplico a Nico—. No aguanto ni un segundo más a solas con tu hermano.

—Tengo mucho lío, Andrea. Aún no tengo billete de vuelta, pero te prometo que haré lo que esté en mi mano para volver lo antes posible.

—¿De verdad? —pregunto, como una idiota esperanzada.

—Sí...

Nico resopla. Poco más tenemos que decirnos.

—Lo siento —le digo—. Sigue trabajando, ya me apañaré.

—Eso espero.

Imagino la expresión de su rostro fría y altanera al colgar el teléfono. El hecho de no saber cuándo volverá a casa me tiene en una tensión constante que no puedo soportar. Son las cuatro de la tarde y no he salido del estudio desde hace horas, ni siquiera para beber o tomar pastillas. Hoy estoy muy bien, me siento despierta y con todos los sentidos alerta, que es lo que necesito ahora. A las nueve de la mañana he visto a Víctor salir con el coche, pero ha vuelto sobre las dos y creo que ahora está en el salón porque oigo la televisión.

Como las musas no vienen a verme, vuelvo a buscar el nombre de mi cuñado en internet y leo y releo todas las noticias sobre sus estafas millonarias, pero sigue sin aparecer nada sobre un asesinato. La presión y el dinero tal vez hicieron que matara a un hombre en San Francisco, pero ¿qué le ha hecho María para que acabe con su vida? En el caso de que le haya hecho algo, porque puede que esté imaginando cosas que realmente no han sucedido ni sucederán. Que no viera salir del coche a María no significa que esté muerta, sino que tal vez ha pasado la noche fuera y Víctor solo se ofreció a acompañarla donde ella le dijera. Pero todos estos pensamientos se van al garete porque el cosquilleo que sigo teniendo en el estómago me dice que hay algo más, y convencerme de que debo mirar a otro lado no es la solución si quiero ayudarla.

Miro por la ventana pero no hay indicios de que María haya vuelto a casa, y su perfil en Facebook sigue desactivado. «Algo ha pasado y tengo que descubrir qué es», pienso, mientras tecleo cosas absurdas en el buscador como, por ejemplo, «escapadas románticas» que nunca haré.

A las cinco tengo hambre. No he comido nada en todo el día y necesito llevarme algo a la boca. Quito el pestillo y abro la puerta del estudio mirando a mi alrededor. Sigilosamente bajo las escaleras, veo la cabeza de Víctor al llegar a la planta de abajo, hundida en el sofá ante el televisor. Giro hacia la derecha en dirección a la cocina y, para mi sorpresa, la nevera está llena de comida.

—¡He ido al súper! —informa Víctor desde el salón.

Suerte que no está aquí y no puede ver lo roja que me he puesto por la vergüenza que siento al ser un ama de casa irresponsable que no es capaz ni siquiera de coger el coche e ir al súper a hacer la compra. Me digo lo mismo de siempre: la naturaleza es sabia y por eso no se me ha concedido el don de tener hijos. Puede que esté destinada a no ser madre y que Nico en realidad esté en Madrid por otros asuntos menos profesionales. ¿Habrá ido con su secretaria? ¿Estarán compartiendo noches de pasión y desenfreno?

Cojo un filete de pollo del interior de la nevera, me asqueo al ver moscas revoloteando a su antojo en la zona del fregadero, y al darme la vuelta me encuentro con Víctor.

—¿Eres siempre tan silencioso? —le pregunto molesta.

No dice nada y abre la nevera para coger una cerveza, sentarse y observarme mientras preparo la sartén para preparar el pollo a la plancha. Se me quita el hambre de golpe. Miro de reojo a Víctor pero, al contrario de lo que pensaba, él no me mira. Parece absorto en sus propios pensamientos, veo el miedo y la preocupación reflejados en su rostro y no puedo evitar pensar que sí, que algo ha hecho. Que es el responsable de algo muy grave que me empeño en querer adivinar mirándolo fijamente.

—¿Qué tal el trabajo? —me oigo de repente preguntar, como si mis labios funcionasen por sí solos, sin hacerle caso a mi mente, que se niega a entablar cualquier tipo de conversación con él.

—Bien, como siempre.

«Qué bien disimulas», pienso para mis adentros.

«Será mejor que cierres el pico, Andrea», me advierte la voz.

Me siento frente a él a comer mi triste trozo de pollo a la plancha, evitando en todo momento el contacto visual. Un tic nervioso se apodera de mi pierna, algo que parece sacarle de quicio. Inmediatamente sale de la cocina, coge su copia de las llaves de la mesita del salón y se va. Lo veo desaparecer andando desde la ventana en dirección a la zona boscosa que tenemos al lado.

Asegurándome de que no hay posibilidad de que vuelva pronto, subo corriendo al piso de arriba y me encierro en la habitación de invitados en la que duerme Víctor, para ver si descubro algo que tenga que ver con la desaparición de María.

«Te estás montando una película, Andrea.»

Me limito a no pensar ni a hablar más conmigo misma con tal de no distraerme en mi búsqueda de ese «algo» que me haga tener sospechas de verdad. Todo en orden en el interior del armario. Es la segunda vez que me entrometo en la intimidad de mi cuñado y aunque la vez anterior no descubrí nada debajo de la cama, a donde me pareció oír que arrastraba algo, ahora al mirar sí encuentro una pequeña caja de latón que no me deja indiferente. La cojo arrastrándola por el suelo de parqué, emitiendo el mismo ruido que hizo Víctor cuando lo oí. Por un momento me entretengo acariciando la tapa áspera de metal en la que hay dibujado un arcoíris y un inmenso cielo azul; en la esquina derecha, un sauce llorón y, sobre el césped, una vieja bicicleta abandonada de color amarillo. Abro la cajita con mucho cuidado y cuál es mi sorpresa al descubrir que el contenido es escaso pero a la vez me parece muy valioso. Encuentro tres fotografías que me llaman mucho la atención. La primera es la de una niña preciosa que lleva el cabello lacio y rubio recogido con dos coletas en las que destaca un lazo rojo en cada una. Está en un parque y sonríe a cámara con la gracia y picardía de una pequeña de aproximadamente cinco o seis años, a la que el Ratoncito Pérez ha venido a visitar porque le falta un diente de la parte superior delantera. Tiene los ojos de un color azul intenso y su naricita pequeña está repleta de pecas. Las otras dos fotos, hechas en el mismo parque, me llaman aún más la atención. En una de ellas aparece la niña abrazada a una mujer que hasta el momento creía que solo podría ver en las revistas de moda. La mujer viste un ajustado vestido marrón; parece alta y es muy delgada. Luce un cabello sedoso y ondulado del mismo color que el trigo y sus ojos son tan increíblemente azules como los de la niña, mostrando una sonrisa a cámara que roza la perfección. La tercera me deja en *shock*. La misma mujer, la misma niña y Víctor mirando a cámara fijamente con una sonrisa que me demuestra que en otros tiempos fue feliz lejos de su hermano y de toda su familia. Me doy cuenta de lo poco que sé sobre Víctor; pero el de la foto no sería capaz de matar ni a una mosca. Sus manos, esas que pensé hace unas horas que podrían acabar con la vida de cualquiera, abrazan con delicadeza a la mujer y a la niña que parecen tan felices como él.

Sin darme cuenta se me escapa una lágrima. Dejo las fotografías en el mismo orden, y entonces me doy cuenta de que en una esquinita de la caja de latón se esconde un pequeño papel amarillento y arrugado. Tengo que mirar dos veces para cerciorarme que lo que estoy leyendo es real y empiezo a llorar aún más: «El destino está a la vuelta de la esquina, pero lo que no hace es visitar a domicilio, hay que ir a por él.»

La frase del papelito me transporta a la lectura de mi novela fetiche: *La sombra del viento*. Una frase a la que le doy la vuelta, intentando descifrar el significado que puede tener para Víctor. Una mujer, una niña y esa frase.

¿Qué tienen en común?

Leo y releo las palabras, escritas por una mujer, no me cabe duda. La caligrafía es alargada, curvada, elegante y cuidada. Por un instante imagino a esa mujer, de aspecto americano, leyendo *La sombra del viento* y me estremezco al pensar cuántas almas leerán a la vez la misma historia que ha marcado, al igual que otras tantas cosas, mi existencia. Cuánto lamento haber perdido aquel libro y preguntarme cada día de mi vida dónde estará. Es como si esta cajita de recuerdos ajenos me perteneciera, sin saber quiénes son la mujer y la niña de las fotografías.

Cierro la cajita mirándola con nostalgia debido a sus imágenes, que me evocan recuerdos de mi más tierna infancia, y la vuelvo a meter debajo de la cama.

¿Qué sería del ser humano sin sus recuerdos?

Estos son los de Víctor y puede que le interese mantenerlos en secreto; casi tanto como el asesinato que cometió. Me estremezco con solo pensarlo y, a la vez, el haber visto estas fotografías me tranquiliza. Esa mujer y esa niña no le temían, todo lo contrario: parecían amarle.

«Puede que eso fuera lo que las destruyera», conjetura la voz, como siempre malintencionada.

«Ni una palabra de esto. Ni una palabra», pienso al salir del dormitorio de invitados e ignorando la voz que pretende que siga temiendo a mi cuñado.

Decido no tomar pastillas ni beber alcohol.

Hace mucho tiempo que no busco mi libro y es posible que hoy sea el día en el que pueda dar con él. Quiero tomarme la cajita de latón como una señal; al fin y al cabo hay que ir a por el destino y no puedo pretender que la novela venga a mí como por arte de magia. Desordeno armarios, cajones y estanterías con una pizca de ilusión en los ojos y una sonrisa permanente al recordar no solo las palabras escritas por mi admirado escritor, sino también la dedicatoria, única en el mundo, que me costó muchas lágrimas no volver a ver desde que nos mudamos aquí.

VÍCTOR

Jueves, 11 de junio de 2015

MUERTA LA NIÑA.
ROTO EL CORAZÓN

Miércoles, 5 de febrero de 2014. San Francisco. Maggie lloraba desconsoladamente en el funeral de Kate.

Dios sabe que la pequeña era como una hija para mí y ese día, mientras miraba cómo el pequeño ataúd de madera blanca bajaba hasta las profundidades de la tierra, no pude evitar sentirme culpable.

Maggie no me miraba. Dejó de quererme desde el primer segundo en el que el corazón de su hija dejó de latir. La entendí, pero aún me duele, porque todavía la sigo amando con todo mi ser; todo lo que hice fue por y para ellas, y precisamente eso es lo que nos llevó a vivir la peor de las desgracias.

Todo sucedió tan rápido que aún hoy, después de tanto tiempo, cierro los ojos y, al abrirlos, creo que ha sido una pesadilla y Kate vendrá a la cama a abrazarme, a llenarme de besos y a llamarme «papá». Qué rápido empezó a llamarme «papá» y qué normal parecía.

El lunes 3 de febrero, Kate desapareció al salir de la escuela, para aparecer casi cuatro horas más tarde muerta en un callejón a cinco calles. Alguien le dio un fuerte golpe en la cabeza que le produjo un hematoma interno que la condujo a la muerte en cuestión de minutos.

«Mi niña... con solo seis añitos...»

Me lamento y me lamentaré durante el resto de mis días.

«Algún día tu avaricia te pasará factura, Víctor», me dijo Maggie una vez, a pesar de no saber ni la mitad de mis fechorías, mentiras y fraudes.

Yo sabía que le gustaba vivir bien, rodeada de lujos y caprichos caros. Si hubiéramos dependido de su sueldo como dependienta en Louis Vuitton o de mi humilde trabajo como arquitecto del montón entre toda la competencia que había en la ciudad de San Francisco, no habríamos podido comprar un ático de ensueño en Union Square, desde donde podíamos ver a través de los grandes ventanales las vistas de la ciudad. De noche era increíble; y en Navidad, todo un espectáculo de cuento. Kate se pasaba horas en la pista de patinaje sobre hielo. También le gustaba ver desde la ventana de nuestro amplio y acogedor apartamento las luces navideñas y el enorme abeto que instalaban en la plaza cada año por esas fechas.

Pero cuando las cosas salen mal, cuando te sobreestimas y piensas que los demás son idiotas —al menos más que tú—, suceden el tipo de cosas que Maggie temía. Las palabras de Maggie, el amor de mi vida, se convirtieron en una dura y dolorosa realidad. Y le tuve que dar la razón, muy a mi pesar y al suyo. Mi avaricia y mi mal hacer terminaron injustamente con la vida de un ser inocente; la persona a la que más he querido en este mundo.

Cuando fuimos a buscarla a la escuela y vimos que no salía, no nos preocupamos demasiado al principio, porque pensamos que estaba en casa de alguna amiga. No habría sido la primera vez: a pesar de que Kate solo tenía seis años, Maggie le daba libertad porque ella había tenido una infancia muy triste; sus padres le cortaban las alas y era algo que no quería hacer con su hija. Pero ojalá le hubiera cortado las alas, ojalá siguiera viva.

Llamamos a las casas de todas las niñas con las que se relacionaba Kate, pero cuando se nos agotaron las posibilidades nuestra tranquilidad se tornó en verdadera inquietud.

Y nuestro mundo se desmoronó por completo cuando la policía descubrió el cadáver.

Tengo enemigos. Muchos. Y fue uno de ellos el que acabó con la vida de mi pequeña; aunque no directamente, pues ocupan altos cargos y jamás se mancharían las manos de sangre. Pero yo no le tengo miedo a la sangre, tampoco a la muerte o a las consecuencias de un acto tan grave como el de privar de vida a una persona.

—Te juro que lo pagarán —le dije a Maggie entre lágrimas de desesperación.

Pero no me miró. No habló. Luego, al cabo de unos minutos, vino hasta la cocina, donde me encontraba fingiendo beber una taza de té. No olvidaré su cara de asco hacia mí. Su frustración y su impotencia; pero sobre todo su tristeza. Si hubiera podido me habría matado allí mismo. Y yo no se lo hubiera impedido; prefería morir antes que sentir este sufrimiento.

—Estoy muerta, Víctor. A mí también me han matado. Lo sabes, ¿verdad? —murmuró con la mirada perdida—. Puedes venir al funeral, pero después sal de mi vida para siempre. No quiero volver a verte nunca más, no quiero entrar en tu juego. Demasiado daño has hecho con tus mierdas.

Dio media vuelta y con la elegancia que siempre la ha caracterizado, aunque esa vez con los hombros encogidos y la cabeza gacha, fue hasta el dormitorio donde no dejó de llorar y emitir aullidos cargados de dolor y desesperación durante toda la noche. Me quedé en el sofá, con el osito de peluche de Kate entre mis brazos, sin posibilidad alguna de mitigar su dolor con un abrazo o un beso. Un acto de amor que en esos momentos solo la habría hecho feliz si yo hubiera podido revivir a su hija. No tengo ese don, pero sí podía vengar una injusticia que me partió el alma en dos y no sentir remordimientos por ello.

«El destino está a la vuelta de la esquina, pero lo que no hace es visitar a domicilio, hay que ir a por él», escribió Carlos Ruiz Zafón en una de mis novelas preferidas: *La sombra del viento*.

Así que era el momento de actuar y vengar la muerte de la pequeña de cabello dorado y ojos azules como el cielo; de sonrisa permanente y pequitas con sabor a sal.

Daba igual lo que tardara, al final se haría justicia a mi manera. No podía perder ni un solo minuto en encontrar al responsable de su muerte, lo que me pasara a mí ya no importaba. A nadie le importaría.

ANDREA

Jueves, 11 de junio de 2015

LA SOMBRA DEL VIENTO

—¿Qué buscas?

—¡Mierda! Me has asustado.

Víctor y su manía de aparecer detrás de mí sin hacer el menor ruido. Eso, o estoy perdiendo facultades auditivas. Me pone los pelos de punta; esa seriedad, esa mirada perturbadora y misteriosa. No lo soporto a pesar de haber visto su otra cara en las fotografías.

Llevo en el salón toda la tarde buscando por cada rincón el libro sin éxito. Los cojines de los sofás tirados por el suelo, la estantería que hay al lado de la chimenea revuelta, los cajones del mueble del televisor entorpeciendo el camino hacia la cocina... Menudo desastre. ¿Cómo fui tan idiota de perder hace ya dos años un libro tan especial y significativo para mí? Por un lado, me alegra ocupar mi mente con algo que no sea mi obsesión por mi cuñado, la desaparición —en el caso de que así sea— de María y las bolsas de Antonio al que hoy no he espiado desde la ventana.

—Un libro —contesto.

—¿Cuál? —quiere saber, mirando el desorden que hay a su alrededor con el ceño fruncido.

—*La sombra del viento*.

Observo la expresión de su rostro. Esboza una media sonrisa y me ayuda a colocar en la estantería los libros y las pequeñas esculturas de barro que compré hace años en Lisboa.

—Es una de mis novelas favoritas —dice sin mirarme.

Ahí quería llegar yo, recordando la frase que había encontrado escrita en un minúsculo papel arrugado en su cajita de latón.

—«Cada libro, cada tomo que ves, tiene alma —empiezo a decir haciendo memoria—. El alma de quien lo escribió, y el alma de quienes lo leyeron y vivieron y soñaron con él.»

—Es una de mis frases favoritas.

—Es la primera vez que te veo sonreír de verdad —le digo, olvidando por un momento la posibilidad de que sea un cruel asesino.

—¿Por qué es especial? ¿Por qué lo estás buscando con tanto esmero? —me pregunta.

Me gusta que me lo pregunte, porque Nico nunca se interesó en saberlo. Respiro hondo y me preparo para responder sin que las lágrimas, siempre traicioneras, se desparramen por mis mejillas a su antojo.

—Fue el último regalo de cumpleaños que me hizo mi padre antes de morir. Era su libro favorito; yo, sin embargo, acababa de cumplir veinte años y la lectura aún no era de mi interés. Casi se lo tiro a la cabeza y... —Necesito detenerme, el nudo en la garganta ha venido a visitarme y el sistema de alerta en mi cerebro se ha activado. De un momento a otro no voy a poder evitar llorar y Víctor lo sabe. Vuelve a mirarme con lástima, esa lástima que odio que sientan los demás hacia mí—. Y al día siguiente murió de un infarto. El mismo día que lo enterramos abrí el libro y leí su dedicatoria. En ella me daba consejos vitales de gran importancia que he desobedecido a lo largo de estos años. Luego leí el libro, más bien lo devoré en cuatro días. Me fascinó. Hice incluso la famosa ruta cuando estaba en pleno auge y me imaginaba ir de la mano de mi padre a quien le habría encantado recorrer cada uno de los escenarios en los que está inspirada la novela. La calle Santa Anna —empiezo a nombrar con cierta melancolía—, la plaza Reial, la calle del Call y la bajada de la Llibreteria... Descendimos por la Rambla de Santa Mònica para llegar hasta la calle de l'Arc del Teatre donde Zafón imaginó el Cementerio de los Libros Olvidados como un portón ennegrecido que da paso a un antiguo palacete; y luego caminamos por la calle Argenteria hasta llegar a la catedral de Santa Maria del Mar y a la calle Montcada, donde descubrimos el Xampanyet, ¿lo recuerdas? —Asiente, más triste aún por lo que le estoy contando. Debo de darle mucha lástima—. Y luego Els Quatre Gats en la calle Montsió, y de nuevo la calle Santa Anna junto a la plaza de la iglesia, donde estaba la vivienda y la librería Sempere e Hijos. ¡Ah, y la calle Canuda, para conocer el Ateneu Barcelonès! En fin, fue tal mi obsesión que arrastré a Nico a vivir a un viejo apartamento de la calle Santa Anna, donde se supone que vivía el protagonista. Imagínate... Yo quería ir a vivir allí, uno de los escenarios más emblemáticos de la novela, y no podía creer que un apartamento estuviera libre. Gracias a mi padre y a este libro, quise ser escritora; aunque reconozco que no voy por el buen camino. Era casi como la ensoñación del protagonista de *La sombra del viento* en la que decía: «Hubo un tiempo, de niño, en que quizá por haber crecido rodeado de libros y libreros, decidí que quería ser novelista y llevar una vida de melodrama.» Qué identificada me sentía en esos momentos con esas palabras escritas por Zafón.

—¿Cuándo lo perdiste? —me pregunta Víctor.

—Hace dos años, cuando vinimos a vivir aquí. Con todo el lío de la mudanza me despisté, supongo.

—Lo siento. ¿Nico no lo ha visto?

—Nico no sabe nada —respondo con fastidio.

—Nico nunca sabe nada.

Y con estas palabras desaparece de mi vista. Sube al piso de arriba y se encierra en su habitación. Yo solo espero haber dejado la cajita tal y como estaba y que no se dé cuenta de que he estado allí. Mientras recojo los cojines, miro hacia la casa de Carlos y María, pero sigue sin haber ninguna luz encendida. El coche de Antonio ya no está, la señora Dolores debe de estar cocinando y veo a Ismael pasear al perro con una lata de cerveza en una mano y un porro en la otra.

Las ventanas nos muestran un mundo, nuestro cerebro otro.

Me he portado bien durante todo el día, pero necesito mi dosis para poder relajarme y hacer como que duermo, aunque en realidad hoy ni siquiera tenga una espalda a la que mirar. Voy hasta la cocina y me preparo una especie de café aguado con un chorrito del whisky que tengo escondido debajo del fregadero. Mientras le doy sorbos y fumo un cigarrillo, contemplo la calle; hoy más solitaria que nunca. Da tanto miedo como la noche anterior. Las farolas no funcionan, una neblina espesa, a pesar de las altas temperaturas, se apodera de la calle donde yo creía que nunca pasaba nada y las sombras de los pinos me resultan hoy inquietantes por sus formas alargadas; como si de unas garras se tratasen.

En casa de María sigue sin haber luz.

Vuelvo a entrar en Facebook para ver si su perfil está activo, quizá solo se ha tratado de un fallo técnico, pero de nuevo me informa que lo que busco ya no existe.

«Ya no existe», repite la voz, regodeándose de mí.

¿Y Carlos? ¿Dónde está Carlos? Muchas son las preguntas que se me agolpan en la cabeza. Nico está en Madrid y, aunque sé que tampoco me serviría de mucha ayuda, puede que me hiciera sentir más segura.

Viernes, 12 de junio de 2015

UN NUEVO DÍA

Vigilo de cerca a Ismael cuando lo veo paseando con Alicia, a la que esta mañana he visto un poco alterada. Caminan por la calle a una distancia prudente el uno del otro, hablando en alto y discutiendo mientras *Matías*, ajeno a los problemas conyugales de sus dueños, mueve el rabo enérgicamente. Sin embargo, no puedo evitar sentir una punzada en el estómago cuando pienso en María y en la noche en la que la vi irse con Víctor. Esta obsesión me va a perseguir a diario hasta que encuentre una respuesta coherente o hasta que mi vecina aparezca. No puedo preguntarle nada a Víctor, no me fío de él. Son las ocho de la mañana y aún no se ha despertado, aunque sé que dentro de un rato aparecerá por la cocina dándome un susto de muerte porque no habré oído sus pasos al venir hacia aquí.

Llamo a Nico, también desaparecido en combate en Madrid. Estoy tan acostumbrada a que no conteste mis llamadas que si lo hiciera me parecería irreal. Debo mantenerme ocupada, seguir buscando el libro y ponerme a escribir, esta vez con alguna idea pensada, tal vez sobre la desaparición de María con mi cuñado como principal sospechoso, o recoger un poco la casa. Quiero dejar de pensar y de amargarme de esta manera, de verdad quiero que sea así.

Abro el cajón y veo las pastillas olvidadas de citrato de clomifeno. Me río de mí misma por un momento al saber que nunca llegaré a abrir la caja porque ya ni siquiera me apetece cambiar mi vida con la llegada de un ser inocente que podría ser el único que me hiciera feliz.

«Una obsesión menos», pienso, mientras recuerdo a la vez las palabras de María: «Aquí nunca pasa nada. Pero, si pasara, tú lo sabrías; y nadie se libraría de ir a prisión en el caso de que le diera por asesinar a alguien.»

—¿Te han asesinado, María? —pregunto en voz alta.

Intento eliminar esta idea de la cabeza y pienso en lo loca que me estoy volviendo.

—¿Qué dices? —pregunta Víctor, apoyado en el marco de la puerta de la cocina.

Me cuesta un poco deshacerme de mis pensamientos para hablarle y preguntarle si quiere café. No hace falta, porque, como si estuviera en su propia casa, coge una taza del armario y se sirve él mismo.

—Hace calor, ¿eh?

Asiento y lo miro fijamente. Lleva el cabello grasiento y despeinado, no recuerdo la última vez que se dio una ducha y me asquea la sensación de suciedad que me transmite. Sus ojos hoy parecen hundidos sobre unas ojeras violáceas y unos pómulos más marcados que hace unos días. Puedo palpar su sensación de agobio y angustia, sé que le pasa algo.

—¿Cuándo vuelves a San Francisco? —le pregunto, casi susurrando.

Víctor me mira con los ojos muy abiertos, abre la boca un poco como queriendo decir algo, pero se limita a encogerse de hombros y a emitir un gruñido que no sé cómo interpretar. Pienso en la posibilidad de que se quede en mi casa muchos más días, me horroriza pensar que tenga que aguantarle durante meses; ver su cara cada día y soportar nuestros incómodos silencios. Saber que oculta algo, que es un asesino, que quizás ha acabado con la vida de María y no ser capaz de preguntárselo por miedo a que me suceda algo. Por miedo a morir. El efecto de la pastilla tranquilizante que me he tomado esta mañana hace acto de presencia y me hace delirar viendo imágenes que quiero alejar: el rostro de Clara, muerta; la sonrisa de María, que no sé dónde está. Un factor común: alguien quiso hacerlas desaparecer de la faz de la Tierra; aunque quizá me equivoque y a María no le ha pasado nada.

—Me voy.

Víctor se levanta con agilidad, sale de casa y oigo el rugir del motor del coche, que me transporta a la noche en la que se llevó a María. Ni corta ni perezosa, voy corriendo hasta el garaje y rápidamente arranco mi coche conduciendo en la misma dirección por donde he visto a Víctor desaparecer. No me cuesta ubicarlo y, como si lo hubiera hecho otras veces, procuro situarme detrás de los dos coches que le siguen. Recorremos la C-32 y nos detenemos durante más de media hora por la caravana que se produce a estas horas en las que todo el mundo va a trabajar. Por un momento creo perderlo de vista, pero vuelvo a concentrarme a pesar de la pastilla tranquilizante que me tiene un poco más atontada de lo normal y cojo la misma salida que él. No puede haberme visto: una fila de cuatro coches se sitúa detrás de él, dejándome escondida en mi delirante persecución.

EL CEMENTERIO: UNA VISITA INESPERADA

No me cuesta ubicarme.

Nos adentramos en la estrecha carretera que conduce al cementerio de Collserola. Afortunadamente para mí, está llena de coches; parece celebrarse un funeral, puede que varios a la vez. Es imposible que Víctor repare en la presencia de mi coche persiguiéndolo desde el momento en el que ha salido de casa. Contemplo a mi alrededor la soledad y el desconsuelo que produce el ir conduciendo por esta carretera que conduce al final de todo. Mi mente se vuelve tétrica por momentos y piensa en los muertos que conocí. Mis abuelos, mi padre y Clara.

Víctor aparca el coche en la entrada del cementerio. Para disimular, sigo conduciendo unos metros más hacia delante tratando de no perderlo de vista y aparco en otro espacio reservado para coches. Cojo la chaqueta verde que siempre dejo en el asiento, me la pongo, la abrocho a pesar del calor infernal y salgo del coche sudando como un pollo ante la atenta mirada de una familia afligida vestida rigurosamente de negro, que descaradamente miran mis piernas al descubierto por lo cortos que son los pantalones del pijama que llevo puesto y mis zapatillas de andar por casa. Los ignoro por completo y recorro el cementerio a toda prisa, tratando de dar con Víctor. Cinco minutos más tarde, lo veo subiendo una cuesta y girando a la izquierda hasta llegar justo al punto del llamado Torrent del Cargol; hasta una fila de nichos repletos de flores.

Me escondo tras un árbol a observarlo. Se agacha contemplando el nicho que hay al final. Niega varias veces con la cabeza gacha y desde la distancia me parece ver cómo le cae una lágrima. Luego, con su enorme mano, acaricia la lápida para instantes después golpear con su puño la tierra húmeda. Se incorpora y se va por donde ha venido con las manos en los bolsillos de su pantalón tejano. Me quedo tras el árbol, por si se le ocurre comprar flores y volver para depositarlas en el nicho o algo por el estilo. Pero han debido de pasar unos veinte minutos y no creo que vuelva. Salgo de mi escondite mirando a ambos lados, agradeciendo la suerte de que justo en este rincón del cementerio no haya nadie.

Empalidezco al ver el nombre del nicho que Víctor ha estado observando y aún más al contemplar la fotografía en un marco ovalado de plata sobre las letras que me dicen quién está enterrada aquí.

CLARA TORRENTS MARTÍNEZ
5-12-1979 / 15-04-2013
TU HERMANA NO TE OLVIDA

En la fotografía, Clara parece una persona distinta a la que yo conocí. Su cabello no es lacio y rubio, sino rizado y castaño oscuro, y su mirada de ojos verdes transmite sensaciones mucho más turbias; nada que ver con la mujer alegre y amable con la que tomaba cafés interminables.

No puedo dejar de repetir su nombre en mi mente y preguntarme por qué Víctor ha venido a visitar la lápida de mi vecina Clara. Hago memoria, intento recordar si Víctor estaba aquí hace dos años, en abril de 2013, cuando alguien entró en el apartamento de mi vecina y acabó con su vida justo de la misma forma en la que parece que mi cuñado asesinó al tipo de San Francisco.

—Siempre viene a visitarla, ¿sabes? —dice una voz suave y femenina detrás de mí.

Tengo que mirarla dos veces para confirmar que es real. Es una mujer fina y delicada de unos cuarenta años, que viste un primaveral vestido de flores muy pasado de moda. Me mira con sus ojos azules saltones muy abiertos y una sonrisa agradable. El pelo es castaño claro, y el peinado tampoco es actual en absoluto: luce una diadema de color morado y lleva las puntas de la media melena hacia fuera.

—¿Quién eres? —logro preguntarle, temiendo que de nuevo mi mente me esté jugando malas pasadas. Siendo así, no estoy en condiciones de volver a casa conduciendo y me preocupa que Víctor llegue antes que yo.

La mujer se echa a reír, señala la lápida de Clara, pone pucheros y se va. Me distraigo durante dos segundos volviendo a mirar la lápida y la fotografía, y cuando miro hacia atrás la mujer del vestido primaveral ha desaparecido. En su lugar, un gato negro cruza el mismo camino por el que la mujer se ha esfumado, y se detiene un momento para mirarme fijamente. Se me ponen los pelos de punta y es el momento en el que sé que debo salir de aquí inmediatamente.

CARLOS

Sábado, 13 de junio de 2015

MALDITA VECINA

—Coge el teléfono. Maldita sea, ¡coge el teléfono! —mascullo entre dientes, paseando de un lado a otro sobre el césped de enfrente de la catedral de Berlín.

Joder, no sé nada de María desde el miércoles por la tarde. Lo más raro de todo es que su perfil de Facebook, ese del que tanto presume y donde le gusta aparentar que somos felices, ha desaparecido y no entiendo por qué. La he llamado cientos de veces, le he dejado mil mensajes en el buzón de voz y en ninguna ocasión me ha respondido. Su teléfono suena como si estuviera activo. Pero ella no lo coge.

—¿Qué pasa, Carlos? —pregunta Martina preocupada—. ¿No la localizas?

—No hay manera, joder. Empiezo a preocuparme.

—Venga, seguro que ha perdido el móvil o se lo han robado, quién sabe —dice con una sonrisa que no logra tranquilizarme.

—Esa maldita vecina cotilla... —farfullo.

—¿Qué vecina?

—Una tarada. A María le gusta ir a tomar café con ella, dice que le da lástima, que cree que se siente muy sola. Pero lo que yo creo es que envidia a María y le mete cosas raras en el coco.

—¿Qué cosas, Carlos? —Martina y su mala costumbre de querer saber demasiado.

La ignoro y vuelvo a llamar a María, con desesperación por un lado, y con la esperanza de tener más suerte esta vez; pero emito un rugido al comprobar que, una vez más, no responde a mi llamada.

Todo cambió hará cerca de un año, cuando a ella se le ocurrió la idea de que abandonáramos mi pequeño apartamento de la Barceloneta para comprar una casa en las afueras de la ciudad. María tenía muy clara la zona en la que quería vivir; días antes de visitar la casa ya la había estado mirando por internet y se mostraba ilusionada por el cambio. En cuanto vio la urbanización y la casa con sus propios ojos y no a través de la pantalla del ordenador, se enamoró de todo cuanto había alrededor y se le antojó ir a vivir allí. Parecía una niña pequeña y yo, por aquel entonces, no podía decirle que no a nada. Ponía esos ojitos de cordero degollado que siempre han logrado conquistarme; las comisuras de los labios hacia abajo como si estuviera haciendo pucheros infantiles, marcando unos divertidos hoyuelos por los que hubiera ido al mismísimo infierno.

«¿Has visto qué pinos? ¡Qué arbustos! Plantaré flores, hay espacio suficiente para construir una piscina. ¿No te parece precioso?», decía con entusiasmo.

No pude entender en ningún momento a qué se refería. No vi nada especial en esa zona; ni en la calle o en la casa, de la que ni siquiera me gustó la distribución; el jardín me pareció minúsculo y el precio desorbitado para lo que realmente era. Solo veía los contras de toda esa locura de trasladarnos a las afueras. Tendríamos que conducir hasta para ir a hacer la compra al súper; por no hablar de mi trayecto diario, ya que, con un poco de suerte, solo pasaría encerrado en el coche una hora entre ir y venir, que finalmente han resultado ser casi dos debido al denso tráfico en las rondas para llegar al centro.

«Cariño, por este precio podemos conseguir algo mucho mejor...», le dije yo, observando la casa de ladrillo que no había abandonado sus aires sesenteros y los excesivos pinos y arbustos que había a nuestro alrededor, separando así las casas las unas de las otras; con hectáreas de bosques con frondosos árboles y estrechos caminos de tierra a los lados.

«Carlos, es esta. Esta tiene que ser nuestra casa», insistió emocionada.

Llevamos viviendo allí diez meses y no ha plantado flores; a duras penas le cuesta mantener con vida el árbol frutal que ya estaba allí cuando llegamos y no hemos vuelto a hablar de instalar una piscina en el jardín.

Odio esa casa a la que María le ha dado un aire minimalista y funcional, y odio esa calle repleta de vecinos cotillas e inútiles. Y la odio a ella, a Andrea, siempre tan delirante y extraña, observándonos desde el interior de su casa. Afortunadamente, al contrario que María, no tengo que estar las veinticuatro horas encerrado allí; me volvería loco. Mi carácter ha cambiado desde que nos mudamos, y el de María también. No podemos presumir de ser una pareja que lleve mucho tiempo. De hecho, aunque todo el mundo piensa que llevamos toda una vida juntos, empezamos a salir hace solo dos años, en noviembre de 2013. Al mes de conocernos ya estábamos viviendo juntos. Así de impulsivos fuimos los dos y no nos importó lo que pudiera pasar por precipitarnos al dar el paso; al fin y al cabo, no teníamos nada que perder y era una manera práctica aunque poco romántica de compartir gastos.

María es una mujer reservada, pero me enamoró por su espontaneidad, y no pude evitar sentir cierta lástima por ella al descubrir que no tenía familia. Era hija única y sus padres fallecieron hace años en un accidente de tráfico. No sé si es esa casa, la calle o los vecinos, pero reconozco mi fracaso como marido. Mis sentimientos por María son muy fuertes; rozan la obsesión y en ocasiones, cuando he sentido que ella me ha ignorado o no me ha hecho todo el caso que he necesitado, le he dado algún golpe. No demasiado fuerte, pero sí lo suficiente como para asustarla.

Joder, soy un mierda.

Nunca me he considerado una persona violenta, pero no sé qué es lo que me pasa. Culpo a esa maldita urbanización, a la calle, a los vecinos, a la casa...; es como si fuera una prisión que me obsesiona de una forma que solo creía que les podía suceder a otros. No a mí, a una persona cuerda y sensata.

«¿Yo hacer daño a una mujer? ¡Que me corten la mano antes de hacerlo!», pensaba antes.

Pero lo he hecho... y no una o dos veces, sino más. Muchas más. No puedo evitarlo y tampoco puedo culparla a ella o a ese lugar en el que vivimos. Puede que mi obsesión empezara antes, puede que siempre haya sido una persona violenta.

Visualizo su preciosa cara achinando los ojos y apartándola de mí para que no la vuelva a golpear o a insultar. Temo que se enamore de otro hombre, siento que me hierve la sangre cuando mira a cualquiera o pasa demasiado tiempo con alguien. Y sé que esto no puede continuar así, que un ramo de flores no va a salvar lo nuestro y tengo miedo de que haya aprovechado mi viaje a Berlín para huir de mí.

Trato de recordar sus últimas palabras. Fueron muy normales; me contó que había visto una película que yo también debería ver, que había ido a hacer la compra y recogido la casa. Sí, eso fue lo que me dijo, no noté nada extraño o fuera de lo habitual en su tono de voz. Pero ya son demasiados días sin saber de ella, acostumbrado a que siempre coja el teléfono al primer tono.

—Carlos... el lunes estamos de vuelta en Barcelona, ya verás cómo te está esperando en casa y no ha pasado nada.

—Eso espero, Martina. Eso espero.

—Venga... ¿Vamos al hotel? —pregunta Martina, con ese tono de voz delicioso que me engatusó hace tiempo.

Martina y yo nos conocemos desde hace diez años y el hecho de haber tenido parejas no nos ha impedido estar juntos de vez en cuando, sobre todo si viajamos, como en este caso, a otros lugares por negocios. Asiento con una sonrisa pícara, sabiendo que lo que necesito ahora mismo es olvidarme de María y nadie como Martina para conseguirlo. No puedo vivir sin María, pero tampoco sin esos movimientos salvajes y apasionados con los que mi compañera de trabajo me deleita en la cama. Su melena pelirroja y sus curvas voluptuosas me vuelven loco, siempre lo han hecho. Siempre me atrapan.

ANDREA

Sábado, 13 de junio de 2015

IGNORA LO QUE SABES, ¡IGNÓRALO!

La señora Dolores es tan molesta como oportuna en ocasiones. Desde la ventana de la cocina, con una taza de café caliente —solo café— en la mano, la veo cruzar la calle en dirección a mi casa a paso de tortuga. Los últimos pasos los hace como queriendo dar saltitos antes de que el cielo se oscurezca aún más y empiece a llover. A pesar de saber que está frente a mi puerta, no puedo evitar dar un respingo cuando suena el timbre. La última vez que sonó era Carlos, que vino a casa enfurecido recriminándome algo que en realidad no había hecho.

—¿No vas a abrir? —pregunta Víctor, sin apartar la vista del periódico.

Lo miro con desprecio y voy hasta la puerta. No puedo dejar de pensar en la madrugada del jueves cuando se llevó a María, o en la mañana de ayer, cuando lo vi arrodillado frente a la tumba de Clara.

«Ignora lo que sabes, ¡ignóralo!», me advierte la voz, repitiéndose hasta la saciedad, mientras voy de camino a abrirle la puerta a la señora Dolores.

—Señora Dolores, entre.

—No, no hace falta, querida. Solo venía a preguntarte si sabías algo de María y su marido. ¿Se han ido de viaje o algo así? Ayer lo comentaba con Federico.

Al menos la señora Dolores tiene a alguien con quien hablar. Nico sigue sin contestar a mis llamadas, por lo visto está muy ocupado en Madrid.

—No sé nada, a mí también me ha extrañado.

—Bueno, seguiremos esperando. ¿Tienes visita? —pregunta, asomándose por la puerta y mirando en dirección a la cocina con su ya conocida indiscreción.

—Sí, mi cuñado ha venido a pasar unos días —respondo con normalidad.

—Ah, qué bien, qué bien. ¿Y tu marido?

—En Madrid.

—Ah, bueno. —La señora Dolores me guiña un ojo, no sé a qué viene su gesto, pero yo no cambio la expresión, y en todo momento trato de mostrarme amable con la anciana—. No te molesto más.

—¿Y su hermana? —le pregunto, porque en el fondo no quiero que se vaya.

—Ay, mi pobre Delfina, qué poquito le queda. Aunque nunca se sabe, ¿verdad? Somos como marionetas para Dios; él tiene ya un plan hecho para todos nosotros, puede que me lleve a mí antes. —Sus palabras religiosas me dan mal rollo.

—Esperemos que no.

—Somos viejas, querida, pero la muerte de una hermana nunca se supera.

La señora Dolores sonríe tristemente y se da la vuelta en dirección a su casa.

«La muerte de una hermana nunca se supera», ha dicho.

Es entonces cuando recuerdo la frase de la lápida de Clara en la que decía: «Tu hermana no te olvida.»

Clara nunca me mencionó que tuviera una hermana. Es curioso, porque son cosas que se cuentan. Yo le expliqué que era hija única, lo recuerdo bien porque ladeó la cabeza, me miró con cara de pena y fue el momento en el que uno de sus gatos esparció por el suelo un bote de pintura blanca que Clara se había dejado abierto en el alféizar de la ventana. Ahora mismo, todo este tema me resulta más triste aún, porque, a pesar de haber ido al funeral, no recuerdo casi ninguna cara de los asistentes, entre los que tendría que encontrarse, como es normal, su hermana; la que encargó grabar en la lápida que nunca la olvidará. Con una duda y mil preguntas más en la cabeza, vuelvo a la cocina y recuerdo entonces el papel con letra grabada que saqué de la casa de Carlos y María cuando me colé la otra noche. ¿Dónde lo dejé?

Pienso en los movimientos que hice ese día. Guardé el papel en el bolsillo del pantalón de pijama, cuando pasé la noche a la intemperie del jardín trasero de su casa. No se veía nada, por lo que no hice esfuerzos por leer los restos de letra que se habían quedado marcados en ese papel en blanco. Con lo minúsculo que es el pantalón del pijama, puede que se me cayera en algún lugar. Luego cogí la chupa de cuero de Víctor situada en la barandilla de las escaleras al llegar a casa. Víctor me descubrió justo en el vergonzoso momento en el que estaba oliendo su chupa —soy patética—. Fui a la cocina y luego al estudio. Seguramente lo metí en algún cajón del escritorio y me olvidé del papel.

Termino apresuradamente el café y subo hasta el estudio para comprobar si mi memoria no está tan acabada como pienso. Me encierro allí; me he acostumbrado a correr el pestillo de todas las estancias de la casa, al menos mientras Nico no vuelva y tenga que estar aquí sola con Víctor. Abro todos y cada uno de los cajones pero no doy con el dichoso papel.

Estas pastillas del demonio me están consumiendo las neuronas; me hacen ver cosas que no existen y perder la memoria por momentos.

—¡Mierda! —chillo.

—¿Todo bien? —pregunta Víctor al otro lado de la puerta.

—Sí.

Se me ponen los pelos de punta solo con oír su voz.

El papel no está. Al menos no aquí y entonces pienso que sí, que es muy probable que se me cayera del pantalón del minúsculo pijama y que tal vez Víctor lo encontró y lo tiró a la basura; puede que sin querer o a propósito porque, por lo visto, tiene muchas cosas que esconder y ese papel puede contener alguna pista sobre el paradero de María.

Salgo del estudio enfadada conmigo misma por mi despiste y doy un paso hacia atrás al ver que Víctor está quieto como una estatua frente a la puerta, mirándome fijamente. No hay ventanas en el pasillo y todas las puertas están cerradas, así que la oscuridad le otorga a mi cuñado un aire sospechoso e incluso maligno. Vuelvo a dar un paso hacia atrás disimulado, con la intención de volver a encerrarme rápidamente en el estudio y quedarme ahí todo el día; pero entonces Víctor sonríe y se va en dirección al cuarto de baño. Un sudor frío me recorre la frente y me tiemblan las piernas.

—Me voy a duchar.

—Ajá... —digo yo a modo de respuesta.

INFIDELIDAD

Mi teléfono móvil, abandonado en cualquier rincón del sofá, da señales de vida. Estoy absorta viendo una película de serie B, algo más tranquila debido a que Víctor no se encuentra en casa y me fastidia tremendamente tener que moverme para coger el teléfono. Pero un brillo esperanzador en mis ojos se activa al comprobar que es Nico.

—¡Nico!

Parece estar en la calle. De fondo se oye a gente, mucha gente. Y también coches. La sirena de una ambulancia... La locura del centro.

—Sigo en Madrid. El lunes vuelvo. ¿Todo bien?

Su tono de voz es seco y distante, pero, si no fuera así, me sorprendería.

—Con ganas de que vengas. ¿Dónde estás?

—En la calle. Será la línea, que no va muy fina. Y todo bien, pero nos toca trabajar todo el fin de semana —farfulla entre dientes—, una mierda. ¿Y Víctor?

—No sé, ha salido por ahí.

—Ya. Bueno, pues te dejo. El AVE llega el lunes a las siete de la tarde, ya vendré.

—Vale... —murmuro resignada a tener que estar aún más de un día entero sin la presencia de mi marido.

—Adiós.

Vuelvo a hundir la cabeza en el sofá, con la intriga de saber si la protagonista de la película acabará muerta o no. Me recuerda a mí. Insegura y patética; adicta a las pastillas y de vez en cuando al alcohol.

Sigo dándole vueltas a un sinfín de cuestiones.

¿Dónde está María? ¿Y Carlos?

¿Qué hacía María con mi cuñado? ¿De qué se conocían? ¿Por qué Víctor volvió y ella no?

¿De qué conocía Víctor a Clara para ir a visitar su tumba?

¿Quién era aquella mujer que me dijo que siempre venía a visitarla?

¿Dónde está el papel que saqué de la casa de María? ¿Hay alguna pista sobre su paradero en él?

¿Debería acudir a comisaría y denunciar la desaparición de María? ¿Hablarles de todas mis sospechas? ¿O quizá me encerrarían en un manicomio?

Quiero llamar a mi madre, hace tanto tiempo que no hablamos... Se instaló en una pequeña casa situada a las afueras de Tarragona cuando yo me independicé. Decía que Barcelona se le quedaba grande sin la presencia de mi padre y quería buscar algo más alejado del mundanal ruido. No quiero preocuparla... Pero la necesito...

¡Me estoy volviendo loca! ¡Maldita sea!

«Tengo que escribir, tengo que escribir», me repito.

«Vaga, más que vaga», susurra la voz.

Son las cinco de la tarde y llueve a cántaros. Siempre he odiado las tormentas de verano; mi piel se impregna de un desagradable sudor y las moscas parecen haberse instalado en mi casa.

La película ha empezado a aburrirme, así que tengo tentaciones de volver a la habitación que ocupa Víctor y, aunque quizá me entretenga mirando la belleza de unas fotos que pertenecen a su pasado, puede que encuentre algo nuevo. Algo más.

Miro por la ventana concentrándome por un momento en la lluvia y en la soledad de la casa de Carlos y María. Me había acostumbrado a tenerlos enfrente. A verlos sentados en el sofá abrazados mirando la televisión, a María en la cocina o yendo a buscar las cartas que ahora se amontonan en su buzón.

«¡Su buzón!»

Sin pensarlo demasiado, salgo de casa y corro hasta el buzón de Carlos y María. Hay un montón de cartas sobresaliendo que se están quedando tan empapadas como yo a causa de la lluvia. En un abrir y cerrar de ojos, las cojo todas y vuelvo a entrar en mi casa. Con la misma ilusión que quien estrena zapatos nuevos, observo el remitente de cada una, pero me decepciono al comprobar que todo son facturas. Luz, agua, gas, folletos publicitarios... Sin embargo, hay una carta que me llama especialmente la atención al llevar estampado el membrete del bufete de abogados en el que trabaja Nico.

«No deberías abrirla», me dice la voz.

«Cállate», le respondo yo, ignorando su advertencia y abriendo la carta.

El sello del bufete de abogados con la dirección en la calle Muntaner de Barcelona aparece en la esquina superior del lado derecho, y me sorprendo al comprobar que está timbrada en enero, por lo que no sé por qué ha tardado cinco meses en llegar al buzón de María. Abro el sobre y saco la carta, firmada por Nicolás Costa, mi marido; y desde que leo la primera palabra se me congela la sangre al darme cuenta de que no tiene nada de profesional.

Señora María López:

Se la acusa de zorrita embaucadora con los senos más espectaculares que he visto en mi vida.

Por favor, acuda a lo largo de esta semana a la dirección del remitente, para que podamos hablar del importante asunto del que se la acusa.

Nadie debe tener conocimiento de esta reunión. El tema que trataremos es privado y confidencial; la pena de cárcel puede ser de entre dos y cinco años.

Venga en minifalda, mostrando sus interminables y perfectas piernas que tanto me ponen. Así podremos entablar una mejor penetración.

Atentamente,

NICOLÁS COSTA.
Abogado

Vuelvo a meter la carta en el sobre de cualquier manera y lo estrujo con toda la fuerza de la que soy capaz al tiempo que me invaden unas arcadas que no puedo controlar y que me llevan directa al cuarto de baño, a sacar por la boca lo poco que he ingerido a lo largo del día.

¿María y mi marido liados?

«No te quiere. Nunca te ha querido», me trastorna la voz.

«Cállate, joder. ¡Cállate!», le grito.

Dos golpes secos en la puerta del cuarto de baño silencian la voz que tengo en mi cabeza.

—¿Todo bien? —pregunta Víctor desde el pasillo.

No respondo, pero sí sé que tengo que salir inmediatamente del cuarto de baño, porque mi cuñado no puede descubrir la carta de Nico a María que he dejado tirada y descuidada en el recibidor. Muy torpe por mi parte.

Salgo corriendo, apartando a Víctor de un codazo; me dirijo al recibidor y, por suerte, la carta arrugada sigue tirada en el suelo. Tal y como la he dejado hace pocos minutos. La cojo con rabia y me la guardo en el bolsillo del pantalón para prenderle fuego y no tener que volver a leerla jamás.

LA VOZ

—¿Tú conocías a María? —le pregunto a Víctor, sentado frente a mí a la mesa de la cocina mientras cenamos.

—¿Qué María?

«Mentiroso. No te hagas el loco, te vi con ella.»

—María, la vecina de enfrente —insisto, aparentando serenidad.

—No sé de quién me hablas.

—Yo creo que sí lo sabes. Lo sabes muy bien.

Trato de sonar amenazante y tan misteriosa como él, pero me da la sensación de estar haciendo el ridículo o al menos así me hace sentir con esa mirada de indiferencia que me recuerda a la de Nico.

Sostengo su mirada durante un buen rato y es él el que la tiene que apartar, más incómodo que yo por la situación. Ahora sabe que sospecho algo, pero después de leer esa carta ya nada me importa. Me da igual que Víctor me estrangule aquí mismo y entierre mi cuerpo en cualquier descampado. ¿Es eso lo que ha hecho con María? ¿Es eso? Y si lo ha hecho, le aplaudo. Le aplaudo porque me siento como una idiota por haber perdido el tiempo tratando de entablar una amistad con alguien que se ha follado a mi marido a mis espaldas. Por eso aquellos silencios mientras nos contábamos cosas que en realidad no eran nada, porque hoy ni siquiera recuerdo de qué hablábamos.

—¿Has encontrado el libro? ¿El de *La sombra del viento*? —pregunta, tratando de cambiar de tema.

Niego con la cabeza, lo sigo escudriñando con la mirada.

—¿Por qué me miras así, Andrea?

—Porque me estás mintiendo.

—Estás loca.

—No voy a permitir que tú me llames loca.

Mi cuerpo, como si estuviera automatizado, se levanta y mi puño golpea la mesa. Víctor me mira entre sorprendido, confuso y enfadado; deja los cubiertos en el plato y se va de casa, desapareciendo en la oscuridad de una tormentosa noche.

—¿Y ahora adónde vas? —grito, con la esperanza de que me oiga desde fuera, vuelva y sea capaz de contarme toda la verdad que me oculta.

Sin disimular el whisky en una taza de café, me lo bebo en una copa mientras miro mi reflejo en el cristal de la ventana de la cocina. La calle me da miedo; solo la alumbra la luz encendida del salón de la señora Dolores. Antonio no está en casa. María y su marido siguen desaparecidos. No sé adónde ha ido Víctor.

De fondo se oye el aullido de un perro y los rayos y truenos que caen con fuerza consiguen estremecerme. De nuevo siento escalofríos a pesar de la soledad en la que me encuentro, sin nadie observándome o acechándome; y las pastillas que me acabo de tomar me producen sudores fríos y temblores por todo el cuerpo. Empiezo a delirar, y es cuando decido salir y mirar con lupa el coche de Víctor.

Con las manos pegadas a la ventanilla, me ayudo de una linterna para observar el interior. El asiento del copiloto donde se sentó María; trato de buscar algo que le pertenezca: una chaqueta o la maleta que llevaba aquella noche... pero no hay nada. El interior está completamente vacío. Me fijo en el exterior. La pintura azul marino metalizada está intacta, como nueva. Ni un solo rasguño, golpes, restos de sangre o de barro que puedan indicarme que ha podido estar en algún lugar extraño. El coche no tiene nada de anómalo y, sin embargo, yo, por la obsesión que siento con todo esto, voy a coger un constipado que me va a llevar a urgencias. Entro en casa corriendo y, al mirar hacia la cocina, Víctor está sentado fumando un cigarrillo.

¿Cuándo ha vuelto? ¿Me habrá visto husmear en su coche? Mierda. Mierda. Mierda.

Ignorándolo por completo y aliviada al ver que no me pregunta nada, subo hasta mi dormitorio y me encierro con pestillo. La voz de mi cabeza me susurra intuyendo un peligro inminente. La luz encendida del dormitorio de Federico me transmite un poco de calma, pero nada podría hacer el viejo para salvarme de una muerte segura a manos de mi cuñado.

Domingo, 14 de junio de 2015

SOBREVIVIR

«Un día. Sobrevive a este día y estarás a salvo.» Ha sido mi primer pensamiento al levantarme. He oído ruido en la habitación de Víctor, ojalá se vaya pronto y no vuelva en todo el día. Mañana Nico ya estará en casa y Víctor se mostrará más prudente ante su presencia; no podrá hacerme nada entonces. Y quizá descubra algo sobre María, ya que está claro que la conocía mucho mejor de lo que yo pensaba.

Sentada en la cocina sigo dándole vueltas al asunto. Aunque mi intención era mirar hacia otro lado para no sufrir más de la cuenta, sabía que mi marido me era infiel, solo que nunca hubiera podido imaginar que fuera con María. Ella siempre tan perfecta, tan enamorada de Carlos... Aún me resulta impensable, y me gustaría saber qué cara hubiera puesto ella al leer la obscena carta de mi marido. ¿Se habría reído? ¿Se habría sonrojado? ¿Quizás habría cogido el coche, vistiendo una escueta minifalda, para presentarse inmediatamente en el despacho de Nico?

«Sí. Se ha reído de ti todo este tiempo», murmura la voz.

Silencio a la voz cerrando los ojos y dando un trago al café. Estaba segura de que estaba liado con su secretaria, pero Nico nunca ha sido de tópicos, aunque el rollo con la vecina de enfrente también esté categorizado como uno de ellos. Tengo dos opciones: hacer como si nada, ahora que parece que a María se la ha tragado la tierra, o decirle a Nico que sé la verdad sobre su lío con ella poniendo así fin a nuestro matrimonio de mentira.

Un *flashback* alborota mi cabeza: el de María tocándose con disimulo la tripa y mirando hacia la nada al despedirse de Carlos. No me confesó que estuviera embarazada, pero, si lo está, ¿es hijo de mi marido?

El café se me atraganta y de nuevo unas náuseas repentinas aparecen, para llevarme hasta el cuarto de baño y expulsar todo el café matutino. Esta vez Víctor no llama a la puerta pero intuyo que está tras ella.

Cuando salgo, me mira sorprendido, como queriéndome decir algo que, para no variar, prefiere callarse.

Lo atravieso con una mirada de desconfianza, me voy hacia el estudio, cierro la puerta con pestillo y me quedo detrás de esta escuchando. Al poco oigo cómo se cierra la puerta principal.

Tengo que encontrar el papel que cogí del dormitorio de María. O buscar el libro que tan bien me venía leer cuando estaba triste o sufría algún tipo de crisis nerviosa. Y este es el peor momento de mi vida, no me cabe la menor duda. Con la muerte de Clara lo pasé muy mal, fue mi declive; pero con el descubrimiento inesperado de la infidelidad de Nico, la presencia incómoda de mi cuñado y la desaparición extraña de María todo se ha convertido en un cúmulo de circunstancias que me cuesta digerir. Me encuentro en el interior de un túnel negro del que no veo una salida.

Así pues, *La sombra del viento* no solo era una novela especial por la dedicatoria de mi padre, sino por su historia y sus personajes, que calaron muy hondo en mí con sus dispares personalidades: Daniel, Julián, Fermín, Tomás, Bea, Clara... Clara. Clara. Clara. El nombre se me atraganta una y otra vez. Cada vez que lo releía me transportaba al misterioso y a la vez fascinante Cementerio de los Libros Olvidados y lo contemplaba con tanta admiración como hacía Daniel Sempere, el protagonista de la historia, cuya vida cambia al descubrir el lugar que le muestra su padre, y vivimos con él su evolución de niño a hombre adulto. En cierto modo me siento identificada con él, ya que con la muerte de mi padre me vi obligada a madurar de golpe y pasar por tantas situaciones como Sempere. Amores que tal y como vinieron se fueron; multitud de amistades hoy en día desaparecidas, algunas que dejaron un buen sabor de boca y otras que habría sido mejor no conocer; descubrimientos en mi propia ciudad que, al ser tan joven, me sorprendieron de la mano de Marc, un novio que tuve antes de conocer a Nico. Recuerdo su fascinación por la arquitectura y la ciudad de Barcelona. Me mostró un mundo que pasa desapercibido para quien está acostumbrado a caminar por las calles de la ciudad condal, y en aquellos momentos, cuando estaba absorta por segunda vez en la lectura de *La sombra del viento*, me pregunté cómo era posible que Zafón no plasmara en su novela los lugares que aquel joven alto, guapo y muy inteligente me mostró. Poca gente conoce las cuatro columnas que antaño habían formado parte del Templo de Augusto, que tienen más de dos mil años de antigüedad y que se encuentran, con sus nueve metros de altura, en un patio medieval situado en el número 10 de la calle Paradís. Consigue transportarte a la época romana solo con adentrarte en un patio que aparentemente parece normal. Poca es la gente que sabe también que en la biblioteca Arús podemos encontrar una Estatua de la Libertad original del siglo XIX; obviamente, de un tamaño mucho más reducido que el de la mítica que conocemos, pero no deja de ser una conexión muy especial y llamativa entre Barcelona y Nueva York. Aquel chico curioso también me llevó de la mano a los estremecedores refugios antiaéreos abiertos al público, desde donde se pueden palpar capítulos horribles de nuestra historia, cuando durante la guerra civil que se inició en 1936, por culpa de los bombardeos, la población se vio obligada a realizar obras en el subsuelo por pura supervivencia.

LA FOTOGRAFÍA

Trato de ignorar los recuerdos que han venido a mi mente sin que los haya convocado, el amor fugaz que sentí por Marc, y en vez de buscar ese libro tan querido que creo que no encontraré me siento frente al ordenador y, al abrirlo, me salta una alarma que no había recordado activar: hay una nueva noticia sobre «Víctor Costa arquitecto».

Abro el enlace y en la cabecera aparece una fotografía de Víctor esquivando a la cámara y manteniendo una reunión formal con otros tres hombres trajeados. Creo haber visto esa fotografía en el buscador repetida varias veces.

Debajo de la fotografía, el texto dice textualmente: «El arquitecto español Víctor Costa, cuyo paradero se desconoce, podría ser sospechoso de estafar a varios empresarios; entre ellos, Matthew Olson, fallecido recientemente. Costa, de nacionalidad española, podría haber huido a su país.»

Hago una búsqueda para el tal Matthew y lo primero que encuentro es una noticia sobre su muerte, encabezada por una fotografía donde aparece Olson con su mujer: él, un tipo de cabello blanco y ojos claros; su esposa, unos veinte años más joven y de una belleza espectacular. En el texto se informa de que Olson, de cincuenta y tres años y muy poderoso, murió por una sobredosis de heroína. Aunque la señora Olson niega tajantemente que su marido fuera drogadicto, otras fuentes señalan que el empresario era adicto a varias sustancias estupefacientes.

Al leer esto, mi corazón se acelera como un caballo desbocado.

Por otro lado, pienso en lo inteligente que debe de ser mi cuñado para haber podido escapar de la justicia estadounidense. Vuelvo a pensar en la pena de cárcel que podría caerme a mí si se enteran de que le estoy protegiendo en mi casa;

aunque siempre puedo hacerme la loca y decir que yo no sabía nada.

«No aguantarías ni un día en una celda. Suicídate, va a ser
lo mejor», murmura la voz riendo.

Me tapo los oídos y dejo que siga hablando. Ya no la escucho, solo tengo ojos para la fotografía en blanco y negro
en la que aparece el hombre al que asesinó mi cuñado.

CARLOS

Domingo, 14 de junio de 2015

MI VERDADERO YO

—Deja de insistir, Carlos... —me suplica Martina remolona, desnuda en la cama.

—Mierda.

—¿Qué pasa? —pregunta, dándole una calada a su cigarrillo.

—«Móvil apagado o fuera de cobertura.» ¡Mierda!

Cierro los puños con fuerza y le doy un golpe a la pared que me provoca una herida de la que empieza a salir sangre. Martina se lleva las manos a la boca y corre hacia mí, pero estoy tan cabreado que de un empujón la vuelvo a lanzar a la cama.

—¡Joder, Carlos! ¡Me has hecho daño! —grita, tratando de mover la muñeca.

—Vete de mi habitación, puta.

Martina abre los ojos atónita por mis palabras. Nunca me ha visto así, entiendo su desconcierto pero me importa una mierda. No controlo mi ira, no la controlo... Quiero saber dónde se ha metido María, por qué no me coge el teléfono, por qué no sé nada de ella desde el jueves.

—Sabes que estás mal, ¿verdad? ¿Lo sabes? —pregunta Martina, mientras se viste apresuradamente con los tejanos que había dejado tirados en el suelo y su provocativa camisa negra transparente. No contesto; la miro con indiferencia y asco—. Hace un rato no me mirabas así. ¿Te das cuenta de lo que te digo? Solo quiero ayudarte. Entra en razón, Carlos, por favor...

Martina hace un ademán de volver a acercarse a mí, pero antes de que le suelte un puñetazo que en el fondo de mi alma no quiero propinarle decide desaparecer de mi vista con los zapatos negros de tacón en la mano.

Vuelvo a llamar a María. Una, dos, tres, cuatro... Diez veces más. Pero su teléfono móvil ha dejado de estar operativo. Y el mío también, después de haberlo estampado contra el espejo de la habitación del hotel, dejando esparcidos trocitos de cristal encima de la moqueta.

¿Dónde estás, María? ¿Dónde estás?

ANDREA

Domingo, 14 de junio de 2015

LA LLAMADA

—¿Andrea?

Me detengo unos segundos para volver a mirar desde qué teléfono me están llamando —tiene muchísimas cifras—, aunque la voz masculina que suena al otro lado de la línea me resulta familiar.

—¿Quién es? —pregunto, ante la atenta mirada de Víctor, que bebe una cerveza con el cuerpo apoyado en la nevera.

—Soy Carlos.

«El que faltaba», pienso para mis adentros. Respiro hondo y me preparo para oír una sarta de blasfemias contra mí, para las que no quiero que esta vez me pille desprevenida.

—¿María está en casa? —pregunta, en un tono desgarrador, impaciente y dolido.

¿Y ahora qué le digo yo?

«La vi con mi cuñado el jueves de madrugada. Se fueron en coche no sé adónde. Él está aquí pero ella no ha vuelto desde ese día. De hecho, tampoco sabía si tú estabas vivo, así que al menos he resuelto el misterio ahora que oigo tu voz.»

—Andrea, joder. ¿Me oyes?

—Sí, sí. ¿Desde dónde me llamas? Hay retardo o algo.

—Estoy en Berlín por trabajo, llevo desde el miércoles por la mañana aquí —responde, como obligado y cansado—. ¿María está en casa? —repite.

—No, Carlos. No está, no la veo desde el miércoles —miento.

—¡Mierda! ¡Joder!

Por un momento mi cabeza se vuelve loca. Ese «¡Mierda! ¡Joder!», es exactamente el mismo que me pareció oír de la voz de Nico cuando hablamos por teléfono el día en el que se fue a Madrid. Nico me dijo que él no había dicho eso y que dejara de tomar pastillas y alcohol. ¿Lo ha dicho Carlos también? Sí, claro que lo ha dicho.

—¿Qué pasa? —logro preguntar al fin, con la voz temblorosa por la culpabilidad que siento al ocultar la verdad.

—¡No lo sé, Andrea! —responde nervioso y de malas formas—. Mañana vuelvo a Barcelona, denunciaré su desaparición. Adiós.

Cuelga el teléfono y a mí, tan lunática como siempre, con la mirada perdida en la ventana de mi cocina, me parece ver una sombra recorriendo la calle y yendo en dirección a la casa de Carlos y María. Aunque la luna no tardará en salir, son las ocho y media y aún hay luz natural suficiente para ver, a pesar de que las farolas siguen sin funcionar y ha ido a peor después de la tormenta de estos días.

Podría culpar a Víctor. Podría denunciarlo a la policía. ¡La policía! Si viene, ¿qué le digo? ¿Que no sé nada?

—¿Qué pasa? —pregunta Víctor.

Me tomo mi tiempo en responder. He pegado la cara al cristal de la ventana para seguir a esa sombra oculta tras los arbustos que parece saber que la observo. ¿Qué está pasando aquí? ¿Qué me están mostrando mis ojos? ¿Es real? ¿O es solo fruto de mi imaginación, como el fantasma que se me presentó en el cementerio frente a la tumba de Clara? Porque si aquella mujer no era un fantasma me gustaría llevarla de compras y a una peluquería en la que le hicieran un peinado más actual.

—Era Carlos, el marido de María.

—¿Los vecinos de enfrente? —pregunta «inocentemente».

Tengo ganas de acercarme a él, cogerle por el cuello de la camiseta y propinarle bofetadas hasta que me duela la mano. Sin embargo, me sirvo una copa de whisky delante de él y engullo cinco pastillas de golpe, sin apartar mi mirada de la suya; como queriéndole provocar.

—¿Qué haces? Andrea, no juegues con eso, por favor...

La voz de mi cuñado se aleja.

La sangre del cerebro bombea con fuerza.

El corazón se ralentiza.

Tictac, tictac.

Las agujas del reloj se detienen.

Todo está oscuro.

Yo estoy perdida.

VÍCTOR

Domingo, 14 de junio de 2015

PROVOCACIÓN

«¿Qué hace? ¿Qué demonios hace? ¿Quiere acabar ella solita con su vida antes de tiempo?», me pregunto, mirando con sorpresa a mi cuñada, que se acaba de beber un largo trago de whisky y ha engullido no sé cuántas pastillas de golpe, como si estuviera demasiado acostumbrada a hacerlo.

—¿Qué haces? —logro decir al fin—. Andrea, no juegues con eso, por favor... ¡Andrea! ¡Andrea!

Cae desplomada en el suelo de la cocina e inmediatamente corro hacia ella sujetándola por la espalda e intentando provocarle el vómito metiéndole los dedos en la boca para que saque toda la mierda que se acaba de tragar.

—Andrea, ¿me oyes?

Le doy una bofetada pero no reacciona. Saca tres, cuatro, cinco pastillas y un líquido viscoso de color marrón; vete a saber cuántas pastillas más habrá consumido a escondidas en todo el día. Pero, a pesar de sacar toda la mierda, sigue inconsciente y decido subirla a la habitación.

Pesa más de lo que pensaba, así que tardo un poco en llegar, acostarla y taparla con una sábana. Acerco una butaca vieja que hay en la esquina y me quedo sentado, con los brazos cruzados, esperando a que Andrea abra los ojos. Le tomo el pulso para asegurarme de que su piel fría y pálida no es debido a que se esté muriendo. Le tiemblan los párpados a una velocidad alucinante y empieza a tener sudores.

—Andrea... Andrea... —susurro.

Pero no despierta.

La destapo un poco y abro la ventana. El calor es infernal, por un momento huele a muerte. Sé cómo huele la muerte: a azufre. Siempre huele a azufre.

Sigue dormida. La contemplo y la horrible escena de mi pequeña muerta en un callejón cercano a la escuela aparece como una visión que me produce escalofríos. Y el eterno sentimiento de culpa vuelve a recordarme que no lo podré superar jamás, haciendo que las lágrimas broten de nuevo sin poderlas controlar.

«Ya te vengaste, Víctor. Y lo hiciste bien, ya no sospechan de ti —me digo—. Y van a seguir sin sospechar nada.»

ANDREA

Domingo, 14 de junio de 2015

SUEÑOS

La lluvia me golpea en la cara con una fuerza súbita que me paraliza; me nubla la vista y me llena los ojos de la sombra de varias siluetas que vienen corriendo hacia mí. No había estado tan asustada en mi vida. Se me corta la respiración, estoy temblando y no puedo pronunciar una sola palabra.

Ya viene. Viene a por mí con su chupa de cuero y la expresión amenazante y furiosa en su rostro por algo que desconozco. Sus pasos son rápidos pero parece que nunca va a llegar a situarse frente a mí. Cuando menos me lo espero, su brazo fuerte coge el mío y solo soy capaz de ver una enorme aguja atravesando la piel de mi brazo. Sangre. Hay sangre a borbotones saliendo de un corte profundo y amenazando al asfalto con dejarlo tintado de rojo.

Me duele la cabeza. Es como si me fuera a estallar.

Miles de agujas están clavándose ahora en mi cerebro, produciéndome un dolor insoportable.

No puedo moverme, estoy paralizada.

Mi corazón no late, mis fosas nasales no sueltan aire. ¿He muerto? ¿Estoy muerta? ¿Dónde estoy?

Entonces aparece ella. Es Clara, solo que luce la melena negra y rizada que vi en la fotografía de la lápida en la que está enterrada. Alza la mano y levanta tres dedos. «Tres», pienso. Entonces sonríe tristemente y, mirándome fijamente a los ojos, dice con una voz ronca e irreconocible: «La número tres.»

Desconcertada, la miro olvidando el dolor que me produce el pinchazo que el hombre con la chupa de cuero negra me acaba de administrar; obviando el asco que me da toda la sangre que sigue cayendo al asfalto mojado. No es necesario hablar, con solo una mirada le pregunto a qué se refiere con «La número tres» y entonces, Clara, con la mirada enloquecida, empieza a reír hasta desaparecer.

Me quedo sola. En medio de un charco de sangre, con la risa de Clara de fondo y la sensación de que este sueño es más real que muchos otros. Una pesadilla de la que necesito huir.

—Andrea... Andrea... —susurra alguien a lo lejos—. Andrea...

Es el momento de despertar.

PISTAS

Tengo el cuello dolorido y me lo toco con cuidado. No sé qué hora es, pero me sobresalto al ver que Víctor está sentado en la butaca frente a la cama, contemplándome con una sonrisa que no sé cómo identificar. ¿Va a asesinarme? Es eso, ¿verdad? Va a matarme, aquí y ahora. Esa es la sonrisa de un asesino psicópata.

Miro con disimulo los bolsillos de su pantalón, por si veo alguna inyección cargada de heroína que quiere introducirme lenta y dolorosamente en la piel; pero en vez de eso ladea un poco la cabeza y coloca su mano sobre la mía. La aparto de inmediato y lo miro con desconfianza.

—¿Estás mejor? —pregunta, levantándose precipitadamente del sillón y entendiendo que su gesto no ha sido el más adecuado.

—Estaré mejor cuando te vayas de mi casa —digo, con la voz quebrada pero firme, señalando la puerta.

Víctor asiente lentamente y sin decir nada más se aleja mirándome de reojo con las manos metidas en los bolsillos; luego cierra la puerta tras de sí.

Oigo sus pasos bajando las escaleras para, instantes después, salir de casa bajo una lluvia torrencial, con los típicos truenos de una tormenta de verano opresiva e inesperada.

Con un esfuerzo que me resulta sobrehumano, me levanto y cierro la puerta con pestillo. No quiero que vuelva a entrar, quiero sentirme a salvo. Unos desagradables pinchazos recorren mi estómago y una tos imprevista se apodera de mi cuello irritado. Me escuecen los ojos y el ligero mareo que siento me obliga a volver a tumbarme en la cama. Son las dos de la madrugada, la misma hora en la que María desapareció junto a Víctor el jueves. Al mirar hacia la ventana, desde donde solo puedo ver oscuridad, es cuando reparo en un pequeño detalle que con los nervios por la presencia de Víctor se me había pasado por alto: en la mesita de noche hay un papel arrugado que reconozco de inmediato. Alargo la mano y lo cojo tal y como hice hace días en el escritorio del dormitorio de la casa de Carlos y María. Con un desagradable hormigueo en la mano, consigo alisarlo para ver qué escribió María —en el caso que fuera ella— sobre ese papel, y solo puedo distinguir, entre varios garabatos, tres palabras que me resultan muy conocidas y que forman parte de mi pesadilla personal: «La número tres.»

Lunes, 15 de junio de 2015

NADA ES CASUALIDAD

Con el número tres aún metido en la cabeza, y sin tener ni idea de su significado, contemplo una mañana más la vida de una tranquila calle residencial con las aceras demasiado anchas y los pinos y arbustos deleitándonos con sus danzas; en la urbanización donde nunca pasaba nada. Ahora sí pasa; desde que llegó mi cuñado hace una semana ha pasado de todo y aún me parece increíble que María no esté en la entrada de su casa despidiendo a Carlos con un beso en los labios y una mirada perdida hacia la nada.

«Era una mentirosa. Se rio de ti, deberías desear verla muerta», me dice la voz, a la que trato de ignorar.

Achino los ojos para asegurarme de que lo que estoy viendo no es una alucinación. Víctor, que no sé de dónde ha salido, cruza la calle corriendo para no mojarse demasiado bajo la fina lluvia y se acerca al rarito de Antonio, que acaba de salir de su casa y con quien yo nunca he cruzado más de media palabra. Se dan la mano, Antonio le sonríe y empiezan a hablar. Ojalá supiera leer los labios. No sé qué demonios están diciendo, pero la sonrisa inicial da paso a un extraño asentimiento de cabeza por parte de Antonio y a una mirada acusatoria de Víctor. Me quedo quieta, deseando que a lo largo de los cinco minutos que dura la conversación ninguno mire hacia mi ventana y me pille cotilleando.

Víctor vuelve a correr en dirección a mi casa, me saluda con un gesto seco a la vez que se cubre la cabeza con la capucha de la sudadera y, antes de subirse al coche, veo que se le cae algo al suelo mojado. Desde la ventana no distingo bien qué es, pero parece un papel doblado. Mi maldita manía de querer parecerme a las inspectoras heroínas de mis novelas no terminadas me dice que tengo que ir a investigar: podría haber un mensaje importante y revelador.

Espero pacientemente a que arranque el coche y desaparezca; también a que Antonio, que se ha quedado quieto mirando cómo Víctor se aleja, entre en su casa después de desprenderse de sus ya conocidas bolsas de basura.

¿Qué demonios se le ha caído?

Con paso firme, salgo de casa y me acerco hasta donde estaba aparcado el coche de Víctor. Efectivamente, se le ha caído un papel doblado que empieza a mojarse por la lluvia. Lo cojo rápidamente, vuelvo a casa, subo al cuarto de baño y, sin perder más tiempo, cojo el secador de pelo para ver con claridad el contenido del papel. Lo abro con cuidado. El texto, con letra excesivamente pequeña, está escrito con un bolígrafo rojo y está medio borrado por la lluvia; pero identifico rápidamente dos palabras: «hotel Paraíso». Debajo: dos S, una V y un cuatro que siguen arrastrando la tinta roja sobre el papel arrugado. Desconozco de quién puede ser la letra; quizá de Víctor, a lo mejor de María, o Antonio se lo ha entregado a mi cuñado hace un momento, cuando me he despistado bajando la mirada para darle un sorbo al café.

Entro en el estudio, pierdo los nervios hasta que el ordenador se enciende y busco inmediatamente «hotel Paraíso» en Google. De todas las posibilidades que aparecen, el resultado que me parece más plausible es un hotel situado en la carretera de Sant Sadurní d'Anoia a Vilafranca del Penedès, Km 4 —de ahí las dos S, la V y el 4—, a cuarenta kilómetros de Mataró.

Antes de que me dé cuenta, he cambiado mi pijama por unos tejanos rotos y una camiseta negra que tiene más años que Matusalén; he cogido prestada la fotografía de la caja de latón donde aparece Víctor para poder enseñar su rostro en caso de necesitarlo y ya estoy en el coche en dirección a lo que puede ser una respuesta que aclare las dudas de adónde fue María con mi cuñado la madrugada del jueves.

De camino al hotel, alegrándome por no haber bebido más que un café y no sentir síntomas de mareos por el exceso de pastillas de ayer, intento recordar si tengo alguna fotografía de María en mi teléfono móvil y me alegra saber que guardé una de ella con Carlos bajo la Torre Eiffel que colgó en Facebook cuando aún lo tenía operativo. La guardé porque quería imitarla en el caso de ir con Nico, y ahora esa tontería me va a venir muy bien para hacer preguntas.

«Víctor se va a enfadar», canta la voz.

«¿Por qué?»

«Te va a pillar y se va a enfadar», sigue cantando, como si de un juego infantil se tratase. El sonsonete de la voz se me introduce en los oídos, no lo puedo soportar.

Silencio. Necesito concentración, no puedo desviarme por otra salida; si lo hiciera, no encontraría jamás el lugar.

«Va a saber que le has robado una foto», sigue insistiendo la voz.

«¡Cállate!», le grito yo, esperando que esté equivocada. Aunque la voz, desgraciadamente, suele equivocarse en muy pocas ocasiones.

Después de una hora de trayecto lluvioso y tras abandonar la AP-7, recorro el resto de kilómetros por una carretera de doble sentido con un paisaje monótono de viñedos, masías rústicas de siglos pasados y frondosos árboles a mi alrededor.

Finalmente, tras pasar por unas fábricas que hacen que me sienta más en un polígono industrial que en un acogedor retiro de campo, encuentro el hotel Paraíso.

Aparco el coche en el exterior y entro en el recinto, situándome frente a una fachada amarilla con el marco de las ventanas pintado de rojo y un letrero con las cinco letras que forman la palabra HOTEL en verde, tan empapado por la lluvia que se me antoja lúgubre. Tropiezo con una silla de jardín que hay en la entrada, arrastro los pies por el felpudo que hay ante la puerta acristalada para eliminar el barro y entro en el interior.

Empapada, trato de parecer agradable mostrando la mejor de mis sonrisas frente a la recepcionista, una chica delgada y sosa que me indica con el dedo que espere un momento. Luego, sin mediar palabra, mira hacia arriba por debajo de sus gafas como queriéndome preguntar qué es lo que quiero. No sé ni por dónde empezar y la recepcionista, al notar mi titubeo, decide hablar.

—Todas las habitaciones están libres, elige la que quieras —dice sin mucho entusiasmo, más preocupada por el suelo de baldosas grises que estoy mojando que en ser hospitalaria con una posible huésped.

—No, no es eso. —Meto la mano en mi bolso para coger el teléfono móvil y la fotografía en la que aparece Víctor, que he tratado de proteger de la lluvia. Empiezo mostrándole la fotografía de María, que posa sonriente junto a Carlos bajo la Torre Eiffel—. Estoy buscando a esta mujer. ¿La has visto?

La chica mira la fotografía con atención y para mi decepción, niega con la cabeza con seguridad.

—Vino el jueves de madrugada. —Aunque no estoy muy convencida de que eso sea cierto.

—Tengo turno de mañana.

—Oh... —No puedo evitar mostrar signos de decepción en la expresión de mi rostro, lo que afortunadamente, llama la atención de la recepcionista, que se apiada de mí y acepta el reto de ayudarme en la búsqueda de «la mujer de la foto».

—Espera, voy a preguntárselo a mi hermano.

Un atisbo de felicidad ilumina mi cara hasta que la veo detenerse para volverse y mirarme con desconfianza.

—No serás de la pasma, ¿verdad?

—No, no. Solo estoy buscando a mi amiga.

—¿Problemas? —quiere saber.

—Espero que no.

—Ahora vengo.

La recepcionista vuelve acompañada de un hombre grueso de unos cuarenta años con una barba dejada de la mano de Dios que parece recién levantado. Apoya los codos en el mostrador y me mira interrogante.

—Estoy buscando a esta mujer —le digo, mostrando la fotografía del móvil—. Vino aquí el jueves de madrugada.

El hombre asiente en silencio, yo trato de mostrarme segura y convencida de que sí la tuvo que ver.

—Sí. Estuvo aquí el jueves —afirma.

—¿Vino con alguien? —pregunto, tratando de esconder la felicidad que ahora mismo siento por mi hallazgo.

—Con un hombre, sí —afirma pensativo.

—¿Era este? —pregunto entonces, mostrándole la fotografía de Víctor en la que aparece con la mujer sacada de una portada de revista de moda y la niña rubia.

—Sí, con ese.

Parece no querer darme demasiados detalles, así que decido insistir y a ver qué pasa.

—¿A qué hora?

—Vinieron sobre las tres y media de la madrugada; lo recuerdo porque es la hora en la que como mi bocata de chorizo, me acuerdo bien porque esa noche no había nadie más —me informa.

—¿Y?

—Les di una habitación.

—Imagino, pero ¿viste algo raro?

—Aquí vemos muchas cosas raras y nunca decimos nada, no sé si me entiendes...

—¿Se quedaron mucho rato? No sé... ¿la viste a ella salir?

Medita un momento la respuesta, dedicándome una mirada lasciva y una sonrisa bobalicona que me incomoda y hace que desee salir corriendo de aquí. Su hermana, absorta en lo suyo y sentada al lado con la mirada pendiente en la pantalla del ordenador, no deja de teclear. Me está poniendo más nerviosa de lo que ya estoy.

—Subieron a la habitación, yo me fui a preparar el bocata y al cabo de un rato volvieron a bajar. Me llamó la atención, porque cuando entraron parecían llevarse bien, pero luego, al salir, él la cogía con fuerza por el brazo. Quién sabe, puede que les vaya el sadomasoquismo.

No quiero ni tan siquiera imaginar a María y a mi cuñado practicando el sadomasoquismo; aunque es una imagen más agradable que la que me fustiga desde que descubrí la carta de Nico.

—O sea, que salieron de aquí juntos.

—Sí.

—¿Hacia qué hora?

—Pues no sé, hacia las cuatro supongo.

—Pues gracias por la información.

Salgo huyendo del hotel con un mal presentimiento. Corro hacia el coche y me encierro en su interior, no sin antes contemplar la fotografía de María y la de Víctor; comparando sus rostros para encontrar así alguna relación entre ambos que me haga encajar las piezas de un puzle desordenado que es cada vez más inquietante.

Cuarenta y cinco minutos más tarde llego a casa, con el único pensamiento en mi cabeza de poder dejar la fotografía de Víctor en su caja de latón de debajo de la cama, para que no descubra que se la he «robado». Sin embargo, tendré que buscar otro momento para hacerlo, porque al llegar está sentado en el sofá viendo un programa en televisión y bebiendo una cerveza.

Sin decirle nada, voy a la cocina, como un poco de pan con queso y, después de secarme y cambiarme de ropa, agotada, me tumbo en la cama.

No veo el momento en el que Nico vuelva a casa y me libere de toda esta tensión que siento cuando estoy sola con mi cuñado. Y, sin embargo, sé que con su presencia tendré otro tipo de tensión a la que estoy más acostumbrada por los años, pero ahora me parece diferente al conocer con pruebas que así lo demuestran que Nico me ha sido infiel.

Infiel con una mujer que ha desaparecido.

Infiel con una mujer que quizás esté muerta.

Infiel con una mujer que puede que haya sido asesinada a manos del hombre que ahora está en mi casa y que se hace llamar «el cuñado».

Las pastillas que me recetó la ginecóloga reposan en un cajón olvidado de la cocina, riéndose de mí como lo hace mi voz interior. Ellas saben que no las tomaré. Saben por qué. Y yo ahora sé por qué he tenido tan poco apoyo por parte de Nico: se estaba tirando a la vecina. Como mínimo, desde hace cinco meses según la fecha de la carta. Mis ilusiones por ser madre y que Nico sea el padre se han ido al garete definitivamente. Y ahora ya me da igual. Hoy estoy orgullosa de mí misma, porque pronto hará veinticuatro horas que permanezco limpia: ni una sola gota de alcohol, ni una sola pastilla recorriendo mi garganta.

Son las cinco de la tarde y vuelvo a estar en la cocina. Víctor ha estado deambulando en silencio por la casa y, por lo tanto, no he podido entrar en su habitación para devolver la fotografía a la caja de latón. Espero que no note la ausencia, que no le dé por mirar esas fotografías que sé que pertenecen a un pasado que no ha permitido que nadie conozca. A lo mejor solo lo conozco yo. Solo yo sé cómo es esa mujer perfecta que le acompaña en la fotografía y esa niña rubia encantadora que, aunque no se parezca en nada a él, sí parece tenerle el mismo cariño que una hija siente por su padre.

Le doy un sorbo al café, esperando ver de un momento a otro el coche de Alicia llegar a casa después de su jornada laboral. No he estado muy pendiente de mis vecinos estos días: la presencia de Víctor y todo lo acontecido me ha dejado trastocada y sin apenas tiempo para observar una rutina que de repente ha cambiado. Sin embargo, no me he dado cuenta de que el coche de Carlos vuelve a estar aparcado frente a la puerta del garaje de su casa y que no es el de Alicia el que aparece por la calle, sino un coche de la policía. Tras unos segundos, salen del coche dos agentes. El conductor es un hombre alto y más mayor que el copiloto, que no debe de superar los treinta años. Ambos caminan al mismo paso lento pero seguro en dirección a la casa de Carlos y María. Tocan al timbre y al momento, como si hiciera rato que los estaba esperando, Carlos les abre la puerta y los invita a entrar.

CARLOS

Lunes, 15 de junio de 2015

DESAPARECIDA

Lo primero que hago al llegar a Barcelona es volver a llamar a María. Su teléfono sigue sin estar operativo y a ella parece que se la haya tragado la tierra. Martina, con la que prácticamente no he vuelto a hablar desde el incidente en la habitación del hotel, ha pillado un taxi por su cuenta en vez de pedirme que la lleve a casa con mi coche, que tenía en el aparcamiento del aeropuerto.

Conduzco hacia casa sobrepasando los límites de velocidad, ansioso por llegar y encontrar a María allí. En mi cabeza voy repasando mentalmente lo que le diré: «Cariño, no te voy a hacer nada. Cuéntame qué ha pasado. ¿Te han robado el teléfono? ¿Lo has denunciado? ¿Necesitabas un poco de espacio? ¡Oh, mi amor! —exclamaré melodramáticamente, como siempre que quiero engatusarla—. Mi amor, no pasa nada, ven aquí...»

La estrecharé entre mis brazos, la llevaré hasta nuestra cama y allí nos dejaremos llevar por la pasión y el desenfreno de unir nuestros cuerpos. La penetraré dulcemente, como otras veces, para hacerme perdonar de nuevo.

Al aparcar el coche vuelvo a maldecir el momento en el que nos trasladamos aquí.

Antes de entrar, miro hacia la casa de Andrea. Y tengo tentaciones de llamar a su puerta, entrar y golpearla en la cara por si se le ocurrió mentirme cuando la llamé para averiguar si sabía dónde estaba María. ¿Y si la está ocultando en su casa? María no tiene adónde ir; sin mí no es nadie. No tiene dinero, todas las cuentas las manejo yo a mi antojo y me pregunto si no habrá visto en Andrea su salvación para librarse de mí. La muy zorra; como haya hecho eso, la mato. Las mato a las dos.

Trato de tranquilizarme; respiro hondo y entro en casa. Miro por todos los rincones, pero ni rastro de María. Todo limpio y en perfecto orden, tal y como me tiene acostumbrado.

La casa sigue impregnada de su perfume; ese que le regalé cuando empezamos a salir juntos y que después de acostumbrarse a él ya no cambió.

Subo hasta el dormitorio y abro el armario; aunque lo que me apetece en realidad es agujerearlo con mi puño, magullado desde que lo estampé en la pared del hotel de Berlín. No parece que haya cogido ropa y si lo ha hecho, es imperceptible para mí. Puede que falte algo; alguna camisa, algún pantalón, un par de zapatos... Pero no como para desaparecer para siempre.

—¿Qué quieres? —pregunto alzando la voz—. ¿Me quieres poner a prueba? ¿Es eso?

Miro a mi alrededor con la desesperación y la locura de quien busca un fantasma que no se deja ver.

En mi fuero interno se desata la furia, pero intento calmarla tomándome una cerveza y con un cigarrillo que inunda cada espacio de la casa por la que paseo. Enciendo el ordenador y rastreo los últimos movimientos en el historial de internet, pero está vacío y mis conocimientos informáticos son nefastos. No hay mensajes en el contestador y tampoco cartas en el buzón. No hay nada.

Espero un buen rato sentado en el sofá, bebiendo otra cerveza e invadiendo el cenicero de colillas, imaginando que María entra en casa echándome bronca por fumar dentro.

«Solo he ido a hacer unos recados», diría.

Entonces yo la abofetearía por hacerme sufrir de esta manera.

A la una del mediodía decido llamar a la comisaría de Mataró.

—Mi mujer ha desaparecido —explico directamente—. No sé nada de ella desde el miércoles.

—A no ser que prefiera venir a comisaría a hacer la denuncia, procederemos a enviar a dos agentes a su casa para que le tomen declaración esta misma tarde. Dígame la dirección.

HORAS MÁS TARDE

—¿Tenían problemas en su matrimonio? —pregunta el policía más mayor, de cabello canoso y ojos pequeños de color marrón.

—No, ninguno. No entiendo qué ha podido pasar... No creo que se haya ido por voluntad propia, agente —contesto lastimeramente, tratando de sonar como el marido perfecto que está afectado por la repentina desaparición de su mujer.

—¿Tenía enemigos? —pregunta el joven, que parece algo más inexperto que el otro policía, anotando algo en su libreta.

—¿Enemigos? ¿María? Era el ser más dulce que he conocido en mi vida —respondo yo, en apenas un hilo de voz.

—¿Amantes?

Ni se me había pasado por la cabeza. Se me seca la garganta, le doy un sorbo al vaso de agua que he dejado en la mesa de centro del salón y abro los ojos con una expresión desolada que parece impactar a los dos agentes.

—Por Dios... Espero que no —logro responder al fin.

—Bien, señor Díaz. Tenemos la fotografía de su mujer. Rastrearemos la zona y preguntaremos a sus vecinos a ver si han visto algo extraño estos días que usted ha estado en Berlín. Tranquilo, la encontraremos —me anima el policía más mayor, posando su asquerosa mano sobre mi hombro.

—Eso espero, agente. No puedo vivir sin ella.

—¿Qué haríamos sin las mujeres, eh? —añade el policía joven.

El otro policía le da un codazo, por lo inoportuno que ha sonado su comentario.

Yo lo miro con ojos de cordero degollado, como si fuera un quinceañero al que le han roto el corazón.

—Pregúntenle a Andrea —sugiero—, es la vecina de enfrente y con quien mejor se llevaba mi mujer. Vayan ahora, por favor. Pregúntenle.

Miro por la ventana y veo a la zorra de Andrea espiar desde su cocina.

—¿Andrea? Muy bien, empezaremos por ella.

—Vayan ahora mismo —les suplico.

—Iremos ahora mismo —confirma el policía de cabello canoso, con una sonrisa que intenta tranquilizarme sin éxito.

—Gracias. Y, por favor, si averiguan cualquier cosa, vengan a informarme —les digo, al mismo tiempo que les entrego la fotografía de María que casi se dejan olvidada en la mesa. Es del día de nuestra íntima boda en la que solo acudieron mis padres y tres de mis amigos. María nunca ha tenido amigos, pero es algo a lo que no le he dado importancia a lo largo de estos dos años; de hecho, era mejor: así la tenía solo para mí.

—Eso haremos.

Cuando los dos agentes se alejan de mi casa en dirección a la de Nico y Andrea, murmuran algo y sé inmediatamente de qué se trata. Creen que María ha huido por voluntad propia y que, efectivamente, tiene un amante. Algo me dice que no se tomarán en serio la desaparición de María, y entonces tendré que ser yo quien se ocupe del tema.

ANDREA

Lunes, 15 de junio de 2015

¿DE QUÉ TE ESCONDES?

Al ver que los dos agentes, impecablemente uniformados sin una sola arruga en sus trajes, cruzan la calle y vienen hacia mi casa, se me acelera el pulso y el corazón me late a toda prisa, como si yo fuera la culpable de algo. Lo que no saben es que llevo días investigando lo que ellos, justo ahora, acaban de empezar.

Víctor, que estaba cómodamente sentado en el sofá del salón, también los ha visto, y cuando han llamado al timbre ha subido las escaleras como alma que lleva el diablo para encerrarse en su habitación.

«Menos mal que Nico aún no ha llegado. Menos mal.»

Trato de tranquilizarme y con la taza de café aún en la mano voy a abrir la puerta con normalidad.

—¿Es usted Andrea? —pregunta el agente mayor; un hombre canoso de unos cincuenta años, de mirada penetrante a través de sus pequeños ojos marrones y con una nariz desproporcionadamente grande sobre un mostacho bien arreglado.

—¿Sí?

—Martín Vázquez y Ernesto Vila, de la policía —se presenta el agente mayor, el tal Martín, enseñándome su placa igual que el joven, Ernesto—. Venimos por la denuncia que ha puesto su vecino, el señor Carlos Díaz, referente a la desaparición de su mujer María López, de la que no sabe nada desde el miércoles. ¿Podemos entrar?

—Claro, pasen —digo, aparentando estar desconcertada y frunciendo el ceño, una estrategia que nunca falla. O al menos eso creo.

Ambos policías entran ofreciéndome una amistosa sonrisa que me inspira confianza, y les indico que pueden sentarse en el sofá del salón. Me sitúo frente a ellos, dándole un sorbo a mi café e intentando controlar el temblor de las manos.

—¿Qué ha pasado? —pregunto inocentemente.

—Eso mismo queremos saber nosotros —dice Ernesto, el agente más joven, observando todo cuanto hay a su alrededor. Tiene cara de bonachón, el cabello castaño mal cortado con algún trasquilón en la parte de las patillas y los ojos redondos y claros—. El marido de la señora María López ha estado de viaje en Berlín y dice que desde allí no había manera de localizar a su mujer. Luego, al llegar, ni rastro de ella. Nos ha dicho que ella y usted son muy amigas, ¿sabe si tiene o tenía algún amante?

—No éramos tan amigas —me apresuro a decir—. No hablábamos de ese tipo de cosas; yo la veía feliz con Carlos.

«Vaya, eres una gran actriz», comenta la voz en el momento más inoportuno.

Ernesto tiene una libretita en la que va anotando cosas que Martín parece ir supervisando, mirándolo de reojo.

—¿Vio algo raro en ella la semana pasada? —pregunta entonces el agente más mayor, Martín, moviendo su mostacho de un lado a otro y empequeñeciendo aún más sus ojos, como si fuera miope y no me viera bien.

—No, todo como siempre.

—¿Sabe cuál era la rutina de la señora López? —sigue preguntando Martín, que es quien lleva la batuta ahora.

—Salía cada día a hacer recados —respondo—, ya sabe, como cualquier ama de casa que vive en las afueras. Hay que coger el coche para todo. Volvía a casa con bolsas de la compra y a veces tomábamos un café; en mi casa o en la suya.

Nunca creí que pudiera responder con tanta tranquilidad y frialdad, pasando por alto detalles tan importantes como el de: «La vi irse con mi cuñado el jueves a las dos y media de la madrugada. Él volvió y ella, desde entonces, está desaparecida.»

O la carta de su amante, mi marido, que tengo encima de la mesa del estudio para no olvidarla, con fecha de cinco meses atrás. Aún se me revuelve el estómago cuando recuerdo la parte en la que le aconseja que vista con minifalda para «entablar una mejor penetración».

Estoy obstruyendo a la justicia, poniendo trabas en la investigación de una desaparición y dando cobijo a un estafador asesino.

«¡Dios! ¿Qué es lo que ha pasado en solo una semana?»

—¿A qué se dedica usted? —La pregunta del agente Martín me pilla de improviso.

Ernesto ha dejado de escribir en la libretita y me estudia con curiosidad.

—También soy ama de casa, aunque mucho más desastrosa que María. —Río para relajar el ambiente que se ha creado, pero los agentes me miran como si hubiera dicho una estupidez—. Y escribo. Novela negra, policiaca y esas cosas...

—¿Ese es su día a día? ¿Se pasa el día en casa?

—Sí, casi todo el día.

Siento el desprecio en sus miradas. Tal vez sus mujeres son autosuficientes, trabajan fuera de casa, ganan un buen sueldo y, además, siempre tienen la casa limpia, la nevera llena y son buenas madres de sus dos, tres o cuatro hijos. Trato de imaginar a Martín y a Ernesto en sus hogares; relajados, haciendo bromas, cocinando, besando a sus esposas... con el único fin de ver a estas dos personas como personas y no como la autoridad que es a lo que están jugando en estos momentos.

—¿Qué ha hecho hoy? —quiere saber Martín.

De nuevo vuelve a pillarme desprevenida con la pregunta que me acaba de formular, e intento disimular suspirando y mirando hacia el techo de manera pensativa, como si no recordara lo que he hecho hoy. ¡Cómo olvidarlo! Cómo olvidar ese hotel amarillo en el que un recepcionista gordinflón adicto al bocata de chorizo vio a Víctor y a María juntos.

—Poca cosa. He cogido el coche para ir a hacer la compra y luego he venido a casa.

—¿Está sola?

Empiezo a sentirme muy incómoda y no puedo disimular más el temblor de las manos. Los dos agentes ya no se muestran tan agradables como al principio; parecen querer ponerme a prueba para ver si realmente sé algo o no.

—Mi marido está en Madrid por asuntos de negocios. Llega hoy a Barcelona, a las siete de la tarde —informo, mirando el reloj. Aún quedan dos horas.

—Muy bien. ¿Tiene previsto viajar?

—No.

—¿Estará por aquí entonces? —Asiento—. Muy bien, si fuera necesario volveremos a visitarla, y si usted averigua algo llame a comisaría... Vaya, no llevo tarjetas; Ernesto, apúntale por favor el número de teléfono.

El joven arranca una hoja de su libreta con el número de teléfono de la comisaría apuntado y lo dejo en la mesita que está al lado del sofá.

—Pues aquí estaremos —les digo sonriendo.

—La desaparición de una persona no es ninguna broma —me contesta Martín con la aprobación de su compañero—. En fin, señora...

—Fernández —me apresuro a decir.

—Señora Fernández —añade Martín—. Hasta pronto.

Asiento, aunque ese «Hasta pronto» me ha parecido amenazante. Cuando cierro la puerta, es como si me hubiera quitado una mochila de cien kilos de la espalda y me dejo caer en el suelo del recibidor, sentándome con las rodillas pegadas a la barbilla.

La cabeza de Víctor se asoma por el umbral de las escaleras, queriendo comprobar por sí mismo que la visita de los policías ha llegado a su fin.

—Dime por qué te has escondido.

—No es asunto tuyo —responde, y vuelve a encerrarse en su dormitorio.

Sé que a estas horas seguramente sabe que he fisgoneado en sus cosas y que le he quitado la fotografía.

«Deberías parar, dejar este asunto a la policía y decir la verdad.» La voz nunca se equivoca; yo suelo hacerlo a menudo.

Nunca pasa nada. Y, ahora que hay algo que puedo vivir de verdad y no a través de la lectura o en la pantalla del televisor, quiero hacerlo. Quiero descubrir qué pasó. Y para eso debo mantener la calma y guardar todo el rencor que siento hacia Nico por haberme sido infiel, fingiendo que no sé nada; al igual que con las estafas y el asesinato cometidos por Víctor, que aquí sigue como si no pasara nada.

NICO

Lunes, 15 de junio de 2015

UN TRAJE HECHO A MEDIDA

«Hogar, dulce hogar», pienso cuando son las nueve de la noche y meto la llave en la cerradura de la puerta. Nada más pisar el suelo de madera que me recibe cálido, tengo ganas de vomitar. Cuando miro hacia la izquierda y veo la silueta fofa y gorda de la que nunca debió ser mi mujer, quiero pegarme un tiro o lanzarme por un precipicio.

Ahí está Andrea, con la mirada perdida en el cristal de la ventana de la cocina que, por la oscuridad de la calle, le devuelve la imagen de su rostro pálido y ojeroso; la piel, que hace años presumía de tener aterciopelada, hoy está arrugada y al tacto es seca y desagradable.

Puede que la taza de café que tiene en la mano sea solo para disimular su adicción al alcohol, que sé que tiene escondido por todos los rincones de la casa. ¿Cree que soy un idiota? Debe de creer que tampoco sé que esconde tranquilizantes de mierda en el cajón de su mesita de noche, en el del escritorio del estudio y también en uno de la cocina. Esas pastillas que la dejan atontada. ¿Y así ha pretendido tener hijos durante este último año? Menos mal que no la he dejado embarazada, no lo podría soportar.

No puedo evitar culparla de todas nuestras desgracias. Por culpa de una maldita novela cuyo valor no le encuentro por ningún lado, nos fuimos a vivir a un apartamento cochambroso donde nunca daba la luz del sol; con techos bajos y puertas para enanos en las que me di cien golpes en la cabeza. Esa calle peatonal, siempre sucia y repleta de borrachos o turistas atontados, me ponía de los nervios. En más de una ocasión, ladronzuelos de poca monta me persiguieron con la intención de robarme la cartera.

«¡Aquí era donde vivía Daniel Sempere! —exclamó ilusionada, y emitió un pequeño grito ahogado que en ese momento me pareció encantador, pero si lo hiciera ahora la estrangularía—. ¡Y hay un apartamento libre, Nico! Tiene que ser nuestro, esto es una señal.»

Me abrazó y me besó; yo por aquel entonces aún estaba enamorado de ella y no pude negarme. Pero todo fue a peor. A mucho peor.

—Ya estoy aquí —anuncio, dejando mi maletín en el suelo y la chaqueta del traje en el perchero—. ¿Y Víctor? —le pregunto a una ausente Andrea que se encoge de hombros.

Me acerco a ella al tiempo que con la mano me seco el sudor de la frente y, aunque quiero darle un toquecito en el hombro para que reaccione y asegurarme de que esta noche no despertaré con su cadáver en la cama, me limito a sentarme y a observarla.

—¿Qué has hecho estos días? —Aunque en realidad no me importa.

—¿Por qué lo preguntas? No te importa una mierda.

«Al fin has dicho algo coherente, cariño», pienso.

Deja la taza en el fregadero, me reta con la mirada y sube al piso de arriba sin apenas hacer ruido con sus ridículas zapatillas de andar por casa. Me río solo, me paso las manos por el pelo y abro la nevera para ver si hay algo comestible que no haya caducado hace meses. Meto la cabeza en el interior de la nevera para refrescarme un poco, porque la muy inútil de mi mujer aún no ha llamado al técnico del aire acondicionado para que venga a arreglarlo. Este calor, sumado a unas desagradables moscas que revolotean a su antojo por la cocina, me resulta insufrible.

Preparo un sándwich que acompaño con una cerveza, esperando ver a mi hermano. En realidad tengo tantas ganas de ver a Víctor como de correr en bolas frente a El Corte Inglés de la plaza de Catalunya; pero quiero saber qué me cuenta. Siempre huyendo, el muy cobarde. Que hace años me apartase a mí de su vida me da igual, la verdad es que nunca hemos sido dos hermanos que se llevaran bien; pero que jugara con los sentimientos de mis padres cuando se fue a San Francisco me dolió. Tuve que ser yo quien les consolase cuando su ojito derecho se fue. Y aún me duele, de ahí esa indiferencia y rencor que siento hacia él. Hacia un estafador y un asesino. Sé la que me puede caer si se enteran que está en mi casa; al menos ha tenido la consideración de no involucrar a nuestros padres. Con la justicia americana no se juega, ellos no se andan con rodeos y saben cómo solucionar estos asuntos. Fue muy hábil de huir de San Francisco antes de que empezaran a buscarlo. Víctor nació con una herradura de la suerte pegada en el culo, eso está claro.

Estiro las piernas y hago crujir el cuello. Me muero de sueño y de cansancio, pero me niego a ir a la cama; Andrea a veces puede ser muy pesada cuando no está atontada.

Imito la rutina de mi mujer y miro por la ventana de la cocina. ¿Cuándo arreglarán las luces de la calle? A nadie parece importarle, todos tienen secretos que es más fácil ocultar en la oscuridad.

ANDREA

Martes, 16 de junio de 2015

LAS BOLSAS DE ANTONIO

Me despierto sobresaltada y, por primera vez en mucho tiempo, ver a Nico dándome la espalda no me tranquiliza, sino todo lo contrario.

Adormilada y asustada miro el reloj: son las cuatro de la madrugada. Despacio, me deshago de la sábana que tengo encima de mi sudado cuerpo; me pongo las zapatillas y en silencio salgo del dormitorio. No creo que Nico se entere, tiene la capacidad de dormir profundamente; ni el estruendo de un terremoto le despertaría y le envidio por eso.

La puerta del dormitorio de invitados está cerrada, pero no sé si Víctor está dentro. Bajo las escaleras lentamente para evitar hacer crujir la madera del suelo y entro en la cocina sin encender la luz. Miro hacia fuera, donde la luz de la luna otorga un protagonismo indiscutible a las sombras de los árboles en el asfalto. Un escalofrío recorre mi espalda al contemplar la oscura soledad de la calle, como si solo estuviera habitada por espíritus invisibles; como aquellos pueblos fantasma de los que a menudo hablan en televisión. Sin pensarlo demasiado, al ver sobresalir unas bolsas del contenedor de la basura que estoy segura que son de Antonio, salgo de casa. Si pude colarme en una casa ajena, también puedo husmear en esas bolsas que me traen de cabeza desde hace tanto tiempo. Ahora tengo una excusa... bueno, en realidad tengo dos: la desaparición de María y la conversación que Antonio tuvo con mi cuñado.

Nada más poner un pie en la calle, una oleada de calor nocturno me golpea en la cara aturdiéndome por completo. Segundos después, con el cuerpo encogido, cruzo la calle mirando a mi alrededor y me sitúo frente al contenedor.

«Venga, tú puedes. Si te colaste en una casa ajena, puedes también ver qué hay en estas dichosas bolsas.»

Me entran arcadas. Huele a pescado y a carne podrida, lo que hace que me asuste e imagine cosas que aún no he visto. María descuartizada en mil cachitos, sangre, vísceras... todo lo asqueroso que pueda pasar por la mente de alguien que acabe de ver una película *gore*. Con cuidado de no hacer ruido por si Antonio está en casa, abro la tapa del contenedor y cojo con cuidado una enorme bolsa que, al contrario de lo que pensaba, no pesa nada. La dejo en el suelo y al abrirla reprimo mis ganas de reír. Plumas, vaporosas faldas floreadas, un corsé violeta y zapatos altísimos de tacón. En otra bolsa hay pelucas, collares de perlas del «Todo a un Euro», una caja de pestañas y otra de uñas postizas, y más plumas. Anonadada, miro de reojo hacia la casa de Antonio y me pregunto por qué tira a la basura lo que ahora mismo me parecen auténticas obras de arte. ¿A qué se dedica este hombre? Lo que sí me queda claro es que no debo tenerle ningún miedo. Me río de mí misma y de todos los pensamientos que he tenido hacia mi desconocido vecino a lo largo de todo este tiempo y vuelvo a poner las bolsas en el contenedor, no sin antes adueñarme del corsé violeta.

En el momento en el que voy a cruzar la calle para volver a casa, me detengo y me escondo tras el contenedor al ver llegar el coche de alquiler de Víctor. ¿De dónde viene? Aparca frente la casa y sale sin prisa mirando a su alrededor. Se mete las manos en los bolsillos, como asegurándose de que no ha perdido algo de vital importancia y abre la puerta de casa. Con la mirada puesta en la oscuridad de la calle, cierra la puerta tras de sí y enciende la luz de la cocina. Me asomo un poco tras el contenedor reprimiendo mis ganas de vomitar por el olor putrefacto de los restos de comida de algún vecino y al mirar hacia la ventana de la cocina, que yo tan bien conozco desde el interior, veo a Víctor mirando hacia donde estoy yo. Me escondo rápidamente, preguntándome si me ha visto o estaba deleitándose con el placer de contemplarse a sí mismo a través del cristal. Espero unos segundos y al volver a asomarme las luces están apagadas. Es el momento de volver.

Introduzco la llave en la cerradura lentamente, y me adentro en el interior como si entrara en una casa que no es de mi propiedad. No veo absolutamente nada, así que trato de no tropezar con el jarrón que tengo a mi derecha y con el perchero, situado a escasos metros; conozco mi casa como la palma de mi mano.

—¿Qué hacías espiando detrás del contenedor?

Me paro en seco, justo en el momento en el que había apoyado mi pie en el primer escalón, y me giro hacia donde está Víctor mirándome seriamente.

—¿Y tú qué haces llegando a estas horas? ¿No habrás ido al hotel Paraíso? —pregunto con una mueca de satisfacción, sorprendida por demostrar una valentía que no reconozco en mí.

Pero enseguida me doy cuenta de que me he pasado de lista al ver al mismísimo diablo en los ojos de Víctor. Se abalanza contra mí, con un brazo me agarra fuertemente de la cintura y cuando intento gritar me tapa la boca con su enorme mano.

—Ni una palabra, Andrea. ¿Me oyes? —me susurra al oído, dejando caer su aliento con olor a cerveza y a tabaco—. A nadie, y menos a Nico.

Me suelta con más delicadeza de la que imaginaba y, sin que apenas me dé tiempo a reaccionar, él ya ha subido al piso de arriba y se ha encerrado en su dormitorio.

No puedo respirar; solo quiero llorar y que desaparezca este nudo en la garganta. A tomar por culo la vida sana. Después de un día sin engullir pastillas ni beber alcohol, enciendo la luz de la cocina, cojo el iPod y los auriculares y me pongo a escuchar a todo volumen un tema de Bon Jovi mientras me sirvo un enorme vaso de whisky. Cojo una caja de tranquilizantes por estrenar y me trago cuatro de golpe.

Han pasado horas, la música de Bon Jovi sigue resonando en mis oídos, pero mi cabeza está ausente; el corazón cansado ha ralentizado sus latidos y me cuesta respirar.

CUANDO BON JOVI DEJA DE SONAR

—Andrea. ¡Andrea!

La voz de Nico suena a lo lejos. Me retumban los oídos y me duele el cuello y la cabeza, que tengo apoyada de cualquier forma sobre la mesa de la cocina.

—¿Qué? —pregunto, alargando cada letra de lo que me parece una pesada aunque corta palabra.

—Joder, ¿qué has hecho? —pregunta Nico malhumorado, ayudándome a incorporarme.

Lo miro como si fuera una niña perdida en medio de un bosque repleto de lobos y osos feroces, como si quisiera encontrar en él un poco de calma; palabras cariñosas que me ayuden a superar este bache. Pero en vez de encontrar comprensión veo otra vez en sus ojos asco y odio hacia mí, y eso me mata un poquito más.

—Me tengo que ir.

—¿Vendrás pronto? —le pregunto mientras me levanto y me apoyo en la encimera.

Me tiembla la voz, temerosa por el vago recuerdo que tengo del ataque de Víctor.

—No creo. Tengo mucho trabajo.

—¿Víctor está despierto?

—No lo he visto —responde, casi de manera automática—. Adiós.

Camina rápido hacia la puerta, me mira por última vez como si fuera una fracasada que tiene que apoyarse en la encimera de la cocina para mantenerse en pie; coge su maletín y se va. Instantes más tarde veo cómo su coche se aleja a una velocidad, como siempre, excesiva en una urbanización con niños en las otras calles.

Me tiemblan las manos, no me veo capaz ni siquiera de prepararme una taza de café. No recuerdo en qué momento dejó de sonar Bon Jovi o cuántas pastillas mezclé con la botella de whisky que hay sobre el mármol. Miro por la ventana y veo a Antonio salir de su casa. Al menos ahora sé qué contienen las bolsas de basura, y me pregunto a qué se dedica mi vecino, aunque creo que ya me da igual, y la curiosidad que sentía hacia él se ha evaporado como el recuerdo de un amor de verano que desaparece con los años. En cierto modo me ha decepcionado un poco.

Recuerdo que de madrugada, hace tan solo unas horas, he cogido algo que Antonio había lanzado al interior del maloliente contenedor y lo localizo, bien colocado encima de una silla, como si alguien se hubiera encargado de hacerlo. Y no fui yo. Ha debido de ser Nico; sin hacer preguntas, sin necesitar respuestas.

Transcurridos unos minutos, mi cuerpo se tensa y se pone

en alerta al oír que Víctor baja las escaleras. Despeinado, entra en la cocina vestido únicamente con unos calzoncillos de licra grises, marcando un paquete que desde la distancia me parece descomunal e intento disimular mirando hacia la ventana, desde donde veo a la señora Dolores regando su jardín.

Ignorándome por completo, Víctor abre la nevera y muestra una expresión de disgusto.

—Hay algo podrido ahí dentro —farfulla en voz baja.

—Tengo que ir a hacer la compra.

—Si quieres voy yo.

Lo miro. No aparta la mirada de mí pero sé que puede oler mi miedo.

—Lo de anoche... —empieza a decir.

—No vas a hacerme daño —digo con seguridad—. A mí no, ¿entendido? —Intento sonar fuerte, aunque las lágrimas estén a punto de brotar y se me enciendan las mejillas al mirar hacia la casa de enfrente y ver a Carlos observando mi casa desde su buzón.

Víctor tiene una expresión grave que no sé cómo describir, y seguidamente se sirve una taza de café.

—¿Quieres? —me ofrece, como si no pasara nada.

—Sí.

No soy capaz de sujetar la taza. Víctor me observa, intrigado por saber qué es lo que pasa.

—¿Te encuentras bien?

—¡No! —le grito—. No estoy bien, joder.

Tiro la taza al suelo, estalla en mil pedazos y me voy trastabillando hasta el piso de arriba para encerrarme en el cuarto de baño a llorar hasta que me quede sin lágrimas. Vuelvo a notar que Víctor está detrás de la puerta y eso vuelve a provocar un sentimiento de inseguridad en mí que hace que quiera quedarme encerrada durante horas entre las frías baldosas del cuarto de baño.

CARLOS

Martes, 16 de junio de 2015

COMO SI NADA.
ODIO

Y ahí sigue ella como si nada. Encerrada en su confortable pero a la vez desastrosa casa, jugando a que no tiene ni idea de dónde está mi mujer. Pero sabe. Claro que sabe, y mucho más de lo que les dijo a aquellos dos policías de pacotilla.

Al no haber vuelto a tener noticias, confirmo que la policía no se está involucrando al cien por cien en la búsqueda. Sí, ellos creen que tiene un amante y yo solo tengo ganas de golpear a alguien. Si tuviera a María delante la mataría.

No puedo soportar toda esta rabia, me consume, me cabrea y, lo peor de todo, me angustia. Creo estar viviendo las peores horas de toda mi vida.

Recojo las cartas del buzón, algo de lo que siempre se ha encargado María. Publicidad, facturas, más publicidad... Nada importante.

—¡Carlos! ¡Buenos días, hijo! ¿Se sabe algo de María?

—pregunta el incordio de la señora Dolores. Niego tristemente con la cabeza y, por lo visto, le doy mucha lástima—. Vaya por Dios, hijo. ¿Quieres que te prepare algo calentito para comer?

—No hará falta, señora.

—¡Sí, hombre! Un guiso de los míos. Quien come, con el mal puede, hijo.

—Deje de llamarme hijo —rechisto, disfrutando al ver a la señora Dolores abriendo mucho los ojos y colocando sus finos labios en forma de O—. ¡Es usted un incordio! —sigo gritando, disfrutando por primera vez desde hace muchos días.

—¡Maleducado! Ayer la policía me preguntó sobre ti, Carlos. Ellos sospechan que hay algo malo en ti. —Me señala con el dedo de forma acusatoria y yo, en vez de achantarme, me acerco a ella y la cojo violentamente por el brazo sin importarme quién puede estar mirando en este vecindario repleto de cotillas.

—Como vuelva a hablarles a la policía de mí, la mato. ¿Me oye? La mato.

La señora Dolores emite un sonido extraño que parece proceder de su dentadura postiza. Federico, al otro lado de la calle, nos mira mientras piensa si sería conveniente venir hasta aquí a defender a su amiga o limitarse a observar hasta que yo me aleje. Un poco más alejado de Federico, se encuentra el tipo de las rastas que vive con la pija de Alicia, con una lata de cerveza en la mano, mirándome desafiante; en guardia y preparado por si en cualquier momento tiene que correr hacia mí y darme una paliza por meterme con ancianitas.

—Queda avisada, señora Dolores.

Me doy la vuelta y me encierro en casa; corro todas las cortinas para no permitir que entre la luz del sol de este caluroso día y me meto en la cama con la única intención de dejar que pasen las horas y con la esperanza de que María decida volver.

Dos horas más tarde, el sonido del teléfono me obliga a levantarme de la cama. Se trata de Martín Vázquez, el policía más mayor que vino ayer a casa, y me informa de que alguien ha llevado a la comisaría una maleta de piel de color violeta que han encontrado en la gasolinera de la entrada a la urbanización. Creen que podría ser una coincidencia y que posiblemente no tenga nada que ver, pero podría ser de María, me dice, por una M escrita con rotulador negro que hay en la etiqueta. Además, en su interior hay ropa femenina —no mucha, dice— que quieren que reconozca.

Sonrío para mis adentros mirando el rotulador negro que hay sobre la mesita del teléfono. No me hace falta ver la maleta. Sé que es la de María.

—¿Le va bien pasar por comisaría a las cinco de la tarde, señor Díaz? —ha preguntado seriamente, y entonces, ha empezado a titubear—. Ejem, bueno, tenemos algo más que comunicarle aparte del tema de la maleta, pero queremos hacerlo en persona.

Mi sonrisa desaparece en cuestión de segundos. Las palabras del agente resuenan en mi cabeza. Una serie de imágenes se me presentan como si fueran diapositivas: María corre escaleras arriba para que no la alcance. María cierra los ojos y se aparta de mí para que no siga golpeándola. María intenta huir mientras la agarro por el brazo provocándole hematomas. María llora en el interior del cuarto de baño mientras yo aporreo la puerta gritándole que conocerla ha sido lo peor que me ha pasado en la vida.

VÍCTOR

Martes, 16 de junio de 2015

Dentro de su cabeza

—¿Piensas quedarte encerrada en el baño todo el día?

Andrea no responde. Tiraría la puerta abajo para asegurarme que está bien si no fuera porque siento que hay vida al otro lado de la pared, al oír sus quejas y lamentos. Debe de dolerle la cabeza y el estómago; he visto la botella de whisky en la encimera de la cocina y una caja de pastillas tranquilizantes abiertas, mi cuñada tiene un serio problema.

—Ayer me pasé, lo sé. Pero odio que me espíen, ¿vale?

Trato de controlar el tono de mi voz. En otras circunstancias y con otra persona sería diferente; me mostraría tal y como soy sin pudor. Con Andrea es distinto, ha metido demasiado las narices donde no debería, y temo que sepa más de lo que debería saber. Me pregunto por qué me dio el nombre del hotel al que fui con María, si quería provocarme. ¿Hasta qué punto sabe lo que pasa, qué he hecho mal? He infravalorado a mi cuñada: por lo visto, es más inteligente de lo que creía.

—¿No vas a responder?

Silencio.

—Como quieras. Salgo a hacer unos recados, ¿vale? Y, ya de paso, me acerco al súper. ¿Sí? ¿Me oyes?

Mientras me visto con algo de la poca ropa que aún me queda limpia, estoy atento por si a Andrea se le ocurre salir del cuarto de baño, pero no lo hace; no lo va a hacer hasta que oiga que cierro la puerta de la entrada.

Antes de coger el coche, me detengo un instante a mirar la soledad que invade la calle.

Es de día, hace sol y mucho calor; lo que hace que todos hayan querido refugiarse en sus casas con aire acondicionado. Pienso en lo deprimente que tiene que ser vivir día a día en un lugar así; con las mismas caras de siempre; con muy poco o nada que hacer. Pienso en lo fácil que es cometer un asesinato sin que nadie se dé cuenta; en lo sencillo que resulta esconder a alguien y que el mundo entero no sospeche de ti. Esto no es San Francisco. Es solamente una calle de una urbanización a las afueras de las afueras de Barcelona, con casas sesenteras, un frondoso bosque al lado y un extenso campo alrededor, repleto de altos pinos y arbustos, en la que nunca parece pasar nada.

Mi teléfono móvil empieza a sonar. Que sea ella. Que sea ella. Pero el que veo en la pantalla es el nombre de Nico.

—¿Qué quieres? —le digo decepcionado.

—¿Qué haces? —me pregunta con aires de superioridad, como siempre. Él, el gran Nicolás Costa, el abogado de éxito y ojito derecho de unos padres a los que el hijo pequeño y malo abandonó para hacer las Américas.

—Voy a hacer unos recados —respondo con tranquilidad.

—Vigila, Víctor. Cuidado con lo que haces, te estoy observando.

Cuelga el teléfono. Sé a lo que se refiere, y si ahora mismo lo tuviera delante le agarraría del pescuezo y lo lanzaría contra la valla del jardín. Sabe que con solo una mano puedo hacerle mucho daño, pero a él siempre se le ha dado mejor otro tipo de violencia más amenazante, psicológica y verbal.

ANDREA

Martes, 16 de junio de 2015

MÁS SORPRESAS

Aprovecho que Víctor ha salido para entrar en su dormitorio y dejar la fotografía en la que aparece él, feliz, con la mujer sacada de una portada de revista de moda y la niña angelical de cabello rubio y ojos azules. Respiro aliviada porque nada me hace sospechar que se haya dado cuenta de mi intromisión. Reviso las fotos con cuidado por última vez, volviéndolas a colocar casi al instante en la caja de latón y arrastrándola hacia el interior de la cama. Ese hombre, el que aparece en la fotografía, no es el mismo que anoche me tapó la boca y me cogió por la cintura con violencia. Sigo llevando conmigo sus palabras amenazantes y la ira en su mirada; no tendría que haberle dicho nada.

«Mantén la boca cerrada», dice la voz, que solo aparece cuando las pastillas hacen algún tipo de reacción en mí.

«Sí, será lo mejor», le digo yo, dándole la razón por primera vez en mucho tiempo.

Tengo que dejar de jugar. Debería centrarme en escribir algo decente, ordenar un poco la casa, ir a hacer la compra, volver a enamorar a mi marido, ponerme a dieta... Dejar el alcohol, las pastillas y olvidar la novela que me dedicó mi padre para poder pasar página. Debería salir del dormitorio de mi cuñado, no vaya a ser que venga antes de tiempo y me pille aquí, arrodillada en el suelo frente a su cama, pensando en todo lo que debería y sé que no voy a hacer.

La última vez que vi a mi madre fue en Nochebuena, cuando fui a cenar a su casa. Nico no vino conmigo, como en la Navidad anterior; entendí que quisiera ir a cenar con sus padres; pero por otro lado me indigna que las dos personas más importantes de mi vida sean como dos auténticos desconocidos, hace por lo menos dos años que no se ven; dudo mucho que mi madre reconociera a Nico si se tropezara con él por casualidad.

Debería ir a hacerle una visita, salir a comer con ella y disfrutar de una de nuestras agradables conversaciones en las que papá siempre está presente. Debería no dejarla tan sola, o al menos no hacerla sentir así. Soy una mala hija. No, mala no, pésima. Podríamos recordar viejos tiempos en los que veraneábamos en una aldea de Lugo y yo me pasaba el día recorriendo los caminos de tierra encima de una bicicleta rosa con una de esas cestitas donde poder guardar todos los tesoros que me iba encontrando por el camino. Recordar las malas notas, las charlas con los profesores, aquellos amigos del pasado de los que no he vuelto a saber nada, con los que comía chuches que luego nos provocarían caries, enriqueciendo así a los dentistas de nuestro barrio y empobreciendo a la vez a nuestros padres... Podría... Podría recordar y así encontrar a través del pasado la felicidad, cuando realmente sé que eso se encuentra en el día a día.

Haciendo un gran esfuerzo me levanto. Me escuecen los ojos de tanto llorar, pero al menos ya no me tiemblan las manos y los mareos son menos intensos, así como el dolor de cabeza, que dentro de unos minutos habrá desaparecido.

Voy a mi dormitorio y me pongo un pantalón de chándal gris y una camiseta también gris en la que pone *I love New York*; aunque nunca he estado en la ciudad de los rascacielos y no debería tener derecho a ponérmela. Es como los imanes de la nevera. ¿Por qué vas a tener un imán de un lugar que no has visitado? Es de idiotas.

En el exterior hace un calor horrible y el cielo azul se ve amenazado por unas nubes grises que amenazan con volver a descargar una ruidosa tormenta de verano. Aunque aún es de día, me pregunto cuándo arreglarán las farolas de la calle. Al mismo tiempo que yo, también sale de su casa Antonio con una de sus famosas bolsas de basura y me animo por primera vez a acercarme a él e intentar averiguar de qué habló ayer con mi cuñado.

«Acabas de prometer que no te inmiscuirías en nada más», me recuerda la voz.

«Es lo último que voy a hacer», sentencio decidida.

—Hola.

Antonio me mira como quien ve a un fantasma. En la distancia parecía más alto, apenas me saca dos centímetros y sus ojos son azules como los míos y no marrones como los había imaginado. Tiene poco pelo en la cabeza; desde la ventana de la cocina creía que Antonio podía presumir de una buena mata de pelo, y así como creía que la expresión de su rostro siempre mostraba su mal humor, ahora me mira dulcemente, como si de un momento a otro me fuera a ofrecer una chocolatina.

—¿En qué puedo ayudarte, Andrea?

—¡Sabes mi nombre! —exclamo, como si fuera lo mejor que me hubiera pasado en mucho tiempo.

—Hablo poco, pero os conozco a todos —dice, con cierto tono de misterio en su voz.

—Quería saber de qué hablaste ayer con mi cuñado.

—Directa al grano; he pillado a Antonio desprevenido.

A cámara lenta, se gira hacia el contenedor y tira la bolsa. ¿Habrá algún corsé dentro que luego por la noche me pueda apropiar?

—Bueno..., de nada importante.

Miente.

—¿Seguro? —insisto.

Asiente y traga saliva.

—¿Por qué tiras tantas bolsas enormes, Antonio? ¿Qué hay en esas maletas que guardas en el coche cuando te vas a las siete de la tarde?

—¿Me espías? —pregunta divertido.

—A veces —contesto yo, riéndome y encogiéndome de hombros.

Su voz es más dulce y agradable de lo que esperaba. Creía que sería tosca y gruñona. Antonio, el real, es muy distinto al que yo me había inventado.

—Ejem... bueno... en fin, lo sabe muy poca gente —empieza a decir bajito—, pero a ti te lo voy a confesar: soy *drag queen*.

—Vaya..., jamás lo habría dicho. —Imagino a Antonio vestido con aquel corsé que tiró a la basura, unos altísimos zapatos de plataforma y cualquiera de las pelucas azules, rosas o rubias que vi.

—Vente un día con tu marido a verme. Hago mis *shows* en el restaurante D'Divine en la calle Balmes, y a veces en el Premium o en el Eterna. Aunque mi preferido es el Cangrejo, en el Born... no sé, tiene ese aire burlesco que me encanta, tiene historia; los otros son demasiado modernos.

Ninguno de los nombres de los locales que ha mencionado me suenan de nada, pero dado su entusiasmo no me queda otro remedio que asentir sonriendo, fingiendo que sé dónde están y que iré, aunque no imagino a Nico en ese tipo de ambientes.

Es agradable hablar con Antonio, aunque solo con mirarlo siento aún más calor. Va vestido con una camisa de manga larga de cuadros roja y unos pantalones de cuero negros, como si estuviéramos en pleno invierno. Ahora sé que cuando lo observe desde mi ventana lo veré de otra forma. Mi maléfico plan de pillarlo escondiendo cadáveres en el maletero de su coche se ha ido al garete. Todo era más simple, más normal si así puede decirse.

—¿Por qué tiras toda esa ropa, zapatos, pelucas...?

—Oh, querida, son de hace años —explica con una risita nerviosa—. O tienen alguna tara... Lo cierto es que renuevo mi vestuario cada mes, así que imagínate la de ropa que tiro a la basura. Y no creo que ninguna iglesia la aceptara.

—Pues si tienes algún corsé, regálamelo. Supongo que no me los pondría nunca, pero me encantan —digo con humor, a ver si cuela.

—¡Me lo apunto!

Me guiña un ojo y, cuando veo que está a punto de darse la vuelta para entrar en su casa, le cojo de la mano con toda la confianza que me ha inspirado para volver a formularle la pregunta que necesito saber:

—¿Qué te dijo mi cuñado ayer, Antonio?

Él baja la mirada y suspira. Sonríe tristemente y se encoge de hombros.

—Que en la medida de lo posible te vigilara. Eso dijo.

—¿Por qué diría algo así? —me pregunto en voz alta.

—Supongo que con la desaparición de María se habrá preocupado. Esa muchacha... ¿qué le habrá pasado? ¿Tú qué opinas?

Por lo visto, Antonio es también un cotilla. Quiere saber mi opinión; y yo, mientras tanto, sigo repitiéndome la misma cantinela: «La vi irse con mi cuñado el jueves a las dos y media de la madrugada. Él volvió y ella, desde entonces, está desaparecida.» Pero obviamente es algo que no le diré al bueno de Antonio.

—¿Por qué no hemos hablado antes? —le pregunto, con la intención de dirigir la conversación hacia otra parte.

Parece funcionar.

—Ay, hija, esta vida mía es un caos. No salgo de casa, solo para ir a trabajar a mis *shows* y poco más. Normalmente, cuando llego a casa ya ha amanecido, y entonces me voy a dormir.

«O sea, que no eres un asesino en serie ni nada de todo lo que mi imaginación había creado sobre ti. Qué decepción y, a la vez, qué alivio.»

—Bueno, te estaré vigilando... —murmura riendo, mientras se aleja de mí.

Esta vez dejo que se vaya, porque creo saber lo que necesito. Mi cuñado no le dijo que me vigilara para que no me pasara nada; sino para que yo no hiciera algo que pudiera perjudicarle a él.

«¿Qué le hizo a María aquella noche en el hotel? ¿Dónde la dejó cuando salieron?», me pregunto, al mismo tiempo que miro con disimulo la bolsa que ha lanzado Antonio al contenedor, pensando en si debe de haber algún corsé tan bonito como el que me llevé anoche.

«A veces es mejor no hacer preguntas, Andrea», murmura la voz, más seria y prudente que nunca.

CARLOS

Martes, 16 de junio de 2015

NADIE CONOCE A NADIE

Martín Vázquez y Ernesto Vila, los mismos policías que vinieron a casa por la denuncia que tramité sobre la desaparición de María, me hacen pasar a un despacho presidido por la fotografía del rey y donde los colores marrones y grises destacan sobre cualquier otro. Pienso en lo deprimente que debe de ser trabajar aquí, aunque luego visualizo mi despacho del laboratorio y reconozco que tampoco es la alegría de la huerta.

Martín se sienta y Ernesto se queda de pie junto a él. Observo la carpeta que tiene en su desordenado escritorio junto a un antiguo ordenador que no creo que utilice mucho y la fotografía de mi mujer colgada en un corcho junto a otros rostros, mapas y tarjetas de lo que parecen ser restaurantes y hoteles con horas y días escritos en rojo. Ambos me miran seriamente, con los labios apretados y el ceño fruncido. Me pregunto si han descubierto algo sobre el paradero de María; al menos sabemos que la maleta violeta sí es de mi mujer.

La he identificado gracias a un par de blusas; una negra con topos blancos y otra a rayas que le he visto puesta cientos de veces.

—Verá, no sabemos por dónde empezar, señor Díaz —me dice Martín, con signos de preocupación en su tono de voz.

—¿Saben por qué estaba la maleta de mi mujer en la gasolinera?

Ambos esquivan mi pregunta, como si el detalle del encuentro de la maleta no tuviera importancia para ellos.

—¿Sabe cuántas personas desaparecen al año en España, señor Díaz? —pregunta el agente de cabello canoso. Niego con la cabeza en silencio, esperando que sea él quien siga hablando para conocer la respuesta—. Entre diez mil y catorce mil. —Hace una breve pausa y respira hondo antes de proseguir—. Pero en el caso de su mujer, nos estamos volviendo locos. Señor Díaz, María López Jurado como tal, al menos quien dice usted que es —aclara señalando la fotografía de mi mujer—, no existe.

La repentina información me pilla desprevenido y tardo unos segundos en reaccionar sobre lo que acaba de decir. Trago saliva, me quedo pálido y me da por reír. No entiendo qué es lo que me está contando el policía de pacotilla que tengo delante. No entiendo nada. Ambos parecen sorprendidos al ver mi reacción. ¿Qué quieren que haga? ¿Cuál debería ser la reacción correcta ante algo tan extravagante?

—¿Cómo que no existe? —logro preguntar, aún con un temblor en la voz que no había reconocido en mí hasta este momento.

—María López Jurado puede ser cualquiera, pero, desde luego, no es su esposa. La mujer de la fotografía no existe, al menos no con ese nombre, y no encontramos la forma de averiguar el verdadero; porque su aspecto puede haber cambiado mucho en los últimos años.

—Debe de tratarse de un error. O una broma. Me están gastando una broma, ¿verdad?

Aún espero que un presentador, más pendiente de la cámara que de mí, me aborde en cualquier lugar y, junto a mi mujer, ambos sonrientes al ver la expresión asustadiza de mi rostro, me digan que se ha tratado de una broma; pesada, sí, pero un *show* televisivo al fin y al cabo.

Al volver a mirar a los dos policías me doy cuenta de que mis pensamientos son inadecuados y tan probables como que unos alienígenas me abduzcan en este mismo momento.

—¿Vio alguna vez el DNI de su mujer? —pregunta Martín, mirando la fotografía de María—. ¿Facturas a su nombre? ¿Algo que nos pueda decir que sí existe? Por lo que hemos comprobado, su boda no fue oficial; ni por el registro civil ni por la Iglesia, ¿cierto? Puede que su documento de identidad estuviera muy bien falsificado.

María no tenía cuentas bancarias, siempre pagaba en efectivo. No trabajó nunca, al menos no en los dos años que ha estado conmigo, con el cuento de que quería ser ama de casa y formar una familia, y el trabajo como maestra no la llenaba del todo. Las facturas iban a mi nombre, así como la hipoteca de la casa; y yo estaba encantado de tener el control al darle dinero para lo que necesitara. También era yo quien compraba a través de internet; pagué el hotel cuando estuvimos en París y se negó a ir en avión poniendo como excusa que tenía miedo a volar, cuando en realidad ahora pienso que de lo que tenía miedo de verdad era del control de seguridad. Pero es algo que no hace falta que le diga al agente, ya lo debe de saber.

—Mi mujer decía que el papeleo se carga lo romántico de unir la vida de dos personas —explico, con la mirada perdida y cierto fastidio en mi tono de voz, preguntándome cómo he podido ser tan idiota—. Pero claro que vi su DNI, no se puede ir por ahí sin documentos de identidad y María... —suspiro al decir su nombre—, nunca tuvo problemas.

—Como le he dicho, hay auténticos expertos en falsificar documentos de identidad y pasaportes, que pasan desapercibidos en controles rutinarios. Su mujer no aparece en ningún lado, señor Díaz —insiste Martín—. Simplemente no existe —repite—, ¿entiende lo que le digo?

Juro que quiero entenderlo pero no puedo, porque no sé con quién he vivido durante casi dos años. Todo se vuelve borroso y confuso; apenas puedo oír con claridad las palabras del policía.

—Si su mujer se inventó un nombre es que no quiere que la encuentren. Siento decirle que debemos abandonar la búsqueda.

—Es como buscar una aguja en un pajar —interviene Ernesto, avergonzado por la incompetencia que me demuestran.

—¿Y no es esto un signo inequívoco de que está huyendo de algo? —digo entonces yo, con la intención de generarles un interés por el caso—. Si mi mujer se inventó un nombre, una vida, falsificó su documentación y me ha engañado durante casi dos años es porque oculta algo. ¡Algo que yo no sé! Me lo ha ocultado durante todo el tiempo que llevamos juntos. Mierda. Ya me extrañaba a mí, joder... ni un solo amigo, sus padres muertos, no tenía familia... —Trato de controlar la impotencia, a punto de ser convertida en una ira que no quiero que los dos policías vean—. Tienen su fotografía, saben cómo es. Búsquenla, por favor. Búsquenla.

Suspiran sin saber qué hacer o qué decir. Sin apenas darme cuenta, mi cuerpo reacciona solo; con el puño, aún magullado por la escena en el hotel de Berlín, doy un golpe en la mesa y me levanto. Estoy frente a ellos, mirándolos con furia por la indiferencia que muestran por la desaparición de «María».

—Señor Díaz, tranquilícese —me advierte Martín, sin cambiar la expresión seria de su rostro o alterarse—. En la mayoría de casos identificamos quién es la persona de la fotografía que ha mentido a sus allegados sobre su identidad, pero la fotografía de su mujer no coincide con nadie. Es como si no existiera, como si fuera un fantasma. Debo decirle que aquí solo hemos trabajado en otro caso parecido, no suelen darse muy a menudo.

—¿Cabe la posibilidad de que tuviera un amante? —pregunta Ernesto, apenas en un murmullo.

Sigo de pie frente a ellos. Intentando asimilar toda la información. Una identidad falsa e inventada, un amante, una mujer que nadie reconoce y que parece ser un fantasma.

—¿El amante es la solución para ustedes? —pregunto indignado.

—Es solo un pequeño detalle. Está claro que nadie se inventa una vida por un escarceo sentimental, pero... —El joven agente calla cuando Martín le da un codazo.

—Señor Díaz, ¿cómo se hizo esa herida en la mano? —pregunta Martín, contemplando mi puño derecho.

—Accidentalmente, en Berlín.

—¿Pegaba a su mujer?

Fija su mirada de ojos marrones en mí, esperando con paciencia mi respuesta. En otras circunstancias hubiera sabido disimular bien; les habría mentido como un bellaco y probablemente no se hubieran dado cuenta de nada. Pero ahora los sudores fríos llegan rápidamente a mi frente, siento que al hablar no me van a salir las palabras y trago saliva con tal de tranquilizarme. Vuelvo a sentarme en la butaca de cuero marrón desgastada y me cruzo de brazos.

—Teníamos discusiones, pero nunca la toqué.

Desconfían de mis palabras y solo se me ocurre una persona a la que acusar: Andrea. Fueron a su casa a interrogarla después de que yo denunciara la desaparición de «María» o quienquiera que fuese. Puede que «María» les contase cosas de nuestra intimidad y que Andrea, en su afán por vengarse de mí debido a nuestro encontronazo de la semana pasada, se fuese de la lengua y confesara a los policías que yo maltrataba a mi mujer.

—Puede irse, señor Díaz —dice Martín, tajante y decidido.

—¿Seguirán informándome de sus avances?

—Ya le he dicho que damos por perdido el caso. Hemos llegado a la conclusión de que su mujer, cuyo nombre e identidad no es real, ha desaparecido por voluntad propia y puede que por su seguridad. Lo siento por usted.

—Váyanse a la mierda.

Y me voy, con la maleta violeta de mi mujer; dando un portazo tras de mí, que me resta las posibilidades de que esos dos policías ineptos sigan con la investigación que necesito resolver, tanto o más que respirar.

MARÍA

Martes, 16 de junio de 2015

EL CAFÉ, UN LIBRO Y UNA MIRADA

Viernes, 8 de noviembre de 2013. Yo, sujetaba mi café con leche con las dos manos, intentando en vano que el calor del vaso se transmitiese a mis dedos ateridos. Noviembre, frío y desolador, había aterrizado a la ciudad de Barcelona y yo no sabía cómo esconderme y huir de todo lo que había vivido hacía siete meses.

Apareciste por la puerta de la cafetería Clarés, un oasis en el Eixample con vistas a la imponente y misteriosa Casa de les Punxes; con aires de seguridad y la elegancia de quien ha tenido una buena educación. Miraste a tu alrededor, buscando el punto exacto en el que pudieras huir del gentío y relajarte con una taza de café en compañía del libro que llevabas entre las manos: *El guardián entre el centeno*, uno de mis preferidos. Me pregunté, mientras no podía dejar de mirarte, si sería una buena idea iniciar una conversación contigo respecto a la lectura de J. D. Salinger. Sin embargo, no reparaste en mi presencia. Pensé que si mi cabello no estuviera tan corto, ni teñido de negro, y hubiera conservado mi rubio natural te habrías fijado en mí. Si mis ojos no hubieran estado ocultos tras unas enormes gafas de pasta y mi ropa tuviera más clase que unos simples tejanos y un jersey de mercadillo azul habrías tenido deseos de acercarte y entablar conversación conmigo. O no, quizá no era eso en lo que te fijabas, y tu entrada triunfal en la cafetería se limitaba a tomar un café calentito resguardándote del frío sin intención alguna de conocer a alguien.

Pediste amablemente un café. Me gustó tu voz y tu manera de expresarte. Buscaste una mesa y yo sonreí al ver que elegías la que estaba frente a mí. Te miré con curiosidad, observando cómo un mechón de tu cabello castaño te caía por la frente; cómo tus ojos azules leían las palabras de *El guardián entre el centeno*; tu mandíbula masculina y fuerte tensándose a cada momento y tus labios carnosos y perfectos, dándole las gracias a la acalorada camarera por el café que te acababa de servir. A ella también le gustaste, se le notó en su risita nerviosa y en el temblor de sus manos al dejar la taza en la mesa.

Desviaste un momento la atención del libro para echarte el azúcar. Fue entonces cuando me viste y no me importó que me pillaras mirándote. No sonreíste, volviste a centrar tu mirada en el café y luego otra vez en el libro, y te limitaste a ignorarme. Pero seguí observando cada uno de tus movimientos, aferrada a la idea de conseguir mi propósito. De conseguirte a ti; no solo porque me causaras una buena impresión, sino porque sería más fácil llevar a cabo mi plan si estaba con alguien.

—Excelente lectura —te dije desde la distancia al cabo de cinco minutos.

Levantaste la vista, asentiste y me sonreíste. ¡Qué maravillosa sonrisa! ¿Qué pensaste en ese momento? Toqué mi cabello corto, insegura, porque al mirarme en el espejo ya no podía reconocerme. Ahora me llamaba María, debía acostumbrarme a esa nueva identidad que quería darte a conocer solo a ti; al menos por el momento. ¿Cómo podía llamar tu atención? ¿Alguna vez habías besado los labios de una desconocida?

—¿Has leído *El guardián entre el centeno*? —preguntaste.

—Un montón de veces —te respondí, sonriendo y mostrando lo poco que quedaba de real en mí: mi sonrisa—. ¿Por dónde vas?

Sentí una alegría inmensa al ver tus movimientos impredecibles, levantándote y cogiendo tu taza de café con una mano y el libro con la otra, para sentarte a la misma mesa junto a mí.

—Holden está muy deprimido y dice que lo único que quiere hacer en su vida es ser el «receptor en el centeno» —explicaste entusiasmado.

Sonreí. Quise ocultarte lo que dicen de quienes leen *El guardián entre el centeno*. ¿Sabías mientras lo estabas leyendo que es la lectura preferida de los asesinos? Me pregunto por qué.

—¿Cómo te llamas? —me preguntaste.

Dudé por un momento. Incluso pensé, sin conocerte de nada, en confiar en ti y contarte mi vida entera. ¡Dios! ¡Hubiera sido un desahogo! Sin embargo, contesté lo que llevaba practicando desde hacía un mes.

—María.

Tragué saliva, por si te resultaba convincente, o pensarías que ese no era mi nombre real.

—Carlos —te presentaste tú—. ¿Tienes algo que hacer esta tarde?

—Pues la verdad es que no —contesté ajustando mis gafas: aún no me había acostumbrado a mi nueva nariz, más pequeña y respingona que siete meses atrás.

—¿Quieres que vayamos a dar un paseo? —propusiste, entre divertido y pícaro.

—Me encantaría —dije yo, con una sonrisa en mis labios que no desaparecería en toda la primera noche que pasé contigo.

ANDREA

Martes, 16 de junio de 2015

RESPIRA

Estoy temblando. Carlos lleva diez minutos aporreando la puerta y yo, hecha un ovillo, estoy cobijada en el sofá, de espaldas a la ventana, para que, si mira desde fuera, no me vea. Pero él insiste.

—¡Puta! ¡Te digo que abras, joder! —grita.

Seguro que ha vuelto a beber, porque apenas puede vocalizar. No puedo mirar por la ventana, pero me pregunto si algún vecino lo observa desde la distancia y, en ese caso, por qué no me ayudan. Temo que de un momento a otro Carlos sea capaz de echar la puerta abajo.

«¿Y si llamo a la policía?», me pregunto.

«Empeorarás las cosas», responde la voz, que ha aparecido hace un rato cuando me he tomado un par de pastillas tranquilizantes y un dedito —uno solo— de whisky.

—¡Ábreme! —sigue gritando.

Me tapo los oídos y mi cuerpo tiembla, hasta que, cuando menos lo espero, los golpes han cesado. Me levanto del sofá y miro por la ventana abriendo un poco la cortina, por si veo, a pesar de la oscuridad, a Carlos cruzar la calle y volver a casa. Pero, en vez de eso, me aterro al verle, como si de una estatua se tratase, mirándome fijamente al otro lado de la ventana, con las manos apoyadas en el cristal. Emito un breve chillido y me vuelvo a aovillar en el sofá para intentar protegerme.

—¡¡¡Te he dicho que me abras, puta!!! —sigue gritando, esta vez desde la ventana.

Al ver en la mesita de centro el papel con el teléfono de la comisaría, no dudo ni un segundo en llamar. Aún tardo un minuto en marcar el número, tratando de recordar cómo se llamaba el policía de cabello canoso.

«Martín Vázquez», informa la voz. Le hago caso, aunque no sé si creerla.

Una mujer me responde al otro lado de la línea telefónica.

—Comisaría de Mataró, dígame.

—¿Con el agente Martín Vázquez? —pregunto dudosa.

—Un momento, por favor.

«¡Bingo!»

«No cantes victoria: en unos segundos Carlos tirará la puerta abajo.»

«¡Cállate!»

«Solo quiero ayudar, Andrea.»

—¿Quién es? —responde el agente. Aun con los gritos de Carlos de fondo, siento cierto alivio al oír la voz del policía.

—Soy Andrea Fernández, la vecina de María, la mujer...

—Sí, sé quién es —me interrumpe bruscamente.

—Carlos, el marido de María —empiezo a explicar atropelladamente—, ha estado aporreando la puerta de mi casa y está gritando. Tengo miedo, por favor, vengan... Vengan...

—Ahora mismo voy para allá.

Agradezco su rápida reacción y rezo para que venga enseguida. Los pasos de Carlos vuelven a dirigirse hacia la puerta y los minutos me resultan insoportablemente lentos al seguir oyendo sus gritos y golpes.

¿Es que nadie lo ve? ¿Dónde está Nico? ¿Y Víctor? ¿Por qué tardan tanto?

Cierro los ojos y me balanceo, algo que hacía de pequeña después de tener una pesadilla y que siempre me ha ayudado a calmarme. Los gritos no cesan, los golpes tampoco.

—¡Vete! ¡He llamado a la policía! —le grito, en un ataque de valentía que me entra de repente.

—¡No me iré hasta que me abras la maldita puerta!

No sé cuántos minutos han pasado, pero respiro tranquila al oír la sirena del coche de la policía, que para justo cuando llega a mi casa. Veo reflejado el color azul de la sirena a través de la ventana; entonces me levanto y voy hacia la puerta con la intención de observar por la mirilla.

El agente Vázquez, que esta vez viene solo, sujeta a Carlos del brazo para, a continuación, llamar a mi puerta.

Aún con lágrimas en los ojos debido al susto y a unos angustiosos minutos, abro con el temblor latente en mi cuerpo.

—Ya la tiene aquí —dice el policía—. ¿Qué quiere, señor Díaz?

—¡Joderle la vida como me la ha jodido ella a mí! —grita Carlos fuera de sí.

—Carlos, por favor —suplico cansada—, no sé a qué te refieres. Yo no he hecho nada.

—¡Tú sabes que María no es María!

—¿Cómo?

—Señor Díaz, tranquilícese y váyase a casa. Como vuelva a cometer un acto violento como este, me lo llevo a comisaría.

—¡Encuentren a mi mujer, joder! —sigue gritando Carlos, desesperado y muy borracho.

—Tal y como le he dicho antes, no...

—¿No, qué? —interrumpe Carlos—. ¿Abandonan el caso porque son unos ineptos? ¿Piensan que soy un puto maltratador y que ha huido de mí? ¡Joder! Si no sé con quién he vivido todos estos años. ¿Sabe usted cómo me siento? Los miles de personas que desaparecen cada año en España me la soplan. Solo quiero saber dónde está mi mujer. ¡Porque para mí, aunque no haya papeles de por medio, y ni siquiera sepa cuál es su nombre real, es mi mujer!

No puedo evitar sentir cierta lástima por Carlos al verlo llorar como un crío pequeño. No sé de lo que habla, pero confío que el agente de cabello canoso me lo explique cuando Carlos se meta en su casa.

Martín asiente sin mostrar un ápice de compasión por mi vecino. Carlos levanta las manos mostrándose desvalido e indefenso, suspira con frustración y cruza la calle en dirección a su casa, cabizbajo y tambaleándose de un lado a otro.

—¿Qué ha pasado? —le pregunto al agente, sin permitirle entrar en casa.

—Por lo visto María López Jurado no existe. Su foto no coincide con ninguna María López Jurado; su vecina se inventó un nombre y una vida. No nos consta en ninguna base de datos; no tenemos nada sobre quién es realmente ella.

—¿Quiere decir que María se llama de otra manera? ¿Que es otra persona?

—Así es. Lo que queremos saber es por qué cambió de identidad y por qué ha desaparecido de la noche a la mañana; pero la jefa nos ha obligado a abandonar el caso porque estamos cien por cien seguros de que se ha ido por voluntad propia y al ser mayor de edad no podemos hacer nada. Ya sabe... malditos recortes de presupuesto —acaba de decir avergonzado.

Las dudas me asaltan de nuevo. ¿Debo sincerarme con él? No puedo obstruir a la justicia. ¿Le digo al agente que María, o cómo se llame o llamara realmente, desapareció la misma noche en la que se metió en el coche de mi cuñado? Temo que le haya pasado algo, pero, por otro lado, alguien que oculta su auténtica identidad no es de fiar. Al mirar hacia la calle, veo pasar el coche de alquiler de Víctor que, en cuanto ve al policía delante casa, en vez de aparcar, sigue conduciendo.

—No sabía nada, agente.

—Señora Fernández, me inspira confianza. ¿Puedo contar con usted?

—Claro.

—Si se entera de algo, me lo dirá, ¿verdad?

La manera en la que me lo ha preguntado me recuerda a mis profesores de secundaria; que, como sabían que yo me enteraba de todo, me engatusaban para que les diera información sobre mis compañeros.

—Pero no me entero de nada. Nunca me entero de nada —le contesto intentando parecer convincente.

—¿El señor Díaz maltrataba a su mujer?

El agente Vázquez clava los ojos en mí y permanece en silencio esperando mi respuesta.

—No estoy segura... es posible. Pero no lo sé con seguridad.

—¿María López no le contó nada?

—No, de eso, no. Como le dije, en realidad no hablábamos de temas profundos o importantes —me lamento.

—Cuídese, Andrea. Y si el señor Díaz vuelve, la amenaza o lo que sea, avíseme. Tiene mi teléfono.

Sí. Carlos maltrataba a María. Ahora no me cabe la menor duda. Pero entonces, ¿quién era María? ¿Cómo se llamaba realmente?

Víctor entra en casa poco después de que se haya ido el policía y me pilla con un vaso de whisky en la mano.

—Cuñada, no deberías beber tanto —me advierte, abriendo la nevera y cogiendo cerveza.

—Mira quién fue a hablar —contesto con desprecio.

—¿Qué quería el poli?

—¿Por qué huyes de ellos?

«Venga, dilo. Sé todo lo que has hecho en San Francisco, dímelo tú. Dímelo.»

—Tuve problemas con la justicia en San Francisco —reconoce—. Nada que no pueda solucionar.

—¿Tú crees?

Me mira de reojo, tan incómodo con mi presencia como yo con la suya.

—Siento lo de anoche, pero no quiero que te metas en problemas.

—¿Y a ti qué te importa donde yo me meta? Víctor, quiero saber quién se aloja en mi casa, ¿entiendes?

—Tu cuñado. Ni más ni menos —responde de inmediato, restándole importancia a todo lo que a mí me está asustando.

—Pues creo que mi cuñado no es trigo limpio.

—Cállate, Andrea. Cállate y no metas las narices en asuntos que no te conciernen, ¿vale? Lo digo por tu seguridad.

—¿Me vas a matar a mí también?

«No te envalentones... no con él», dice la voz.

Víctor se ríe y sube hasta su habitación de la que sé que no saldrá, porque también evita estar junto a su hermano, y sabe que este llegará pronto.

Y así es: unos minutos más tarde, Nico entra en casa.

—¿Qué tal el día? —le pregunto.

—No tengo ganas de hablar.

Observo un corte profundo en su dedo meñique que no se ha dignado ni en cubrir con una tirita.

—¿Qué te has hecho en el dedo?

—El idiota de Alfonso, del bufete, que me ha distraído

mientras cortaba el entrecot —responde con normalidad, sin mirarme a la cara, mientras se sirve un vaso de agua.

—Nico —empiezo a decir—, ¿hay algo que pueda hacer para que volvamos a recuperar lo nuestro?

Estoy desesperada y hundida. Quiero que me abrace, que me bese y me haga el amor. Quiero que me penetre con aquella forma en la que me llevaba hasta el mismísimo cielo. Ahora que la supuesta «María», mentirosa compulsiva y amante de mi marido no está, puede que tenga la oportunidad de volver a conquistarlo. Dejar de investigar y de cotillear como si fuera una Sherlock Holmes de pacotilla y centrarme en mi vida y en mi felicidad junto a Nico.

Puedo perdonar una infidelidad. Por supuesto que puedo. Solo fue un desliz, solo eso... estábamos pasando una mala época con lo de no poder tener un bebé y él buscó consuelo en brazos de otra mujer. Pero en realidad me quiere a mí. Pero entonces Nico, con desprecio, empieza a reírse de mí. Su risa me recuerda a la de Víctor y me entran escalofríos.

—¿De qué te ríes?

Me muestro inocente y paciente. No quiero caer en esa trampa, ya no.

—Lo siento. —Casi se atraganta con el agua—. Pensaba que estabas de broma. ¿Te has visto, Andrea? De verdad crees que... —Frena en seco, mala señal.

Cuando quieres atacar a alguien, herirle donde más le duele y decides callar y dejar que la mente de la otra persona divague en lo que querrías haber dicho, solo se te puede caracterizar con una palabra: «Capullo.»

—Entiendo. Me voy a la cama.

Al subir a mi dormitorio veo el corsé de Antonio perfectamente colocado sobre la cama. Supongo que lo he puesto yo aquí, pero no recuerdo cuándo. O yo me estoy volviendo loca o el corsé tiene vida propia. Lo miro y lo acaricio, de seda suave y aterciopelada. Quizá si soy capaz de enfundarme en él Nico querrá hacerme el amor esta noche.

«¿Aún lo esperas? —La voz se ríe una vez más—. Eres tan inocente, Andrea..., inocente e idiota. Vete. Vete para siempre de esta casa. Total, Nico no te va a echar de menos.»

Siempre le ordeno que se calle, que me deje en paz. Esta vez dejo que siga hablando, que siga diciéndome lo fea y gorda que estoy; lo torpe que soy y la gran cantidad de problemas que tengo, sobre todo mentales.

Me enfundo con mucha dificultad el corsé.

«Ay, Andrea, deberías ir al psicólogo...», me aconseja la voz con fingido aire maternal.

«No, no soy una enferma —aclaro mentalmente—. Solo soy una adicta, eso no es una enfermedad mental.»

«Lo que tú digas. Pero das asco.»

Dejo de escuchar a la voz. Cada vez más agresiva e hiriente, sé que tiene razón en todo lo que dice sobre mí, pero prefiero mirar mi reflejo en el espejo y ver cómo luzco un corsé que, si bien es cierto que no está hecho a mi medida, no me sienta mal del todo. Me alza los pechos caídos y disimula las lorzas de las caderas. Me aprieta el culo y, aunque eso provoca que la celulitis se vea aumentada, hace que mi silueta sea más sexy y provocativa.

—¿Qué haces así? No seas ridícula, por favor.

—No te he oído entrar —le digo a Nico algo avergonzada, mostrándome de frente hacia él—. Nico, ven aquí...

Me acerco a él y le abrazo. Le acaricio el cuello, la barba incipiente, le muerdo la oreja porque sé que le pone; lamo su lóbulo izquierdo, él gime, me mira a los ojos y, cuando creo que me va a besar, se aparta bruscamente con las manos en alto.

—No. No voy a hacerlo contigo. —Hace una mueca de fastidio y se acaricia la nuca—. ¿Sabes?, me voy a tomar unas copas por ahí, es lo que me apetece. La vida es corta, ¿no?

Aguanto las lágrimas hasta que cierra de un portazo y sale de casa. Me siento en el borde de la cama con el ridículo corsé que cogí de la basura de Antonio y lloro como una cría pequeña a la que se le ha muerto el perro o una adolescente a la que le ha dejado su primer novio. Y, mientras lloro, me duele el corazón. No solo por el desplante de mi marido, sino por todo.

¿Es así como empieza un infarto?

¿Voy a morir?

Me toco el pecho, siento unos pinchazos agudos e insoportables en el corazón y se me ha dormido el brazo izquierdo.

Mierda.

Voy a morir.

¡Aún no he hecho nada con mi vida, maldita sea!

Me tumbo en la cama boca arriba apretándome el pecho con la mano, como si así el dolor fuera a desaparecer. Pero no se va. Sigue, insiste en desestabilizarme y hacer perder el control de mis propios movimientos.

Un cosquilleo incómodo. No es como el de las mariposas que sentí en el estómago cuando conocí a Nico; es como si los órganos fueran a salirse de mi cuerpo.

Se me nubla la vista.

La luz emite fogonazos incómodos y perturbadores.

El señor Federico debe de estar en su dormitorio, porque allí también hay luz. Pero él no puede verme, no tiene la manía de cotillear a través de su ventana.

Cierro los ojos y trato de tranquilizarme. Respiro hondo con mucha dificultad sintiendo un doloroso pinchazo también en los pulmones, y es como si viera mi vida pasar en imágenes. Una detrás de la otra. Mi padre, siempre sonriente, siempre con un libro en la mano. Su preciosa dedicatoria en la novela que perdí.

«Te he decepcionado, papá. He malgastado esa vida que tú me decías que debía disfrutar. Respira, Andrea, respira.»

Y en este momento, cuando siento que me voy, recuerdo perfectamente las palabras que me dedicó.

Querida hija:
Con el paso del tiempo, aunque ahora la juventud te tenga algo cegada, te darás cuenta que no todo es de un solo color. Deberás aprender a encontrar el matiz a cada circunstancia y también a adaptarte a ellas. Esta novela es tan solo una muestra de lo que por ti misma comprobarás con el paso del tiempo; de que podemos encontrar un rayo de luz entre tanta oscuridad. Cuando leas cada una de las palabras que esconden sus páginas, piensa en tu padre. No recordarás jamás cómo te miré la primera vez que te vi, pero llevarás contigo mi recuerdo porque tú y yo somos uno solo; parte del universo, unidos en la inmensidad.

No te esfuerces, el tiempo pasará. Te parecerá que va despacio, pero cuando menos lo esperes, será un traidor que te ha regalado canas y arrugas; pero también experiencia y sabiduría.

Utiliza las herramientas del tiempo, suelen ser infalibles. Quiero pedirte que seas feliz, aunque vivirás momentos para todo, y los peores serán los que te harán fuerte. Al final, recordarás solo los buenos, créeme. Aquellas personas a las que amaste y te amaron; las risas por las cosas sencillas de la vida y los momentos. Momentos.

Recuerda solo una cosa: vive el momento.

Cariño, poco más tengo que decirte. Eres una mujer inteligente y guapísima, que nadie te diga lo contrario. Vales mucho.

Disfruta de la lectura y vive una aventura inolvidable.
Te quiere,

PAPÁ

Lloro a lágrima viva.

Duele. Duele horrores.

Moriré de un infarto de un momento a otro. Como mi padre. Al menos sé cuánto le dolió.

«Ha muerto durmiendo, no sufrió», dijeron.

Malditos. ¿Qué saben ellos?

Duele. Quema. Son agujas traspasando mi órgano vital; se me nubla la vista y la mente, y me quedo sin alma.

«Papá...» Te llamo. Pero no contestas. Y la voz ha enmudecido, ya no quiere hacerme compañía.

Voy a morir sin saber qué fue de María y quién era realmente. Qué pasó entre Víctor y ella, por qué se la llevó. Por qué él volvió y ella no... Ella no.

MARÍA

Miércoles, 17 de junio de 2015

LOS AÑOS DE LA BUENA SUERTE

Noviembre-diciembre de 2013. Cuando salimos del café, cogimos el metro hasta el templo expiatorio de la Sagrada Familia —«¿Lo terminarán algún día?», me he preguntado siempre, alzando la vista hacia arriba y contemplando sus diversas y sorprendentes fachadas: la del Nacimiento, la de la Pasión y la de la Gloria; sumadas a las cuatro torres que se iniciaron a principios del siglo XX, con millones de detalles que hacen de ella algo único en el mundo—. Luego caminamos tranquilamente por la calle Provença y giramos por Sicília hasta llegar al número 255, donde nos detuvimos frente al que también se convertiría desde esa noche en uno de mis restaurantes preferidos: La Cúpula. Al principio me sentí algo incómoda cuando seguimos al encargado hasta una de las mesas del elegante salón con piezas de arte muy valiosas; no iba vestida adecuadamente para la ocasión y, a pesar de ese pequeño detalle, me hiciste sentir perfecta.

—Aquí hacen el mejor *steak tartar* de Barcelona —me prometiste, relamiéndote los labios.

Yo me reí, seguí tus indicaciones y tenías razón: el mejor *steak tartar* que había probado en mi vida; aunque el *risotto* de *ceps* y jamón ibérico no se quedaba atrás.

Fuiste encantador y muy hablador. Me contaste que habías estudiado Farmacia y que trabajabas en un laboratorio; a mí solo se me ocurrió decirte que siempre había creído que los hombres con esta profesión eran mayores, con pinta de locos, con cabello blanco y mal cortado, y con unas enormes gafas de montura dorada. Tú te reíste. Esa risa luminosa, que resonó en todo el restaurante, haciéndome feliz. Y te aseguro que hacía mucho tiempo que no me sentía feliz. Gracias. Gracias por esos primeros momentos.

No me había permitido ser feliz desde hacía muchos años, ¿sabes? Y especialmente en esos siete últimos meses, que resultaron ser los peores de mi vida.

No podía permitir que supieras dónde me alojaba yo. Tenía que verme en la obligación de vivir en una habitación sucia y minúscula de un humilde hostal en una estrecha y oscura calle del Raval; porque había gastado mis ahorros en operaciones estéticas que cambiaron la fisonomía de mi rostro por completo. Hasta adopté gestos nuevos y aprendí a hablar con voz más grave. Nunca creerías por qué, pero te aseguro que tenía mis motivos. Así que yo, mostrándome pizpireta como solía ser antaño de forma natural, te insinué que no quería que la noche terminara. Estuviste de acuerdo porque te sentías bien conmigo y me propusiste ir a tu apartamento, situado en la Barceloneta, tu barrio preferido de la ciudad. Allí, sin poder esperar a entrar en el interior del edificio, nos besamos con la pasión frenética de quien descubre por primera vez unos labios ajenos que ha deseado desde el primer momento.

Hacía solo unas horas no conocíamos la existencia el uno del otro. A mí me parecía en esos momentos saberlo todo de ti y tú, que preguntaste mucho, imagino que creíste saberlo todo de mí cuando en realidad te había contado una mentira muy bien estudiada.

«Carlos, formarás parte de un plan. Pero a cambio, prometo amarte hasta el final de mis días», pensé, la primera vez que te dije días después de nuestra primera noche:

—Te quiero.

Creí que te apartarías, te asustarías y me dirías algo así como: «¡Estás loca!»

Pero tu mirada fue muy especial. Te brillaron los ojos, me dedicaste una de esas sonrisas que me volvían loca y me dijiste:

—No más que yo.

Al día siguiente nos volvimos a ver. Y al otro, y al otro, y al otro...

Hacíamos el amor siempre dulcemente. Eras mi alimento para el alma, o al menos así lo pensaba yo.

Me volví adicta a tu piel, a tus labios y a tus manos. A esas caricias que aliviaban mi dolor y a esos besos que curaban todas las heridas que el pasado me había creado.

Hablábamos hasta altas horas de la madrugada y, lo que la gente cree imposible, se hizo realidad: nos enamoramos en tan solo unos días.

Cuando las calles de Barcelona maravillaban a todo aquel que las recorría con su iluminación navideña y su frío acogedor nos fuimos a vivir juntos. Íbamos siempre abrazados o cogidos de la mano; yo apoyaba mi cabeza en tu hombro y cerraba los ojos dejando que el viento invernal acariciara mi piel. Tú me mirabas sonriendo, veía en tus ojos todo el amor que hacía tiempo me había negado y pensaba en la suerte que había tenido aquel viernes, al verte entrar por la puerta del café leyendo el libro preferido de los asesinos: *El guardián entre el centeno*.

Conocí a tus padres en Navidad, y a ti te dio lástima saber que los míos habían muerto. Al menos en algo fui sincera, aunque no te conté con detalle la historia de la familia que una vez tuve.

También me presentaste a tus amigos: Julián, al que conocías desde que erais críos, y Bernat y Lucas, farmacéuticos como tú y compañeros del laboratorio.

Le dimos la bienvenida al nuevo año 2014, que se presentaba majestuoso y lleno de proyectos. Ya no estaba sola, te tenía a ti. Y tú me tenías a mí.

Pasaron los meses y me atreví a crear un perfil en Facebook, aunque en él solo te agregué a ti y a tus tres amigos. ¿Quién me iba a reconocer? Mi aspecto había cambiado por completo y mi nombre no era real. María era el nombre de mi abuela. Elegí López porque es un apellido común. Y Jurado porque mi abuela María era una gran admiradora de la cantante Rocío Jurado. Al principio me costó; cuando alguien me llamaba por el nombre de María, no me daba la vuelta: «¿A quién llaman? Me llamo Elsa.» Dejé de pensar como Elsa, olvidé ese nombre y llevé desde entonces con orgullo el de mi abuela, un nombre fácil de recordar.

Elsa era rubia, de cabello largo y ondulado; una nariz menos respingona y algo más grande, y no utilizaba gafas. Tenía los labios algo más finos, mientras que María los tiene gruesos y apetecibles. Los pómulos de Elsa apenas se marcaban, el cirujano decidió que lo ideal era afinarlos y así realzarlos. Mi cara pasó de ser redondita a ovalada como por arte de magia y mis ojos más rasgados. Qué poco quedaba de Elsa. Cuánto debía aprender aún a querer y a aceptar a

María cuando la miraba en el espejo, como si se tratase de otra persona.

Mi documento de identidad y el pasaporte eran falsos. El asiático que hizo el «trabajo» ya me había advertido de los peligros y la poca libertad que implica vivir con documentación falsa, pero no tenía otra salida.

Así que cuando me propusiste hacer un viaje a algún país exótico me asusté bastante.

—¿Qué te parece si nos vamos a Bali, o a Tailandia... Mares de aguas transparentes, palmeras, cocos, arena blanca...

Coger un avión implicaba demasiados riesgos. Tendría que ser un lugar lo suficientemente cerca y a la vez deseable; un destino romántico para nuestro primer viaje juntos.

—¿Y qué te parece si vamos a París, Carlos? ¡Podríamos hacernos fotos bajo la Torre Eiffel, para mostrar al mundo cuánto nos queremos! Además, no puedo encerrarme en un avión. En serio, Carlos. No puedo, no puedo, ¡tengo pánico! —exclamé exagerándolo todo y haciendo aspavientos con las manos—. Preferiría viajar en coche —añadí, para acto seguido echarme a llorar.

No creas que fueron lágrimas de cocodrilo, porque nunca fueron tan reales. Sentía de verdad no poderte ofrecer un viaje por todo lo alto. Me sabía mal hacerte viajar en coche durante algo más de mil kilómetros en nuestra luna de miel.

—Vale, cariño... no pasa nada —me dijiste con dulzura, besándome en la frente de manera protectora—. Me gusta conducir —añadiste, con una media sonrisa que me relajó—. Pero si vamos a visitar la Torre Eiffel, que sea como marido y mujer. —Te arrodillaste ante mí y abriste una cajita con un anillo de compromiso.

Seguí llorando, esta vez de alegría, y también me arrodillé, para poder abrazarte mejor. No sabía qué contestar: solo podía pensar en todo el papeleo y documentos que un enlace matrimonial exige.

—¿Qué me dices? —me susurraste al oído mientras retirabas dulcemente las lágrimas que empapaban mis mejillas.

—Sí, Carlos, claro que quiero... Pero con una condición: que sea una boda pequeñita. Ni por lo civil ni por la Iglesia, porque siempre he pensado que el papeleo se carga el romanticismo.

—Pero es la forma en la que se hace oficial —rechistaste, con el ceño fruncido.

—Será oficial. Aquí —señalé tu corazón—, y aquí —finalicé, señalando también el mío.

Fue un alivio verte conforme con mi estúpida explicación con tal de evitar una situación incómoda en la que se destaparía mi mentira y, por lo tanto, tendría que volver a desaparecer y separarme de ti.

Me colocaste el anillo, de oro blanco y diamantes, en el dedo anular y me besaste durante más de media hora hasta que nos dolieron las rodillas por quedarnos en la misma posición durante tanto tiempo.

Esa noche, mientras contemplaba tu rostro, relajado y profundamente dormido, supe que era el momento de poner en marcha mi plan, tú me lo habías puesto todo muy fácil.

ANDREA

Miércoles, 17 de junio de 2015

VIVIR CON EL ENEMIGO

Los primeros rayos del sol entran por la ventana a primera hora de la mañana. Abro los ojos con dificultad; siento la boca pastosa y me doy cuenta de que estoy ridículamente vestida aún con el corsé. Me llevo la mano a la cabeza, creo que tengo fiebre, pero estoy viva. ¡Estoy viva!

Anoche creí que me moría, que estaba sufriendo un infarto e incluso me pareció ver a mi padre que, con voz susurrante y desde muy lejos, me decía instantes antes de cerrar los ojos y caer en un profundo sueño: «Aún no es tu momento, Andrea. Lucha. Lucha.»

La palabra «lucha» se transformó en un bucle que no supe cómo interpretar. ¿Tienen un significado real los sueños? ¿Vino mi padre a visitarme, abandonando por un momento su descanso eterno?

Me levanto sintiendo mi cuerpo dolorido, y cambio el corsé por unos tejanos cortos que apenas me entran y la misma camiseta de *I Love New York* que me puse ayer. Antes de salir del dormitorio, compruebo si Nico volvió anoche. Enseguida me doy cuenta de que he pasado la noche sola y mi vida me parece aún más triste que haber cogido un corsé de la basura para conquistar a mi marido.

Bajo las escaleras y al llegar a la cocina, en vez de ver a Nico, veo a Víctor preparando café. Ojeroso y silencioso, me saluda con un gesto seco de cabeza y aparta un mechón que le cae en la frente. Al menos hoy ha tenido la decencia de ponerse una camiseta y unos pantalones de chándal.

—¿Has visto a tu hermano? —le pregunto.

—¿No ha pasado la noche aquí? —pregunta él intrigado.

Eso es que no lo ha visto. Me mira como si tuviera algo en la cara y me fijo en cómo aprieta los puños antes de servirse el café en la taza. Creo que ni siquiera él es consciente de lo que está haciendo con las manos. Con la mirada desafiante de siempre y la expresión de su rostro en continua tensión, sube al piso de arriba y vuelve a encerrarse en su dormitorio.

—Imbécil —murmuro, yendo hasta mi rincón frente a la ventana de la cocina, sirviéndome también una taza de café como acaba de hacer Víctor—. ¡Está asqueroso!

Amargo y demasiado intenso para mi gusto, escupo el café en el fregadero, salpicando el vidrio de la ventana y decido volver a preparar otro yo misma.

Mientras espero a que la cafetera se ponga en marcha, veo a Antonio entrar en su casa con las dos maletas, lo cual me hace sonreír para mis adentros y pensar que la vida sigue igual a pesar de todo. Carlos, como si llevara todo el peso del mundo en sus espaldas, camina lentamente hacia su buzón; ojalá descubra una carta de Nico dirigida a María y se torture todavía más.

La señora Dolores poda un arbusto y, desde la distancia, mira fijamente a Carlos; puedo ver el terror en sus ojos y me pregunto cuál es el motivo.

Ismael pasea a *Matías*, seguro que Alicia ya está trabajando; no como el vago de su nuevo chico, que parece estar mirándome de reojo mientras ralentiza sus pasos cuando pasa por delante de la ventana desde donde lo observo.

Carlos sigue detenido frente al buzón con un montón de cartas, cabizbajo. Si yo me enterara algún día de que Nico no es Nico y, por si fuera poco, hubiera desaparecido, creo que me volvería loca. No sabría qué hacer, buscaría culpables por todas partes y quizá sí me diera por golpear puertas ajenas espantando a los vecinos de los que sospecho. Ahora mismo, en cierta forma, siento lástima por Carlos. Pero, si él es como yo, odiará que le miren así y, por lo tanto, decido centrarme en mi café e intentar pensar en otras cosas, como, por ejemplo, en escribir o en limpiar un poco la casa, está hecha un desastre.

EL PRINCIPIO DEL FIN

Son casi las seis de la tarde.

«Esta será mi última copa de whisky y mi última pastilla para calmar los nervios. Lo juro. La última vez y se acabó. Y tendré un hijo, aunque no sea de Nico, aunque tenga que recurrir a un donante de esperma.»

Después de lo ocurrido ayer por la noche, cuando creí que me iba a dar un infarto, estoy segura de que esta vez voy a cumplir mi promesa.

«Patética. Eres patética. Imagina que te hubieran encontrado muerta con ese ridículo corsé que te sentaba tan mal», se burla la voz.

Y yo la sorprendo riéndome con ella y venciendo así esta pequeña batalla personal que llevamos a cuestas desde hace dos años.

Doy un último trago de whisky y veo a Carlos dirigiéndose de nuevo hacia mi casa, dando tumbos, la camisa por fuera, sin afeitar, con la mirada perdida y la sangre revuelta. Otra vez aporrea la puerta.

Debo dar la cara y enfrentarme a mis demonios. Explicarle que yo no sé nada de su mujer, que me sorprendí tanto como él al enterarme de que su nombre no era María y que tampoco tengo ni idea de por qué cambió su identidad. Podría decirle lo que vi la noche en la que desapareció, pero creo que preferiré no hacerlo; olvidando así que puede que esté alojando a un asesino en mi casa.

«No deberías haberle abierto la puerta», dice la voz cuando ya es demasiado tarde.

Nada más abrir, Carlos me agarra con violencia por el cuello y de una patada cierra la puerta. Con solo mirar sus ojos inyectados en sangre, no me cabe la menor duda de que va drogado y puede que ni siquiera tenga conciencia de la gravedad de sus actos.

He dejado entrar al enemigo y ahora no sé qué va a hacer conmigo.

Carlos me aprieta el cuello cada vez más fuerte, mientras dice palabras incoherentes. Siento que me asfixio, que me está aplastando la tráquea y voy a dejar de respirar en cualquier momento. Empiezo a ver borroso, me escuecen los ojos y las venas palpitan a una gran velocidad. No tengo fuerzas para gritar y pedir auxilio, algo que solo funcionaría en el caso de que hubiera alguien más en casa.

—¡Dime lo que sabes! —me amenaza, al fin uniendo palabras que tienen sentido entre ellas—. ¿Quién era María? ¿Cómo se llamaba en realidad?

Ahora me zarandea, y aprovecho que ha dejado de aprisionarme el cuello para tomar un poco de aire. Jadeante, trato de decirle con un gesto que no lo sé. No sé nada, maldita sea.

—No viste nada desde tu maldita ventana, ¿eh? ¡Dime la verdad! —Vuelve a agarrarme por el cuello con furia y el muy bestia me golpea contra la pared—. Cotilla de mierda, dime lo que sabes. ¡Dímelo!

La única persona en la que puedo pensar ahora mismo es en Víctor. Por dos razones: se llevó a María y no está en casa.

Todos tenemos un instinto de supervivencia que nos hace superar incluso las situaciones que se nos presentan más complicadas. Cuando lo que quieres es seguir respirando, cualquier técnica es buena para sobrevivir; así que antes de quedarme totalmente sin oxígeno y perder el conocimiento mi pierna derecha se moviliza y le propino a Carlos una violenta patada en los huevos.

—¡Hija de puta! —grita, aún más fuera de sí mientras me suelta y se agacha.

Me agarro de la barandilla para darme impulso y subo las escaleras tan rápidamente como puedo. Miro hacia todas direcciones, abro y cierro la puerta de mi dormitorio tres veces intentando despistarle. Luego corro de puntillas hasta el otro extremo del pasillo, y me encierro en el estudio con mucho sigilo, pasando el pestillo lentamente.

Carlos tarda poco en recuperarse tras unas cuantas maldiciones dedicadas a mí y sube las escaleras a una gran velocidad que seguramente es debida a las drogas que manipulan su cuerpo y su cerebro. Abre y cierra puertas y empieza a dar golpes por doquier, pero en estos momentos lo que menos me preocupa es que destroce la casa. Y entonces empieza a girar violentamente el pomo de la puerta del estudio. Golpea la pared y llama a María gritando, aun sabiendo que no es su nombre real. Llora de rabia e impotencia por no tenerme delante para seguir apretándome la garganta hasta que le diga algo convincente que le haga cambiar de opinión. Miro hacia la ventana, pero no tengo el valor suficiente como para saltar. Tampoco tengo a mano ningún teléfono para llamar a la policía. No tengo escapatoria.

Me cae arenilla encima... ¡por Dios, creo que la pared empieza a agrietarse!... Pero quizá son solo imaginaciones.

—¡Abre la maldita puerta! Será peor si pones resistencia, Andrea.

Sigue amenazando. Sigue gritando.

Y de pronto se detiene.

Un silencio sepulcral después de tanta violencia me paraliza. Pero aún sigo sintiéndolo tras la puerta, muy cerca de mí. ¿Habrá venido alguien? ¿Es Víctor? ¿Nico? Rezo por que sea Víctor. Si fuera Nico, seguramente ayudaría a Carlos a asfixiarme.

Un sonoro estruendo me ensordece: Carlos ha destrozado la puerta y ya está dentro. Sus ojos rabiosos... Miro hacia la ventana otra vez. Pero ya es demasiado tarde. Carlos me empuja con una fuerza sobrenatural, y noto como mi cerebro se balancea cuando el cráneo impacta contra el borde de la mesa del escritorio.

CARLOS

Miércoles, 17 de junio de 2015

EL ACCIDENTE

No se mueve. Joder, no se mueve. Tras unas breves convulsiones producidas, imagino, por el impacto ha dejado de moverse. Me llevo las manos a la cabeza, noto cómo mis fosas nasales empiezan a respirar con fuerza, mientras mis ojos contemplan con horror el cuerpo inerte de Andrea. De su cabeza sale sangre. ¡Dios! No había visto tanta sangre en mi vida. Joder, ¿qué he hecho? Solo quería asustarla, no quería matarla.

¡No soy un asesino!

Miro a mi alrededor con nerviosismo y me muevo de un lado a otro sin poder pensar con claridad. Me doy golpes en la cabeza, me destrozo las uñas hasta dejarlas en carne viva y cuando decido dejar de autolesionarme, empiezo a palpar el escritorio con nerviosismo decidiendo qué debo hacer. Huir y hacer como que no ha pasado nada o llamar a una ambulancia.

Mierda, voy hasta arriba de coca; no me creerían.

Mientras pienso en la posibilidad de decir que he tirado

la puerta abajo porque desde la calle he visto que Andrea necesitaba ayuda, me llama la atención un sobre arrugado en el escritorio. Lo primero que veo es el destinatario: María López, mi mujer. También aparece la dirección de nuestra casa y el membrete del bufete de abogados donde trabaja Nico, el marido de Andrea. Es de hace cinco meses. ¿Por qué tiene esta carta Andrea?

Mis ojos recorren con incredulidad cada asquerosa palabra. Se me olvida que tengo a una muerta al lado por culpa de un accidental golpe provocado por mí, y maldigo el día en el que conocí a la que pensaba que era la mujer más maravillosa del mundo en aquel café. Maldigo cada uno de los días que he pasado con ella a lo largo de estos casi dos años y el momento en el que me dejé llevar por su entusiasmo al querer venir a vivir a este lugar.

Me meto la carta en el bolsillo con la intención de que nadie más la descubra mientras miro con asco el rostro de Andrea. Cada vez está más pálida y hay mucha mucha sangre en el suelo. Por increíble que parezca, vuelvo a olvidar el estado en el que he dejado a Andrea y con la mirada perdida hacia ningún lugar pienso que seguramente la vecina que ahora yace muerta en el suelo nos robó el correo de nuestro buzón mientras yo estaba en Berlín y María —porque para mí siempre seguirá siendo María— ya había desaparecido. Mi mujer era la que cogía la correspondencia sin darme tiempo a que lo hiciera yo y ahora entiendo por qué: esperaba cartas de un depravado que he tenido enfrente durante casi un año y no me he dado cuenta de lo que estaba pasando. Quizás Andrea tampoco lo sabía.

Ahora que entro un poco en razón, me doy cuenta de la gravedad de mis actos: he matado a una persona. Pagaré por ello el resto de mi vida.

—¿Qué has hecho? —pregunta una voz masculina a mis espaldas que me pilla desprevenido.

No puedo decir nada. Me he quedado sin habla y con la mirada fija en la sangre esparcida en el suelo.

Ni siquiera puedo partirle la cara al que se ha estado follando a mi mujer.

ELSA

Miércoles, 17 de junio de 2015

Nuestra no-boda

Marzo de 2014. No permití que vieras mi vestido de novia hasta el día de nuestra no-boda. Así la empezamos a llamar, y me gustaba la manera en la que me defendías delante de tus padres, a quienes no les gustaba nuestra rapidez e impulsividad; además, estaban empeñados en vernos en una iglesia abarrotada de gente con un cura oficiando el enlace «como Dios manda».

—Estamos enamorados, ¿para qué esperar? Y el papeleo se carga toda la parte romántica —les decías, repitiendo mis palabras.

Empezaste a ser demasiado protector conmigo, y, aunque a veces me sentía ahogada, me acostumbré, y empezó a gustarme que estuvieras tan pendiente de mí, porque, en parte, era lo que necesitaba. Había vivido con miedo durante mucho tiempo, así como con la certeza de que la mala suerte me perseguía. Ya sabes lo que dicen: hay personas que nacen con estrella y otras estrelladas; y yo, desafortunadamente, era una de estas últimas. Porque sé lo que es tenerlo todo y que te lo quiten de golpe. Porque he aprendido, a la fuerza y repentinamente, que todo puede desaparecer en cuestión de segundos. En un abrir y cerrar de ojos. Como cuando el batir de las alas de una mariposa puede provocar un huracán en la otra punta del mundo; así llegué a sentirme en ocasiones. Como si por culpa de las acciones de otra persona yo me viera obligada a sufrir las consecuencias.

El sábado 8 de marzo de 2014 fue la ceremonia, cuatro meses después de habernos conocido. Tus padres, aunque yo había conseguido caerles bien, seguían pensando que esas «no eran formas». También vinieron Julián, Bernat y Lucas; ellos no se quejaban, al contrario: ¿comida y bebida gratis?, ¿dónde hay que firmar?

Se celebró en el jardín de la austera pero elegante masía Can Perepoc, situada en lo alto del Montseny con unas vistas privilegiadas a las montañas. A nuestro alrededor, naturaleza y calma, un entorno maravilloso e idílico.

Julián fue el encargado de casarnos en nuestra no-boda, bajo un arco floreado que colocaron frente a una tarima de madera oscura; tu madre, con rabia, apretaba fuertemente los labios cada vez que tu amigo decía algún improperio o gastaba una broma improvisada.

Fue tu padre quien me acompañó por el sendero de piedrecitas adornado con pétalos de rosas rojas y blancas y me situó junto a ti. Recuerdo tu mirada, esa que sin necesidad de palabras me dijo: «Estás preciosa.»

No podía dejar de reír. A lo largo de ese día, uno de los más especiales de mi vida, olvidé por un momento que hacía unos meses, antes de conocerte a ti, había abandonado a Elsa para convertirme en quien era ahora. Una auténtica desconocida incluso para mí. Sin embargo, la oportunidad que me ofrecías de emprender una nueva vida sin sospechar nada y con toda la confianza del mundo depositada en mí me hizo ver que la vida aún podía ser maravillosa, aunque para llegar al momento álgido debía llevar a término y finalizar con éxito mi complicado plan.

Cuatro días después emprendimos nuestro viaje de novios a París.

Me contabas todo lo que íbamos a hacer durante todo el trayecto, estabas emocionado. Los manjares típicos parisinos que querías probar, las calles que ansiabas recorrer y los lugares en los que, según una guía turística de internet, teníamos que tomar café; en honor a cómo nos conocimos.

Yo sonreía, segura de que eras el compañero ideal. Qué equivocada estaba.

SEGUNDA PARTE

El infierno está vacío. Todos los demonios están aquí.

WILLIAM SHAKESPEARE

ANDREA

Viernes, 19 de junio de 2015

ABRE LOS OJOS, SI PUEDES

No sé en qué momento me ha abandonado la oscuridad
y la agradable, aunque a la vez temida, sensación de silencio.
Tampoco sé dónde estoy, ni si soy dueña de mi propio cuerpo. De lo único que me alegro es de saber que aún estoy viva.

Mi mente parece navegar entre dos mundos: el consciente
y el inconsciente. Percibo cómo las voces de mis sueños, ya
abandonados, se mezclan con los sonidos del mundo real: el
pitido de algún aparato, pasos, muchos pasos; el chirrido de
una silla de ruedas, un acceso de tos...

Por lo demás, mi cuerpo está completamente anestesia-
do. Lucho tanto como puedo para mover la enorme y pesada masa en la que mi cuerpo se ha convertido, pero parece
estar atrapada bajo un barco que ha naufragado y reposa en
el lecho del océano. No puedo moverme.

Hace un rato, no recuerdo cuándo, oí gritos, llantos, la
voz de múltiples personas nerviosas próximas a mí y también el susurro de mamá; otra voz masculina que no he lo-

grado reconocer y luego todo se volvió silencioso. Pacífico. Desapareció el dolor.

Vi la parte de mi cuerpo que era «yo» en una cama de hospital situada en una habitación blanca, de luz brillante con un fuerte olor a antiséptico; y a una enfermera afeitándome un trozo de la cabeza. Cuando todo esto desapareció, me vi dentro de un sueño en el que papá, siempre prudente y sonriente, ha cuidado de mí durante un tiempo que desconozco, leyéndome nuestros párrafos preferidos de *La sombra del viento*.

El silencio ahora se va evaporando. Tengo la sensación de que alguien acaricia mi mano y otra persona me observa desde la distancia. Papá se ha ido, no sé con qué propósito ha dejado de cuidar de mí.

Hago un esfuerzo por abrir los ojos pero me resulta muy complicado. Trato de enviar órdenes a mi cerebro para poder mover la mano que alguien me acaricia, pero no me obedece. Trato de girar el cuello hacia cualquier dirección, con la intención de que sepan que sigo con vida; pero hay cables y tubos que siento sobre mi rostro que me lo impiden.

Estoy aquí y puedo oír a mamá, aunque no sé con quién habla y tampoco entiendo lo que dice.

—Que se pudra en prisión —dice mamá. Su tono de voz es de auténtica rabia, nunca la había oído hablar así—. Seguro que mató a su mujer y la enterró sabe Dios dónde. Lo saben, saben que fue él; que ha hecho algo más aparte de dejar a mi niña en coma y por eso lo mantienen retenido en la comisaría. Que se pudra —repite—. Vete a saber dónde ha enterrado el cuerpo de su mujer.

—Él dice que no ha sido él, que no sabe nada de su mujer —responde la voz masculina tranquilamente, apenas a unos metros de distancia de mi madre—. Y que lo de Andrea fue un golpe accidental, que en ningún momento quiso hacerle daño.

Andrea, sí, así es como me llamo. El hombre que habla con mamá me conoce, pero sigo sin reconocer su voz. No saber de quién se trata me produce cierta angustia y no hay manera de poder demostrarlo con ningún movimiento.

—Por el amor de Dios. Para no querer hacerle daño, mi hija está en coma y los médicos no saben cómo o cuándo despertará. Suerte que llegaste a tiempo, si no, no sé qué hubiera sido de mi niña... —se lamenta mamá, que no me había vuelto a llamar «mi niña» desde que tenía diez años.

La oigo llorar y mamá no es de lágrima fácil; siempre ha sido una mujer extremadamente dura. Solo la vi llorar cuando murió papá y ahora está llorando de la misma forma. Me siento mal al ser la causante; sigo esforzándome por ver la salida, por abrir los ojos y apretar su mano. Pero no funciona.

—Y por si fuera poco —sigue diciendo—, me arrepiento de no haber estado más pendiente de ella. Desde que murió su padre me encerré en mí misma y debería ser delito estar tanto tiempo sin ver a tu hija. Claro que ella tampoco hizo muchos esfuerzos por venir a Tarragona, pero aun así... no tengo perdón.

¿Cuánto tiempo hace que murió papá? ¿No acaba de morir?

—Claudia, no te fustigues. Son cosas que pasan, todos estamos muy ocupados y Andrea es una persona muy independiente.

Y una mierda.

¿Quién es este tipo que parece conocerme tan bien, atreviéndose a hablar del tipo de persona que soy?

—No, yo no, Nico. Yo no estoy ocupada.

—Despertará, no te preocupes.

—¿Y de qué manera? ¿Y si no habla? ¿O no puede caminar? ¿Y si tiene una lesión tan grave en el cerebro que ni siquiera recuerda los días de la semana?

Lunes, martes, miércoles, jueves, viernes, sábado y domingo. Los recuerdo, mamá. No te preocupes.

—Tenemos que ser positivos —insiste el tal Nico, acercándose a mi madre.

—Gracias por estar aquí en todo momento. ¿Cuánto hacía que no te veía? ¿Dos años? ¿Algo más, tal vez?

—Tal vez.

Creo intuir una sonrisa franca en el hombre que acompaña a mi madre o quizá solo son imaginaciones mías. Mis ojos quieren verlos, pero sigo sin poder abrirlos.

—Te recordaba más serio, ¿sabes? —Mamá sigue hablando—. ¿Podré quedarme en vuestra casa cuando salgáis de aquí? Porque saldrá de esta, Nico. Claro que sí. Y yo quiero cuidar de ella.

—Así me gusta, Claudia. Que seas positiva. Pero no te preocupes por nada, cuando Andrea salga ya me encargaré de todo. Yo la cuidaré.

—Gracias, hijo. No sabes cuánto te lo agradezco... No dejo de pensar en que si no hubieras aparecido mi hija habría muerto desangrada por el golpe en la cabeza. Malnacido...

—Le caerán unos cuantos años de prisión cuando Andrea pueda hablar y explicar lo que sucedió, en el caso que fuera él quien la empujó; aunque, sin antecedentes, puede que la pena sea reducida.

—Todos los años del mundo no son nada para todo lo que ha hecho.

—No es seguro que haya matado a su mujer.

—Pero bien que la pegaba, ¿no? Y esa vecina dijo que la había amenazado de muerte si volvía a hablar de él con la policía. Eso es ser mala persona, nadie me quita de la cabeza que Carlos es un asesino.

—No lo sabemos, Claudia... No lo sabemos... —murmura el tal Nico pacientemente.

—Yo sí lo sé.

Parece que el hombre se ha cansado de hablar y se produce un incómodo silencio. No sé quién es ese Carlos del que hablan que puede haber matado a su mujer o que me ha podido hacer esto. No recuerdo absolutamente nada, solo sé que por lo visto estoy en coma, pero puedo oír lo que dicen a mi alrededor; que estoy tratando de hacer un esfuerzo sobrehumano por dar señales de vida y salir de este estado, pero me resulta imposible.

—Ve a dormir un poco —le aconseja el hombre—. ¿Has cenado?

—No. Ven a cenar conmigo.

—No quiero dejar sola a Andrea.

—Gracias, Nico. Gracias de verdad.

—Mañana será otro día, Claudia.

—Esto es muy duro...

—Lo sé.

—Hasta mañana —se despide mi madre resignada.

«¡Mamá, por favor, no me dejes a solas con un desconocido!»

Como he desistido con la posibilidad de mover los ojos y las manos, les ordeno a mis piernas que pataleen, pero no se mueven. ¿Podré volver a caminar? ¿Cómo me di el golpe en la cabeza? ¿Qué pasó? ¿Debería conocer al hombre que ha estado hablando con mi madre?

A continuación se cierra la puerta, oigo el sonido de la piel de un sillón en contacto con la ropa del hombre, que se acaba de sentar junto a mí. Noto su mano caliente sobre la mía y, aunque me siento incómoda, me resulta agradable. El tacto es áspero y en cuanto empieza a acariciar mi piel sé que tiene una mano muy grande. No dice nada, pero sé que me mira. Quisiera ver sus ojos y saber cómo es esa mirada, qué es lo que proyecta a través de ella.

—Andrea, tienes que despertar —empieza a decir, apretando suavemente mi mano—. Sé fuerte y lucha. Lucha.

La palabra «lucha» resuena en mi cabeza. Se convierte en un bucle del que no puedo deshacerme, como si alguien me la hubiera dicho recientemente pero no recuerdo cuándo. Mi padre adoraba esta palabra, la utilizaba muy a menudo: «Lucha por tus sueños. Lucha contra tus miedos. Lucha cuando las fuerzas decaigan. Lucha por ser feliz. Lucha siempre, nunca te rindas. Lucha por la justicia. Lucha por la verdad. Lucha por ti. Lucha por las personas a las que quieres.» Nunca terminaría de recordar las veces en las que mi padre mencionaba la palabra «lucha». Puede que esto tenga algún sentido.

El hombre sigue acariciando mi mano sin prisas.

¿Cómo será?

«Abre los ojos —me digo—. Venga, hazlo. No debería ser tan difícil. Solo ábrelos y a ver qué pasa.»

Un segundo. Dos. Cinco. Un minuto. Cinco minutos. Una eternidad.

Nada, no funciona.

Sábado, 20 de junio de 2015

EL INTRUSO

Se abre la puerta y unos pasos se aproximan hasta donde está el hombre que sigue acariciando mi mano desde hace horas. Sigo sin poder ver, pero sí oigo con claridad y palpo, desde el coma en el que me veo inmersa, la tensión que se ha creado en el ambiente. Tras los tubos ya no huelo a medicamentos y a hospital; la habitación se ha impregnado de un desagradable olor a putrefacción con la entrada de este intruso.

—¿Qué haces aquí? —pregunta el tal Nico de malas formas.

—¿No tengo derecho a venir?

—Sal de aquí inmediatamente. Ya has hecho bastante.

Hay desprecio en su tono de voz, pero también miedo. ¿Quién es el hombre que ha entrado? Apenas puedo distinguir cuál de los dos está hablando, sus voces son sorprendentemente parecidas.

—¿Yo? —Se ríe—. Yo no he tenido que hacer nada. La maldad se esconde dentro de todos los seres humanos. Solo provoqué un poco y... *voilà!*, aquí tenemos el resultado de lo que hizo el vecino.

—Vete —insiste Nico amargamente—. No me obligues a llamar a la policía.

—¿Tú llamar a la policía? No me hagas reír; eres el menos interesado en tener a un poli enfrente. Ni se te ocurra llevártela. —El intruso adquiere un tono de voz más serio que el de antes—. ¡No olvides que te estaré vigilando! —chilla.

Ahora la que siente miedo soy yo y sé que el intruso logra achantar al hombre que me cuida. ¿Adónde me quieren llevar? ¿Quién vigila a quién? ¿Qué está pasando? ¿Quiénes son?

La puerta vuelve a abrirse y oigo unos pasos presurosos que se acercan.

—¿Cree que es normal gritar de esta forma en un hospital y de madrugada? —susurra una mujer enfadada, imagino que se trata de una enfermera.

—Está bien, ya me voy, ya me voy.

Las voces del intruso y de la enfermera se van alejando hasta que quedan al otro lado de la puerta.

—Si me estás oyendo —dice el tal Nico, aproximándose a mi rostro—, quiero que sepas que te protegeré. Nos iremos muy lejos para que no pueda encontrarte, te lo prometo. Pero para eso tienes que despertar pronto, tenemos que desaparecer de aquí antes de que sea demasiado tarde.

¿Encontrarme quién? ¿Antes de que sea demasiado tarde para qué?

No entiendo nada; mi desesperación y angustia crecen por momentos; pero al menos me tranquiliza que el olor a putrefacción que había traído consigo el intruso ha desaparecido. Quisiera ver su rostro y preguntarle de qué demonios está hablando. Quiero que vuelva mi madre, solo con ella sé que estoy a salvo. ¿Por qué me ha dejado con un desconocido? ¿Por qué?

«Lucha. Lucha», oigo en mi cabeza.

Lo estoy intentando. Quiero abrir los ojos, pero no puedo.

«Hay más fuerza en ti de la que crees. Sigue luchando, sigue insistiendo.»

HORAS MÁS TARDE

—¿Nada, Nico? —pregunta mamá, entrando en la habitación.

—Nada.

—Te he traído café, aunque lo mejor será que vayas a tomar un poco el aire y descanses.

Me muero por un café.

—No hace falta, me quedo aquí —responde él cortésmente.

—No sales de esta habitación desde que la ingresaron. Es un detalle por tu parte, pero mírate... necesitas descansar.

—Estoy bien, Claudia. De verdad que no hace falta.

—Bueno, hijo, como quieras. Si yo te lo agradezco en el alma. ¿Qué tal la noche?

No sé qué gesto ha hecho el hombre como respuesta, pero no dice nada. Quizás esté pensando en la breve pero incómoda conversación con el otro hombre que entró de madrugada. Recuerdo lo que dijeron y tengo la sensación de que se me pone el vello de punta.

—Lo mejor será que cuando Andrea despierte me la lleve a un lugar tranquilo, ¿te parece?

—Lo que hagas me parece perfecto, Nico. Me has demostrado a lo largo de estos días que mi hija tiene mucha suerte de tener un marido como tú.

¿Un marido? ¿Estoy casada? ¿Este hombre es mi marido? Por el amor de Dios, ¡pero si tengo veinte años!

No puede ser.

No recuerdo a ningún marido y mucho menos una boda.

Lo último que recuerdo es estar sentada en un sofá leyendo el libro preferido de mi padre recientemente fallecido, y llorando a lágrima viva mientras puedo recitar de memoria el párrafo en el que me veo inmersa: «No había nadie más excepto aquella figura y yo. Advertí que el hombre me contemplaba con cierta curiosidad, quizás esperando otra persona, al igual que yo. No podía ser él.»

¿Cómo he llegado hasta aquí?

—Cariño. —Mamá me acaricia el cabello y me da un beso en la frente, el único espacio que queda libre de mi rostro—. Tienes que despertar y contarnos qué pasó.

«Mamá, créeme que si pudiera lo haría, no soy una holgazana. Sobre lo de contar qué me pasó... no estoy tan segura de poderlo hacer. Lo siento, mamá. No llores, por favor. No llores.»

—Venga, Claudia... —la anima el hombre.

—Lo sé, lo sé. Qué duro, Nico. Qué duro es esto. Si ahora mismo tuviera a ese hombre delante, no quieras imaginar todo lo que le haría. ¿Por qué la golpeó de esa manera?

—Fue un golpe accidental, pero el tío iba hasta arriba de coca y no recuerda con seguridad lo que pasó —contesta él con voz cansada.

Recuerdo que lo del golpe accidental ya se lo dijo. Mi madre siempre ha sido del tipo de personas que necesitan oír lo mismo una y otra vez, para asimilarlo o entenderlo. O quizá se deba a su mala memoria, eso también explicaría que a mí me tuviera harta al repetirme mil veces historias que no eran de mi interés.

«¡Eso ya me lo has contado cien veces, mamá!», le decía yo.

«Bueno, hija, pues yo pensaba que no.»

Siempre le ha gustado ir de víctima. Se hacía la indignada y la despistada. Ahora desde mi silencio, proyecto imágenes de nuestras tontas discusiones y me da por reír. Aunque creo que esa risa no sale de mi boca, porque mamá y el tal Nico siguen en silencio; probablemente contemplándome, y deseando que me despierte pronto.

Ningún lugar seguro

Mamá ha ido entrando y saliendo de la habitación; el hombre no se ha separado de mi lado en todo el día y ha seguido diciéndome cosas tan inquietantes como que me tengo que despertar, que es importante para mi seguridad. Yo, que a lo largo de toda mi vida he pensado que los hospitales son los lugares más seguros del mundo, a estas alturas de mi «no-consciencia» creo que me está empezando a asustar estar aquí.

También he oído voces femeninas y la de un doctor, que me ha tocado los párpados y le ha dicho a mi madre y al hombre que no hay cambios. Que todo sigue igual que el primer día. Entonces, mi madre se ha echado a llorar por enésima vez, maldiciendo al que supuestamente me ha provocado el coma y el golpe en la cabeza que ha sido el causante de mi actual situación.

Estoy que ni me lo creo. Es como si estuviera dentro de una pesadilla de la que necesito despertar; pero cada vez que lo intento me fallan las fuerzas y las órdenes que le sigo enviando a mi cerebro son inútiles. No me despierto. No abro los ojos, no puedo mover ni siquiera un dedo de la mano.

«Lucha. Lucha. Lucha.»

Quiero gritar, decirles que estoy luchando, pero que no puedo. ¡No puedo, maldita sea!

Y entonces, el silencio desaparece.

—¡Le cae una lágrima! ¡Le cae una lágrima! —exclama mamá, como si fuera lo más maravilloso que ha visto en su vida.

Oigo sus pasos acelerados hacia la puerta; la abre sin cerrarla tras de sí y desde el umbral grita en el pasillo:

—¡Una lágrima! ¡Le cae una lágrima! ¡Doctor! ¡Enfermera!

Unos pasos frenéticos se aproximan a mi cuerpo. Mi supuesto marido permanece en silencio pero siento su aroma a mi lado, muy cerca de mí.

De nuevo unas manos fuertes palpan mis ojos; me extraen el oxígeno y vuelven a dejarlo. Me apretujan la mano, tengo la sensación de que me van a estallar todos los huesos de mi cuerpo y en un instante, la alegría de mi madre vuelve a convertirse en llanto.

—Un acto reflejo. Todo sigue igual —informa la voz que ya he identificado como la del doctor.

—Mierda —mascula el hombre que está conmigo noche y día.

«Mierda», pienso yo. Pero al menos he conseguido algo. Una lágrima. Menos es nada.

—Yo creía que... Oh, Dios...

«Mamá. Sigo intentándolo. No llores más, yo sigo intentándolo.»

CARLOS

Lunes, 22 de junio de 2015

LA IMPOSTORA

El inspector me mira de manera desafiante, con el rostro ensombrecido como si alguien hubiera apagado una luz frente a sus ojos.

Vuelvo a estar en la sala de interrogatorios. Ya me he acostumbrado a su ambiente cargado; también a su olor a tabaco rancio a pesar de la pegatina de PROHIBIDO FUMAR que se está despegando de la pared.

Apenas puedo moverme, la silla está atornillada al suelo y a menudo me entretengo con los tacos que hay escritos en la mesa, fruto de algún culpable encolerizado que los ha grabado con la punta de un bolígrafo.

Esto va en serio. Me van a encerrar de por vida.

El sudor se apodera de mi frente y de mis manos, con las que ya no sé qué hacer. Me siento repulsivo, todo el mundo me mira mal, incluso con asco. Y pienso en todas las veces que yo mismo miré con asco a María. Ellos creen que he sido yo quien la ha matado. Y luego está Andrea, en coma por mi culpa. Si ellos supieran el infierno que estoy viviendo tal vez no me mirarían con tanto desprecio.

No soy un asesino. Estoy harto de repetir lo mismo cien veces. Y por si esto fuera poco, el inútil de mi abogado dice que será difícil salir de esta; que me caerá una condena mínima de dos años. ¿Qué voy a hacer dos años en prisión si estas dos semanas han sido las peores de mi vida? ¿Por qué me mantienen encerrado si en realidad no tienen pruebas para incriminarme por asesinato? El abogado siempre se encoge de hombros y nunca responde.

El inspector acaba de golpear la mesa e insiste en querer saber qué le he hecho a mi mujer, que sigue sin ser «nadie». No han descubierto quién es, quién se esconde realmente tras el nombre de María López Jurado, y su rostro no aparece en ningún lugar, solo en mi recuerdo y en el de los que la conocieron, y en fotografías que parecen haber desaparecido como por arte de magia.

—¿Dónde está? —Su trabajo es presionarme y que hable. Quiere conseguir que reconozca que soy un asesino, pero no voy a entrar en el juego. No he sido yo. Fin de la historia.

—No insista, inspector. No tengo ni idea.

Trato de disimular la vergüenza que siento al saber que tras el espejo donde veo mi reflejo demacrado se esconden personas que están analizando cada uno de mis movimientos. Cualquier palabra que diga puede ir en mi contra; tanto o más como el haber tomado coca antes de que Andrea se diera aquel golpe en la cabeza accidentalmente. ¡Joder, fue un accidente! ¿Cuántas veces tengo que decirlo para que me crean?

No me creen. Nunca creen lo que digo.

A lo largo de estos días no he tenido más remedio que ir asimilando las palabras del inspector; la gravedad de las acusaciones que se me imputan y las consecuencias de mis actos.

«Pero usted la asustó —me dijeron en el primer interrogatorio—. Tiró la puerta abajo. Y adivine de quién son las huellas de los pulgares en los hematomas que Andrea Fernández tenía a ambos lados de la tráquea. Oh, sí. De usted. Por lo tanto, su caída no fue del todo accidental, ya que antes la agredió intentando asfixiarla.»

Creo que fue la primera vez en mucho tiempo que lloré, por la impotencia que sentía al no poder recordar con claridad qué es lo que hice.

Recordé una vez más las veces que golpeé a mi mujer y ahora, al ver en lo que me he convertido, quiero desaparecer. Nadie echaría de menos a una basura como yo. He buscado en las bandejas de comida algún utensilio con el que cortarme las venas, pero soy tan cobarde que ni siquiera puedo acabar con mi propia vida.

—Habla. Habla, Carlos —me presiona el inspector.

Martín y Ernesto, los dos policías que vinieron a casa la primera vez que denuncié la desaparición de mi mujer, eran dos corderitos al lado de esta bestia que me señala con el dedo, golpea la mesa o lanza la silla contra la pared cuando se le antoja. Temo que produzca daños psicológicos en mí, como es probable que yo se los provocara a María. Por eso desapareció. Para perderme de vista.

—¿Y no les entra en la cabeza que es probable que mi mujer no esté muerta? Al principio, cuando denuncié la desaparición, por el cambio de identidad y toda esa mierda, dijeron que lo más probable era que hubiera huido por voluntad propia. Incluso que tuviera un amante. ¡Por favor! ¿Por qué me acusan ahora de asesinato?

No es la primera vez que se lo digo. Lo he dicho cientos de veces, es lo único que puede salvarme. Que reconsideren sus primeras apreciaciones sobre el caso; que crean que efectivamente María o quienquiera que fuese tuviera un amante y haya huido con él. Ojalá lo tenga. Ojalá esté bien y me saquen de aquí pronto. No sé cuánto aguantaré.

El inspector me mira fijamente. Quiere que hable más, pero mis cuerdas vocales no reaccionan; como si me hubiera quedado mudo de repente.

—Ya no eres tan gallito, ¿eh? Al menos no como lo fuiste con tu vecina, la señora Dolores, o con Andrea a la que has dejado en coma —dice con frialdad—. Y dime, Carlos, ¿qué persona en su sano juicio amenaza de muerte a una anciana, golpea a su vecina dejándola en estado de coma y maltrata a su mujer? ¿Estás satisfecho con cada palabra, con cada golpe?

Maldigo el momento en el que confesé que en alguna ocasión pegué a María. Dios, la amaba tanto que la odiaba a la vez.

—Pero yo no la he matado —insisto—. Fui yo quien denuncié la desaparición, ¿qué gano yo denunciando la desaparición de alguien a quién he matado? Además, ya he dicho mil veces que estaba en Berlín, ¡puedo demostrarlo!

—Hemos visto cosas más raras, Carlos. Los asesinos suelen estar muy presentes en el círculo cercano de la víctima e incluso se involucran en las tareas de búsqueda y se atreven a hablar ante las cámaras de televisión. Sois fríos y calculadores; no tenéis sentimientos, no...

—Basta —interrumpe una mujer entrando en la sala. Es la primera vez que la veo; su mirada, dirigida al inspector, demuestra seguridad—. Es imposible que él la matara: ya sabemos quién es en realidad María López Jurado.

ANDREA

Martes, 23 de junio de 2015

LIBERTAD

Los inconfundibles pasos de mamá, con sus zapatos de tacón recorriendo el camino de la puerta de entrada hasta mi cama, me tranquilizan al saber que ha vuelto a mi lado.

—Lo han soltado —le dice mi madre, al que se supone que es mi marido—. ¡Lo han soltado! —repite, en esta ocasión enfurecida.

—¿Por qué?

—Porque, por lo visto, han descubierto el nombre real de su mujer y no seguirán con la búsqueda. Ha desaparecido por voluntad propia como ya hizo en otra ocasión, creen que no es estable y no culpan a Carlos. Y hasta que Andrea no despierte y pueda explicar lo que sucedió no pueden retenerlo. Por lo visto, unos cardenales en el cuello con sus huellas no son pruebas suficientes para encerrarlo porque no pueden demostrar que fue él el que la dejó en estado de coma.

—Pero si está clarísimo. No lo entiendo.

—Yo tampoco. ¿Sabes?, lo mataría. Si lo tuviera aquí delante, lo mataría.

«No, mamá. No digas esas cosas, por Dios.»

—Poco podemos hacer, entonces. Esperar a que Andrea despierte y nos cuente qué pasó.

—Eso en el caso de que hable. Pobrecita mía...

«Hablaré, mamá. Aunque no recuerde por lo visto gran parte de mi vida, mi cerebro funciona. Sé contar, sé decirte los días de la semana... Os oigo a la perfección y estoy haciendo esfuerzos por demostrároslo.»

«Pues no lo haces del todo bien», me dice una voz desconocida, que no parece real.

«¿Qué dices? ¿Quién eres?», le pregunto.

«Sigo aquí. Aunque te hayas desintoxicado de tus pastillas y haga dos semanas que no pruebes el alcohol, no me he ido. Eres lamentable, Andrea. Lamentable.»

¿Alcohol? Yo no bebo.

La voz empieza a reír escandalosamente, impidiendo que siga oyendo la conversación entre mi madre y el hombre que no se separa de mi lado. Quisiera verle la cara, saber si es posible que pudiera haberme enamorado de él en algún momento de mi vida que no recuerdo.

Un tal Carlos que parece ser quien me ha dejado así y una mujer desaparecida, por lo visto por voluntad propia. No entiendo nada y a la vez todo esto me alerta a la hora de despertar. Quizá sea buena idea seguir durmiendo, sumergida en un estado de coma profundo en el que lo único que puedo hacer es escuchar todo lo que suena a mi alrededor haciendo caso omiso a la recién aparecida voz.

LÁGRIMAS Y SILENCIO

Mi madre lleva horas llorando. Aparte del silencio y la entrada de alguna enfermera con palabras tranquilizadoras hacia mi madre, no hay nada más.

El hombre que se llama Nico se ha ido a hacer unos recados. Mi madre le ha dicho que adelante, que no le parecía ni medio normal que llevara tanto tiempo sin salir de esta habitación; aseándose en el diminuto cuarto de baño y sin apenas cambiarse de ropa. Me siento tranquila al no tener su presencia y otra parte de mí lo echa de menos, porque me he acostumbrado a su presencia.

«¿Cuándo me casé mamá? ¿Estoy enamorada de ese hombre?»

Querría preguntarle muchas cosas.

Intento mover cualquier parte de mi cuerpo, hacer un gesto, aunque sea pequeño, como, por ejemplo, alzar una ceja. Sé que mi madre me está contemplando como si fuera un bebé del que no puedes apartar la vista ni un segundo. Cualquier movimiento, por muy chiquitito que fuera, ella lo percibiría y entonces saldría de la habitación y gritaría feliz: «¡Algún médico! ¡Enfermeras! ¡Mi hija ha levantado una ceja!»

Pero por lo visto no puedo levantar ni una ceja.

LA NOCHE

La voz del intruso me despierta. Estoy aprendiendo a distinguir la maldad y la bondad de las personas con solo oírlas. No me hace falta una mirada o un gesto; solo la voz puede decir mucho de la persona que está hablando.

—Déjanos en paz.

—No podréis desaparecer así por las buenas. Lo sabes, ¿verdad?

—Eres un psicópata.

No distingo sus voces. Llega un momento en el que pierdo el hilo y no sé si el que está hablando es Nico o el intruso. Las palabras son frías, parecen estar estudiadas y rebosan esa maldad por la que siento asco. Cuando sucede esto, siento una opresión en el pecho y tengo la sensación que de un momento a otro dejaré de respirar debido al agobio que me hacen sentir sus conversaciones.

—No te acerques a ella. Después de todo lo que has hecho, no quiero que te acerques.

—Entiendo. Bien, tranquilo. Tengo muchas cosas de las que ocuparme, pero por el bien de ella espero que no despierte. Que no despierte nunca y, si lo hace, que yo no lo descubra.

—¿No has tenido bastante?

—El daño ya está hecho. Pero si ella se despierta y recuerda...

—¡Cállate y vete de aquí! Desaparece, joder.

—¿Por qué? ¿Tanto interesa que me vaya? Creo que me he portado bien. Me he mantenido al margen... No sé, creo que deberías valorar este gesto. Por otro lado, asegúrate de mantenerte a su lado si puedes. Solo si puedes.

Uno de los dos respira muy fuerte y a continuación oigo un golpe. No sé si es a la pared o a la puerta, pero quien lo haya hecho ha debido destrozarse la mano. Justo cuando he vuelto a pillar el hilo de la conversación, distinguiendo las dos voces masculinas, se abre la puerta y se cierra de golpe. El hombre que está sentado a mi lado noche y día suspira y me acaricia la mano. Se trata de Nico, mi marido, quién si no. No lo puedo ver; solo oír y sentir, y me parece el ser humano más excepcional del universo, aunque tengo miedo. Miedo de que me tenga que proteger de ese otro hombre.

A veces pienso que esto no puede estar pasando. Que no estoy en coma, limitada únicamente a oír voces a mi alrededor; las que reconozco y las que no, que son la mayoría. No sé de lo que hablan, no sé qué quieren decir. Y mientras tanto sigo intentando mover una ceja, un dedo, un pie... ¡Algo!

«No podrás conseguirlo», dice la voz, que no ha dejado ni un segundo de reírse de mí. La odio, la detesto, pero no la puedo detener.

¿Estoy enferma? ¿Mi mente, mi cerebro o lo que sea, está podrido?

Lunes, martes, miércoles, jueves, viernes, sábado y domingo. Mientras sepa los días de la semana estaré a salvo. O al menos eso creo.

CARLOS

Miércoles, 24 de junio de 2015

Elsa

Se llama Elsa, y si en algo no me mintió fue en que no tenía a nadie. La mala suerte se cebó con su familia cuando a la hermana menor, con solo diecisiete años, la atropelló un autobús en plena calle; Elsa y los dos chicos que iban con ellas lo vieron todo. Luego sus padres tuvieron un accidente de coche y, aunque parecía que la madre podría haber sobrevivido, un inesperado ataque al corazón acabó con su vida a los tres días de estar ingresada en el hospital. Años más tarde, su hermana mayor también murió.

La cuestión es que, tras la muerte de su hermana, siete meses antes de conocerme a mí, Elsa desapareció de la noche a la mañana. No dijo nada en el colegio donde trabajaba como profesora y simplemente se esfumó. Joder, como si fuera tan fácil.

Por lo visto, se hizo algunas operaciones estéticas y falsificó su documentación. El resultado: la María López Jurado que yo conocí y de la que me enamoré.

Cuando vi la fotografía de Elsa me pareció una completa desconocida. De cabello rubio, largo y ondulado; su rostro era más redondo, no usaba gafas y tenía los labios finos, muy distintos a los que yo besaba. Esa mujer no era María, no podía ser ella. Era tan diferente que parecía imposible que alguien pudiera cambiar tanto.

«Puede que tenga algún problema mental —me dijo la subinspectora que entró en la sala de interrogatorios deteniendo al bestia de su compañero—. No ha tenido una vida fácil. Es muy probable que haya decidido volver a desaparecer.»

«¿Por qué?», pregunté inocentemente.

La subinspectora se encogió de hombros y yo me sentí un mierda por estar más pendiente de su sugerente escote que de averiguar dónde estaba la que había sido mi mujer después de aquella no-boda. Al fin y al cabo, qué poco le importaba yo a María para haber vuelto a desaparecer del mundo y de su entorno.

—Me pregunto si como Elsa también dejó a alguien —añadí—. Una pareja, un marido... ¿Hijos?

—No —negó con seguridad—. No sabemos si tenía pareja, pero lo que está claro es que no se ha casado nunca y tampoco ha tenido hijos. No tenemos nada contra ella; en un principio, al menos que sepamos, no ha cometido ningún crimen. No ha robado, no se ha metido con nadie... Siento no poder ayudarle; aunque, por otro lado no se vaya muy lejos. Tenemos pendiente que Andrea Fernández se despierte y nos cuente qué es lo que pasó y si usted le hizo algo más aparte de lo que es obvio.

—Yo no le hice nada. Lo juro. El golpe fue accidental.

—Se lo hemos dicho muchas veces, señor Díaz: el golpe fue accidental, pero sus huellas en los cardenales que tenía en el cuello la señora Fernández, y la puerta destrozada, no lo fueron.

—Fue por culpa de las drogas.

—Eso háblelo con su abogado para ver qué pueden alegar.

ANDREA

Jueves, 9 de julio de 2015

RECUERDOS DEL «AYER»

Sé que es jueves y que le hemos dado la bienvenida al mes de julio hace nueve días.

Imagino las calles de Barcelona, especialmente la Rambla, repleta de turistas colorados como cangrejos por haber tomado el sol en exceso y sin protección en la playa de la Barceloneta y con calcetines por debajo de las chancletas para evitar las ampollas en los pies. Siempre he odiado que no me dejasen caminar con tranquilidad por el centro y ahora, postrada en esta cama sin poder moverme, echo de menos a esos turistas con sus cámaras fotográficas colgando del cuello y sus mochilas colocadas hacia delante para tener menos posibilidades de convertirse en víctimas de robos por parte de carteristas, que en esta época del año están más atentos que nunca a los despistes. Seguramente les timarán con una paella mala en cualquier restaurante bien ubicado. Se irán a dormir con tortícolis por pasarse el día mirando hacia arriba las diversas y originales construcciones de Gaudí, la estatua de Cristóbal Colón al final de la Rambla —o al comienzo, según se mire— y la imponente Sagrada Familia entre otras muchas cosas. O sabrán lo que son las agujetas de verdad por haber subido hasta arriba del todo del Parque Güell. Les envidio porque a mí me encantaría estar contemplando toda la ciudad de Barcelona desde el banco ondulado recubierto de mosaicos con todo tipo de detallitos que no terminarías nunca de descubrir; jugar con las sombras que se reflejan en el Pórtico de la Lavandera; subir por la Escalinata del Dragón a pesar del sol infernal y perderme en los Jardines de Austria después de caminar por los caminos y los viaductos.

Como no puedo hacer otra cosa que escuchar lo que pasa a mi alrededor y recordar, sonrío mentalmente al visualizar algunas de las vivencias más felices de mi vida, cuando mi padre aún vivía y de la mano recorríamos nuestra cosmopolita ciudad de Barcelona donde siempre hay algo que hacer. Cuando era pequeña, le encantaba subirme a caballito y, con la energía que lo caracterizaba, bajar la Rambla desde la plaza de Catalunya corriendo. Me lo pasaba en grande trotando sobre su espalda mientras los transeúntes, más calmados que papá, se reían al vernos. Mamá decía que estábamos locos y papá le respondía: «¿Y qué es de la vida sin una pizca de locura, Claudia?»

Le guiñaba un ojo y la abrazaba; ella reía también y le daba la razón.

Son tiempos que disfruté y que desgraciadamente ya no volverán. Tiempos en los que mi padre estaba vivo y yo, a pesar de quererlo con locura, no creía que fueran a terminar jamás; de ahí mi arrepentimiento por las cosas que le dije la última vez que lo vi con vida. Esas palabras me torturan, puesto que, aunque parece ser que ha pasado mucho tiempo de lo sucedido, yo lo recuerdo como si hubiera pasado ayer. Porque para mí fue ayer.

¿Es mi cumpleaños y no se te ocurre otra cosa mejor que regalarme?», y lancé al vacío el libro que me regaló.

«¡Te encantará! Se ha convertido en mi novela preferida, ya verás como...»

Calló en cuanto me vio subir las escaleras, para acto seguido entrar en mi habitación y dar un portazo. No lo vi, pero me lo imagino apenado recogiendo el libro y dejándolo frente a la puerta de mi dormitorio.

¿Cuánto hace de eso, en realidad? Mi último recuerdo de esa vida que parece que he olvidado es verme con el rostro repleto de lágrimas frente al féretro de mi padre. Luego, al llegar a casa, me atreví a abrir el libro y lloré aún más al ver lo que él había escrito en la primera página. Recuerdo que me adentré en la historia como si realmente los personajes hubieran tenido vida allá por los años cuarenta. Puede que terminara de leer el libro a lo largo de unos años que soy consciente que no recuerdo, y eso me entristece, pero para mí es como si lo hubiera empezado ayer.

Entre lágrimas, sufrimiento, recuerdos y lagunas importantes en mi memoria, sigo aquí inmovilizada y sin poder ni abrir los ojos; incluso mis intentos por levantar una ceja resultan inútiles.

Se abre la puerta, seguro que es mi madre... Pero no, la voz que oigo es la de Nico.

—Es extraño que Claudia aún no haya llegado.

—Tranquilo, seguro que vendrá pronto —le dice amablemente una mujer, supongo que una enfermera.

Puede parecer una tontería, pero, por su tono de voz, aterciopelado e incluso coqueto, he sentido celos. Celos de que mi marido, al que no recuerdo y por lo tanto no conozco, se pueda ir con otra que no sea yo. No sé cómo es su cara, sigo preguntándome cómo es su expresión al mirarme y si sonríe a veces. Lo he imaginado rubio, no sé por qué. Me suena que tuve un novio que se llamaba Marc y era rubio; y un apasionado de Barcelona, de sus lugares recónditos y escondidos y de su arquitectura. Debe de hacer muchos años que ya no estoy con él y seguramente tampoco sé nada de su vida. Creo que Nico tiene los ojos oscuros, puede que la nariz un poco grande, pero le queda bien. Su sonrisa debe de ser franca y natural, no podría haberme enamorado de él si no fuera así.

«Estás loca», la voz ya está aquí otra vez.

«Cállate y déjame en paz», le digo yo, harta de que me esté martirizando en todo momento e intervenga en mis pensamientos, dudas y temores.

¿DÓNDE ESTÁ MAMÁ?

Pasan los minutos y las horas, y mi madre no viene. No oigo voces, pero sí pasos. Los pasos de Nico dando vueltas por la habitación; saliendo y entrando con el teléfono móvil pegado a la oreja y hablando con alguien sin que yo haya podido oír más que un simple: «Hola», «Dime», «Mierda».

Lo intuyo nervioso, puede incluso que desesperado y muy triste. Algo ha pasado, tengo una corazonada de las malas.

—Andrea, tengo que dejarte sola un momento. Te prometo que solo será un momento —me dice cariñosamente, acariciando mi mano como de costumbre—. Si te vas a despertar, espera a que venga, ¿vale? Espérame, por favor.

He notado mucha angustia en su voz. Acto seguido se ha marchado y ha venido una enfermera para asegurarse de que todas las máquinas funcionan correctamente.

Me he acostumbrado tanto a su pitido que forman parte de mí. Cuando la enfermera se ha ido, me ha invadido una desesperante soledad y preocupación por no saber dónde está mi madre. Ella, que no ha faltado ni un solo día desde que estoy aquí en coma, debe de haber tenido un contratiempo muy importante para no haber venido hoy.

«Mamá. Te prometo que me voy a despertar. No te enfades conmigo, ten paciencia y ven a verme. Te echo de menos.»

Lunes, martes, miércoles, jueves, viernes, sábado y domingo.

«Todo irá bien, mamá. Todo irá bien.»

LA VISITA

Alguien ha entrado en la habitación despertándome de la ensoñación extraña en la que me encontraba. No reconozco quién es por el olor y el hecho de que no diga nada me desconcierta y a la vez me da miedo.

«¿Quién hay aquí?», pregunto. Pero nadie me oye. Soy solo un cuerpo dormido que no se inmuta ante nada. Que no se mueve.

Han colocado algo encima de mi rostro entubado, algo suave, parece un cojín. Y lo aprietan contra mí.

¡Alguien quiere matarme!

«Y lo conseguirá», dice la voz.

«No —le digo, tratando con todas mis fuerzas de luchar para seguir respirando—. ¿Qué clase de cobarde mata a una persona en estado de coma? ¡Mierda, tengo que despertarme. Tengo que moverme y defenderme!»

Pero por más que quiero no puedo. Aunque no me puedo mover, mi mente sí reacciona con desesperación. Quien quiere acabar con mi vida debe de estar regocijándose en el placer de ver cómo acaba con alguien que ni siquiera se inmuta, alguien a quien parece no importarle abandonar este mundo.

Pero sí me importa. Quiero volver a ver a mi madre.

No puedo respirar. Me estoy ahogando.

¡Que alguien abra la puerta! Que alguien la abra ahora

mismo y descubra quién me quiere asesinar. ¡¿Quién quiere acabar conmigo, y por qué?!

ÁNGELES

Cuenta la leyenda que todos tenemos un ángel de la guarda y a veces aparece cuando más lo necesitas. El mío acaba de entrar por la puerta en forma de enfermera. El cojín ha dejado de presionar sobre mi cara y he oído unos pasos apresurados dirigiéndose hacia la salida.

—Pero... pero... —balbucea la enfermera consternada—. ¡Madre mía!

Tarda tanto en reaccionar que, para cuando sale al pasillo a pedir ayuda, el hombre —o a la mujer— ya ha salido corriendo de mi habitación, ya es demasiado tarde. Asfixiar a una mujer en coma, qué forma tan ruin de asesinar a alguien. Son cosas que solamente había visto en las películas. Claro que nunca imaginé que podría pasarme algo lo suficientemente grave como para quedarme en estado de coma.

«Estoy bien», le digo a la enfermera que, lógicamente, no me oye. Respira agitadamente y sus manos van de un lado a otro para comprobar que todo está correcto y mi vida no corre peligro. Que las máquinas funcionan correctamente y que mi corazón sigue latiendo.

He sabido desde el principio que es una enfermera por el sonido de sus pasos. Todas las enfermeras llevan zapatos con suela de goma, que a menudo chirrían cuando caminan.

«Estoy bien», repito.

Lunes, martes, miércoles, jueves, viernes, sábado, domingo.

Sí, estoy bien.

¿Dónde está mi madre? ¿Por qué no ha venido en todo el día? ¿Y Nico? Lo echo de menos.

Han entrado dos personas más.

—Todo en orden —dice un hombre, seguramente un médico.

—¿Estás bien? —pregunta una mujer.

—Cuando lo he visto con la almohada... —Mi ángel lanza un gemido lleno de dolor—. Pensaba que la había matado.

—¿Le has visto la cara?

—No. Era un hombre, pero no sé quién es; se ha tapado la cara enseguida, no me ha dado tiempo a... Dios mío, debería haber reaccionado más rápido, yo...

—Eh, eh... tranquila. —Creo que el hombre se ha aproximado a ella y seguramente la está abrazando. Sus voces suenan muy juntas e imagino que están liados en secreto, mientras la otra enfermera se muere de celos porque, claro, el médico es guapísimo. Debe de serlo, su voz al menos es bonita. Puede que esté completamente equivocada, pero no puedo hacer otra cosa que dejar volar mi imaginación—. Le habría podido pasar a cualquiera y lo importante es que la paciente está bien, ¿de acuerdo?

—Sí. Menos mal que no le ha pasado nada.

—Has sido su ángel —le dice la otra mujer.

Mi ángel. Cuando despierte querré saber quién es, querré ver su cara y darle las gracias personalmente. Eso sí, primero tengo que despertarme y, al hacerlo, recordar incluso todo lo que estoy viviendo ahora con los ojos cerrados y el cuerpo inmovilizado en una cama de hospital. No sé si me da más miedo no recordar estos días o que mi vida a partir de los veinte años hasta ahora esté completamente en blanco.

«Mamá, ven, por favor. Necesito tus caricias, tus besos en la frente y tus palabras diciéndome que todo saldrá bien. Ven. Ven.»

«Por mucho que la llames no vendrá. Ya no vendrá nunca más —dice la voz—. Te has salvado por los pelos, ¿eh? No, si en el fondo hasta tendrás suerte», continúa diciendo con malicia.

«¿Cuántas veces te he dicho que te calles?»

«¿Cuántas veces te he hecho caso?»

No lo sé.

No sé desde cuándo convivo con esta voz maleducada y enfermiza. No sé cuándo apareció en mi vida o cuándo decidió que era el momento de amargar cada minuto de mis días con sus asquerosas palabras. Suena hueca, vacía; carente de espíritu. Puede ser una locura transitoria producto de esta amnesia o puede que sea normal estando en coma. Las voces nos hacen compañía por muy dañinas que sean. A lo mejor hacen que no nos volvamos locos, aunque el resto del mundo piense que aparecen precisamente porque sí lo estamos.

CARLOS

Viernes, 10 de julio de 2015

EL BOSQUE

Doy vueltas sin sentido por casa, desesperado y sin saber qué hacer.

¡Por favor, ¿cómo se me pudo ocurrir asfixiar a Andrea?! Como si ya no tuviera suficientes problemas... Me estoy volviendo loco...

Entro en la cocina, cojo otra cerveza y me meto otra raya. Desde la ventana, miro hacia el bosque; un lugar que siempre he repudiado por su oscuridad. A María le encantaba. A veces, por las mañanas, iba a pasear por allí porque decía que se respiraba aire puro. Yo me reía de ella y le decía que la quería en casa en media hora. Ni un minuto más ni un minuto menos; si no, ya sabía lo que pasaba.

Y, aunque haya decidido irse por voluntad propia, no saber dónde está me mata.

MARTINA

Deben de ser ya las siete de la tarde. Martina ha venido a casa para ocupar el vacío que María me ha dejado; o al menos esa es mi intención con tal de no sentirme tan solo y fracasado.

Después de nuestra discusión en Berlín y de haberle mostrado ese carácter que hasta entonces solo reservaba para María he conseguido, casi rogándoselo, que viniera a casa. No me avergüenzo de nada, lo que sucedió fue fruto de los nervios, nada más. Martina parece haberlo aceptado y me mira como siempre; con deseo y lujuria. Así ha sido siempre y lo seguirá siendo pase lo que pase.

—No me puedo creer todo lo que ha pasado, Carlos. Ese temperamento tuyo... A mí me asustó, ¿sabes?

—Lo entiendo. Y créeme que no soy así, solo si me provocan. No me diste tiempo a explicarme; todo pasó muy rápido y al no saber nada de María, yo... yo... —titubeo—. Estaba desesperado, Martina.

Me llevo las manos a la cara y empiezo a llorar. No me salen las lágrimas pero da igual, ella las cree y exclama una especie de «Oooh», como si estuviera viendo a un cachorro abandonado.

Se acerca a mí. Coloca su rostro muy cerca del mío y me pasa el brazo por la espalda. Puedo sentir su calor, su piel suave y sus labios rozando mi barba. A continuación me besa en la mejilla y yo aprovecho para besarle sus labios y manosear sus muslos empapados de sudor hasta tenerla tumbada en el sofá debajo de mí.

—No tan rápido, Carlos —murmura, estirando los brazos y dándome un suave empujón hacia atrás, con el que consigue zafarse de mí.

—¿Cómo? —pregunto incrédulo—. Lo necesito, ¿no tienes ganas?

—Ya no. No contigo.

Creo que nota mi perplejidad y se aparta un poco de mí. Contengo la rabia, tengo que controlarme.

—Puedes irte si quieres.

—No, claro que no. Carlos, eres mi amigo. Estoy aquí para lo que necesites, ¿vale? Aunque no lo creas te aprecio un poquito —me dice la muy estúpida—. He conocido a alguien muy especial. Y con él no quiero cagarla, Carlos. Solo quiero estar con él, ¿entiendes? Lo que hemos tenido a lo largo de estos años ha estado bien, nos hemos divertido; pero ahora es diferente. Quiero sentar cabeza, lo necesito. Quiero a ese hombre.

Al decir que quiere a ese hombre al que acaba de conocer algo en mí se enciende. Ese especie de piloto automático que intento mantener a raya.

—Martina, no te vas a burlar de mí, ¿entiendes?

Soy consciente de que mi tono de voz ha sonado amenazante cuando sus ojos me muestran el terror que siente. El terror se convierte lentamente en asco y, dándome un manotazo, se levanta del sofá y se va hacia donde tiene el bolso. Pero no lo tendrá tan fácil.

Pierdo los papeles en cuestión de segundos y me abalanzo encima de ella agarrándola del cuello con toda la furia de la que soy capaz. No hago caso de sus lamentos, no atiendo a sus súplicas; le aplasto la tráquea sin darle posibilidad de defenderse.

No sé cuánto tiempo ha pasado desde que me he colocado encima de Martina. Me escuecen los ojos por las gotas de sudor que caen de mi frente, la mandíbula no me responde como debería y me duelen las articulaciones de todo el cuerpo. Me doy cuenta de que estoy temblando cuando mis ojos miran horrorizados lo que estoy haciendo. Mejor dicho, lo que ya he hecho. Porque es demasiado tarde para retroceder y cambiar las consecuencias de mis desenfrenados actos.

Martina no respira. Tiene la boca medio abierta, los ojos cerrados, el ceño fruncido de quien no entiende qué es lo que ha sucedido. Me aparto lentamente horrorizado y me llevo las manos a la cabeza al ver lo que acabo de hacer.

Me siento en un rincón del salón con el cuerpo en posición fetal y lloro. Lloro de verdad al verme como el asesino que María siempre me advirtió que sería, entre súplicas, cuando la pegaba.

ELSA

Viernes, 10 de julio de 2015

EL CAMARERO DE PARÍS

Abril de 2014. En París me di cuenta de tu carácter controlador, de tus celos y de la poca libertad que me dabas para hacer o decir lo que quisiera.

Querías que solo tuviera ojos para ti y cuando en una ocasión se me ocurrió la idea pésima de decirte que los franceses me parecían muy guapos, tú me miraste de reojo y resoplaste, blasfemando contra todos.

La primera vez que comprobé que tenías un lado oscuro fue cuando volvimos a la habitación del hotel, tras algo más de una hora recorriendo el río Sena en un crucero. La sonrisa no se nos borraba de la cara mientras navegábamos, contemplando en nuestro recorrido la catedral de Notre Dame, el museo del Louvre, la plaza de la Concordia o la Torre Eiffel entre otras preciosidades parisinas. Me dejaste subir unas cuantas fotografías a Facebook; aunque en realidad era más para conservarlas en algún lugar que para mostrarlas al mundo.

Volvimos al hotel cansados y hambrientos. Los tres minúsculos platos que nos habían servido en el crucero no nos habían saciado. Fuiste directo a la carta del hotel que estaba en la mesita de noche y que no habíamos mirado en ningún momento.

—No me apetece salir a cenar por ahí. Ni siquiera bajar al restaurante del hotel —dijiste.

—Pide lo que quieras. Lo que te apetezca. Mientras tanto yo me voy a dar una ducha.

Asentiste y oí desde el cuarto de baño cómo pedías la cena, como si tuvieras un hambre voraz. Te decantaste por sopa de cebolla y pato a la naranja, y me hizo gracia que pidieras el postre en francés: *crêpe au fraise et chocolat*. Se me hizo la boca agua.

El camarero no tardó en llegar. Yo salí del cuarto de baño enfundada en un albornoz y tú fuiste a abrir la puerta de la habitación. Me quedé apoyada en la puerta del cuarto de baño curioseando todos los manjares que había sobre la bandeja, por el simple hecho de disfrutar de la elegante presencia con la que los servía el camarero, un atractivo joven de no más de treinta años, rubio y con ojos azules, que cometió el delito de mirarme y dedicarme una sonrisa.

Todo sucedió en un segundo. Apartaste el carrito de la cena y agarraste al camarero del cuello arrastrándolo hasta tenerlo apoyado contra la pared del pasillo. Yo me abalancé sobre ti para intentar apartarte, gritando y provocando que otros huéspedes se asomaran por la puerta de sus habitaciones. Si el camarero no hubiera reaccionado a tiempo, empujándote con toda la fuerza con la que fue capaz, lo habrías asfixiado. Cuando soltaste al camarero, abriste enormemente los ojos, y detrás de tu mirada solo existía el vacío de quien no tiene alma.

Fue la primera vez que me asustaste. Le pedí disculpas al camarero y lo acompañé hasta la puerta, me inventé que tenías una enfermedad muy difícil que te hacía ver cosas extrañas.

—¿Esquizofrenia? —preguntó el amable y comprensivo joven.

Asentí tristemente y le agradecí que no nos denunciara, aunque no lo volví a ver por los largos pasillos enmoquetados y tampoco en la amplia y lujosa recepción con suelos de mármol y altos techos con rosetones y molduras de otras épocas.

Luego, al entrar en la habitación, te vi tumbado en la cama saboreando, como si no hubiera pasado nada, el pato a la naranja.

—Tienes que probarlo —dijiste—, está riquísimo.

—No tengo hambre.

Me encerré en el cuarto de baño y me miré en el espejo durante casi una hora. Me pregunté qué es lo que había hecho yo para merecer algo así. Pero ya era demasiado tarde. Te había elegido a ti y no a otro, y no había vuelta atrás. Había tardado demasiado en decidir tomarme la justicia por mi mano y era el momento de actuar.

Tal vez sí tuve que hacerle caso a lo que decían sobre los que leían *El guardián entre el centeno*: que era el libro favorito de los asesinos. Pero entonces, de ser así, también existía una asesina dentro de mí.

ANDREA

Viernes, 10 de julio de 2015

EL DESPERTAR

Oigo a lo lejos el murmullo de la voz de la enfermera que me salvó la vida al entrar en mi habitación cuando ese hombre quiso asfixiarme con un cojín. Creo que habla con Nico, que, tras horas de ausencia, ha vuelto a mi lado.

Debe de estar explicándole lo sucedido; disculpándose por no haber llegado a tiempo de capturar a quien haya querido hacer algo tan terrible como asesinar a una persona en coma.

Minutos más tarde, Nico se acerca. No dice nada, pero se sienta a mi lado y me acaricia la mano. Huele raro, diferente; un olor fuerte que nada tiene que ver con lo poco que conozco de él.

Su respiración es agitada, la siento como si tuviera su boca al lado de mi oreja. Me acaricia la mano con energía, sin ningún tipo de delicadeza, y luego la aprieta, para acercarse después a mi cara y susurrarme al oído:

—Despierta, Andrea. Por lo que más quieras, despierta.

Tenemos que huir de aquí, estamos en peligro, ¿entiendes? ¿Me oyes? Tenemos que irnos o...

Rompe en llanto. Es un llanto desesperado que provoca en mí un cambio que, al fin, noto evidente.

Entrelaza sus dedos con los míos. Puedo sentir su tacto como siempre áspero, pero ahora siento también su calor.

No es fruto de mi imaginación, todo es real y está sucediendo. Me estoy despertando, estoy saliendo del coma y la voz ha desaparecido.

Poco a poco puedo notar la luz, aunque me molesta.

Durante los primeros minutos todo es borroso, pero luego veo con claridad los colores, las formas de la triste habitación de hospital y su cara. Sus ojos inundados de lágrimas; unos ojos rasgados de color miel que me encandilan desde el primer momento en el que los veo; su tez morena y la barba espesa de quien se ha olvidado de sí mismo con algunas canas. Tiene mala cara, está ojeroso y me mira con una mezcla de tristeza, sorpresa y felicidad. Quiero decirle que estoy bien y que quiero que me diga quién es. Cuándo nos enamoramos, cómo nos conocimos. Pero el tubo me impide hablar y mi cerebro no está preparado aún para hacerlo. Sé, en lo más profundo de mi ser, que no solo he olvidado años de vida, sino también cosas que han sucedido mientras dormía. Tengo el cerebro completamente vacío.

—¡Por favor! ¡Por favor, vengan! ¡Se ha despertado! —grita el hombre que hace un momento estaba a mi lado asomándose por la puerta de la habitación.

Hay una butaca de piel marrón muy desgastada que me cuenta que muchos han sido los acompañantes de enfermos que han pasado por aquí.

Las paredes son blancas, hay una ventana desde donde veo edificios altos y mucha luz. El cielo está oscuro, es de noche y en mi pensamiento solo hay una persona: mi madre.

Un doctor al que al fin puedo poner cara y tres enfermeras se acercan rápidamente a mí. Sus movimientos son rápidos a la vez que delicados y todos sonríen por mi despertar. Intento también sonreír, pero eso aún no me sale. Me retiran el tubo, me levantan los párpados, me tocan la cabeza y el doctor se detiene unos instantes para palpar una herida que parece estar cicatrizada.

—Andrea, ¿cómo te sientes?

No puedo hablar todavía. Lo intento, pero no me sale la voz. En vez de eso asiento y achino los ojos cuando, en realidad, mi intención era guiñarle un ojo.

—Es genial —dice una enfermera, feliz, al hombre, que vuelve a estar a mi lado.

Él no dice nada, me mira seriamente con los ojos muy abiertos y los labios apretados.

Sé que quiere que hable, pero aún no puedo. Sin embargo, sé que hace poco que empezó el mes de julio y debe de hacer un calor infernal; que los turistas se dejan ver por la ciudad ocupando la Rambla de Barcelona y que mi madre no ha venido a verme hoy. No sé nada más. No recuerdo nada más.

—Deberíamos hacerle unas pruebas inmediatamente, pero lo mejor es que esperemos a mañana por la mañana. A primera hora, ¿de acuerdo? Además estará Gemma, nuestra neuropsicóloga —anuncia el doctor, cogiendo mi mano y tomándome el pulso—. Dejémosla descansar y, por favor, vigílenla toda la noche —les dice a las enfermeras, que asienten rápidamente.

—¿Cree que le ha afectado al cerebro? —pregunta Nico.

—No, pero para asegurarnos haremos las pruebas en unas horas —responde con seguridad el médico.

Le sonríe ampliamente y me mira de manera cariñosa con sus bonitos ojos color avellana, para luego asentir y darme un toquecito en el hombro.

Cuando el médico y las enfermeras se han ido, miro al hombre que sé que ha estado conmigo noche y día. Sé su nombre pero no lo recuerdo. Lo observo fijamente, entre aturdida y desconcertada, y sé que puede sentir todo lo que yo siento.

—No sabes quién soy, ¿verdad?

Niego con la cabeza.

—Soy Nico, tu marido. Andrea, te voy a pedir algo: necesito que te recuperes pronto, tenemos que irnos con urgencia de aquí para que él no sepa dónde estás, ¿de acuerdo?

No sé de lo que me habla, pero asiento, conforme. Puede que mañana pueda preguntarle qué es a lo que se refiere, qué trata de decirme con todo eso. Ahora solo quiero dormir con la intención de despertar al día siguiente y pronto, con un poco de esfuerzo, poder llevar una vida normal, aunque sea muy diferente a la que recuerdo haber dejado atrás.

CARLOS

Sábado, 11 de julio de 2015

EL BOSQUE

Llevo horas sentado en un rincón en la misma posición. Se me han entumecido las piernas y mi respiración entrecortada se ralentiza por momentos. Es lo que tiene estar asustado; no poder echar atrás las agujas del reloj y haber podido evitar lo que he hecho.

El cadáver de Martina sigue tumbado en el salón, detrás del sofá. No he dejado de mirarla en todo el rato; así como mi cabeza no ha dejado de pensar en qué es lo que debo hacer.

«Llama a la policía», dice alguien.

«Entiérrala en el bosque», opina otro.

Me levanto con dificultad para apagar las luces y mirar por la ventana. El coche del vecino de las bolsas de basura no está, por lo tanto deduzco que no se encuentra en casa. La casa de Alicia tiene las luces apagadas, así como la de Federico y Dolores, que estarán durmiendo desde hace horas. Miro hacia la casa de Andrea, sin el peligro de encontrarla tras la ventana de su cocina observando todo cuanto pasa a su alrededor.

En una ocasión, María me dijo: «Si hubiera algún asesinato en esta calle, Andrea lo sabría. Se pasa media vida mirando por la ventana.»

Pero Andrea no está. Se ha cometido un asesinato y ella no podrá ser testigo de nada porque está en coma por mi culpa. Y además intenté asfixiarla.

A mi izquierda se cierne ante mí el bosque por el que a María tanto le gustaba pasear. No sé cómo será, nunca me he adentrado en él y hacerlo a estas horas de la madrugada me aterra por si aparece cualquier animal. Luego pienso que estoy en una urbanización y que ese trozo de bosque no puede tener animales peligrosos. No puede haber nada allí que haga peligrar mi vida, aunque la extraña neblina que va desde la acera en dirección al bosque, más propia del invierno que de la estación en la que estamos, me da escalofríos.

La vegetación del lugar puede que preserve la tierra en condiciones húmedas a pesar del bochorno nocturno y que, por lo tanto, cavar resulte sencillo.

También el hecho de que Martina decidiera venir en tren y no en coche me facilita que nadie sepa que ha estado aquí. No sé si le dijo a su compañera de piso que venía a verme; en el caso de que alguien lo supiera sí me encontraría en un grave aprieto, pero confío en que no sea así y, si lo es, siempre puedo poner como excusa que yo la volví a dejar en la estación y de ahí ya no supe adónde fue. En el caso de que se lo hubiera dicho a alguien que conociera lo que pasó en Berlín, seguramente le habría intentado quitar de la cabeza la idea de venir a verme; por lo que confío en que Martina haya sido discreta, y rezo a un dios en el que no creo para que no le dijera a nadie que venía a verme hoy.

La «desaparición» de Martina sumado a lo de María y al ataque a Andrea podría ponerme las cosas muy feas.

«Las mujeres siempre lo estropean todo», me digo.

Yo, un hombre de impulsos, medito bien qué es lo que

voy a hacer a continuación. Después de todo lo que ha pasado no puedo llamar a la policía; así que decido arrastrar el cuerpo de Martina en la oscuridad e invisibilidad que me garantiza la noche, llevarla hasta el pequeño bosque a solo unos metros de mi casa y enterrarla bajo tierra cavando con una pala que tengo en el garaje. El plan parece fácil, pero sé que no va a ser así. No estoy en forma y cavar un hueco profundo donde poder enterrar el cadáver no va a ser algo sencillo; pero tengo cuatro horas hasta que amanezca. No hay tiempo que perder.

Entro en el garaje por la puerta interior que hay junto a las escaleras y tardo cinco minutos en encontrar la pala que estaba destinada a plantar unos árboles frutales y unas flores en el jardín que nunca llegaron a existir.

Vuelvo a entrar rápidamente en casa y me acerco al cadáver de Martina; lo contemplo una vez más y me atrevo a tocarlo. Nunca había visto un cadáver. Su rostro, aunque sigue mostrando confusión, rebosa paz.

—Lo siento... —murmuro—. Lo siento tanto...

Entiendo la expresión «pesas más que un muerto» cuando la llevo en brazos hasta la puerta de la entrada de mi casa. Con la pesada pala bajo el brazo y arrastrando el cuerpo sin vida de Martina con la otra, me aseguro de que no haya nadie en la calle, ni mirando discretamente tras las cortinas de alguna ventana. Afortunadamente, las luces de las farolas siguen sin haberse arreglado, por lo que la calle se encuentra en la más absoluta de las penumbras.

No. Efectivamente el plan no resulta tan sencillo como lo había imaginado dentro de mi cabeza. A paso ligero, llegar de mi casa al bosque serían tan solo dos minutos. Ahora, al entrar en él, me parece que han pasado horas, aunque en realidad deben de haber sido diez minutos.

Miro a mi alrededor jadeando.

Las ramas de los árboles, bajas y puntiagudas, tratan de

alcanzarme con las puntas; los matorrales parecen querer atraparme los pies. Los míos y los de ella, que arrastrados hacen crujir la tierra del suelo. No puedo dejar de pensar qué encanto puede tener esta zona al lado de una urbanización al ver las sombras inquietantes y tenebrosas que se presentan ante mí. Me pesan los pies, la niebla no me permite ver con claridad ni saber hacia dónde voy. Sigue todo muy oscuro y tengo muchísimo calor, apenas puedo respirar.

A medida que avanzo oigo ruidos entre las sombras. Como si hubiera pequeños animales espiándome; de nuevo el crujido de un árbol centenario me hace dar un respingo.

«Esto no ha sido buena idea», me digo. Ya situado en mitad del bosque, trato de encontrar el lugar idóneo para empezar a cavar y enterrarla. Entonces terminará esta pesadilla que he iniciado sin que me dé cuenta de nada. Sí, estoy loco, no sé cómo no han tenido en cuenta la posibilidad de llevarme a un manicomio debido a estos brotes psicóticos que hasta este momento no he reconocido como un problema real. Es posible que nunca haya estado bien de la cabeza, que el haber podido controlarme a tiempo haya salvado las vidas de muchas personas; pero no ha sido el caso de Martina. Pobre Martina.

«Cuánto lo siento, Martina. Yo te quería, te juro que te quería. No tanto como a María, pero te quería», repito una y otra vez para mis adentros.

Sigo avanzando, cada vez con más dificultad, más cansado; el cuerpo de Martina y la pala parecen pesar toneladas que no soporto más.

Sin embargo, llego a un punto en el que mis pies pisan algo distinto. No es tierra, ni hierba o ramas de los árboles caídas. Es metal. Puede que una trampilla. La curiosidad me puede; dejo a Martina tumbada sobre la tierra con la pala al lado y empiezo a apartar la tierra y las ramas con las manos. Voy tan rápido como puedo, le doy un golpe al metal y, para mi sorpresa, compruebo que tiene una argolla y una cerradura. Sigo dando golpes y tiro de la argolla, pero la trampilla está cerrada a cal y canto. Decido dejarlo estar y en ese preciso momento, oigo los gritos ahogados de una mujer. Acerco la oreja a la puerta de metal; la mujer sigue gritando, aullando como un lobo encerrado y compruebo, tras afinar mi oído, que se trata de María. Mi María, cuyo nombre real al fin sé: Elsa. Se llama Elsa y está viva. Ha estado muy cerca de mí todo este tiempo, ¿cómo he sido tan necio?

LA OSCURIDAD

Olvido el cadáver de Martina por un momento; me daría igual acabar en prisión si puedo ver el rostro de mi mujer por última vez, e intento abrir la trampilla con todas mis fuerzas, hasta tener las manos ensangrentadas. María sigue gritando desde el interior de lo que parece ser una cueva en mitad de ese bosque.

—¡María! ¡María!

Grito sin miedo a ser oído. Solo quiero llevármela de allí, volver a casa y que todo siga como siempre. Nos iremos de esta maldita urbanización que me dio mala espina desde que llegamos y lo olvidaremos todo. Olvidaré que me mintió y me alegraré al saber que no se fue con otro hombre. Los policías se equivocaron, todos estaban equivocados. Porque María me quiere y jamás me haría algo así.

Luego recuerdo la carta que encontré en casa de Andrea y de la que ya me he deshecho: aún me queda algo de orgullo. La de Nico escribiéndole todas aquellas palabras asquerosas. Sí, eran amantes. Pero puedo perdonárselo; al fin y al cabo, yo también he sido infiel.

«Te perdono, María. Te perdono, Elsa. Podemos solucionarlo y ser felices. Lo olvidaremos todo; pero antes tengo que sacarte de aquí.»

Me parece oír unos pasos que, sigilosos se van acercando a mí. Asustado, miro el cadáver de Martina y decido que lo mejor será ir hasta otro punto del bosque e iniciar el plan que tenía previsto desde el principio. Luego correr, ir a casa y llamar a la policía para dar un aviso de que María —mi María—, se encuentra encerrada bajo una trampilla de metal en mitad del bosque. Increíble pero cierto. Yo lo he visto y la he oído. Ha dejado de gritar y gimotear, pero su voz sigue presente en mi cabeza.

«¿Quién te ha encerrado aquí, mi amor? ¿Quién?», pienso, mientras me movilizo y vuelvo a arrastrar el cuerpo de Martina y a coger la pala para irme a otro lugar.

Pero alguien me está siguiendo. Los pasos cada vez son más rápidos y yo casi no tengo fuerzas, aunque intento correr hacia el final del bosque.

Al darme la vuelta, él ya está frente a mí. Me mira fijamente con una mueca burlona; sonríe más para sí mismo que para mí y, con un movimiento imprevisible, me acuchilla en el abdomen.

Ya en el suelo, junto al cadáver de Martina, siento el aliento de mi atacante sobre mí. Huele a muerte.

Con la poca fuerza que me queda, intento empujarlo, pero lo sigo teniendo encima de mí como una figura borrosa en medio de la oscuridad.

En el momento en el que saca el cuchillo de mi abdomen por segunda vez, le agarro de la muñeca y consigo que el arma caiga al suelo, justo al alcance de mi mano, la agarro y le meto una cuchillada en la pierna izquierda. Pero él vuelve a apoderarse del cuchillo y me lo clava con fuerza de nuevo, esta vez en el corazón.

Ni mi locura ha podido salvarme. Siempre habrá alguien más fuerte y más loco que tú a la vuelta de la esquina.

Deja de importarme Martina, la pala e incluso María.

El dolor es intenso y horrible.

Empiezo a verlo todo borroso; solo puedo oír los latidos lentos de mi corazón herido de muerte a la vez que contemplo el rojo de la sangre esparciéndose sobre la tierra húmeda.

La neblina ha desaparecido, también estoy a punto de hacerlo yo.

Mi respiración agitada está a punto de llegar a su fin, mientras siento su mirada sobre mi cuerpo retorciéndose de dolor.

Creo que se está riendo, pero ya no lo puedo distinguir bien en la oscuridad del bosque. No ha sido una buena idea venir aquí. De hecho, ha sido la peor idea que he tenido en toda mi vida.

Doy un último suspiro.

No puedo más.

Mi cuerpo se rinde ante las sombras que me vienen a buscar. Les imploro piedad, aunque ya sea muy tarde. Porque siempre es tarde.

Yo he sido un asesino y un maltratador, pero no soy un psicópata.

Él sigue aquí y también va a matar a María.

TERCERA PARTE

Pocos ven lo que somos, pero todos ven lo que aparentamos.

NICOLÁS MAQUIAVELO

ANDREA

Miércoles, 22 de julio de 2015

LA VIDA QUE OLVIDÉ

Las primeras palabras que pronuncié fueron: «¿Dónde está mi madre?»

Han pasado trece días desde entonces y nadie me ha respondido aún.

Hoy preparo una pequeña maleta para irme junto a un desconocido al lugar en el que dicen que vivo desde hace tres meses. Por lo visto, nos mudamos no hace mucho, abandonando el ajetreo del centro de Barcelona. Me extrañó, porque siempre me ha encantado la ciudad, especialmente las entrañas del barrio gótico en el que me ha dicho Nico que vivíamos antes. Tienes de todo a casi todas horas, me gusta la gente, el bullicio, el ruido... no puedo dormir sin sentir el temblor del metro bajo las patas de la cama o el infernal ruido del camión de la basura a las dos de la madrugada.

Sin embargo, mis pocas ganas de hablar y el aturdimiento que siento durante la mayor parte del día han hecho que tampoco haga demasiadas preguntas al respecto. Solo puedo pensar en mi madre y gasto las pocas energías que tengo preguntando por ella aunque nadie me quiera decir nada. Tengo un mal presentimiento, algo ha pasado. Algo terrible que nadie se atreve a contarme por si entro en estado de *shock* o padezco otro de mis episodios de ansiedad. He llorado mucho en las pocas ocasiones en las que me han dejado sola; me parecía oír su voz e incluso sentirla en esta misma habitación en la que sé que ella pasó horas deseando verme despierta.

Durante estos días he estado atendida por médicos y enfermeras para que pudiera recuperar bien la movilidad; y por Gemma, la neuropsicóloga, que me ha ayudado a sobrellevar la falta de recuerdos de una gran parte de mi vida sin tanta ansiedad como la que sentí durante los primeros días.

—Es importante que se rodee de la gente con la que comparte su día a día; que esté en casa y que mire vídeos o fotografías —le decía Gabriel, el médico, a Nico—. Pero sin prisas. Poco a poco, no conviene ofrecer mucha información de golpe.

Nico. Nico. Nico.

Tengo que repetir su nombre mentalmente mil veces al día para recordarlo.

No conozco a Nico, mi marido. Había oído su voz mientras «dormía», pero ni siquiera recuerdo qué es lo que decía o con quién hablaba. Miro mi anillo de casada; sencillo y con la fecha de nuestra boda grabada, y no significa nada para mí. He observado que Nico no lleva el anillo puesto; por un momento he pensado que quizás es el típico marido que se lo quita para ligar con otras y se le ha olvidado volvérselo a poner, pero lo más probable es que lo haya perdido.

Lo que tengo se llama «amnesia disociativa», y es debida a un acontecimiento traumático o estresante, que produce que pierdas la capacidad de recordar información personal; en mi caso, los últimos trece años de mi existencia. Me han evaluado distintos médicos, me han hecho resonancias, tomografías del cerebro para comprobar que no hay tumores u otros daños, análisis de sangre e incluso una electroencefalografía que descartó un trastorno compulsivo. El fuerte golpe en la cabeza me produjo el coma y ayudó a que se desarrollase la pérdida de memoria de mi vida adulta desde los veinte años hasta la actualidad. Aunque dicen que la mayoría de las personas que padecen este tipo de amnesia recuperan la memoria al cabo de unos meses. Luego hay otros casos, menos frecuentes, en los que el paciente nunca llega a recordar qué pasó durante esos años perdidos en su memoria. Qué triste me resultaría olvidar gran parte de mi vida; qué valiosos resultan ser los recuerdos cuando no los tienes.

Además, nadie ha querido contarme todavía cómo me di ese golpe en la cabeza. Como si fuera una niña pequeña, incapaz de soportar la verdad de lo que sucedió y de lo que sucede actualmente a mi alrededor. Secretos que me ocultan, una vida que no conozco. Es como si mi cerebro hubiera naufragado; por un lado están las aguas que rebosan paz y calma y por el otro, en momentos de confusión, la lucha entre aguas agitadas y tempestuosas.

Nico, a lo largo de estos días desde que desperté, se ha mostrado silencioso y distante. Aprovechaba los largos momentos en los que estaba atendida por el servicio médico para desaparecer durante horas, pero por lo general ha estado pendiente en todo momento de mí. Debe de ser duro para él que su propia mujer no lo conozca; pero su comportamiento me hace sospechar que nuestra relación no era precisamente un cuento de hadas. ¿Teníamos problemas? ¿Nos peleábamos mucho? ¿Quién eres, Nico?

—¿Cuántos años crees tener? —me pregunta Gabriel, el médico.

—Veinte.

Al momento de responder me río, porque cuando conseguí sostenerme en pie por mí misma fui al cuarto de baño y me miré en el espejo. Me di cuenta de que tenía muchos más años. En realidad, tengo la edad de Cristo, treinta y tres, y el tiempo no me ha tratado tan bien como hubiera querido. Estoy gorda, tengo arrugas y unas mechas blancas sobresalen de mi melena castaña haciéndome parecer más vieja de lo que soy.

—¿Qué es lo último que recuerdas?

—Que murió mi padre. Que lo enterramos. Que estaba leyendo el libro que me regaló. —He respondido esto tantas veces a lo largo de estos días que sale de mi boca automáticamente.

—¿Qué libro? —se interesa Gabriel.

—*La sombra del viento*, de Carlos Ruiz Zafón.

—Es mi preferido.

—Seguro que también lo es de mucha más gente —respondo yo, mirando hacia arriba tal y como el médico me está indicando con un gesto.

—¿Por dónde vas?

—Oh, solo por el principio. Cuando Daniel Sempere descubre la novela de Julián Carax.

—Entonces aún te queda mucho por disfrutar. —Se detiene y me mira fijamente sin desprenderse de su agradable sonrisa—. No debería decirte esto, pero, si quieres encontrarle algo positivo a la amnesia que padeces, sigue leyendo. En realidad, al ser tu libro preferido, es posible que lo hayas leído dos veces, o tal vez más. Ahora tienes la oportunidad de descubrirlo de nuevo, por primera vez; como si tu mente no hubiera absorbido nunca sus palabras, ¿entiendes? Como si no conocieras la historia.

—Creo que sí. La posibilidad de hacer algo por primera vez aunque en realidad no sea así.

—¿Cuándo fue la última vez que hiciste algo por primera vez? —interviene la enfermera amistosamente—. Es toda una aventura.

«En mi situación querría veros a vosotros», pienso. Pero me limito a asentir y a responderles con una agradable sonrisa. Faltaría más. Parecen sentir cariño hacia mí y me han tratado muy bien desde que desperté. Al fin, además de oírlos, he podido ver sus rostros y mirarlos a los ojos.

—Irás recordando. Como te dije el otro día, la mayoría de pacientes que han sufrido una amnesia disociativa han recuperado los años de su vida que habían olvidado. Algunos poco a poco y otros de repente logran recordarlo todo y eso puede ser impactante al principio, así que te recomiendo calma. Te advierto que sufrirás tremendos dolores de cabeza; serán como agujas clavándose en el cerebro. Tómate la medicación cada ocho horas y el dolor pasará. Tenemos otras vías para recuperar la memoria, pero démosle tiempo a tu cerebro. Ahora tienes que volver a tu casa, adaptarte de nuevo a tu entorno de siempre y descansar.

—¿Qué otras vías para recuperar la memoria tenemos, doctor? —pregunta Nico detrás de mí.

—La hipnosis, por ejemplo. Puede ayudar a rellenar las lagunas. La psicoterapia para lidiar con las experiencias que desencadenaron el trastorno y que Andrea no recuerda; las sesiones también se pueden reforzar con fármacos, como puede ser un barbitúrico o una benzodiacepina por vía intravenosa.

—Tenemos muchas opciones —dije yo, convencida de que volvería a recordar esos años perdidos.

Me angustio cada vez que pienso en lo que no recuerdo; se me hace un nudo en la garganta y a menudo trato de volver a conversaciones que sé que oí estando en coma, pero tampoco hay manera de saber qué decían esas voces; mi única compañía mientras dormía.

Gabriel entra en la habitación justo en el momento en el que cierro la cremallera de la maleta. Todo está listo para irme de aquí y no puedo evitar mirar con cierta nostalgia la cama en la que he estado durante más de un mes. En coma y despierta; soñando e intentando abrir los ojos.

Pienso en mi madre; en su voz dulce y delicada, en sus manos suaves pero fuertes a la vez, entrando por la puerta y acercándose tantas veces a esta cama. ¿Y ahora, dónde está? ¿Alguien me lo va a decir?

«Mamá, ya me he despertado. Estoy aquí, tal y como querías. Ven, te necesito. Lunes, martes, miércoles, jueves, viernes, sábado y domingo.» No sé en qué momento empecé a decir mentalmente los días de la semana, pero me tranquiliza y me hace sentir bien.

—Gracias por tratarme tan bien, Gabriel —le digo con una amplia sonrisa.

—Somos amigos. Hemos estado muchos días juntos, aunque tú no lo sepas. —Me guiña un ojo, sonríe y apoya la mano en el hombro de Nico, que no ha dejado de mirarme, ansioso por salir de la habitación—. Andrea, tienes suerte de tener un marido tan genial. Ha estado en todo momento contigo, no se ha separado ni un minuto de ti. Estás en las mejores manos.

—Lo sé. Bueno, no lo sé —me río—, pero eso espero.

Nico me mira de forma extraña. El médico se ha reído ante mi comentario, pero él, como ensimismado en su propio mundo, se ha acariciado la nuca: un gesto extraño que no me pasa desapercibido.

—¿Os vais a casa? —pregunta Gabriel.

—Sí, por fin —responde Nico.

—¿Tienes ganas, Andrea?

—Estoy confundida. Porque no sé ni adónde me lleva este hombre y nadie me responde a mi pregunta sobre la única persona que recuerdo: mi madre. ¿Dónde está?

De nuevo el silencio como respuesta y mi doloroso nudo en la garganta.

—¿Os han dado cita? —Gabriel cambia de tema y Nico se lo agradece.

—Sí, para el 23 de septiembre —responde Nico.

—Genial. Cualquier duda o problema, ya sabéis dónde encontrarnos. Ahora sobre todo mucha calma y reposo, ¿sí?

Nico asiente y el médico vuelve a salir mirándonos a ambos y deseándonos lo mejor.

—¿Ya estás?

Miro a Nico con desconfianza, pero no me queda otro remedio que salir de ese hospital con él. No me queda nada y no hay nadie más. Creo que estos trece años olvidados de mi vida se han limitado a mi casa, mi marido y poco más.

¿Dónde está mi espíritu aventurero? ¿Mis promesas de ir al gimnasio cada día cuando cruzara la barrera de los treinta? ¿Las cremas antiarrugas que prometí aplicarme cada día con disciplina? ¿Los viajes que dije que haría? ¿Dónde están las promesas que me hacía cuando tenía veinte años? ¿Y esos amigos que escribían en mi agenda *Friends Forever*?

Todos estos pensamientos me vienen a la cabeza nada más pisar la calle. Los rayos violentos de este sol de finales de julio me dañan los ojos y Nico me ofrece unas gafas de sol que le agradezco con un gesto de cabeza.

—Vamos.

Me ofrece el brazo, me agarro a él y camino a su lado como si fuera un corderito. ¿Es así siempre? ¿Así es nuestra relación? ¿Él manda y yo le sigo?

Estoy completamente perdida; el ruido de la ciudad en vez de despertar mis sentidos los adormece, e intento ocultar el miedo a la multitud, que se ha apoderado de mí. Yo no era así a los veinte años. Me encantaba salir, siempre quería estar rodeada de gente. Discotecas, bares, karaokes... en cualquier ambiente me sentía bien, y ahora ni siquiera puedo caminar por la calle sin sentirme agobiada.

PREGUNTAS SIN RESPUESTA

—¿Dónde vivimos, Nico? —le pregunto, ya en el interior del coche.

—Ya lo verás. Te encantará.

Me guiña un ojo y arranca el motor.

Nos alejamos del hospital, cruzamos Barcelona por la siempre colapsada Ronda de Dalt y tomamos la autopista del Mediterráneo dirección Girona.

—¿Dónde vivimos, Nico? —le vuelvo a preguntar al cabo de casi una hora de viaje.

Necesito saberlo antes de llegar, no quiero sorpresas, quiero respuestas; pero Nico no es muy partidario a dármelas. Al menos no así de golpe y de repente. Puede que Gabriel se lo haya recomendado y de ahí vienen sus silencios; su información siempre concisa y muy concreta. Trato de no pensar que me estoy yendo con un desconocido y que mi madre no está para garantizarme que es de fiar, porque entonces mi cuerpo se pone a temblar. Es una situación extraña, se me hace difícil mirarle; su presencia me intimida.

—En un pueblo.

Lo que he comprobado es que, aparte de que mi marido es un hombre de pocas palabras, le gusta mantener el misterio. En esos días en los que me sentía más fuerte por querer saber cómo es mi vida, le formulaba cientos de preguntas y, en vez de explicarme cómo suele ser mi día a día, se limitaba a decirme en cada ocasión «Ya lo verás».

—¿A qué me dedico?

—Eres escritora.

—¿Escritora?

Me quedo perpleja mientras contemplo la autopista y las vistas a campos y montañas que se van perdiendo a medida que avanzamos. Se me escapa una sonrisa al pensar que mi padre se sentiría orgulloso de mí si supiera que me dedico a escribir. Él siempre decía que, de no haber formado una familia, se habría dedicado al «inestable» y solitario mundo del escritor; pero necesitaba cobrar una nómina fija al mes para mantenernos, y por eso se pasó media vida trabajando en una sucursal bancaria. No me lo decía para que me sintiera culpable, esa no era su intención.

«Ojalá puedas dedicarte a algo que te haga sentir plena y feliz. A lo que quieras, a lo que te guste; sin pensar en algo tan banal como en la estabilidad económica», me decía.

Recuerdo sus palabras como si me las estuviera diciendo ahora mismo, como si estuviera sentado en la parte trasera del coche, susurrándome al oído.

No hay muchos coches. Nico conduce respetando los límites de velocidad y parece concentrado en la carretera.

—¿He publicado algo? —quiero saber.

—Aún no.

—¿Qué escribo?

—Novela negra. Crímenes, misterios... esas cosas.

—¿De verdad?

—Sí —afirma, sin apartar la vista de la carretera—. Y se te da bien.

Permanecemos en silencio durante un buen rato. Por primera vez no se me hace raro estar junto a Nico, en el interior de un coche yendo a aún no sé dónde.

Cuando ya no soporto más el silencio y la monotonía del paisaje, enciendo la radio y aprieto compulsivamente el botón hasta encontrar algún canal donde pueda escuchar buena música. No sé lo que me gusta en la actualidad; mis últimos gustos musicales a los veinte años se limitaban al pop español, pero ahora compruebo que Bon Jovi me fascina.

ESPINELVES

Me he quedado dormida. Nico sigue conduciendo y compruebo que hemos abandonado la autopista y recorremos una tranquila carretera secundaria bien asfaltada. Trato de recordar algo al mirarla pero no me suena de nada. ¿Cuántas veces habré pasado por aquí? Si vivimos en un pueblo, lo lógico es que compre en grandes superficies, y, por lo tanto, debería conocer la carretera como la palma de mi mano.

Pero nada. No me suena de nada.

—¿Queda poco?

—Apenas unos minutos.

—¿Cuánto he dormido? —pregunto, buscando una botella de agua en el interior del coche.

—Media hora más o menos.

—Me han parecido horas.

Nico sonríe y sin dejar de sujetar el volante con la mano izquierda, se acerca a mí, abre la guantera y saca una botella de agua. Mi primer instinto es apartarme no sé exactamente por qué.

—Gracias.

Nos desviamos de la carretera y entramos en otra más estrecha que nos da la bienvenida a Espinelves.

—¿Es este el pueblo donde vivimos?

Nico asiente. Lo único que sé de Espinelves es que es uno de los pocos pueblos de la época románica que existen en Cataluña y que mi padre siempre proponía ir a la Feria del Abeto que se celebra en diciembre, poco antes de Navidad. Mi madre, vaga y cómoda por naturaleza, le decía que no valía la pena ir hasta tan lejos, y que ninguna era comparable con la famosa Feria de Santa Lucía de Barcelona, al lado de la catedral y a solo unos minutos de casa. Más cerca, más cómodo. Nunca llegamos a ir a la Feria del Abeto de Espinelves.

En vez de adentrarnos en el pueblo, señalizado en el camino, Nico vuelve a desviarse; esta vez por un caminito de tierra de dirección única con matorrales y campo a su alrededor. No tarda en detenerse y estacionar el coche al lado de una moto de gran cilindrada y frente a una casa de piedra de dos plantas.

—Aquí es.

Abre la puerta del coche con la intención de bajar, pero, al ver que yo me quedo sentada, frunce el ceño y una vez más, sin necesidad de palabras, obedezco sus órdenes. Es el momento de volver al mundo real y de conocer cómo es mi día a día en esta casa alejada del mundo, situada cerca de un pequeño pueblo llamado Espinelves.

—Hace poco que la alquilamos. —Nico señala la casa y coge mi maleta—. Es bonita, ¿verdad? Estábamos hartos del centro de Barcelona.

—¿En qué parte de Barcelona vivíamos? —quiero saber.

Nico me mira con los ojos muy abiertos y apenas sin expresividad. Abre la boca para decir algo, se calla y su excesivo tiempo para responder a una pregunta tan simple me resulta extraño como muchas cosas en él.

—En la calle Santa Anna.

—¿Donde vivía Daniel Sempere? —pregunto asombrada.

—Eso es. ¿Entramos? —propone.

Nico avanza cinco pasos por delante de mí, caminando tranquilamente por el camino de tierra hasta llegar a la puerta principal. Es de madera maciza, hecha con los robles que rodean la casa. Parece realmente vieja, centenaria incluso; y me pregunto qué estancias esconden esas pequeñas ventanas de madera. Encima de la puerta hay mazorcas colgadas no sé a cuento de qué y una enredadera que cubre gran parte de la fachada. Frente a mí, unas jardineras repletas de rosas rojas que me llaman la atención. ¿Me gusta la jardinería? ¿Cuido yo de esas rosas o lo hace Nico?

Cuando entramos, todo está oscuro y Nico se apresura,

después de dejar mi maleta frente a las escaleras, a abrir las contraventanas para que entre un poco de luz. Las vigas de madera del techo están a la vista; es una sola estancia, amplia y acogedora. A pesar del calor que hace fuera, las viejas paredes de piedra consiguen aislar las altas temperaturas, ofreciendo a la casa un clima agradable en verano. Me pregunto cómo será en invierno.

Al lado izquierdo mirando de frente hacia las escaleras está el salón, donde solo hay un sofá y un sillón viejos a juego, un televisor, una estantería de madera y una chimenea; al otro lado se encuentran la cocina —que, aunque es de estilo rural, parece haber sido remodelada hace poco— y una gran mesa.

—Con el calor que hace fuera, qué bien se está aquí, ¿verdad? —dice Nico con una sonrisa.

—Estaba pensando justamente esto.

Sigo recorriendo las estancias de la parte de abajo, donde descubro un pequeño cuarto de baño y un estudio con estanterías repletas de libros y un pequeño escritorio con un ordenador portátil encima. La ventana que hay frente al escritorio conduce a un jardín con árboles frutales y más jardineras con rosas; vistas a las montañas y a un cielo azul y luminoso.

En la estantería veo lo que parece una trilogía de una autora llamada Dolores Redondo que creo que no conozco y un par de novelas de una tal Kate Morton que tampoco me suena. Busco el que me regaló mi padre y lo encuentro; lo cojo emocionada deseando leer de nuevo la dedicatoria que escribió, pero cuál es mi decepción al comprobar que ese no es el ejemplar que me regaló.

—¡Nico! —grito—. ¡Nico, ¿puedes venir?!

—¡Estoy arriba!

Rápidamente, subo las escaleras con el libro en la mano y veo a Nico quitando mi ropa de la maleta con sumo cuidado. Le muestro el libro y, por cómo me mira, sé que la expresión de mi rostro debe de ser de todo menos amigable.

—¿Qué te pasa?

—¿Dónde está el libro? No es este. Este no es el libro.

—¿Cómo dices?

—Quiero el libro que me regaló mi padre.

—Se perdió con la mudanza —empieza a explicar—, así que, como sabía que te gustaba tanto, te compré otro.

—Pero este no es el mío.

Dejo el libro en el suelo y me dejo caer. Cuando me doy cuenta, Nico está arrodillado a mi lado secándome las lágrimas y pidiéndome permiso para abrazarme. Pero aún no estoy preparada para un contacto físico con él; aunque digan que es mi marido, para mí sigue siendo un desconocido que parece no querer ayudarme a recordar, y lo odio por eso.

Me aparto, impidiendo de esta forma que me rodee con sus brazos y al mirar al frente veo una fotografía en la mesita de noche. Me acerco a ella y la cojo por una esquina del marco para verla de cerca.

—¿Es la fotografía de nuestra boda? —le pregunto.

Asiente sin acercarse a mí. Abre el armario y empieza a colocar mi ropa. Vuelvo a mirar la fotografía. Nico y yo aparecemos sonrientes y felices, más jóvenes y guapos; pareció ser un día feliz. A Nico el tiempo lo ha tratado bien, está incluso mejor que en la estampa; yo, sin embargo, estoy más gorda, flácida y fea.

—¿Por qué no hemos tenido hijos, Nico?

—Porque no podemos.

Cierra el armario y, sin mirarme, sale de la habitación.

Me asomo a la ventana con la fotografía de mi boda aún en la mano y contemplo cómo los destellos del sol caen sobre el césped del jardín iluminando todo a su paso. A lo lejos se vislumbra el pueblo; algo más cerca un par de casas, pero estamos completamente solos.

«El lugar perfecto para que no te encuentren», susurra una voz lejana.

ELSA

Miércoles, 22 de julio de 2015

EL INICIO DE LA TORTURA

Mayo de 2014. Traté por todos los medios que lo que ocurrió en París no me afectara. Para ti era como si no hubiera sucedido y pobre de mí que se me ocurriera hablar al respecto. Pobres de los hombres que me miraran y me sonrieran en tu presencia; temía que en cualquier momento se te fuera la cabeza y les agarraras con toda tu fuerza del cuello impidiéndoles respirar como hiciste con el pobre camarero parisino al que no volvimos a ver.

Por lo demás, yo no te temía. Siempre me habías tratado bien, ¿por qué tenía que ser diferente entonces?

Poco a poco te fui convenciendo para irnos a vivir a las afueras de Barcelona. Al principio te mostrabas reticente, pero cuando te hablaba de las posibilidades de una casita con jardín, con la tranquilidad que ofrece una urbanización a las afueras, mirabas con pena tu pequeño apartamento de la casi siempre abarrotada Barceloneta, que lo único bueno que tenía eran las vistas al mar.

—Solo si vendo este apartamento rápidamente —dijiste un día—. ¿Ya sabes dónde vamos a vivir?

Asentí y encendí rápidamente el ordenador para enseñarte la casa que iba a venderte como la de mis sueños, aunque en realidad me horrorizara.

—Esta de aquí.

—¿Esta?

—¡Es preciosa! ¿No te parece preciosa? Mira, justo al lado hay una zona de bosque y es la calle más tranquila de todas. ¿Ves qué pocas casas? A solo diez minutos en coche del centro de Mataró y a media hora de Barcelona.

—¿A media hora de Barcelona? Con el tráfico de las mañanas seguro que tardo más de una hora en llegar al trabajo...

—Pero merecerá la pena respirar aire puro, ¿no crees? Venga, por favor...

—Lo pensamos un poco, ¿vale? Me voy a dar una ducha.

El cuarto de baño era como una especie de santuario para ti. Cuando no querías hablar te encerrabas durante horas con la excusa de darte una ducha. Me daba tiempo de limpiar, preparar la cena, ver la tele o leer; aunque eran muchas las ocasiones en las que no hacía nada. Lo más habitual en mí era apoyar los brazos en la barandilla del balcón, y observar el cielo, el mar y los transeúntes que caminaban tranquilamente por la playa o se sentaban en las terrazas a tomar algo y a disfrutar de la noche frente a la brisa marina.

No sabes cuánto me aburría cuando te ibas a trabajar. Obsesionada con esa casa y con esa calle de esa urbanización en concreto, mis horas pasaban con la mirada fija en la pantalla del ordenador con un único pensamiento en mi cabeza: teníamos que ir a vivir allí cuanto antes, el tiempo se me estaba agotando.

Tictac, tictac.

El reloj siempre metiendo prisa, poniéndome nerviosa.

El apartamento se me caía encima, y mis planes no eran

los mismos que los tuyos, ¿sabes? No, claro que no lo sabes porque nunca has tenido idea de nada. Nunca has podido sospechar que me llamase de otra forma y que el motivo por el que no tengo amigos ni familia es porque estoy huyendo por algo que, aunque no he hecho yo, sí me afecta, y mucho.

Cuando llegabas de trabajar, cansado y a menudo malhumorado, te sentabas en el sofá y leías durante un buen rato, hasta que la cena estaba lista. Me gustaba observarte mientras leías. Concentrado y serio, cuando estabas inmerso en la lectura te olvidabas incluso de mi existencia. Pero yo no me olvidaba de ti. De tu forma de mirarme, cada vez más obsesiva; de tus palabras, cada vez más controladoras, y de tus preguntas: «¿Qué has hecho hoy?», «¿Adónde has ido?», «A quién has visto?», «¿Has estado con alguien?», «¿A qué hora has llegado a casa?».

Por puro egoísmo quería tenerte contento, y me comportaba como una de esas mujeres sumisas con las que nunca me he sentido identificada. Porque yo no soy así; siempre he presumido de tener un carácter fuerte y nadie, absolutamente nadie, había controlado nunca mi vida.

Aún no me habías pegado.

Aún no sabía lo que era de verdad vivir contigo.

CONTROL

Junio de 2014. Tras mucho insistir, te convencí para ir a ver la casa donde quería vivir sí o sí. Al menos en algo había tenido suerte: muy pocas personas habían sentido interés por ella debido a su jardín soso y abandonado y a su aire sesentero como la mayoría del resto de las casas de la urbanización. Era posiblemente la peor calle, a la izquierda había una zona boscosa y la iluminación era escasa: había pocas farolas y eran muy antiguas.

Me convertí en la mejor actriz solo para intentar que vieras lo que yo tampoco veía.

—¿Has visto qué pinos? ¡Qué arbustos! Plantaré flores, hay espacio suficiente para construir una piscina. ¿No te parece precioso?

Mis palabras, apresuradas y exageradísimas, parecieron ir convenciéndote poco a poco. Suspirabas, mirabas a los lados, hacia arriba; como resignado a dejarte vencer y a invertir todo tu dinero en la hipoteca del «capricho de tu mujer».

—Cariño, por este precio podemos conseguir algo mucho mejor...

«Lo sé. Y créeme, odio esta casa y esta calle tanto como tú», pensé. Pero en vez de decirte la verdad, te engañé una vez más y me dejé llevar por una emoción fingida diciéndote:

—Carlos, es esta. Esta tiene que ser nuestra casa.

Tres meses más tarde ya era nuestra casa.

Nunca llegamos a plantar flores ni a construir una piscina.

Pero mi misión, poco a poco, iba avanzando con éxito.

ANDREA

Miércoles, 22 de julio de 2015

MUERTE Y SOLEDAD

El momento más incómodo del día está siendo sin duda el de la cena. Estos días en el hospital no he tenido que verme en la obligación de estar a solas con Nico, al menos, no todo el tiempo. Ahora, en la intimidad del que se supone que es nuestro hogar, tengo mil preguntas que formularle todavía, aun sabiendo que me va a responder, como siempre, con palabras monosílabas, miradas que me incomodan y largos silencios.

—¿Sabes? —empiezo a decir, jugando con la sopa—, cuando estaba en coma podía oír.

—Ah, ¿sí?

Nico abre mucho los ojos pero no me muestran ninguna expresión en concreto con la que pueda adivinar qué piensa.

—¿Y qué recuerdas? —pregunta, llevándose una cucharada de sopa a la boca.

—Poca cosa... Que mi madre venía cada día. ¿Dónde está?

—Andrea...

—¿Dónde está?

Sin que me dé cuenta, las lágrimas vuelven a adueñarse de mis mejillas enrojecidas por el calor y una presión me oprime el pecho. Nico debe de darse cuenta de que estoy a punto de padecer un ataque de ansiedad como los diversos que me dieron en el hospital, y me pone la mano en el hombro para tranquilizarme; pero no lo consigue, así que se la aparto de un manotazo y lo reto con la mirada.

—¡Dime dónde está mi madre! —insisto alzando la voz.

Nico suspira, deja la cuchara en el plato y se levanta. Dándome la espalda, apoya sus manos en la encimera y se queda absorto mirando por la ventana desde donde solo se puede ver la oscuridad de la cálida noche. Ni una sola farola alumbra la entrada a nuestra casa y me pregunto en qué momento decidimos venir a vivir a un lugar como este. A qué se dedica Nico, en qué trabaja... son cuestiones de las que no hemos hablado todavía.

—En el hospital me recomendaron que no te dijera nada para evitar un choque emocional que pusiera en peligro tu recuperación.

—Nico, dímelo —le suplico desesperada.

—Murió —dice de repente sin mirarme, helándome la sangre—. Tuvo un accidente de coche de camino a Barcelona. Por lo visto fallaron los frenos, se salió de la calzada y...

—No —le interrumpo, breve pero contundente—. No puede ser —murmuro, llevándome las manos a la cabeza y suplicando mentalmente que esto no sea real.

Paseo de un lado a otro dando vueltas alrededor de la mesa de la cocina; Nico me mira y deja de hablar cuando ve mi cara. Debo de haber empalidecido cuatro tonos al menos, y se me ha congelado la voz. No puedo hablar, no puedo gritar y ni siquiera puedo llorar.

—Andrea...

Se acerca a mí intentando consolarme, pero lo aparto y huyo de la cocina para encerrarme en el dormitorio.

Aquí dentro, en soledad, me siento en paz. Me tumbo en la cama, me coloco en posición fetal y me llevo las manos a la cara como si esto fuera a calmar mi dolor. Minutos más tarde, como si no fuera yo la que estuviera gritando su nombre, llamo a Nico desesperadamente para que venga al dormitorio y me diga dónde está enterrada mi madre.

—Pensé que lo mejor era incinerarla. Al estar tú incapacitada, tuve que decidir yo, por eso tuve que dejarte sola en muchas ocasiones cuando estabas en el hospital. Sucedió el día antes de que te despertaras.

Cómo me duelen sus palabras. Se me clavan una a una como puñales afilados. Mi madre cerró los ojos para siempre el día antes de que yo los volviera a abrir.

Nico se acerca al armario y, de un estante superior saca una urna que me coloca en el regazo.

—Están aquí...

—¿Esto es lo que somos? —pregunto aún incrédula, leyendo el nombre de mi madre, su fecha de nacimiento y la de su muerte en una placa plateada.

—Lo siento mucho, Andrea. Tu madre pagaba un seguro y ellos se están ocupando de arreglar todo el papeleo de... Bueno, de la herencia.

—Sabes que eso es lo que menos me importa ahora, ¿verdad?

—Claro —me informa en un murmullo—, ya te contaré más detalles cuando estés preparada.

—No me vio despertar. No me vio despertar —repito, con un dolor en el alma que me paraliza por completo.

Dejo que Nico me arrope entre sus brazos. Me quedo ahí un buen rato, preguntándome si es un lugar seguro en el que cobijarme y ahogar mis penas. Aún con la urna que contiene las cenizas de mi madre junto a mi pecho, me pregunto cuál fue su último pensamiento y me culpo. Me culpo porque si no me hubiera pasado lo que sea que me haya pasado, yo no habría estado en coma y mi madre estaría viva.

—Sé que tienes muchas preguntas en la cabeza —dice Nico, acariciando mi cabello—, pero no es bueno que te las responda todas de golpe. Al menos eso es lo que me dijo el médico, por eso prefiero no contarte demasiado y que vayas recordando poco a poco.

—Pero quiero saber... necesito saber qué me ocurrió.

—Eso ya no tiene importancia. El culpable ha desaparecido.

—¿Qué?

—No lo encuentran, no saben dónde está.

Nico se encoge de hombros sin dejar de mirarme con pena. Hay algo que no soporto, a los veinte y por lo visto a los treinta y tres años: que sientan lástima por mí.

—Pero ¿qué me hizo?

—Hablaremos de esto mañana, ¿vale? ¿Te duele la cabeza? Es la hora de la medicación.

—No quiero pastillas.

—Tienes que tomártela, Andrea.

Sale de la habitación y vuelve a entrar con la pastilla y un vaso de agua. Me la tomo obediente.

—Iré a dormir al sofá si te sientes más cómoda.

—Sí, mejor.

Nico asiente, dejándome sola con lo que queda de mi madre y mi tristeza.

No duermo en toda la noche. Durante horas contemplo tumbada en la cama la pequeña ventana desde la que solo se vislumbran las ramas de un árbol. Bailan al son de la noche; las sombras que proyectan parecen garras a punto de colarse a través del cristal de la ventana para atraparme.

Este es un lugar frío a pesar del calor que hace fuera, y poco acogedor por el momento. Sigo preguntándome qué es lo que nos llevó a vivir a «mi marido» y a mí aquí. Quizá mañana lo descubra. O al día siguiente, o al otro... o tal vez nunca.

«Es el lugar perfecto para que no te encuentre», la voz vuelve a colarse en mi cabeza.

«¿Quién quiere encontrarme?», le pregunto.

«¿Seguro que no lo sabes?», la voz resuena como un eco maléfico que consigue paralizarme por completo.

Sábado, 25 de julio de 2015

COMO SI NUNCA PASARA NADA

Arrastro los pies hasta la planta de abajo, con la urna en la que reposan las cenizas de mi madre entre las manos. No la he soltado desde hace tres días, cuando llegué a este lugar y me enteré de que estaba muerta. No voy a soltarla, me niego a desprenderme de mi madre; es la forma que tengo de disculparme, de decirle que siento muchísimo no haberme despertado antes; haberla mirado a los ojos y decirle que todo iría bien.

La cocina huele a café recién hecho y a tostadas; la casa permanece fría a pesar del sol abrasador que hace fuera. Estos tres días han sido muy confusos, he vagado como alma en pena por todas las estancias de la casa; conociéndola e intentando recordar cómo era mi día a día aquí antes del accidente, cuyos detalles principales no conozco.

Me sirvo un café y miro por la ventana de la cocina, lo cual me evoca a momentos de mi vida que creo reconocer pero no recordar. A través de la ventana no veo absolutamente nada que sea de mi interés. El paisaje me resulta monótono y aburrido; sigo sin reconocer nada de todo lo que hay a mi alrededor. Nico, vestido con una camiseta negra de manga corta y unos tejanos, está detrás del coche con el maletero abierto; parece estar buscando algo. Todavía no me ve, pero, cuando lo hace, me dedica una sonrisa que, sin saber por qué, me sonroja y me perturba a la vez.

Le doy un sorbo a mi café, me sabe a gloria, y sigo sin poder apartar la mirada de Nico; sintiéndome culpable porque en quien debería estar pensando es en mi difunta madre y no en un «desconocido» que atrae poderosamente mi atención. Él ya no me mira y sin embargo puedo adivinar qué vi en él, en algún momento de mi vida que no recuerdo, para haberme enamorado.

Al cabo de unos minutos, Nico entra por la puerta sudoroso, y se coloca a mi lado. En silencio se sirve un café y mira la urna.

—No la pienso dejar nunca —le digo, reprimiendo las lágrimas.

—No has dormido en toda la noche, ¿verdad? Tienes los ojos rojos e hinchados, no puedes seguir así.

—¿A qué te dedicas?

Puede que estos tres días haya abusado un poco de la medicación que me recetó el doctor. Apenas he hablado, hay lagunas en mi cerebro que me inquietan y es ahora cuando parezco tener un poco de fuerzas para hablar y seguir preguntando.

Nico se toma su tiempo en contestar, dándole un par de sorbos a su taza de café y un mordisco a una tostada que acaba de untar con mermelada de frambuesa.

—Soy abogado.

—¿Y por qué no estás trabajando?

—El bufete sabe qué es lo que ha pasado y he cogido unos meses de excedencia para estar contigo.

—¿Unos meses? ¿Está cerca el bufete?

—En Barcelona.

—¿Ibas cada día a trabajar desde aquí hasta Barcelona?

—Sí.

Ambos nos quedamos pensativos. Él por sus razones, yo porque me parece increíble que alguien pueda conducir casi dos horas, cuatro en total al día, para ir a trabajar a diario.

—¿Y no sería más fácil vivir en Barcelona? —insisto.

—Puede ser. Pero ¿no te parece fantástico vivir en un lugar así?

—No mucho, la verdad —respondo sinceramente—. ¿Así que hace tres meses que vivimos aquí?

—Sí, tres meses. En realidad dos, claro... por lo de tu accidente.

—Mientes.

En realidad no sé si miente o no, pero quiero ver su reacción. Frunce el ceño, me dedica una media sonrisa y se encoge de hombros como si lo que acabara de decir no tuviera la más mínima importancia para él.

—¿Quieres ir a dar un paseo? —propone.

—¿Con este calor? Ni hablar, yo no salgo a la calle. Voy a mirar mi ordenador, quizás allí encuentre algo que me dé más respuestas sobre mi vida que tú. Por cierto, ¿tengo teléfono móvil? Eso también puede darme pistas sobre quién he sido todos estos años.

—No lo he encontrado.

—De qué poco me sirves.

No sé por qué quiero herirlo. Quiero que se sienta ofendido e incluso culpable. Estoy irascible y muy agobiada; apenas puedo soportarme y necesito pagar esta frustración con alguien. En el fondo, Nico me da pena y me demuestra tener una paciencia de santo.

Con la mirada perdida en el suelo, me dirijo hasta el estudio, la estancia más calurosa de toda la casa. Nada más entrar noto cómo me suda la frente, pero estoy dispuesta a soportar el calor con tal de descubrir algo sobre mi vida en el ordenador.

«¿Y si vinimos a vivir aquí por mí? —pienso, mientras enciendo el ordenador—. A cualquier escritor le encantaría poder trabajar en un lugar como este —sigo pensando, sintiéndome mal por haber tratado a Nico de mentiroso—. ¿Y si ese esfuerzo de conducir cuatro horas al día para ir a trabajar lo hizo por mí? Para que yo escribiera en un paraje idílico como este.»

El ordenador tarda un poco en arrancar, supongo que lleva días sin ser utilizado. Cuando se enciende, la pantalla luminosa con el fondo de un atardecer en una playa cualquiera me recibe vacía. Solo hay un par de carpetas; en una de ellas pone «Fotos», y en la otra «Libros». Al abrir la de «Fotos» me decepciono al ver que solo hay cuatro. En una aparezco yo, más delgada y más feliz a punto de subir a una atracción del Tibidabo; en dos sale Nico, montando un escuálido árbol de Navidad en un diminuto apartamento oscuro que no reconozco, puede que sea el de la calle Santa Anna, y en la otra salgo yo, sonriente y pintando las paredes de blanco... Al abrir la carpeta «Libros», encuentro diez archivos de Word diferentes y me doy cuenta de que he iniciado diez novelas y no he continuado ninguna. Lo máximo que he escrito son veinte páginas en un par de documentos. Entonces uno me llama especialmente la atención: «Nunca pasa nada», y su fecha es la más reciente. Leo por encima lo que supuestamente he escrito. Al igual que el resto de documentos, no son muchas páginas, apenas llegué a diez en este caso. No me entero de nada de lo que traté de explicar y apago el ordenador para cuando esté menos espesa.

—¿Hay algo que tenga sentido para ti? —pregunta Nico desde el umbral de la puerta sosteniendo dos tazas de café—. He pensado que quizá querrías otro café, te gusta mucho.

—No, gracias. Y no hay nada que tenga sentido —respondo decepcionada, mirando por la ventana.

CENIZAS

Estoy sentada en la entrada de casa, mirando las hermosas rosas de las jardineras y pensando en mi madre nuevamente. Necesito hacer algo por ella, algún tipo de ceremonia de despedida. Finalmente se me ocurre una idea. Entro en casa, cojo la urna y vierto una parte de las cenizas en una pequeña cajita de madera de pino que parece hecha a mano y que he encontrado hace unas horas en un estante del salón. Salgo de nuevo con la urna entre mis brazos, me pongo ante las rosas, suspiro largamente con los ojos cerrados y luego, lentamente, voy esparciendo las cenizas entre las flores, disfrutando de su aroma mientras las lágrimas, lentamente, van resbalando por mi rostro.

CONOCIENDO A MARÍA

No tengo hambre. La cabeza me va a estallar y me siento atrapada en esta maldita casa. Nico ya no sabe qué hacer para que me sienta mejor, así que permanece en silencio, mirándome en ocasiones e incluso empatizando conmigo por el duelo por la muerte de mi madre. No se lo digo, pero es como si en cuestión de días hubiera perdido a mi padre y a mi madre a la vez, aunque sea consciente de que han pasado años de por medio.

Me dispongo a continuar leyendo el libro preferido de mi padre, tumbada en el sofá. Nico viene conmigo y se sienta discretamente en el sillón de al lado.

—¿Te molesto? —pregunta.

Niego con la cabeza e intento centrarme en la lectura. Solo voy por la página 33; cuando Monsieur Roquefort solicita información a una editorial parisina sobre una novela que escribió el misterioso autor Julián Carax titulada *La casa roja*. Aunque no se lo quiero decir, la presencia de Nico hace que no pueda concentrarme y la historia pase por delante de mí sin que me entere de nada. ¿Así es como van a pasar los días? ¿Por delante de mí sin que me dé cuenta de nada?

—Nico, ¿tú y yo nos llevábamos bien? O sea, ¿nuestro matrimonio va bien?

—Hemos tenido baches, como todos los matrimonios, supongo. Pero en general bien —responde con naturalidad.

—¿Cómo nos conocimos?

—Fue hace mucho tiempo. —Traga saliva y sonríe incómodo—. En una fiesta en casa de unos amigos, un cruce de miradas y... surgió el amor —finaliza, riendo nervioso.

—¿Cuánto hace de eso? —quiero saber. No me suena de nada. No recuerdo nada. Trato de disimular mi angustia.

—Mmmm... —Mira hacia el techo tratando de hacer memoria—. Es que soy muy malo para los años —se disculpa—. Creo que unos doce o trece años.

—O sea, poco después de la muerte de mi padre.

—Sí, después. No lo llegué a conocer.

—Qué lástima.

Lo miro de reojo y aunque me esfuerce en dedicarle una sonrisa no lo consigo. No puedo sonreírle, sigue siendo un desconocido aunque vaya teniendo pistas sobre él. Cosas que me cuenta, que tengo que dar por ciertas; pero en cualquier caso, un marido que se precie me estaría enseñando fotografías y hablándome de toda nuestra vida juntos con tal de hacerme recordar. Es lógico que piense así, ¿no? Entonces ¿por qué no lo hace? ¿Por qué me suelta la información a cuentagotas aunque se lo haya recomendado el médico? Es como si se alegrara de mi amnesia y, entonces, aparece una intuición, un pálpito que nace desde lo más profundo de mi ser y que me dice que tal vez, solo tal vez, sea responsable de lo que me sucedió.

—Me voy a dar un paseo. —Me levanto y dejo el libro sobre le mesita de centro—. Sola —aclaro, al ver la intención de Nico levantándose del sillón.

—Como quieras —dice resignado.

Nada más poner un pie fuera, me arrepiento de mi decisión. Miro el reloj de pulsera: son las cuatro de la tarde, y el sol parece estar furioso por el calentamiento que sus rayos desprenden. Desde el camino veo el pueblo, calculo que tardaré unos veinte minutos en llegar y sé que lo más probable es que las calles estén desiertas.

«Solo una loca como tú saldría con este calor», dice la voz.

«Ya te echaba de menos», le digo yo con humor.

Aferro entre mis brazos la cajita de madera donde he guardado los restos de mi madre y camino poco a poco con la mirada fija en el suelo. Me duelen todos y cada uno de los huesos de mi cuerpo y unos pinchazos agudos se apoderan de mi cerebro.

Al final he tardado solo quince minutos. Subo una cuesta pasando por una hilera de antiguas casas similares a la mía y me adentro en una plaza empedrada. Leo en una placa el nombre: PLAÇA DE L'ESGLÉSIA.

Tal y como me temía no hay nadie en la calle debido al calor, todos parecen estar en el interior de sus casas de piedra que, al igual que la mía, tienen pinta de ser fresquitas. Huele a carne asada, a barbacoa; a hogar. Oigo ruido; voces y risas procedentes de una cervecería llamada La Taverna, en catalán, que se encuentra frente a una iglesia románica elevada en el centro, y protegida por una muralla de piedra con una maleza cubierta en lo alto. Tras pensarlo un par de minutos, decido entrar en la cervecería, a ver qué me encuentro y, sobre todo, a ver si alguien me reconoce.

Hay dos pizarras. En una indica que tienen: «Whisky», «Ginebra» y «Cerveza». En la otra: «Copas», «Refrescos» y «Café». Mi cabeza sufre una especie de cortocircuito y me veo tragando como una posesa una copa de whisky.

«¿Yo alcohol? Lo odio», pienso, desperdiciando una sonrisa que nadie va a ver; detenida frente a la puerta de entrada a La Taverna.

Al abrir la puerta todos los presentes me miran. Hay dos hombres en la barra con una cerveza, cuatro mujeres sentadas a una mesa jugando a las cartas, una chica sola con un periódico en la mesa y dos jóvenes absortos con sus teléfonos móviles en la mano. Las paredes, de color crema, están recubiertas por estanterías llenas de vasos, platos y servilletas. Un cuadro de la iglesia que acabo de ver preside la puerta que lleva hasta los lavabos. La Taverna es acogedora y huele exactamente igual que el exterior: a carne asada y barbacoa. También a sardinas, algo que mi memoria parece querer recordar; aunque no de este lugar, que sigo creyendo que no he pisado en mi vida.

Detrás de la barra se encuentra un hombre de unos cuarenta y tantos años, de aspecto afable y bonachón, y de la cocina aparece una mujer con el cabello blanco y unas gafas de montura dorada y redonda que me mira con curiosidad.

—Hola —saludo tímidamente—. Un café con leche, por favor.

El hombre, sin decirme nada, se da la vuelta y activa la máquina del café. La mujer de cabello blanco vuelve a la cocina; los dos hombres con sus cervezas frías vuelven a su conversación sobre política; los jóvenes y las cuatro mujeres siguen a lo suyo y solo la chica del periódico sigue mirándome. Calculo que debe de tener más o menos mi edad, puede que aún no haya cumplido los treinta. Le sonrío y ella me devuelve la sonrisa amablemente.

—Su café con leche —dice el camarero, dándome una

gran taza que cojo con una sola mano, sin permitir que la cajita de madera toque la barra.

—Permíteme que te invite yo.

Al mirar a mi lado, veo a la joven que no ha dejado de mirarme desde que he entrado con un par de euros que le ofrece al hombre de la barra.

—Me llamo María —se presenta.

—Yo, Andrea —digo, dándole la vuelta con disimulo a la cajita de madera—. ¿Nos conocemos?

—No, de nada —responde pizpireta—. Pero al fin veo una cara nueva en el pueblo, estoy harta de la misma gente de siempre, y esas viejas de ahí hacen trampas con las cartas —explica riendo—. ¿Nos sentamos, Andrea?

Le digo que sí sin saber si es muy buena idea entablar conversación con una desconocida tras mi historial amnésico.

—¿Dónde vives?

—En una casa a las afueras, a quince minutos del pueblo.

—Yo vivo aquí al lado. ¿Estás casada?

Asiento dando un pequeño sorbo al café, saboreando la fuerza del brebaje y fingiendo que no me doy cuenta del interés que suscito entre los escasos clientes del bar. También deseo que María deje de preguntar tanto y no se muestre tan sonriente; como si me molestara la felicidad ajena.

—Yo me acabo de divorciar. Al idiota de mi ex no se le ocurrió otra cosa que ponerme los cuernos con mi prima. Y ella, en un ataque de remordimiento, me lo dijo. Así que decidí que lo mejor era cortar por lo sano. A la mierda la idea de verme convertida en madre. Tengo solo veintisiete años, pero no creo que encuentre novio en este pueblo en el que estoy atrapada. A estas alturas... todos los buenos están pillados. ¿Tienes hijos?

Tardo un poco en responder; me pregunto si le falta algún tornillo para contarle su vida a una completa desconocida.

—No.

—Bueno, eres joven, ¿no? ¿Qué edad tienes? —María quiere saber demasiado, eso me hace desconfiar.

—Treinta y tres.

Le doy otro sorbo al café. Ha sido una mala idea entrar aquí, una muy mala idea entablar conversación con esta mujer; desesperada por conocer a alguien nuevo e indagar en su vida sin pedir permiso.

—Seguro que encontrarás a alguien —le digo intentando sonreír—. Eres guapa y además jovencísima. Veintisiete... Quién volviera a tenerlos...

Me río para no llorar. No recuerdo cómo era mi vida a los veintisiete. ¿Qué hice en esa época? ¿Fue cuando me casé? ¿Dónde vivía? ¿Aún lloraba a mi padre?

María es muy guapa. Cubre su rostro anguloso con una larga melena rubia y sedosa y sus ojos son grandes, llenos de luz y expresividad de un color verde que llama la atención. Tiene la nariz pequeña y bien proporcionada, así como una amplia sonrisa que bien podría aparecer en cualquier anuncio de una pasta dentífrica.

—¡Muchas gracias!

—Será mejor que me vaya. Gracias por el café, María.

«Gracias por el café, María. ¿De qué te suena, Andrea? Venga, ¿de qué? Haz memoria... haz memoria...», murmura la voz.

Una casa minimalista en una tranquila calle de una urbanización muy diferente a este pueblo, donde nunca pasa nada. Una cocina luminosa de muebles blancos nacarados. Una mujer de cabello negro, sonrisa franca y ojos que transmiten miedo. Miedo de que él vuelva a casa y la vuelva a pegar. Miedo a que me vaya y descubra cosas. Una ventana desde donde poder ver un pequeño mundo que, a pesar de ser insignificante, era mi mundo. María. María. Ella se llamaba también María. ¿Quién era María?

—¿Estás bien?

Vuelvo a reaccionar cuando María; la María que tengo enfrente, apoya su mano en mi hombro y me mira directamente a los ojos.

—¿Te ha dado un mareo o algo así? ¿No estarás embarazada?

—¿Eh? No, no. Para nada. Ha sido un placer, María.

—Espera, te acompaño. No puedes irte así.

Al salir a la calle, la temperatura parece haber subido cinco grados de golpe.

—La madre que parió al verano, ¡qué calor! ¡Esto no hay quien lo aguante! —se queja María, usando una mano de protección para que el sol no le dé directamente a los ojos—. Suerte que por la noche en el pueblo refresca, que no es como en Barcelona. Pero a estas horas sí que no se puede estar en la plaza tranquila, se llena de chiquillos, veraneantes... como el invierno no hay nada. Porque lo peor de todo son las fiestas que se avecinan, durante esos días tengo más trabajo que nunca.

María no calla. Sigue hablando, pero la he dejado de escuchar.

Meto las manos en los bolsillos del tejano corto que llevo puesto y que me hace parecer un chorizo embutido y, con la intención de emprender el camino de vuelta a casa, miro a mi alrededor con disimulo, deseando que María no venga conmigo y así encontrar un poco de paz en el silencio.

Miro hacia arriba y a ambos lados, sigue sin haber un alma en la calle, lo que convierte Espinelves en un pueblo fantasma.

—¿Qué te ha pasado ahí dentro? Ha sido muy raro —añade a lo que estaba hablando, encogiéndose de hombros.

—No lo sé.

—¿Qué llevas en esta cajita? ¡Ni que fueran las cenizas de tu madre, jajajá! Aunque a mí no se me ocurriría llevarla a un bar. Bueno, si ese hubiera sido su último deseo pues qué remedio... la hubiera llevado a tomar un café, pero...

—María, cállate por favor. —La interrumpo de malas maneras.

—Oh...

—Lo siento. —Me arrepiento en el acto por haber sido tan brusca con ella—. No tengo un buen día, ¿sabes? Ahora solo quiero volver a casa.

—Vale, vale, perdona si te he molestado. Pero será mejor que sepas que hay un hombre que te sigue y a él tampoco lo conozco de nada —me susurra al oído, mirando con desconfianza a un lado del muro que rodea la iglesia.

ELSA

Sábado, 25 de julio de 2015

ASCO

Septiembre de 2014. En el fondo me divertía observando tu cara de asco y desesperación cada vez que mirabas hacia cualquier rincón de la casa. Nuestra nueva casa. Nada iba bien. Los enchufes no conectaban correctamente, algunos trozos de pared se caían a cachos y el grifo del cuarto de baño de arriba no iba.

—¿Lo ves? ¿Lo ves como tenía razón que por ese precio podríamos haber tenido una casa mejor? En la playa, por ejemplo —decías exasperado.

—Carlos, cariño... —Me acercaba a ti y te abrazaba para que tu enfado no fuera a más—. Mira el lado positivo de las cosas. Podemos hacer todo lo que queramos, diseñarlo a nuestro gusto. Algo así como empezar de nuevo.

Me miraste con desprecio y te fuiste. Temí que me fueras a agarrar del cuello y asfixiar. Por otro lado, sé que te contuviste de decir algo así como: «Claro, con mi dinero. Tú nunca pagas nada.»

Me habrías hecho sentir muy mal y lo sabías. Te agradezco que en ese momento no me hubieras dicho algo así, aunque aquella mirada no podré olvidarla nunca.

No tardamos en contratar a unos obreros para que remodelaran la cocina y los dos cuartos de baño; a finales de septiembre ya lo teníamos todo listo. Y empecé a relacionarme con algunos de nuestros vecinos: Alicia, el señor Federico y la señora Dolores, que siempre que tenía la ocasión me abordaba en la calle para contarme historias de su hermana, ya muy delicada de salud y en una residencia de la tercera edad en la otra punta de Cataluña. Sin embargo, mi atención estaba centrada en otro lugar; concretamente en la casa de enfrente, aunque aún no había tenido ocasión de cruzar ni media palabra con sus inquilinos.

Ella siempre iba en chándal o en pijama y se pasaba horas mirando hacia la calle por la ventana de la cocina. Siempre tenía la mirada perdida, como si su alma estuviera muy lejos de aquel lugar. Su marido era el típico abogado serio y seguro de sí mismo que ignora a su mujer y desea tener cualquier excusa para salir de casa durante unas horas. Seguramente tenía una amante; la típica secretaria rubia de metro ochenta y medidas perfectas; y aunque su mujer lo sospechara, el hecho de depender económicamente de él hacía que aguantara lo que fuera.

Conozco bien a ese tipo de hombres, especialmente a Nicolás Costa. Fui dándole vueltas a mi idea y un día, mientras los obreros trabajaban en casa y tú estabas en el laboratorio, fui a visitar a Andrea.

Llamé al timbre al mismo tiempo que miraba por la ventana donde estaba la vecina, como era habitual, con una taza en su mano, observando lo que pasaba a su alrededor como ensimismada. Vi como daba un respingo, como si no se hubiera dado cuenta de mi presencia y el sonido del timbre la sorprendiese. Aún tardó un par de minutos en abrirme, no sin antes mirar por la mirilla a ver quién era.

«¿En serio no me ha visto?», me pregunté extrañada.

Me recibió con esa mirada ausente que había observado desde la acera de enfrente. Me sorprendió, al tenerla enfrente, la claridad de sus ojos azules. Sujetaba en las manos una taza de café que desprendía olor a whisky y a pesar de ser las doce del mediodía, no se había quitado el pijama. Frunció el ceño y tocó con disimulo su cabellera castaña y grasienta, se notaba que hacía días que no se lavaba el pelo.

—¿Sí? —preguntó, con la voz adormilada.

—Hola —saludé con la mejor de mis sonrisas. Si todo quería que fuera bien, primero tenía que caerle bien a ella—. Soy María, tu nueva vecina de enfrente.

—Lo sé. Me llamo Andrea.

No sonrió en ningún momento. Me miraba fijamente y con curiosidad; yo fijé mi mirada en su taza de café para conseguir que me invitara a pasar y me preparara uno. Tras unos segundos de silencio, decidí lanzarme al vacío y a ver qué pasaba.

—¿Tienes café? Me muero por uno.

—¿Café?

Casi se le cae la taza, le temblaba la mano y el olor a whisky destacó por encima del café.

—Sí, claro. Pasa. Lo siento, la casa está hecha un desastre.

La seguí hasta la cocina observando con rapidez a mi alrededor. La distribución era idéntica a la nuestra; el salón a la derecha, las escaleras enfrente y la cocina a la izquierda. No se alcanzaba a ver, pero sabía que tras las escaleras había una puerta que conducía a un pequeño aseo y al lado otra acristalada por la que se salía al jardín trasero. Todas las casas eran iguales, todo era monótono y aburrido.

Hacía tiempo que Andrea no limpiaba; los muebles, de

tonos claros y de madera todos ellos, estaban cubiertos de polvo, las estanterías desordenadas, una telaraña en una esquina del techo del recibidor y una caja llena de pañuelos —algunos tirados sobre la alfombra del salón—, en la mesita de centro frente al sofá.

La cocina olía a café, pero sobre todo a alcohol y a tabaco. Encima de la mesa había un cenicero repleto de colillas y el fregadero estaba hasta los topes de platos, vasos y cubiertos. Me dieron ganas de poner orden, de limpiarlo todo; pero me contuve y en vez de eso me senté a la mesa de la cocina a esperar a que la cafetera hiciera su función.

—¿Con leche? —preguntó Andrea.

—No, solo. Gracias.

—Mejor, no tengo leche. No he ido a comprar.

Se encogió de hombros y se alborotó aún más el cabello mientras le daba otro sorbo a su café con whisky. El alcohol podía explicar su apariencia ausente y demacrada. Estaba frente a una mujer con problemas, y, aunque no esperaba que me contara su vida el primer día, sí creía que con el tiempo se afianzaría nuestra relación y confiaría en mí.

Pero, ay, Carlos... lo suelo decir mucho, demasiadas veces: los planes muchas veces no salen como tenemos previsto.

Aquel día apenas hablamos. Me sentía tan incómoda frente a Andrea y con tan poco qué decir que me fui al cabo de diez minutos. Prometí que volvería a verla y ella me dijo que estaría encantada de tenerme en casa, pero que la avisara antes para encontrarla más decente. Sé que no solo se refería al pijama y a su cabello sucio y enredado, sino también al alcohol y muy probablemente a las pastillas que supuse había tomado y que la mantenían en un estado lamentable. Aún no sabía el por qué de todo aquello, necesitaba tiempo para comprender que mi vecina ocultaba algo que había marcado su vida para siempre. Y lo que tampoco sabía aún es que eso que a ella la había marcado también me marcó a mí. Exactamente lo mismo.

Ella me había hablado de Andrea, decía que era una mujer muy optimista y alegre. Ese día no vi lo fantástica que era, pero teníamos tiempo. El plan se alargaría más de lo previsto.

ANDREA

Sábado, 25 de julio de 2015

EL HOMBRE QUE HAY DETRÁS DE MÍ

Al mirar el lado de la iglesia que María me está señalando, me da por reír. No sé si es de nervios o por el tono misterioso y asustado que ha adquirido María al decirme que hay un hombre que me está siguiendo.

Miro fijamente a Nico, apoyado en la pared muy pendiente de mí. Creo que me está sonriendo, alzando las cejas como diciéndome «¿Quién es esa?».

—Es mi marido —le digo a María sin dejar de mirar a Nico.

Y por primera vez me alegra poder decir eso. Poder decir que tengo marido, que por lo visto se preocupa por mí y me ha seguido para asegurarse de que estoy bien en este pueblo que aún no conozco. Puede que detrás de toda esta pérdida de memoria se esconda algún sentimiento que sigue despierto por el hombre que vive conmigo.

—Ah, qué susto. —María se ríe—. Tienes muy buen gusto, ¿sabes? Algún día podríamos ir a tomar algo los tres, quizás este fin de semana, ¿sí? Hay fiesta por aquí.

—Sí —respondo, no muy convencida.

—¿Y desde cuándo vivís aquí? No os había visto nunca.

—Ah, ¿no? ¿Nunca había venido a La Taverna? —le pregunto pensativa—. Que yo sepa, tres meses.

—¿Tres meses?

María se queda tan pensativa como yo y mira a Nico con desconfianza. Ignoro el motivo, pero lo único que me apetece en estos momentos es ir a casa, y, por muy extraño que parezca, me alegra que Nico esté esperándome para volver conmigo.

—Encantada de conocerte, María.

—Lo mismo digo, Andrea. Por cierto, ¿tienes Facebook?

«¿Si tengo qué?»

Me encojo de hombros sonriendo porque no sé de qué me habla. María se ríe, me dice adiós con la mano y se va.

Me acerco a Nico pensando en por qué, a lo largo de los tres meses que llevamos viviendo aquí, nunca había ido a La Taverna. Alguien debería conocerme; María, por su carácter extrovertido y alegre, ya tendría que haberme hablado antes. Deberían saber quién soy y, sin embargo, es como si acabara de llegar.

—No hemos hablado mucho con los vecinos del pueblo, ¿no?

—¿Por qué preguntas eso?

Me encojo de hombros y dejo que sea él quien siga hablando.

—Apenas hemos salido de casa en los tres meses que llevamos viviendo aquí. Bueno, excepto cuando... —Se calla, traga saliva y en vez de continuar hablando, pasa su brazo por encima de mi hombro atrayéndome hacia él.

—¿Qué pasó, Nico?

Nos detenemos en medio del camino. Permanezco impasible, aunque me tiemblan las rodillas como si las tuviera conectadas a un cable de alta tensión.

—Te caíste y te diste un buen golpe; eso es todo.

—¿Puedo confiar en ti?

—Claro, Andrea.

—Esto es de locos, Nico. No sabes cómo me siento al ver que mi cerebro no recuerda absolutamente nada y que tampoco te recuerda a ti. ¡A ti! ¡Al que se supone que es mi marido! ¡Eres mi marido y, maldita sea, no sé quién eres! Intento llevarlo lo mejor posible, tranquilizarme cuando la ansiedad me atrapa y seguir los consejos del médico y la neuropsicóloga. Pero tienes que entender que me acabo de enterar de que mi madre está muerta, que no me ha visto despertar, que no...

No puedo continuar hablando. Lloro de rabia e impotencia; aprieto contra mí la caja y golpeo una y otra vez con el puño cerrado el pecho de Nico sin intención de hacerle daño, solo para descargar toda esta frustración. La mirada de Nico es triste, aprieta los labios y, con toda la dulzura del mundo, hace que detenga los golpes envolviéndome entre sus brazos. Sigo llorando sin intención alguna de volver a pegarle o separar mi cuerpo del suyo. Miro hacia arriba, me besa en la frente y acariciándome la mejilla murmura:

—Lo superaremos, Andrea. Y todo saldrá bien.

Acepto el hecho de que no puedo hacer nada para evitar esta situación. Trato de ser optimista y pienso que poco a poco, con el tiempo, iré recordando e incluso puede que vuelva a enamorarme de Nico. Si estuve enamorada una vez, ¿por qué no? Puedo volverme a enamorar, aunque ahora me sienta como esas princesas de la época medieval, obligadas a casarse con hombres a quienes no conocían, solo para unir reinos y riquezas.

La casa nos recibe fría gracias a las centenarias piedras de la construcción. Miro la caja y decido colocarla encima de la chimenea. Así, siempre que quiera, la tendré presente; pero no como para llevarla arriba y abajo conmigo, o a tomar un café a La Taverna.

—Lo siento mucho, de verdad —vuelve a decir Nico detrás de mí, apoyando sus manos en mis hombros.

—Es muy duro. Mucho, Nico. ¿Nos veíamos? ¿Mamá y yo nos llevábamos bien?

—A veces. Ella vivía en una casita en Tarragona —explica Nico pausadamente—, ibas a verla en Nochebuena. Claudia reconoció que desde que murió tu padre se encerró mucho en sí misma. Quiero que sepas que me dijo, cuando tú dormías, que se arrepentía de no haber tenido más contacto o de no haberse preocupado más por ti.

—Pero estaba contenta. Te dijo que yo tenía mucha suerte de tener un marido como tú —le interrumpo.

—¿Cómo sabes eso?

—Ya te dije ayer que cuando estaba en coma podía oír lo que pasaba a mi alrededor.

Aprieta los labios y frunce el ceño. Parece estar alerta, con todos los músculos en tensión.

—¿Qué oíste? —pregunta Nico, esta vez con un hilo de voz, como si temiera algo.

—Nada que ahora mismo recuerde —respondo, yendo hasta la cocina y tomándome una de las pastillas que me recetó el médico para cuando los pinchazos vinieran a visitar mi cerebro—. Voy a tumbarme en la cama. Estoy muy cansada.

—Yo me quedo por aquí abajo. ¿Quieres merendar?

—Gracias por ser tan amable, Nico. Pero no quiero comer nada, no me apetece.

Nico asiente y en un torpe movimiento me da un beso en la mejilla.

Antes de subir las escaleras cojo el libro de Carlos Ruiz Zafón que me dejé en la mesita de centro del salón y subo hasta el dormitorio. A medida que voy leyendo, no puedo dejar de llorar; ausente y pensando en otras cosas, más que en la historia que me cuenta el libro.

Me despierto a las ocho y cuarto y me doy cuenta de que el dolor de cabeza ha desaparecido. Oigo hablar a Nico en la planta de abajo. Parece alterado. Abro la puerta del dormitorio despacio y me asomo en lo alto de las escaleras; parece estar dando vueltas sobre sí mismo en la cocina acariciándose la nuca, y reconozco en este gesto un síntoma de agobio.

—Eres un psicópata, tendría que haberte parado los pies cuando aún estaba a tiempo.

—...

—Déjanos en paz y no seas fanfarrón. No tienes ni puta idea de dónde estamos.

—...

—Vete al infierno.

Cuelga el teléfono para acto seguido lanzarlo contra la pared dejándolo hecho añicos. Suelta un par de «Joder», «Mierda», «Psicópata» y otros improperios que me alarman y me asustan.

—Nico, ¿qué pasa? —pregunto, sin atreverme a bajar las escaleras.

—¿No estabas durmiendo?

—Me acabo de despertar...

Lo veo asustado, temblando y sin saber qué hacer o qué decir. Está a punto de llorar y me alivia comprobar que no he olvidado qué se siente al empatizar con otra persona. Con mi marido. Porque sí, porque tengo sentimientos hacia él aunque no sepa en realidad quién es.

Bajo las escaleras poco a poco, sin prisas.

Me impacta ver a Nico, tan grande él, de aspecto imponente e incluso un poco rudo, derrumbado y con las manos en la cara para ocultar sus lágrimas.

Ya situada frente a él, alzo la cabeza para mirarlo y le aparto las manos de la cara para darle un beso en los labios.

ELSA

Sábado, 25 de julio de 2015

UN INTENTO DE NORMALIDAD

Octubre de 2014. Cada vez pasabas más horas fuera de casa y poco a poco Andrea iba confiando más en mí. Al menos eso era lo que me parecía, aunque en realidad poco me dejaba saber de ella. Me gustaba su misterio, me moría de ganas por descubrir sus más íntimos secretos.

Yo trataba de inventarme una vida para ella, entretenerla con historias y experiencias que en realidad no había vivido; viajes que no había hecho y libros que jamás había leído. Ella hablaba poco, se limitaba a escucharme, perdida entre sus propios pensamientos.

Así que decidí dar un paso más en relación al plan.

Ese día, a las ocho y media de la mañana, como siempre, salí a despedirte a la calle. Cuando ya te alejabas calle abajo con tu flamante coche me ocupé del correo que el cartero había dejado hacía solo media hora y miré hacia la ventana de la cocina de Andrea. Como siempre, sujetaba entre sus manos una taza de café. Le sonreí y, al ver que me devolvía el gesto, pensé que ese sería el día perfecto para preparar una cena de parejas. Así que me dirigí hacia su casa dando saltitos.

—¿Qué tal? —le pregunté—. Hoy no vengo a tomar café.

—¿No?

—No —dije, con una amplia sonrisa que la confundió—. Vengo para invitaros a cenar. Esta noche, a las nueve en mi casa, ¿sí?

Antes de darle tiempo a que dijera que no, crucé la calle corriendo, saludé a la señora Dolores que hablaba animadamente con Federico e ignoré por completo al nuevo novio de la chica pija.

Entré en casa, me maquillé un poco y cogí el coche con la intención de ir hasta el centro de Mataró a comprar algo de comida y vino. Sobre todo, mucho vino. Al volver me dispuse a preparar un asado riquísimo: necesitaba que ese nuevo hogar cobrara vida de una manera distinta. Aunque, por más que lo intentase, el asado no me quedaría como el de mi abuela: no soy una cocinera sobresaliente, sino más bien tirando a mediocre.

Llegaste a las ocho y media, cuando el cielo ya era negro y la calle parecía estar habitada por espíritus.

Te acercaste a la cocina, miraste con sorpresa la mesa; decorada con un par de velas, preparada para cuatro comensales y con el aperitivo ya dispuesto. Frunciste el ceño y te acercaste a mí, que seguía concentrada preparando el guacamole.

—¿Quién viene a cenar? —preguntaste malhumorado, deshaciendo el nudo de la corbata.

—Andrea y Nico, ¿no te apetece?

—¿Y por qué no me has dicho nada?

—No sé, me pareció buena idea...

Me cogiste del brazo para que me diera la vuelta. Me

apretujaste las mejillas con la otra mano y me miraste con esa furia que conocí en París.

—Y encima haces asado y guacamole. ¿Qué tiene que ver una cosa con la otra? —preguntaste con desprecio.

Quería aparentar serenidad, pero las piernas me temblaban tanto que tuve que apoyarme en la encimera.

Me soltaste como quien suelta a un perro callejero, subiste al piso de arriba a darte una ducha y yo me quedé terminando la cena con el corazón encogido.

Me quedé en blanco al ver tu reacción tan violenta hacia mí. No veía el momento en el que Andrea y Nico tocaran al timbre de la puerta. ¿Cómo había sido tan estúpida al pensar que a mí no me harías daño?

Al cabo de diez minutos todo estaba listo y, cuando el reloj marcó las nueve de la noche, Andrea y Nico llamaron al timbre.

—¡Buenas noches! —saludé, con la mejor de mis sonrisas.

—Hola, guapa —me dijo Andrea sonriente.

Era la primera vez que veía a Andrea con ese brillo especial en sus ojos azules del que tanto había oído hablar. Por lo visto, ese día no había bebido ni tomado las pastillas tranquilizantes a las que era adicta.

—No conoces a mi marido, ¿verdad? —dijo risueña, señalando con orgullo al guapo hombre que la acompañaba.

—No en persona —respondí.

—Encantado —añadió el gran Nicolás Costa, atravesándome con la mirada y dirigiéndola a mis pechos sin disimulo.

Le di dos besos e ignoré a Andrea durante unos segundos, para comprobar si él me había reconocido. No, era imposible que viera en mí a aquella joven que en secreto maldijo su vida años atrás.

—Igualmente. —Me di la vuelta al oír tus pasos bajando las escaleras.

Tal y como esperaba, te mostraste sonriente y, aunque no

lo creas, valoré el gesto y me sentí orgullosa del gran actor que estabas demostrando ser. ¿Se puede ser más cínica?

—Bienvenidos, soy Carlos.

—Pasad, no os quedéis en la puerta.

—Hemos traído vino —anunció Andrea, y me ofreció una botella de vino tinto que por educación serviría primero junto al aperitivo que nos esperaba en la mesa.

Al principio, fue un poco incómodo. Éramos cuatro desconocidos sin saber de qué hablar; al fin y al cabo, sentía que os había obligado a todos a estar allí, a cenar lo que yo había preparado y a conocernos porque así lo había decidido yo.

Andrea y yo empezamos a hablar de nuestros vecinos y de las pocas cosas en común que teníamos con ellos. Como si entre nosotros hubiera algo que sí nos uniera aparte de la edad o el estilo de vida, pensaba yo.

Enseguida noté cómo me miraba Nico, al que tenía enfrente. Con ese oscuro deseo que ya conocía; con esa obsesión, la misma que yo sentía por él, y esa curiosidad con la que quería desnudarme no solo el cuerpo, sino también el alma. Nico siempre ha sido el tipo de hombre que quiere adueñarse de todo cuanto ve a su alrededor y le gusta.

Por un lado esperé que no notaras nada, y por el otro deseé con todas mis fuerzas que vieras cómo me miraba y lo arrojases contra la pared asfixiándolo hasta la muerte. Qué pena me dio Andrea, ¿sabes? Él, en algunos momentos, fingía ser atento con ella, pero nadie tan bien como yo sabe que las apariencias engañan. Siempre engañan.

Nico no habló mucho. Se mostró reservado. Tú, sin embargo, hablabas con entusiasmo, de tu trabajo en el laboratorio, de tus viajes, del piso que alquilaste a los veintitrés años en la Barceloneta...

—Y ella, mi queridísima mujer, me sacó de mi santuario —comentaste riendo, aunque yo sabía que en realidad querías matarme por eso.

—¡Vaya! —exclamó Andrea.

«Venga, háblanos del piso de la calle Santa Anna», dije para mis adentros, mirando fijamente a Andrea, como si así pudiera conseguir que nos hablara de su anterior hogar. Pero Andrea se limitó a bajar la mirada, supongo que pensando en aquella calle y en aquel piso en el que compartió tantos ratos con ella. Con Clara, mi hermana.

ANDREA

Domingo, 26 de julio de 2015

MENTIRAS

Son las siete de la mañana y no he dormido en toda la noche. Me he entretenido contemplando en la oscuridad el torso desnudo de Nico, su cabello negro, sus perfectos labios y sus párpados cerrados. También he tenido tiempo de llorar por mi madre y por este olvido que probablemente amargue mi existencia hasta el fin de mis días.

Todo empezó con un inocente beso que poco a poco fue yendo a más. Nico, con la furia de un depredador, me mordió los labios como si hiciera mucho tiempo que lo deseaba. Yo me dejé llevar; adorando esos besos que tan bien debería haber conocido y que, sin embargo, no recordaba.

Subimos hasta el dormitorio con la certeza de saber qué pasaría. Nico me desvistió sin prisas, continuó besando y acariciando mi cuerpo que tan bien parecía conocer. Pensé que ningún hombre en la Tierra podría besar así, que los besos de Nico eran perfectos y deliciosos y por un momento se me olvidaron todas las tragedias de mi propio mundo.

Conquistó cada centímetro de mi carne apasionadamente, pero sin prisas ni atropello, con manos hábiles y besos febriles que lograron estremecerme. Nuestros cuerpos desnudos y sudorosos bailaron en una compenetración perfecta durante unos minutos que hubiera detenido para siempre.

—Roncas —le digo con una sonrisa amable cuando poco a poco abre los ojos.

—¿No has dormido?

Niego con la cabeza. Un sentimiento de culpa me invade por disfrutar de este momento y del abrazo de Nico. Me besa en la frente con sumo cuidado y me dedica una mirada dulce que no sé cómo identificar. Anoche lo vi tan alterado cuando hablaba por teléfono con alguien que, por lo visto, no es trigo limpio... No sé qué pensar.

—¿Qué pasa, Nico? ¿Te buscan? ¿Has hecho algo?

—No tienes nada de qué preocuparte, Andrea. Conmigo estás a salvo, ¿vale?

—¿A salvo de qué?

La felicidad dura bien poco. Me levanto con prisas de la cama y cubro mi cuerpo desnudo con lo primero que pillo en el armario. Nico me mira desde la cama perplejo ante mi repentino cambio de humor, pero no sé qué es lo que puede esperar de mí si no me da respuestas claras sobre lo que me pasó.

—¿Me di el golpe en esta casa? ¿Hablabas con quien me provocó el coma? ¡¿Qué demonios pasa, Nico?!

—Si me das tiempo...

—Tiempo. Eso es lo que quiero, saber qué ha pasado con mi tiempo. Quién he sido a lo largo de estos trece años, cómo fue nuestra boda, cómo me enamoré de ti, cómo hemos acabado en este maldito pueblo, por qué no tenemos hijos... —Me detengo un instante para colocarme bien una camiseta gris en la que pone *I love New York*—. ¿Por qué demonios tengo una camiseta en la que pone *I love New York*?, ¿he estado en Nueva York, Nico? Joder, ¡háblame de mí! De mi vida, haz un esfuerzo para que pueda recordar.

—Andrea, todo se ha vuelto muy complicado, pero te prometo que...

—No prometas nada —le interrumpo—. Necesito una copa de whisky o algo.

—No es buena idea.

—Qué sabrás tú.

Mientras bajo las escaleras pienso que, a pesar de estar encerrada en un pueblo que parece pertenecer al pasado, me siento como una viajera del tiempo que ha aparecido en el futuro, perdiendo trece años por el camino.

Mi teléfono móvil se ha perdido y en esta casa no hay fijo; estoy completamente incomunicada y más perdida que nunca. Me acerco hasta la chimenea, donde reposa mi madre, y mentalmente le pregunto qué pasó. Qué ha sido de mi vida y de la suya sin papá. Por qué no teníamos apenas contacto, por qué no nos veíamos tanto como antes, por qué nuestra relación dejó de ser especial.

«Ya es tarde», dice la voz.

Quiero volver atrás en el tiempo y evitar esta pérdida de memoria. Ojalá fuera tan fácil.

Con tal de evitar a «mi marido», me encierro en el estudio y vuelvo a encender el ordenador. Miro las cuatro fotografías que hay y leo y releo las novelas que por lo visto empezaba pero nunca finalizaba. Hay algo en la última que ya leí el otro día que me descoloca, pero me duele demasiado la cabeza como para ponerme a pensar.

Aburrida, voy hasta la cocina. Nico acaba de preparar café y parece que no puede mirarme a la cara. Su teléfono móvil, roto, sigue en el suelo.

—¿Con quién hablabas anoche? —vuelvo a preguntarle.

—Con nadie. Voy a cortar leña. Para cuando llegue el frío.

—No me vengas con cuentos, hay de sobra y aún quedan meses hasta que llegue el frío.

—No te creas, aquí en septiembre ya empieza a refrescar.

Nico sale afuera y se pone a talar troncos que no necesitamos. Bebo a sorbos el café mirando por la ventana de la cocina, me rasco la herida de la cabeza con nerviosismo mirando hacia el fregadero y, cuando vuelvo a alzar la mirada, Nico ha desaparecido. En su lugar se acerca una mujer con el uniforme de los Mossos d'Esquadra que tardo un rato en reconocer como María, la chica que conocí el día anterior. Me sonríe desde fuera señalando la puerta y se quita la gorra.

—Buenos días, madrugadora. ¿Qué tal? —me pregunta, frotándose las manos.

—Bien —respondo algo descolocada.

—Ayer me dejaste preocupada por lo del mareo y todo eso.

—Ah, no es nada.

Me incomoda ver que lleva una pistola y una porra en la parte de atrás del pantalón. María mira hacia abajo y se ríe.

—No voy a usar nada de esto en tu contra. En realidad he venido porque me muero por un café y creo que me debes uno —me dice con simpatía—. ¡Odio trabajar en domingo! Por suerte, solo es uno al mes —añade con humor.

—Claro, pasa —le ofrezco, buscando con la mirada a Nico.

—¿Y tu marido?

—Estaba ahí cortando leña. No sé adónde ha ido.

María camina lentamente observando el interior de la casa. Asiente, parece que le agrada lo que ve.

—Cortando leña, ¿eh? Chico previsor. —Se queda en silencio y sigue mirando a su alrededor mientras pongo la cafetera—. En esta casa vivía un matrimonio mayor hasta hace poco más de un mes, ¿lo sabías? Por eso me extrañó que me dijeras que llevabais viviendo aquí tres meses, luego caí en la cuenta que la casa se alquiló hace solo unas semanas. Bueno, supuse que esta era la casa, las otras son de gente del pueblo de toda la vida y no tenía noticias de que se hubieran marchado.

—No entiendo.

—¿Qué me ocultas, Andrea?

La sonrisa de María ha desaparecido. Ahora parece estar en medio de una investigación policial, supongo que es deformación profesional, pero, aun así, no deja de inquietarme su pregunta y a la vez enterarme que es posible que yo nunca haya vivido en esta casa tal y como pensaba desde el principio.

Nico me ha mentido; si lo ha hecho con esto, ¿en qué otras cosas más? Instintivamente dirijo la mirada hacia la caja con las cenizas de mi madre y un atisbo de esperanza se apodera de mí. ¿Y si mi madre no está muerta? ¿Y si también me ha mentido respecto a su muerte por algún tipo de interés? Su comportamiento, su repentina desaparición al ver a María venir a casa, la conversación telefónica... todo es demasiado raro.

—Hay trece años de mi vida que no recuerdo, María —respondo sinceramente, mientras le sirvo una taza de café—. He estado en coma, y cuando desperté no recordaba nada de los últimos años.

—Oh. ¿Qué te pasó? —me pregunta, y se sienta encima de la mesa.

—No lo sé.

—¿No te lo han contado?

—No —le confirmo.

—Qué raro. Entonces, debido a la amnesia, ¿tampoco reconociste a tu marido?

—No, tampoco. Los últimos años de mi vida se han esfumado —respondo con tristeza.

—Tiene que ser muy agobiante, lo siento mucho.

María termina el café enseguida y se levanta.

—No quiero entretenerte, seguro que tienes cosas que hacer. Me gustaría conocer mejor a tu marido.

«Él no quiere saber nada de polis», comenta la voz riendo.

«No parece haberlo dicho por nada malo. Solo le gustaría conocerlo mejor, nada más», le respondo yo con tranquilidad. La voz entonces se echa a reír y me entran escalofríos.

—Sí, un día de estos. —Sonrío aparentando normalidad. Solo me faltaba que María pensara que estoy loca—. Puedes venir a cenar cuando te apetezca, aunque no sé si se me da muy bien cocinar. Lo último que recuerdo es que no sabía preparar ni un huevo frito.

—¡Qué desastre! —María se ríe—. Yo preparo las mejores ensaladas de Espinelves, así que estáis invitados a mi casa. Vivo muy cerca de La Taverna.

—Será un placer.

—Te voy a dar mi número de teléfono, por si necesitas cualquier cosa, aunque sea solo hablar... ¿Tienes el móvil?

—Nico no lo encuentra.

—¿Tu marido no encuentra tu móvil?

Niego con la cabeza mientras busco un papel y un lápiz en el que María pueda apuntar su número de teléfono. Sin desprenderse de su característica sonrisa, lo apunta con rapidez y me lo entrega guiñándome un ojo.

—Para lo que necesites —repite—. Gracias por el café.

Vuelve a ponerse su gorra y sale de casa, no sin antes mirar alrededor con la intención de ver a Nico. Yo también lo busco, pero no hay ni rastro de él. ¿De qué se esconde?

Miércoles, 29 de julio de 2015

MEMORIA

Siete son los días que llevo en esta casa desde que salí del hospital.

Necesito saber qué es lo que pasa en el mundo. Quién es el presidente del Gobierno y cosas así. No puedo dejar de pensar en todo lo que he olvidado, y eso hace que los días sean largos y pesados.

Nico no ayuda demasiado. Casi no hablamos desde nuestra discusión del domingo por la mañana, en la que desapareció de manera extraña cuando vino a visitarme María. Parece cansado y no he querido acribillarle más a preguntas; confío en que volveré a recordar, que mi cerebro se activará cuando menos me lo espere y volveré a ser la misma de siempre.

«Mejor quédate tal y como estás.» La voz se ha vuelto muy pesada desde hace dos días. No se calla, me agota, me agobia y no me deja en paz.

Pongo el televisor y voy cambiando de canal hasta encontrar uno donde den las noticias. Una atractiva presentadora habla de disturbios, okupas, un robo en una joyería, incendios, un asesinato...

Ahora, la imagen de un hombre y la información que relata pausadamente la periodista captan mi atención completamente.

«Carlos Díaz, el hombre acusado de dejar en coma a su vecina y presunto culpable de la desaparición de su mujer, aún no ha sido encontrado. Las autoridades siguen buscándolo aunque es muy probable que haya conseguido salir de España; también se comenta que podría haber huido con una compañera de trabajo, cuya desaparición también fue denunciada, los allegados de esta mujer aseguraron que fue a ver a

Carlos Díaz la noche en la que no volvieron a saber nada de ninguno de los dos.»

Miro atentamente las dos fotografías. Aparecen fugaces en la pantalla del televisor, por lo que trato de retenerlas en mi memoria. Ella, pelirroja, con ojos grandes y aspecto afable, no me suena de nada. Él, sin embargo, me resulta familiar y trato de relacionarlo conmigo. ¿Soy yo la mujer a la que dejó en coma? ¿Ha estado amenazando a Nico desde algún lugar del mundo? ¿Se ha dado a la fuga con esa mujer? ¿O estoy montándome una película y ninguno de estos dos individuos tienen nada que ver con mi vida?

El televisor se apaga: Nico está detrás del sofá con el mando a distancia.

—Es mejor no ver las noticias. Solo traen quebraderos de cabeza —dice, lanzando el mando del televisor en el sillón de al lado—. ¿Qué te apetece comer?

—Quiero salir.

—¿Qué? ¿Adónde? ¿Con tanta gente por el pueblo?

—Quiero ir a Barcelona.

—¿Para qué?

—Si no quieres venir iré yo sola.

—No es buena idea, Andrea.

—¿De qué nos escondemos, Nico? Yo nunca he vivido aquí, ¿verdad?

—Andrea, por favor.

Me levanto, retándolo con la mirada e inocentemente pensando que de esta manera puedo hacerle sentir incómodo para que hable de una vez.

«No te va a decir nada.»

«Tengo que intentarlo.»

Me acerco a Nico, él se aparta, puedo ver un atisbo de inseguridad e incluso de miedo en su mirada.

—Dime la verdad. Quiero saber toda la verdad —le digo, acercándome más y más a él. Estoy enfadada, sé que me oculta muchas cosas y aun así, no puedo evitar mirarlo y pensar en los besos que me dio; en lo bien que me sentí cuando estuve con él la otra noche.

—Mi hermano —confiesa—. Nos escondemos de mi hermano.

—¿Por qué?

—No está bien de la cabeza.

—¿Por qué no lo denuncias?

—No puedo, Andrea. No puedo denunciar a mi hermano.

Los ojos le brillan, está a punto de llorar.

—¿Fue él quien me dejó en coma?

—No, no fue él.

—Entonces ¿fue el tipo que acaba de aparecer en televisión? ¿Yo soy la vecina a la que dejó en coma?

Asiente despacio.

—¿Y dónde está?

—No lo sabemos. Cuando despertaste un inspector vino a interrogarte, pero los médicos confirmaron que no recordabas nada, que habías olvidado los últimos trece años de tu vida, y aconsejaron que lo mejor era no agobiarte y dejarte descansar un tiempo. Yo poco he podido ayudar, no sé nada respecto a esta locura. —Traga saliva, lo reto con la mirada para que continúe hablando—. Lo único que sé es que la policía está buscando a Carlos Díaz, y ya está, no sé más... Lo hago lo mejor que puedo, Andrea... Te he traído aquí para poder llevar una vida tranquila e intentar recuperar la normalidad. Te prometo que cuando todo esto pase te volveré a llevar a casa, allí, en tu entorno de siempre quizá recuerdes.

—Esta no es mi casa —afirmo asustada, algo que ya sabía desde que María me dijo que hasta hace poco más de un mes vivía un matrimonio mayor—. Si estamos en peligro, la policía debería saber dónde estamos.

—Andrea, por favor —me suplica, tratando de controlar los nervios—. Confía en mí. Si mi hermano te encuentra...

—¿Es un psicópata?

—Es, entre otras cosas, el culpable de la desaparición de nuestra vecina, que es la mujer de Carlos, el hombre que te provocó el coma. Tú estabas metiendo las narices en el asunto y lo tenías muy cabreado, así que...

—Me quiere matar.

—No hagas preguntas, Andrea. Vive el día a día, poco a poco irás recuperando la memoria, ¿vale?

«Él tampoco quiere que la recuperes, Andrea.»

—¡Cállate! —grito, dándome cuenta por la expresión del rostro de Nico que lo he dicho en voz alta cuando en realidad quería ahuyentar a la voz interior que sigue martirizándome. Que me atormenta en cada pensamiento y en cada decisión—. Vale. Confío en ti. Me rindo, no hay más preguntas, no hay más... Solo una cosa: ¿mi madre está muerta de verdad?

—Eso es verdad.

—Pero los frenos de su coche no fallaron porque sí, ¿no? Alguien los manipuló.

«Chica lista.»

—No lo sé, Andrea. No lo sé.

«Claro que lo sabe, pero no quiere meter más leña en el fuego.»

Asiento y me encierro en el estudio. No quiero volver a ver a Nico en todo el día, no quiero hablar con nadie. Solo deseo que este dolor de cabeza, el cúmulo de pensamientos sobre desapariciones, asesinatos y la imagen de rostros que tal y como vienen se esfuman, se vayan y me dejen tranquila.

—Andrea, tienes que comer algo —sugiere Nico al cabo de un rato, quedándose en el umbral de la puerta sin atreverse a entrar.

—No tengo hambre —respondo—. Solo una cosa más.

—Dime.

—¿Tú y yo estábamos bien? —vuelvo a preguntar. Quiero que me diga la verdad, necesito saber con seguridad si estábamos bien o no.

—No —reconoce—. No estábamos bien, pero desde que te quedaste en coma me di cuenta de lo mucho que te quiero y te necesito.

Su respuesta me deja perpleja. Me doy la vuelta para mirarlo y de nuevo me entran esas ganas irrefrenables de acercarme a él y besarlo. Pero me contengo, asiento y me levanto para ir a la cocina y tomarme la medicación.

—Somos dos fugitivos también. Por eso te escondiste de María cuando la viste vestida de uniforme.

—No somos dos fugitivos, Andrea. No exageres... No estamos huyendo de la autoridad, solo estamos evitándolos, pero no nos necesitan. Puede que más adelante quieran que declaremos por la desaparición de Carlos, el vecino que...

—Que me dejó en coma —le interrumpo.

—Olvídalo todo. Te agobiarían y es lo que tratamos de evitar, ¿vale?

—¿Qué más quieres que olvide, Nico? ¿Qué más?

—Lo siento.

—No más que yo.

ELSA

Miércoles, 29 de julio de 2015

DOS MUJERES

Noviembre de 2014. Todos mis intentos para que nuestros vecinos volvieran a venir a casa a cenar con nosotros algún viernes o sábado por la noche fueron inútiles. Y tu actitud hacia mí, a partir de entonces, cambió radicalmente. Cualquier excusa era buena para que tu rabia despertara.

—¿Qué has hecho hoy? —preguntaste una noche.

—Poca cosa. He ido al supermercado y he tomado un café con Andrea.

—¿Cuánto te has gastado en el súper? —preguntaste, degustando el bistec poco hecho que te había preparado.

—Ochenta euros. ¿Por?

—¡¿Ochenta euros?!

Tiraste el plato al suelo y pude sentir otra vez toda la furia del mundo en tus ojos.

—Recógelo, inútil —me ordenaste agarrándome del pelo.

Subiste al dormitorio. Yo me quedé paralizada, no podía moverme de la silla; ni siquiera me temblaban las piernas. Miraba el plato hecho añicos fijamente, la lechuga y el tomate desparramados por el suelo, así como el trozo grasiento del bistec ensuciando la pared. Daba igual cuánto me quisieras, había algo malo en ti, algo que no supe ver al principio.

Recogí el plato roto y los restos de comida sin derramar una sola lágrima. La vida me había hecho lo suficientemente dura como para que algo así pudiera derrumbarme.

Puede que esa noche te arrepintieras de lo que me habías hecho. O puede que no. Seguramente te quedaste dormido al instante sin pensar en cómo me pude sentir. Un minuto. Solo un minuto bastó para que empezara a odiarte; y, a pesar de ello, necesitaba más que nunca mantenerte a mi lado. Me tumbé en el sofá y me dormí con el sonido del televisor de fondo.

«Mañana será otro día —me dije—. Siempre sale el sol para todos.»

Te despertaste de buen humor, como si nada hubiese ocurrido. Sin decir ni una sola palabra, preparé café e hice tortitas para que las untaras con mantequilla y miel: tu desayuno preferido. No parabas de sonreír y yo pensaba: «Maldito hijo de puta, aún me duele la cabeza por el tirón de pelo que me diste ayer.»

Mi imagen seguía siendo la de la mujer perfecta que querías tener en casa. La de la mujer a la que puedes engañar y maltratar física y verbalmente sin que haya consecuencias que puedan afectarte.

Sabía que tenías una amante. ¿Acaso crees que soy idiota? Os seguí un día. Entrasteis en un hotel y salisteis despeinados, ebrios y sonrientes al cabo de dos horas. ¿Y sabes qué es lo mejor? Que no me dolió. No me dolió en absoluto porque ya hacía tiempo que había dejado de quererte y solo te estaba utilizando para seguir con mi plan.

Andrea, cada vez más ida por culpa del alcohol y las pastillas, tampoco se daba cuenta de que mientras yo me metía en su casa y le daba una conversación amigable sin llegar aún a la confianza plena, me estaba tirando a su marido.

Es cierto que cada vez que llegaba a casa después de follar con Nico en su despacho, en la calle Muntaner, me pasaba dos horas debajo de la ducha eliminando restos de su saliva, de su semen y de sus caricias. Me sentía sucia y asquerosa; pero, por encima de todo, debía seguir adelante con el plan. Y decidí que seducir a Nico sería la forma de conseguir eliminar sus barreras para poder vengarme.

En momentos de flaqueza me acordaba de lo que Clara me dijo una vez refiriéndose a Andrea, con un brillo especial en los ojos: «Tendrías que verla. Es preciosa, siempre se está riendo; tiene sentido del humor, conversación... Es perfecta, un ángel.» Supe en ese instante que mi hermana se había enamorado de Andrea y que eso destrozaría nuestro plan.

Al final, tuve que ocuparme de todo sola, y aún siento en el alma que haya sido así; que Clara tuviera ese horrible final. Lógicamente no sabes de qué te estoy hablando, ya que, cuando te conocí, ella ya llevaba muerta siete meses y mi rostro estaba tan cambiado que poco quedaba del parecido que tenía con mi hermana mayor. Trato de encontrar ahora en Andrea esa belleza de la que me habló mi hermana y, por más que la busco, no la encuentro. Es una mujer deshecha y sé el porqué. Creo que Clara querría saber que su muerte destrozó la vida a la mujer de la que se enamoró perdidamente.

—¿Cómo estás? —le pregunté a Andrea una mañana, dándole un sorbo a mi café.

—Tratando de buscar un poco de inspiración. Ayer empecé a escribir una novela.

—¿Otra? ¿Por qué no acabas la que empezaste la semana pasada?

—Como si eso fuera tan fácil. —Se detuvo un momento y suspiró mirando al techo—. No sé, escribo dos mil palabras de una novela, me aburro y la dejo. Y luego se me ocurre otra historia y entramos en bucle. Debería cambiar de profesión.

—¡No! ¿Por qué? Si es lo que te apasiona debes seguir escribiendo —la animé yo.

Andrea abrió los ojos sorprendida y sonrió.

—Un día tuve una amiga que me decía exactamente eso. Con esas mismas palabras, qué curioso.

—Ah, ¿sí? ¿Cómo se llamaba? —le pregunté, sabiendo que se refería a mi hermana.

—Clara.

—¿Y dónde está?

Se quedó con la mirada fija clavada en la ventana. Una lágrima corrió por su mejilla sin que ella se diera cuenta; volvió a sonreír esta vez tristemente y sé, por cómo respondió, que tenía un nudo en la garganta insoportable.

—Muerta.

Me habría gustado abrazarla y decirle que sentía la misma pena que ella. Al fin y al cabo, se trataba de mi hermana, ella había muerto por culpa de nuestro plan. Era muy probable que yo acabara igual que ella, no se debe jugar con fuego; pero tenía que intentarlo. Se lo debía.

—Lo siento mucho —me limité a decir—. Sé lo que es perder a una buena amiga. ¿Qué le pasó?

Andrea no contestó. Le dio un sorbo a su café y fue hasta el fregadero a dejar la taza sucia, entreteniéndose más de lo que esperaba. Apoyó las manos sobre el mármol y dirigió una mirada hacia la calle.

—Aquí nunca pasa nada —dijo.

—Pero, si pasara, tú lo sabrías y nadie se libraría de ir a prisión en el caso de que le diera por asesinar a alguien.

Abrió mucho los ojos, frunció el ceño y las lágrimas de unos segundos antes se esfumaron para dar paso a una sonora carcajada. Reímos durante no sé cuántos minutos y acabamos abrazadas. Andrea olía a whisky y a tabaco, también a medicación; pensaba qué pudo ver mi hermana en ella y, a la vez, me sentía culpable al follarme a su marido.

Después de ese abrazo me despedí de ella inventando que tenía unos cuantos recados que debía hacer. Me cambié de ropa: a pesar del frío, a Nico le gustaba que fuera ligera. Un top negro escotado y una falda de tubo negra era lo que más le ponía. Me recogí el cabello hacia atrás y me puse mis gafas de pasta de las que a veces prescindía; cogí el coche y conduje media hora hasta el centro de Barcelona.

No había demasiado tráfico, por lo que llegué antes de tiempo y esperé en una cafetería. Minutos más tarde, subía por el ascensor con aires de profesionalidad haciéndome pasar por una trabajadora más del prestigioso bufete. Nada más adentrarme en la planta que me correspondía, saludé a la secretaria, una joven rubia de veintipocos años que aparentaba alguno más. Ella ya me conocía y guardaba la infidelidad de su jefe en secreto; era discreta y siempre tenía una sonrisa en su bonito rostro. Le anunció mi visita a Nico —«Señor Costa, está aquí la señora López», como si fuera una clienta más— y luego entré en el despacho.

Me miró lujurioso mordiéndose los labios y, sin decir nada, apartó unas cuantas carpetas de su escritorio y me tumbó violentamente sobre él. Se puso encima de mí, me subió la falda y me bajó el top. Me lamió los pechos y se bajó la cremallera del pantalón. Entraba dentro de mí cambiando los ritmos, de forma calculada y apasionada a la vez; observándome con su mirada felina, penetrándome durante más de media hora. Ese día no tuve que fingir los gemidos porque, sorprendentemente, ese día dejé de verlo a él y vi ese otro rostro que tanto había amado mucho tiempo atrás. Me sentí totalmente confundida porque por primera vez estando con Nico experimenté placer, mucho placer. Y sentir deseo por él era una debilidad que no me podía permitir si quería seguir adelante con todo aquello.

—Me encanta hacerlo contigo... ¿Sabes?, a veces es como si te conociera de toda la vida —dijo lamiéndome el cuello por última vez. Luego se incorporó, se subió la cremallera del pantalón y se colocó bien la camisa—. Ahora discúlpame, pero, con toda la pena de mi corazón —sonrió burlón—, tengo que volver al trabajo.

Yo necesitaba hablar, obtener más información de él. Pero por más que lo intentaba, siempre me decía que tenía mucho trabajo pendiente, algún juicio o reunión con un cliente. Cuando terminábamos, se desentendía de mí, por mucho que se notase que le atraía.

—Antes de venir he tomado un café con Andrea —le solté ese día.

—¿Y?

—Tiene problemas con las pastillas, Nico. Y con el alcohol...

—Sí, está enferma, María, muy enferma. Y piensa que no sé nada sobre sus adicciones.

—¿No piensas ayudarla?

—¿Crees que no lo he intentado? —preguntó alzando la voz. Parecía molesto—. Es mi mujer y la quiero, ¿sabes?

Fue como si me clavara un puñal en el corazón. No podía ser: ¡sentía celos!

Tan simple como eso. Yo que creía que lo tenía totalmente dominado. Por un momento dudé de quién era la enferma. Porque yo también me sentía muy enferma a pesar de no ser una alcohólica adicta a las pastillas. Nico era mi enfermedad y mi obsesión. La causa de todas mis desgracias desde que apareció en mi vida.

—Bueno, me voy ya —dije, lo más dignamente que pude.

—¿Vienes mañana?

—A la misma hora —afirmé.

—Espera.

Se levantó y ante mi sorpresa, con una mano me agarró del cuello, me acercó a él y me besó apasionadamente empujándome contra la pared. Nunca lo había hecho. Luego, con esa mirada de loco que a veces ponía cuando algo le causaba placer, me dio un pellizco en el trasero.

—Te prometo que un día de estos te dedicaré un rato muy especial. —Y volvió a sentarse frente al ordenador, otra vez frío y distante.

Sí, me sentía una mujer objeto. Una sucia y rastrera amante de un hombre al que le importaba menos que un insecto. Pero ¿qué otra cosa podía hacer? Debía continuar, solo sería durante un tiempo. Luego, cuando consiguiera mi propósito, te dejaría a ti para volver a utilizar mi nombre real e irme muy lejos. Nunca me encontrarías, toda esta época pasaría y yo encontraría mi lugar en el mundo; tal vez alguien se enamorara de mí y yo de él, sin maltratos físicos ni psicológicos de por medio. Ese era mi deseo desde que toda esta pesadilla empezó.

Al volver a casa, sentí la mirada de Andrea desde la ventana de la cocina. Yo, como siempre, la saludé desde la distancia, con remordimientos por haber estado con su marido.

Entré en casa a las tres de la tarde, aún faltaban horas para que tú llegaras. Podía hacer con mi vida lo que me diera la gana en tu ausencia y tú no te darías cuenta de nada. Nunca te dabas cuenta de nada.

ANDREA

Lunes, 3 de agosto de 2015

JUGANDO AL ESCONDITE

Hoy, revisando mis escritos en el ordenador, retomo la lectura que tenía pendiente de la última novela que traté de iniciar. La última vez que le eché un vistazo estaba demasiado espesa como para prestarle la atención que merecía, pero al fin me siento preparada para averiguar si lo que mis dedos teclearon tiene sentido: «La protagonista de la historia investigaba sobre la desaparición de su vecina. La última vez que la vio fue de madrugada, yéndose en coche con su cuñado. El cuñado volvió pero ella no. ¿Dónde estaba su vecina? ¿Qué había hecho su cuñado con ella?»

«¿Por qué demonios no continué escribiendo?», me pregunto al terminar de leer esa brevísima sinopsis, a la que siguen menos de diez páginas, y sintiendo que este relato es sin duda verídico. No es extraño que alguien escriba sobre algo que le atañe por muy inverosímil que resulte; sin embargo, no me dio tiempo de plasmar en la novela mis descubrimientos. El motivo por el que mi cuñado quiere verme muerta.

Yo soy la protagonista; la vecina desaparecida y el cuñado también son personajes reales a los que por más que lo intento no logro poner cara. Por si fuera poco, no tenemos internet, eso no facilita mi búsqueda de lo que sucedió, y en televisión, cuando he intentado ver a escondidas las noticias sin que Nico se entere, no han vuelto a hablar del tal Carlos Díaz.

«Andreíta, tienes la mala costumbre de dejarlo todo a medias. Si hubieras continuado escribiendo sabrías más de la historia», murmura la voz en un tono siniestro, justo en el momento en el que, desesperada, apago el ordenador.

Lo que menos me apetece es verme sentada en una sala de interrogatorios tratando de responder a preguntas sobre un suceso que no recuerdo; pero por otro lado quizá sería más fácil dar la cara. Confirmar a la policía que no recuerdo nada y que no puedo ayudar.

Aunque no se lo demuestre, a veces me enfado con Nico, porque odio tener que esconderme y guardar secretos. No puedo olvidar lo que me dijo: «Tú estabas metiendo las narices en el asunto y lo tenías muy cabreado.» Pero, claro, al estar amnésica, tampoco puedo saber si lo que me contó es verdad o no.

No solo estamos aquí, alejados del mundanal ruido, para evitar hacer declaraciones en comisaría: también huimos de mi cuñado. Me parece una locura. No le pongo rostro, no sé cómo habla o cómo es su mirada; pero le tengo miedo porque vi pánico en los ojos de Nico cuando me habló de él.

Puede que si me encuentra me quiera matar, como por lo visto ha hecho con la mujer de Carlos Díaz. Ese es otro tema: ¿dónde está el tal Carlos que me dejó en estado de coma haciéndole un favor a mi cuñado porque empezaba a «saber demasiado» sobre no sé qué?

Siguen las preguntas y, por supuesto, la falta de respuestas y la angustia. El calor tampoco ayuda. Me nubla las ideas y me agota, lo único que me apetece es estar dentro de esta casa de paredes de piedra que otorgan frescor, tumbada en la cama o en el sofá.

Llaman a la puerta: es María. Como siempre que ella aparece, ni rastro de Nico. Al menos me alivia saber o intuir el motivo, por lo que tengo que ser precavida con ella.

—¿Cómo va todo por aquí? —me pregunta.

—Igual que siempre... ¿Quieres un café?

—Pues sí, gracias.

Me sigue hasta la cocina. Su sonrisa, su aire desenfadado y su carácter dicharachero y extrovertido me inspiran confianza, pero aun así no puedo olvidar que es poli, que en cualquier momento puede hacer unas llamadas, decir dónde estoy y ponernos en peligro a Nico y a mí si su hermano se entera de dónde estamos.

—¿No hay planes para el verano? ¡A ver si os animáis a salir una noche a la plaza! La Taverna saca mesas y sillas y pasamos el rato, soportando este calor —dice, mirando a su alrededor y agradeciéndome con una sonrisa la taza de café que le ofrezco. Luego se sienta encima de la mesa.

—No, Nico y yo apenas salimos.

—No hace falta que me lo digas —comenta riéndose.

—Bueno, nos gusta estar en casa —le explico a modo de disculpa.

Admiro su seguridad. Yo he adquirido la mala costumbre de ir encorvada, mis pasos son débiles, como si tuviera miedo de hacer ruido al pisar el suelo. María es todo lo contrario, tiene una apariencia tan imponente que a veces me intimida, aunque en otras ocasiones deseo ser como ella.

—¿Más café? —le pregunto, al ver que ya tiene la taza medio vacía.

—No, gracias. Tendré que hacer como que trabajo algo. Si no quieres pegar un palo al agua, métete a poli de pueblo.

—Siempre tendrás cosas que hacer, ¿no?

—Recorrer los pueblos vecinos para ver que todo está en orden. Pero esta zona es muy tranquila, nunca pasa nada.

María me guiña un ojo y suelta una carcajada. Yo me quedo en blanco, tratando de recordar de qué me suena lo que acaba de decir. Intento averiguar dónde, cuándo y de quién he oído esta misma frase, o por lo menos una muy parecida.

«Nunca pasa nada. Tú te enterarías. Nadie se libraría de ir a prisión en el caso de que le diera por asesinar a alguien.»

—Andrea. Andrea. Andrea, ¿estás bien? ¿Otra vez el mareo? Oye, ¿estás segura de que no estás embarazada?

—Estoy bien.

Pero lo veo todo borroso. No, no estoy bien.

—Necesito una pastilla, me ha entrado un dolor de cabeza tremendo —digo, tocando con nerviosismo la parte de la cabeza en la que me di el golpe. Dejo al descubierto un trozo de cabello más corto y la cicatriz que suelo cubrir con la melena suelta.

—Te abriste la cabeza, no lo había visto.

—Sí, por lo visto fue un golpe fuerte. Me dieron varios puntos.

—¿Y eso te provocó la amnesia?

—El coma. El golpe me provocó el coma. La amnesia fue producida por acontecimientos estresantes o traumáticos que sucedieron instantes antes del golpe. No sé. Ni siquiera sé si eso es cierto.

—Vaya. No me voy tranquila, que lo sepas. ¿Y tu marido?

—Por ahí, ni idea —respondo de inmediato: no quiero que crea que Nico se esconde de ella, porque no sería bueno ni para él ni para mí. Engullo la pastilla sin necesidad de beber agua y sonrío.

—Vendré luego por la tarde, cuando acabe el turno.

—No hace falta, María.

—Me preocupas, Andrea. De verdad que sí.

—¿Por qué?

María guarda silencio. Es la primera vez que la veo sin esa chispa que la caracteriza, más seria y reflexiva de lo normal.

—Gracias por el café. Te veo luego, cuídate.

Cuando María se va, aparece Nico bajando las escaleras.

—¿Ya se ha ido?

—Sí. Le parecerá raro que siempre estés ausente, no creo que pase nada si hablas un poco con ella, ¿no crees?

—No me fío.

—No te gusta la policía —confirmo.

—No es eso, es que...

—Nico, qué cansada estoy de que no hables claro.

Nico ignora mi comentario y, asegurándose de que María ha desaparecido por completo, sale afuera a cortar leña. Poco más hay que hacer por aquí que prepararse para el invierno, aunque aún queden meses para recibir al frío.

Martes, 4 de agosto de 2015

ABURRIMIENTO

¿Puede alguien morir de aburrimiento? Nico apenas me habla, no hemos vuelto a tener contacto físico; ni siquiera un beso, y mi única relación con el mundo exterior es María, que suele venir a tomar un café rápido cada mañana antes o después de emprender su jornada laboral, que consiste en: ayudar a ancianos, vigilar la carretera, acudir a algún accidente y hablar con la gente del pueblo. Nunca la he visto trabajando, no salgo de casa y menos con la ola de calor que está cayendo en Espinelves, pero imagino que la respetan y el pueblo la quiere. No puede imaginar cuánto llego a envidiarla por eso, de mí no se acuerda nadie y si hay alguien que lo hace por lo visto es para matarme. No hay un solo día en el que no piense en mi madre y no llore contemplando la cajita que no he vuelto a coger de la repisa de la chimenea.

Además, Nico, que durante el día no hace otra cosa que cortar leña, duerme en el sofá, porque dice que ronca mucho y que no quiere molestarme; pero lo que creo realmente es que no le atraigo y me evita a toda costa con tal de no volver a hacerme el amor. Me dijo que teníamos problemas como cualquier otro matrimonio, pero creo que también me mintió cuando me dijo que se dio cuenta de que no podía vivir sin mí y que me quería cuando me vio postrada en la cama del hospital.

—¿Por qué no escribes? —sugiere Nico mientras desayunamos.

—La escritora amnésica. Genial.

—¿Qué quieres saber...? —dice Nico cansado.

—¡Todo! Para empezar, ¿qué estaba descubriendo que tiene tan cabreado a tu hermano?

—No. En serio, no. De mi hermano no voy a hablar.

¿Y qué debo hacer ahora? ¿Volver a cabrearme como una cría y encerrarme en el dormitorio donde duermo sola?

Miércoles, 5 de agosto

EL AMOR NO EXISTE

—Pero si ni siquiera lo recuerdas... ¿no se te hace raro? —me dijo ayer María, sentada, como siempre, encima de la mesa.

—Sé lo que quieres decir, pero la vez que lo hicimos, yo... —Me avergüenza hablar de estos temas, sobre todo con María, a quien todavía no conozco bien aunque ella me haya contado su vida y milagros—. Me sentí como en el cielo, María. Como en el cielo. Eso significa algo, ¿no? Mi cabeza no lo recuerda, pero mi corazón le quiere.

—Uy, uy, uy... eso ha sonado muy a novela de Danielle Steel.

—¿Eso qué significa?

—Quiero decir que es una frase muy romántica e idílica. Andrea, el romanticismo hoy en día no existe.

—Me niego a creer eso —le respondo riéndome.

—Te has quedado anclada a principios del siglo XXI, entonces puede que aún hubiera amor.

Vuelvo a reírme.

—¡No seas ridícula! El amor siempre es el mismo en el siglo XV, como en el XXI o en el año 2000 antes de Cristo.

—Ya... Bueno, no me hagas mucho caso. Ya sabes que estoy cabreada con el amor. Muy cabreada. Veo a cualquier pareja feliz por ahí, cogiditos de la mano y ¿sabes lo que me apetece? —Alza la mano y se mete el dedo en la boca a modo de pistola disparando con el gatillo ficticio.

Doy un respingo; es la primera vez a lo largo de estos días que quiero que María salga de mi casa.

—Tengo cosas que hacer, María —me invento, deseando perderla de vista.

—Sí, y yo. Me voy.

Jueves, 6 de agosto

BEBE Y RECUERDA

Son las once y media de la mañana y María no ha aparecido por casa. En cierto modo me alivia; vigilo desde la ventana por si viene, mientras contemplo a Nico en el exterior cortando leña. Miro en dirección al salón y por poco no me entra la risa al ver todos los troncos que tenemos apilados al lado de la chimenea.

—¡Tenemos para cinco años! —grito desde la cocina.

Nico me mira, frunce el ceño como si no entendiera lo que le digo y sigue cortando leña.

«Bebe. Venga, solo un traguito de whisky.»

«Eres el demonio», le digo a la voz, harta de oír sus tonterías y provocaciones.

«Te sentirás mejor. Solo un traguito, anda. Abre el armario que tienes a la izquierda, hay un regalito para ti.»

«No seas ridícula.»

«Compruébalo tú misma.»

Miro a mi izquierda, abro el armario y, tal y como ha dicho la voz, hay una botella de whisky escondida al fondo, detrás de una bolsa enorme de magdalenas. Si no te fijas bien, la botella pasa desapercibida. Quisiera preguntarle a Nico qué hace una botella de whisky aquí. ¿Es para él? ¿Bebe a menudo o solo de vez en cuando? Tiendo el brazo y, mirando a mi alrededor, temiendo que Nico me descubra, cojo la botella y compruebo que está llena, lo que me tienta a echarme un chorrito en el café.

«Bebe. Lo verás de otra manera. Y si lo mezclas con las pastillas que te recetó el médico para el dolor será la bomba.»

Es la primera vez que la voz resulta agradable aunque, como siempre, se le nota ese resquicio de maldad y manipulación que me pone los pelos de punta. Sin pensarlo dos veces, e ignorando si me gusta el alcohol o no, le echo un chorrito de whisky a mi café y al darle el primer trago me sabe a gloria. Como si lo hubiera echado de menos. Como si fuera adicta a ese sabor.

«¿Lo ves? Hazme caso, siempre tengo razón. ¿Verdad que te sientes mejor?» Provocadora y mezquina, hace que sonría, le eche un chorrito más de whisky al café y vuelva a dejar la botella al fondo del armario, para que Nico no note nada.

—¿Qué haces? —pregunta Nico desde el recibidor.

—Bebo café —respondo nerviosa.

—Voy a darme una ducha.

—En vez de cortar tanta leña podríamos salir, ¿no? Aquí en Espinelves no nos busca nadie, Nico. ¿Qué te parece?

—Luego.

—¿Y si vamos a Barcelona?

—¿En verano? Es agobiante, Andrea. Por algo huimos de allí.

—Pero pasar un día no nos va a hacer daño. Prometo ponerme peluca.

Me río, como si dos traguitos de whisky ya me hubieran alegrado la mañana y mejorado el humor.

Nico muestra una mueca burlona y una media sonrisa, se acaricia la nuca y sube las escaleras hasta el cuarto de baño.

«Bébetelo de un trago y sube con él.»

Noto mis mejillas sonrojadas, me tiemblan las piernas y se me irrita la garganta. Me meto en la boca un caramelo de menta para disimular el aliento a alcohol y me cuelo en el cuarto de baño donde Nico, desnudo, se sorprende al verme, segundos antes de meterse en la ducha.

—¿Qué haces?

Me abalanzo sobre él y le beso en la boca. Aunque al principio parece desconcertado, sigue mi ritmo. Primero lento, dulce y luego apasionado; puro fuego que se entremezcla con mi lengua y me provoca una excitación que no recordaba. Me quito la camiseta, lanzo los pantalones al suelo y lo arrastro hasta el interior de la ducha, donde hacemos el amor mientras el agua cae sobre nuestros cuerpos. Es emocionante, como si descubriera su cuerpo por primera vez; sus besos, sus caricias y su penetración perfecta vuelven a hacerme sentir la mujer feliz que de niña imaginé que sería. Hay luz, magia y pasión. Nico corresponde a todos y cada uno de mis movimientos, se deja llevar por mí.

Extasiada, le susurro que quiero visitar la calle Santa Anna.

—Estás obsesionada —me susurra al oído.

Me río y le beso, en este momento me siento inmensamente feliz.

Minutos más tarde, salgo de la ducha, me coloco una toalla alrededor del cuerpo y voy hasta el dormitorio. Al igual que la primera vez que recuerdo haberlo hecho con Nico, la felicidad vuelve a durarme muy poco al ver la cajita con las cenizas de mi madre sobre la cama.

—¡Nico! ¡Nico! ¡Nico! —grito enfurecida.

—¿Qué pasa? —pregunta Nico desde el umbral de la puerta con solo una toalla alrededor de la cintura.

—¡¿Por qué has puesto las cenizas de mi madre aquí?!

Me mira extrañado como si no supiera de lo que hablo.

—¿Por qué no las has dejado encima de la chimenea?

—Andrea, yo no he tocado nada.

—Ah, ¿no? ¿Y quién lo ha hecho? —Cojo la caja—. ¿El Espíritu Santo? ¿La caja tiene patas, ha saltado de la chimenea, ha subido las escaleras y se ha colocado en medio de la cama? —Estoy furiosa—. ¡¿Por qué me mientes?! —le pregunto exaltada.

—Antes que nada, cálmate. No he tocado la caja. Quizá tú la has traído hasta aquí y no lo recuerdas.

—¿Ahora quieres llamarme loca? ¿O me quieres volver loca? ¿Eso es lo que quieres?

Le empujo, salgo de la habitación, bajo corriendo las escaleras y vuelvo a dejar la caja encima de la chimenea. Si pudiera vomitar, lo haría; pero en vez de eso vuelvo a la cocina y, sin disimulo, cojo la botella de whisky y pego un trago ante la atenta y sorprendida mirada de Nico que ha bajado las escaleras y se ha situado tras la mesa. Mira por la ventana y hacia la puerta.

—¿Y si ha entrado alguien? —supone desconcertado.

—La puerta está cerrada. Siempre me encargo de eso.

—La puerta no está cerrada, Andrea. Alguien ha debido de entrar y ha movido la caja de sitio —dice asustado, girando el pomo y demostrándome que nos hemos dejado la puerta abierta.

Me llevo una mano a la cabeza, justo en el punto en el que tengo la cicatriz; la botella, a los labios, dando otro largo trago, y miro fijamente a Nico buscando una explicación razonable a todo esto.

—Sigo sin fiarme de ti, Nico —confieso.

—¿Qué puedo hacer para demostrarte que puedes confiar en mí?

De nuevo, ese tono que me demuestra un agotamiento mental importante, haciéndose pasar por la víctima de toda esta situación.

—Llévame a nuestro piso. Al de la calle Santa Anna —insisto.

—Hace tiempo que no vivimos allí.

—Me da igual. Alguien puede reconocerme y contarme más cosas sobre mí que tú.

—Si te llevo a Barcelona, ¿cambiarás de actitud?

—Te lo prometo.

—Vístete. Nos vamos a Barcelona.

ELSA

EXCUSAS

Diciembre de 2014. Las fiestas navideñas, comprar regalos y hacer recados varios me sirvieron como excusa para desaparecer de casa incluso estando tú. Siempre tenía algo que hacer y tú no estabas por la labor de acompañarme y mezclarte con la multitud. Te habías acostumbrado, aunque no lo quisieras reconocer, a la soledad de la urbanización, a la tranquilidad de la calle y del interior de tu amplio hogar con vistas a un jardín sin flores y sin piscina. A todo nos acabamos acostumbrando, ¿verdad, Carlos?

No recuerdo qué día era, solo que caía en jueves y decidí coger el coche a las once de la mañana e ir hasta el centro de Barcelona.

Como de costumbre, fui a hacer una visita fugaz a Nico. Dios, follar con él era intrépido y salvaje. Nos volvía locos que su secretaria, desde el vestíbulo, nos oyera gemir y decirnos palabras vulgares al oído. Nos ponía el riesgo: si nos pillaban, era probable que despidieran del bufete al siempre

profesional abogado Costa. Éramos un par de guarros en-
fundados en ropa elegante, adictos a nuestra piel. Nico no
volvió a mencionar a Andrea; tampoco volvió a decir que era
la mujer a la que quería. Su mirada hacia mí había cambiado
a lo largo de los últimos días. Me pregunto si también miraba alguna vez a Andrea así; cuando Nico estaba en mi interior, no podía dejar de pensar en ella y visualizar su rostro
con una extraña expresión que me decía: «¿Qué haces, Elsa?
Vuelve a casa. Vuelve con tu marido.»

Salí del bufete mirando a ambos lados de la calle. En vez
de coger el metro o algún autobús que me llevara hasta mi
destino, elegí ir caminando y así dar un tranquilo paseo por
Barcelona.

Caminé durante media hora por el paseo de Gràcia contemplando las prisas de la gente y los escaparates de algunas
de las más lujosas tiendas de la ciudad. Crucé la ronda de Sant
Pere saboreando aún entre mis labios el sabor a chicle de
menta que me había dejado Nico; me adentré en la plaza de
Catalunya deteniéndome a dar migas de pan a las palomas,
para minutos más tarde sufrir la calefacción elevada de El
Corte Inglés e ir hasta la planta de ropa para hombres para
comprar algún jersey masculino que pudiera gustarte. Al fin
y al cabo, pensabas que estaba de compras navideñas; no podía llegar a casa con las manos vacías. Acalorada, salí de allí
con tres bolsas que me deseaban una Feliz Navidad y seguí
caminando por la avenida Portal de l'Àngel entreteniéndo-
me con los puestos de objetos artesanales increíblemente bonitos que estaban expuestos. Antes de enfilar la calle Santa
Anna, la miré aún situada en la avenida principal, y con la
mirada fija en el suelo avancé hasta llegar al portal en el que
había vivido Clara. Nunca fui a visitarla, siempre quedába-
mos en otro lugar, para ser precavidas.

El cielo empezó a oscurecerse cuando entré en el viejo
vestíbulo. Subí por las escaleras hasta el segundo piso, cogí

las llaves del bolso y entré en el que había sido durante dos años el piso de mi hermana. Olía a cerrado y a humedad, pero a cada paso que daba por las baldosas ornamentadas de principios del siglo XX era como si Clara caminara a mi lado. Poco amueblado, lo justo y necesario. Abrí las puertas de los dos minúsculos balcones que había en el salón. Me senté en el sofá dejando las bolsas en el suelo y miré a mi alrededor. Ella no vendría, por supuesto. Estaba muerta, pero seguía estando allí; podía notar su presencia. Quería decirle que podía estar tranquila, que todo iba a salir bien. Pero no me dio tiempo, ya que enseguida llamaron a la puerta. Abrí y allí estaba él: su presencia me inspiraba calma, me ofrecía toda la tranquilidad que necesitaba para ese momento. Estaba ojeroso y más pálido de lo que recordaba; él, que siempre había presumido de una tez bronceada, ahora era solo una sombra de lo que fue.

—¿Cómo estás? —me preguntó, con esa voz ronca y fuerte que lo caracterizaba—. Ya casi ni te reconozco —comentó sonriendo tristemente.

—Han pasado quince años —susurré.

—Se dice pronto.

Asentí. Quería hablarle de la muerte de Clara, aunque era algo que ya habíamos comentado por teléfono, de cómo me había ido la vida y de lo mal que salen a veces los planes. Pero una sola mirada lo dijo todo y nos fundimos en un abrazo.

—La vida parece no tratarte muy bien —dije, acariciando su mejilla poblada por una espesa barba.

—Han pasado muchas cosas, Elsa. Muchas.

—¿Me ayudarás? Sola no creo que pueda hacerlo.

—Para eso he vuelto.

ANDREA

Jueves, 6 de agosto de 2015

La calle Santa Anna

Salvo mi escapada a La Taverna el día que conocí a María, no he vuelto a salir de casa. Airearme me va a venir muy bien; caminar por otros lugares que no sea por los alrededores campestres de mi casa de Espinelves también. Nico conduce en silencio, muy concentrado en la autopista que nos llevará hasta el centro de Barcelona. Oculta los ojos tras unas gafas de sol y me ha dicho que haga lo mismo, por si acaso.

«¿Por si acaso qué?», le he preguntado. «Por si acaso nos encuentra», ha respondido misteriosamente.

Sé que se refiere a su hermano, pero si ni siquiera sé cómo es, ¿cómo voy a saber que estoy en peligro? Prefiero olvidarlo, prefiero no pensar. Solo deseo recordar. Recordar qué sabía yo que resulta tan peligroso.

La voz ha enmudecido, al menos de momento, y parece que yo también. No hemos vuelto a hablar del misterio de cómo ha acabado la caja con las cenizas de mi madre en la cama; tampoco de qué es lo que haremos exactamente en Barcelona. Quiero que le quede claro a dónde quiero ir.

—Al piso de la calle Santa Anna.

—No podremos entrar —advierte.

—Me da igual. Quiero ir hasta allí.

—Como quieras.

Barcelona nos da la bienvenida con su calor bochornoso de siempre y sus calles repletas de turistas conociendo la ciudad y fotografiándola al completo. El asfalto de la ciudad me quema los pies, acostumbrados a la tierra y al césped del campo.

Cuando salimos del *parking* que está cerca de El Corte Inglés de la plaza de Catalunya, me siento un poco perdida. Nos entretenemos un poco mirando a nuestro alrededor en el centro de la plaza, rodeada de edificios, hoteles, tiendas, bares y considerada como una de las más grandes de España, que está hasta los topes de palomas, niños, turistas de todas las nacionalidades habidas y por haber y ancianos desperdigando migas por el suelo. Parece no importarles que el sol despliegue sus rayos con fuerza y que el calor a las cinco de la tarde sea insoportable.

—Muchos domingos venía aquí con mi padre —le digo a Nico—; sobre todo, en invierno. Dábamos de comer a las palomas, caminábamos por la Rambla y volvíamos aquí. Justo aquí —sigo diciendo, señalando la baldosa central de la plaza, por donde revolotean más palomas.

—Tu padre debía de ser un gran tipo. Me habría gustado conocerlo —me dice él sonriendo.

—El mejor —afirmo.

Al bajar por la avenida Portal de l'Àngel, lo veo todo diferente a como lo recordaba. Parece que fue ayer cuando iba con mi padre en dirección a El Corte Inglés para comprarle algo bonito a mi madre. Así era cómo lo decía él: «Vamos a El Corte Inglés a comprarle algo bonito a tu madre.»

Parece que lo esté oyendo ahora mismo.

Nico parece darse cuenta de mi confusión; debe de notar la inconfundible nostalgia en mi mirada, y me pasa un brazo por la espalda en un gesto protector. Me aprieta cariñosamente el hombro, yo miro hacia arriba y le sonrío, agradeciéndole este viaje exprés a Barcelona y este paseo que ahora me resulta extraño. No había tenido en cuenta que la amnesia me influiría también a la hora de visitar los mismos sitios de siempre, que sin lugar a dudas habrán cambiado con el paso del tiempo.

Nos detenemos frente a la oscura y transitada calle Santa Anna. ¿Tanto me obsesioné con *La sombra del viento* como para querer vivir aquí?

Observo la calle con una mezcla de emoción y remordimientos que no sé de dónde proceden. Miro a la gente, por si alguno de los que pasa por aquí me reconoce, me saluda, y me cuenta algo sobre mi vida. ¿Qué tipo de vecina era? ¿Me llevaba bien con todos? ¿Qué clase de loca obsesiva se empeña en vivir en el mismo lugar que un personaje ficticio de un libro?

Inmediatamente, antes de que las agujas vuelvan a clavarse en mi cerebro o me entre un ataque de ansiedad, cojo del bolso la caja de pastillas y me llevo una a la boca. Después busco otra caja, la de tranquilizantes que no me ha recetado ningún médico pero que ya tenía en un bolsito interior del bolso, y, disimuladamente, sin que me vea Nico, también me la llevo a la boca. Me hace sentir bien cuando roza la tráquea provocándome un cosquilleo. No sé qué efectos puede tener mezclar unas pastillas con otras, pero a estas alturas me da igual.

—¿Recuerdas algo? —me pregunta mirando a su alrededor.

—¿Debería?

Le lanzo una mirada de complicidad. No quiero volver

a enfadarme o a estar irascible con él; no se lo merece. Creo que a su manera intenta ayudarme.

—¿En qué edificio vivíamos? —pregunto, alzando la vista hacia los viejos y grises edificios de estrechos balcones con puertas de madera oscura y cristales sucios.

Nico me coge de la mano y me lleva hasta el número 27 de la calle Santa Anna. En comparación con otros edificios, de grandes portones de madera originales de principios del siglo XX, la entrada del número 27 es de reducidas dimensiones; Nico tiene que agacharse para entrar por la puerta. Una tienda de cosméticos modernos contrasta con la antigüedad de la farmacia que hay a ambos lados de la entrada del edificio.

—Como te he dicho, ya no podemos entrar en el apartamento —me advierte Nico.

La puerta está abierta y Nico y yo nos adentramos en el minúsculo vestíbulo sin portero y sin ascensor, con unas escaleras rectas y estrechas que conducen a los pisos.

—¿En qué planta vivíamos?

—En la tercera —responde Nico, tras unos segundos de silencio, tratando de encontrar el interruptor de la luz para no quedarnos a oscuras dentro del frío portal.

—Será solo un momento, hasta que aparezca algún vecino, ¿vale?

Pasa media hora y nadie baja las escaleras o entra en el portal; me siento como si me encontrara dentro del vestíbulo de un edificio fantasma. Miro los buzones; la pintura verde del metal está desgastada y hay diversas iniciales y palabras grabadas con algún objeto punzante en algunos. Reparo especialmente en el de un tercer piso: «Criminales» es la palabra escrita más agradable, el resto se tienen que leer con lupa, pero distingo en una de ellas «Hijos de puta».

—Los vecinos aquí no parecen ser muy agradables —comento, señalando el buzón. Nico se agacha para ver lo que estoy viendo yo, me mira de reojo y se encoge de hombros sin decir nada—. Nico, no sería nuestro piso, ¿verdad? —pregunto seriamente.

—No, mujer. El nuestro era el de al lado.

—Menos mal.

—No viene nadie, Andrea. Puede que la mayoría de los vecinos estén de vacaciones. ¿Por qué no nos vamos? Te invito a tomar algo en la plaza Reial, ¿quieres?

Se me iluminan los ojos con solo imaginar la plaza Reial tal y como era al menos cuando solía ir con mi padre a tomar un café a alguna de sus terrazas y a fingir que me interesaban las noticias que él leía en el periódico, solo para disfrutar de su compañía algún sábado por la mañana en la que nos apetecía madrugar para aprovechar el día.

—Sí, será mejor que nos vayamos.

Voy detrás de Nico, que se agacha para poder salir por la diminuta puerta, y en cuanto pongo un pie en la calle un señor mayor, de unos sesenta años con mal aspecto y mal vestido, se nos queda mirando sin disimulo y nos dedica una sonrisa torcida mirándonos de arriba abajo.

—¿Nos conocemos? —le pregunto.

—¿Cómo no os voy a conocer?

—Lo siento, yo...

—Gregorio —me interrumpe bruscamente—, por si no recuerdas mi nombre. ¿Cómo se vive con la conciencia cargada de demonios?

—¿Cómo dice?

Entro en *shock*. El hombre se ríe amargamente, dejándome quieta como una estatua frente al portal. Lo observo subir las escaleras con la cabeza gacha y un par de bolsas que parecen pesarle, y una sombra se cierne sobre mí por el eco que han dejado sus palabras.

—¿Por qué ha dicho eso, Nico?

—Vete a saber, puede que esté borracho o un poco loco. Un poco raro el hombre, ¿no?

Él parece restarle importancia, pero a mí no me ha parecido que esté borracho o loco; parecía saber perfectamente lo que decía.

«¿Cómo se vive con la conciencia cargada de demonios», me repite la voz riéndose.

«¿Qué es lo que he hecho?», le pregunto.

Pero no contesta. Mi cabeza se ha quedado en silencio; Nico me agarra del brazo como si no hubiera pasado nada y me conduce hasta la plaza Reial, a la que llego sin apenas darme cuenta de cómo han cambiado las calles durante estos últimos trece años. La mezcla de pastillas ha afectado a mi cerebro y, justo en el momento en el que nos sentamos a una mesa tras un arco desde donde se ve la Fuente de las Tres Gracias, se me nubla la visión. Siento que Nico me coge la mano como tantas veces hizo en el hospital y, cuando creo que me voy a desmayar, veo a una mujer acercándose lentamente a mí.

Sonríe. Lleva algo en la mano pero no sé qué es.

Su cabello es rizado y negro como el azabache.

Lleva un vestido veraniego de flores de las que no distingo el color.

Sus ojos, intensamente verdes, también sonríen. Pero de repente dejan de hacerlo; se vuelven turbios, la sonrisa de sus labios desaparece y alza la mano mostrándome una jeringuilla.

—¡Andrea!

Grito. Grito porque la mujer se me ha abalanzado y quiere inyectarme algo. Muevo las manos, intento atacarla para que me deje en paz; defenderme para que no me clave esa enorme aguja.

—¡Andrea! —grita Nico, y oigo su voz lejana.

—¡Déjame en paz!

La mujer desaparece. En su lugar, Nico me sujeta los brazos; su cara, a escasos centímetros de la mía, trata de convencerme que lo que he visto no es real. A nuestro alrededor se han congregado un par de ancianas, una joven con la mirada asustada y dos camareros. A lo lejos, todo el mundo me mira.

—Vámonos de aquí, volvamos a Espinelves —le digo a Nico aterrorizada.

Aún con el miedo en el cuerpo y el rostro de la mujer que me atacaba, camino por las calles de Barcelona con un solo deseo: no volver a pisar el asfalto de la ciudad. Ya no quiero recordar ni siquiera aquellos veranos sofocantes en los que a mi padre le tocaba trabajar la primera quincena de agosto y sobrevivíamos en la ciudad como podíamos, visitando todos los monumentos históricos, entrando en museos y conociendo hasta los más ínfimos detalles de la Rambla de Barcelona que para el resto de personas pasan desapercibidos; como el evidente aunque olvidado mosaico de Miró, que simboliza la entrada por mar a Barcelona y marca el centro de la Rambla. Nadie se fija en él porque quizás estamos demasiado acostumbrados a mirar de frente; por eso mi padre me enseñó que, a veces, también debemos mirar a los lados. «Cuántas cosas puedes perderte por no mirar a tu alrededor —me decía—. Mira. Mira a tu alrededor y observa. Todo suele estar a nuestro alrededor.»

Eso es lo que hago. Cogida de la mano de Nico, camino a toda prisa por la Rambla en dirección a la plaza de Catalunya mirando a mi alrededor por si a la mujer con una jeringuilla en la mano se le ocurre perseguirme. De ahí vamos hasta el *parking*, Nico se queja de lo caro que es y cogemos el coche en dirección al pueblo.

No pregunta nada, se limita a conducir, ya sin las gafas de sol, con semblante serio.

Dos horas más tarde entramos en casa y me refugio en la habitación con la caja que contiene las cenizas de mi madre abrazada al pecho.

Miércoles, 12 de agosto de 2015

PASTILLAS

Solo una pastilla más para calmar este dolor y tranquilizar a los demonios que vienen a visitarme de noche, cuando todo está oscuro y solo se oyen voces y risas a lo lejos, porque cerca no hay nadie. Las casas más cercanas están vacías y cada vez siento que estoy más sola.

Las palabras de aquel hombre siguen en mi cabeza, son como ecos de ultratumba que vienen a visitarme para atormentarme y que junto a la voz no me dejan dormir.

«¿Cómo se vive con la conciencia cargada de demonios?»

No debería haber vuelto a Barcelona; Nico tenía razón, tendría que haberle hecho caso.

He leído cien veces las casi diez páginas que escribí: mi cuñado, la mujer desaparecida y yo. Le doy un sorbo a mi café con whisky mientras la voz se ríe y me dice: «No hay amnesia que valga cuando tu cuerpo es adicto a las pastillas y al alcohol.» Puede que tenga razón: quizás antes ya tomaba tranquilizantes mezclados con alcohol y la amnesia no ha conseguido que dejara mis vicios, sino todo lo contrario. Esta angustia me ha obligado a seguir siendo el despojo humano que por lo visto era.

Sigo dándole vueltas a la cabeza y tengo muchísimo miedo. Miedo a que tal vez yo fuera la causante de la desaparición de esa vecina a la que no pongo rostro.

«¿Soy una asesina?», me pregunto, dando vueltas de un lado a otro por el salón.

Durante estos días, después de la visita que jamás debería haber hecho a Barcelona, he pensado que la mujer desaparecida es la que se me apareció con la jeringuilla en la mano. Era tan real como el paisaje que estoy mirando a través de la ventana, y tan agresiva que me temo que su espíritu ha venido a por mí y me perseguirá hasta que se haga justicia. Ni siquiera sé si creo en espíritus.

«No digas tonterías —me dijo Nico esa misma noche, después de contarle sin demasiado detalle lo que vi—. Tú no has hecho nada malo. El cerebro a veces juega malas pasadas. De verdad, confía en mí.»

«Estoy harta de que me digas que confíe en ti», le dije yo.

Y a pesar de enfadarme de nuevo, le rogué que no se fuera al sofá a dormir y se quedara conmigo esa y todas las noches. Dormir con Nico me tranquiliza, pero aun así me es imposible conciliar el sueño. Unos sudores se adueñan de mi cuerpo, las ramas de los árboles siguen pareciendo garras en la oscuridad y este terrible calor, a pesar del frío que producen las paredes de piedra de la casa, me impide descansar lo suficiente. Así que la mayoría de las noches me encierro en el estudio y leo y releo las páginas escritas sobre esa desaparición. Los otros archivos hablan de muertes e inspectoras que van a por el asesino en serie con toda la valentía que las caracteriza. Pienso en María, la imagino en una de estas investigaciones y luego me río de mí misma porque ¿quién va a matar a alguien en este pueblo donde nunca pasa nada?

«Nunca pasa nada. Recuerda. Nunca pasa nada —me atormenta la voz—. ¡Zas! —me sobresalto, me asusta—. Hasta que pasa.»

Aunque no sé si soy muy experta en temas informáticos, trato de buscar archivos ocultos o borrados en el ordenador; pero tampoco encuentro nada. No hay nada. ¡Nada!

Me desespero por momentos.

Pronto amanecerá y puede que María venga a tomar un café. No la veo desde la semana pasada, a lo mejor ella también se sintió incómoda y ya no le interesa venir a verme, o puede que tenga mucho trabajo.

¿QUÉ HICE?

A través de la ventana de la cocina, con una taza de café que disimula un chorrito de whisky, veo que viene María. Nos sonreímos, puede que nos echáramos de menos. Antes de que llegue a la puerta abro y voy directa a servirle un café.

—¿Cómo estás? —me pregunta amablemente.

—No he dormido en toda la noche. Este calor me va a matar.

—Pues la casa es fresquita.

—Lo es, sí.

—Pero no solo el calor te impide dormir por las noches, ¿verdad? ¿Qué tal tu marido?

Me encojo de hombros, no sé dónde está.

—Tengo tantas ganas de que llegue el invierno... —Se ríe—. ¿Alguna novedad?

—¿Sobre qué? No salgo de casa.

—Con tu marido. —Me guiña un ojo y vuelve a reírse. Adoro su locura.

—Bueno... puede —digo riendo pícaramente.

—¡Eso es bueno! Y los recuerdos, ¿cómo van?

Permanezco en silencio unos segundos. Miro por la ventana, ni rastro de Nico. Vuelvo a mirar a María; necesito desahogarme y hablar con alguien aunque temo que no sea la persona más indicada.

—Nada. No recuerdo nada.

—Aún no me has dicho dónde vivías antes de venir aquí. ¿Por qué tu marido te mintió diciéndote que os habíais mudado hace tres meses cuando sabemos que eso no es verdad? —pregunta seriamente, dándole un sorbo al café.

—No sé qué decir.

—Andrea, puedes confiar en mí.

Sonríe amablemente y hace un gesto para que me siente a su lado. Le hago caso, me coge de la mano y me mira fijamente.

—He estado investigando un poco. Sé quién te produjo el golpe en la cabeza, se llama Carlos Díaz; ha desaparecido, no lo encuentran. ¿Sabes?, yo creo que alguien lo ha matado. Es posible que tu marido... —duda un momento—, que tu marido me evite porque es culpable de asesinato.

—¡No! Por Dios, María... No. Nico no es un asesino. Confío en él.

Me sorprendo al oírla decir eso, aunque mil dudas me asaltan. No he podido ver las noticias en televisión, no sé si han vuelto a hablar de ese hombre y he olvidado el rostro del tal Carlos.

—Pero Nico no te ha dicho que vivíais en una urbanización de Mataró, ¿verdad?

—¿En una urbanización de Mataró?

«La calle Santa Anna. Yo vivía en la calle Santa Anna y de allí nos trasladamos aquí para escondernos del mundo y de mi cuñado, no he pisado Mataró en mi vida.»

María nota mi desconcierto, pero sigue hablando de manera profesional.

—Ahí es donde vivía Carlos Díaz con su mujer —me explica con tranquilidad—. Tú vivías en la casa de enfrente. Andrea, ¿le hiciste algo a esa mujer para que su marido entrara en cólera y te atacara?

«¿Le hiciste algo a esa mujer? ¿Le hiciste algo a esa mujer?»

¿Qué le hice?

—¿Andrea? —insiste María sin soltarme la mano—. ¿Le hiciste algo a esa mujer?

No puedo contestar, no me sale la voz.

Visualizo una jeringuilla, el rostro de una muerta, la sombra de un hombre en la oscuridad de la noche, olor a putrefacción, a humedad. La carcajada de alguien invisible, un bosque, un coche, un hotel y un hombre gordinflón tras un mostrador que humedece sus labios lascivamente.

—Andrea, ¿otra vez el mareo?

—No, no. Estoy bien —logro decir—. María, no sé de lo que me estás hablando. Será mejor que te vayas.

—Andrea, confía en mí —repite—. Solo quiero ayudarte.

—¿Crees que maté a esa mujer? —le pregunto llorando.

—No debería haberte dicho nada. Intentaré averiguar algo más, ¿de acuerdo?

No puedo parar de llorar. Suelto la mano de María y me voy rápidamente al cuarto de baño. Al mirar mi reflejo me pregunto si estoy viendo el rostro de una asesina; si la historia que empecé a escribir no es más que ficción en la que culpo a otro de la desaparición de una mujer cuando la auténtica culpable soy yo.

Respiro hondo y salgo del cuarto de baño dirigiéndome de nuevo a la cocina, donde me espera María de pie terminando el café.

—No debería haberte dicho nada, estás muy susceptible.

—Sigue investigando, María. Y si yo maté a esa mujer, llévame presa; no opondré resistencia.

María frunce el ceño y deja la taza sobre la mesa.

—Espero no llevarte presa a ningún sitio. No tienes pinta de ser una asesina, aunque claro... pocos asesinos he conocido en este pueblo y por los alrededores. Recuerda que aquí nunca pasa nada.

—Y si pasara, tú te enterarías.

—¡Exacto! —exclama, volviendo a su peculiar alegría.

Cuando María desaparece por el camino que conduce al centro del pueblo, aparece Nico apoyado en la barandilla de las escaleras.

—No le hagas caso —advierte—. Solo quiere confundirte.

ELSA

Lunes, 17 de agosto de 2015

LA HERMANA MUERTA

Diciembre de 2014. Visitaba su tumba al menos una vez al mes y siempre le llevaba flores frescas. Ese día se me hizo raro ir acompañada, pero en parte agradecí poder compartir mi dolor por primera vez en mucho tiempo.

CLARA TORRENTS MARTÍNEZ
5-12-1979 - 15-04-2013
TU HERMANA NO TE OLVIDA

Él suspiró al ver la fotografía de Clara en la lápida y a continuación me miró con una profunda tristeza.

—Lo siento mucho, Elsa.

—Los cementerios son lugares extraños —empecé a decir, mirando a un gato negro que clavó sus ojos en mí—. Ellos permanecen aquí, en silencio, esperando a que los seres queridos que han dejado les hagan una visita. Pero ¿sabes lo que creo? Que ya no están aquí, al menos no los que se fueron en paz.

—¿Y crees que Clara se fue en paz?

—Tiene gente ahí arriba —respondí con lágrimas en los ojos—. Espero que la vinieran a buscar y la guiaran cuando le llegó la hora.

—¿Crees en esas cosas?

—Firmemente. A veces me siento culpable por pensar que lo mejor que les pudo pasar a mis padres fue morir. No podrían haber soportado la muerte de Clara o mi voluntaria desaparición.

Asintió sin decir nada. Supe desde el primer momento en que lo vi que lo había pasado mal por algo que yo desconocía y que él evitaba contarme. También tenía sus traumas y un pasado; estaba en su derecho de mantenerlo en secreto. No le hizo falta cambiar la fisonomía de su rostro para desaparecer del mapa, aunque sé que lo deseaba.

El gato negro seguía mirándome, pendiente de cada uno de mis movimientos. Le sonreí por si se trataba de algún espíritu errante que vagaba por el cementerio cumpliendo su condena; dejé las flores frente a la tumba de Clara y fuimos hacia el coche.

—Estamos en contacto —dijo él, tomando un camino distinto al mío.

—Gracias.

FURIA

Eran las seis de la tarde cuando volví a casa. Estabas furioso por no haberme encontrado al llegar. Antes de que me hicieras algo, empecé a llorar, por si servía de algo, por si te apiadabas de mí. Pero, en vez de eso, me cogiste del brazo, dominando mis piernas, que subieron por las escaleras arrastradas por tu violencia, y me tumbaste en la cama. Seguí llorando en silencio, ya casi sin aliento. Me bajaste los pantalones y, después de darme una bofetada que pareció hacerte sentir mejor contigo mismo, me penetraste durante cinco eternos minutos.

Lo que antes era amor ahora era una tortura.

En mi cabeza, solo un pensamiento: hacerte sufrir y hacerte agonizar. Hacer que desearas la muerte. Matarte con mis propias manos.

Era increíble cómo olvidabas todo lo que hacías en cuestión de segundos; creo que, en realidad, te acecha alguna enfermedad mental de la que tú no eres consciente y yo no supe ver al principio.

Tras dejarme tirada en la cama, vulnerada y sin poder mover un solo músculo de mi cuerpo por el susto que aún tenía al ver tus ojos, fuiste a ducharte y volviste como si nada. Hablabas de las ganas que tenías de ir a cenar a casa de tus padres; tu madre sí sabía lo que era un buen plato de comida; la mía siempre estaba sosa, su sabor era rancio o no estaba en el punto que tú querías. Te quejabas principalmente de la comida, pero podía ser por cualquier otra cosa.

Te juro que pensé en poner veneno en la copa de vino que tomabas siempre para cenar, pero tenía que contener mis ganas de matarte. Aún no era el momento, puede que no llegara nunca. Y yo mientras tanto aguantaba, aguantaba... porque ahí enfrente estaba ella, tan desvalida y ausente de todo; y sobre todo estaba él, mi único pensamiento día y noche. Mi obsesión y el motivo por el que seguir respirando merecía la pena.

UNA *SUITE* CON VISTAS AL MAR

En uno de mis múltiples cafés con Andrea, hablamos de las fiestas navideñas. Me contó que, en los últimos años, el día de Nochebuena, ella iba sola a comer con su madre, y

Nico iba a casa de sus padres. La apenaba que Nico no quisiera acompañarla, y creía que sus suegros no la apreciaban mucho.

—Es lógico, teniendo en cuenta que le has «robado» al niño —le decía yo con humor, ocultando los hematomas que me habías producido en el brazo una de las tantas noches en las que te daba por abofetearme y estamparme contra la pared de cualquier rincón de la casa.

—Si yo tuviera un hijo —decía ella con la mirada más triste que había visto jamás—, trataría bien a la mujer que trajera a casa. Al fin y al cabo, si le hace feliz...

No continuó hablando. ¿Sabes qué pensé? Que ella era consciente de que no le daba a su marido la felicidad que creía que él merecía. Se me pasó por la cabeza una estupidez: ¿era yo la que le causaba felicidad a Nico? ¿Era eso posible?

Después de, como siempre, hablar un rato más de cosas superficiales, me despedí y, como tantas otras veces, me fui a Barcelona a encontrarme con Nico.

Ese día, 30 de diciembre, a punto de iniciar un nuevo año, fue distinto. Su secretaria me recibió con una amplia sonrisa, balanceando el bolígrafo de un lado a otro.

—El señor Costa me ha dicho que acuda al hotel Vincci Marítimo, de cuatro estrellas, en la calle Llull, muy cerca del mar. —Y me entregó una tarjeta del hotel.

—¿Y cuando llegue qué tengo que hacer?

—Pregunte en recepción, ellos la informarán —respondió. Conduje hasta la zona de Selva de Mar y aparqué en el mismo hotel, situado al lado del parque de Diagonal-Mar.

Al entrar pregunté en recepción a un joven delgado, con unas enormes gafas y un bigote con el que quería aparentar más edad, y me entregó un ramo de rosas rojas junto a la tarjeta que abría la puerta.

—El señor Costa la espera en la Junior Suite de la cuarta planta.

Caminé lentamente hacia el ascensor; una vez en la planta, mis pasos no se aceleraron porque una parte de mí no quería llegar nunca. Al comprobar que estaba frente a la puerta correcta, introduje la tarjeta y cuál fue mi sorpresa al encontrarme con una enorme *suite* a la que no le faltaban detalles y unas vistas increíbles al mar y a la inmensidad de un cielo que ese día había amanecido nublado y tormentoso. Me acordé de tu adorado apartamento, también cerca del mar, pero al ver a Nico salir del *jacuzzi* me prohibí volver a pensar en ti.

Sin decir nada me desvistió lentamente con la mirada fija en mis pechos. Primero la chaqueta, luego la bufanda, la falda, la camisa...

—¿Y ese hematoma? —preguntó cogiendo mi brazo.

Me encogí de hombros, reprimiendo las ganas que tenía de llorar, y le di un beso. No, no podía permitirme pensar en ti. Mientras le besaba los labios y acariciaba su piel, aparte de reprimir las lágrimas, también reprimía las náuseas que me provocaba tenerlo en mi interior y que se mezclaban con el insano deseo que sentía.

«Será solo un tiempo. Aguanta, aguanta», pensaba mientras lo tenía encima, sudoroso y jadeante.

Mientras contemplaba la lluvia a través del gran ventanal, llegué, como siempre, rápidamente al orgasmo; aunque, también como siempre, en vez de ver su cara veía otra muy distinta y a la vez muy parecida. La de aquel amor de juventud que, a pesar de tenerlo nuevamente tan cerca, se había ido hacía mucho tiempo.

ANDREA

Jueves, 20 de agosto de 2015

SEMANAS

Hoy se han cumplido dos semanas desde el día en el que Nico y yo fuimos a Barcelona. Del día en el que las palabras de un desconocido, el daño producido por las pastillas y el alcohol o los posibles verdaderos hechos que he olvidado provocaron que tuviera la peor alucinación de mi vida.

«No se puede huir del pasado», repite la voz una y otra vez.

Ahora tengo miedo hasta de María, que no ha vuelto a aparecer por casa desde el día en que me reveló que yo vivía en una urbanización de Mataró, confirmándome algo que ya suponía y que Nico me ocultó: que nunca había pisado esta casa de Espinelves; que no me había ido del apartamento de la calle Santa Anna para trasladarme aquí, sino que había pasado por otro lugar y mi hogar era otro. No sabía nada de ese otro lugar donde, por lo visto, ocurrió todo.

Estoy mareada, ni siquiera sé cuándo viví en el piso de la

calle Santa Anna o en qué época me fui, ni siquiera sé si realmente viví allí; ni por qué Nico no me ha dicho nada de una urbanización en Mataró. Y además María cree que el hombre que me provocó el coma está muerto y eso lo complica todo aún más.

«¿Qué le hice a esa mujer?», sigo preguntándome a todas horas.

«¿Qué te hizo ella para que tú le hicieras algo?», me pregunta al mismo tiempo la voz.

Nico dice que María solo trató de confundirme. No se fía de ella, aunque solo la ha visto de lejos, y yo le digo que parece ser una buena persona y buena profesional si se puso a investigar sobre el peliagudo asunto; pero no deja de extrañarme su interés y los detalles exactos que parece tener. Como si supiera más de mí misma que yo, aunque eso tampoco es muy difícil.

Le eché en cara a Nico que no me dijera nada sobre la urbanización de Mataró, pero la conversación duró dos minutos.

Trato de disimular mi angustia y enfado conmigo misma porque no quiero que Nico piense que estoy loca. En unas semanas tendré que ir a ver a Gabriel, el médico que me trató, y ver qué podemos hacer para recuperar la memoria en el caso de que no lo dé todo por perdido. Puede que una sesión de hipnosis sea adecuada tal y como dijo, pero me preocupa dejar en libertad al subconsciente y que mi cerebro, al despertar, se vuelva aún más loco de lo que ya está. Puede que en realidad me dé miedo recordar por si es cierto que hice algo malo a esa mujer desaparecida.

Viernes, 21 de agosto de 2015

ASESINA

Es la una de la madrugada. Nico está durmiendo; yo, para variar, no puedo pegar ojo.

Mañana hará un mes que llegué aquí. Y hace casi un mes y medio que murió mi madre.

El tiempo, las horas, los días... se han convertido en una obsesión; siento que no estoy haciendo nada con mi vida. Sigo mirando la caja en la que reposan las cenizas de mi madre con incredulidad y diciéndome: «No, no puede ser. Ella no puede estar ahí.» Es como si en cualquier momento fuera a aparecer llorando por la muerte de mi padre, que para mí ha sido el dolor más reciente que recuerdo.

Estoy en la cocina, frente a la ventana que me muestra la oscuridad y las luces a lo lejos de las farolas anaranjadas del pueblo. Se oyen risas y muchas voces, puede que estén de celebración o sea solo que Espinelves está abarrotado de veraneantes en agosto. Tengo ganas de que llegue el frío, encender la chimenea con los troncos que Nico ha cortado a diario y no salir de la cama hasta las doce del mediodía. Arroparme con una mantita y tomar chocolate muy caliente en vez de café con whisky, que lo único que consigue es pudrir mi hígado y vaciar mis neuronas.

Me he acostumbrado a la soledad y al olvido.

Con la taza en la mano me dirijo como tantas otras noches al estudio. He empezado una nueva novela influenciada por mi lectura de *La sombra del viento* y por el momento he superado las treinta páginas; todo un récord en mí. Nico me anima a que escriba al menos un poco todos los días, pero solo puedo hacerlo por la noche, cuando la angustia me oprime y me es imposible permanecer más de una hora en la cama.

Nada más entrar al estudio noto algo raro, como si alguien hubiera estado aquí. El ordenador está encendido con un documento en blanco que yo no he abierto. Dejo la taza sobre la estantería y me acerco a la pantalla. A medida que voy hacia abajo en el documento, una palabra en rojo aparece en mayúsculas repetida:

ASESINA

Cincuenta son las veces en las que se ha escrito la palabra. Siento una mezcla de enfado, rabia, impotencia y miedo que provocan que mis piernas suban automáticamente las escaleras, entren en el dormitorio y mis ojos se claven en el torso desnudo de Nico y su melena negra; lo único que alcanzo a ver desde el umbral de la puerta.

—Nico —susurro.

Querría despertarlo de una manera más brusca, pero hace días prometí no enfadarme tanto con él y estoy tratando de cumplirlo.

—Nico... Nico —repito.

Abre los ojos poco a poco, se lleva la mano a la frente y me mira confundido.

—¿Qué pasa?

—¿Has sido tú?

—¿Yo? ¿Yo qué?

—¿Has escrito la palabra «Asesina» en el ordenador?

—¿Cómo?

Se incorpora un poco y sigue mirándome extrañado.

—Yo no he escrito nada en el ordenador, Andrea. Nunca entro en el estudio.

Tiene razón. Nunca lo he visto más allá de la puerta del estudio; nunca ha entrado.

—¿Se ha escrito solo? ¿Quién quiere volverme loca, Nico? Primero la caja aparece en la cama y ahora la palabra «asesina» ha aparecido como por arte de magia en un documento de Word.

—Andrea, duerme un poco. ¿No es posible que lo escribieras tú? Recuerda la alucinación que tuviste en Barcelona, cuando...

—No —le interrumpo—. Ni se te ocurra llamarme loca.

—No te estoy llamando loca, solo que...

—¿Que qué? ¿Que soy yo la que hace las cosas sin darse cuenta? ¿Es eso?

—Es posible, Andrea. Estás bajo mucha presión —trata de justificar—, es normal que hagas cosas y luego se te olviden.

—No tiene sentido, Nico.

Le dejo solo en el dormitorio, aún sentado en la cama, y voy de nuevo al piso de abajo. Le echo un vistazo rápido al ordenador, lo apago, cojo la taza y cierro la puerta.

«Nada de esto he podido hacerlo yo, maldita sea, lo recordaría», me digo, volviendo a mirar por la ventana de la cocina.

«Eso es porque no lo has hecho tú», aparece la voz, tan rebelde y cansina como siempre.

«Déjame tranquila.»

«Como quieras, pero yo que tú miraría mejor por la ventana.»

Me sobresalto al descubrir una silueta entre las sombras. Me acerco con prudencia a la ventana y puedo distinguir entre los árboles la silueta de un hombre dándole una calada a un cigarrillo. Abro los ojos en exceso y la mente me transporta a un pasaje de *La sombra del viento* en la que Daniel Sempere, de chiquillo, observa una silueta muy parecida desde su balcón, pensando al mismo tiempo que la aparición misteriosa forma parte de la novela de Julián Carax.

«En la novela de Carax, aquel extraño era el diablo», decía el libro.

Es real. No sé si es el diablo; a lo mejor solo se trata de un hombre que casualmente ha pasado por aquí y mi imaginación me hace pensar que me mira; probablemente, en realidad, esté observando algo que hay a su alrededor. O quizá no, quizás, efectivamente, está pendiente de mi mirada, por muy disparatado que parezca.

Miro la taza repleta de whisky mezclado con café aguado y me viene una arcada. Tiro todo el líquido al fregadero y al alzar la vista, pensando que la figura ya no estará, me fijo en que sigue ahí. Es siniestra. No se mueve. Las ramas de los árboles se mueven, pero él no.

Pasan los segundos, estoy inmóvil mirándolo fijamente desde la ventana y sintiendo su mirada sobre mí. Le da otra calada al cigarrillo, luego se pone en movimiento, cojeando ligeramente de la pierna izquierda, y desaparece de mi campo visual.

Corro hacia la puerta de entrada y compruebo que está cerrada, así como la del jardín trasero.

Vuelvo a subir al dormitorio, me alivia ver a Nico despierto y, aún con el susto en el cuerpo, me acomodo a su lado y le cuento lo que me acaba de pasar, olvidando por completo la palabra «asesina» que ha aparecido en el ordenador.

—¿Cojeaba? —pregunta, repentinamente tenso.

—Dios... —Estoy temblando—. En la novela que escribe Julián Carax en *La sombra del viento*, el personaje era el diablo. ¿Lo entiendes? El diablo.

—Andrea, esto no es una novela de ficción sacada de la imaginación de un escritor, y el diablo no existe. Bueno, sí... por desgracia, habita en muchas personas, pero no creo que venga hasta aquí para que le veas a través de una ventana.

—¿Por qué no le das importancia sabiendo que tu hermano nos busca? Sabiendo que tu hermano me quiere matar, joder. Y te lo tomas todo así, como si no pasara nada.

Parece entrar en razón y ahora es él quien también está

temblando. Me abraza, me acaricia el pelo y luego me besa en la frente.

—Mi hermano no sabe dónde estamos, Andrea.

—¿Y si sí lo sabe?

—Te garantizo que no. Y que tiene otras cosas de las que ocuparse.

—¿Por qué no vamos a la policía? Se lo contamos todo y nos libramos de este problema.

—No podemos ir a la policía, Andrea. Hace un tiempo no fui porque se trata de mi hermano y me parecía... —titubea y duda durante un instante—, no sé, me parecía algo que mis padres no podrían perdonarme jamás. Ahora me tiene pillado, entre la espada y la pared. No puedo, Andrea. No puedo ir a la policía.

—Por favor —suplico, entendiendo en cierta manera sus motivos de por qué no hacer lo que creo que es más razonable. Y decido cambiar de tema con la esperanza de que me diga que no—: Prométeme que yo no le hice nada a esa mujer.

—Ya te he dicho que tú no eres la culpable de nada.

—Pero ahora viene a por mí. Porque me enteré de algo, porque lo cabreé...

Trato de buscar una explicación, razonar por mucho que me cueste. Estoy muy asustada. Quiero recordar qué vi, qué sabía sobre su hermano y de la desaparición de esa mujer.

—Andrea, te digo que no era él. No es posible que sea él.

—Me quiero ir de aquí. Hay cosas demasiado raras, Nico. Aquí no estamos seguros.

—Te garantizo que es el lugar más seguro en el que podemos estar. Además, tienes a una poli como amiga. Ella no dejará que te pase nada malo, y yo tampoco.

Quiero darle las gracias por mantener la calma en todo momento, pero en vez de eso le beso en los labios y mi corazón se dulcifica un poco sintiendo que le quiere. Que yo no comparta este carácter pacífico y sosegado no significa que no sea el correcto para situaciones incoherentes como estas.

Luego, al tumbarme en la cama entre los brazos de Nico, pienso que tal vez ha sido una alucinación como la que tuve en la plaza Reial de Barcelona.

«Eso es, ha sido una alucinación. Las sombras de los árboles me han confundido. No era un hombre, era un árbol.»

«¿Los árboles fuman?» La voz se ríe.

«No, pero el diablo sí», me sorprendo diciéndole.

ALGUIEN PREGUNTA POR TI

María aparece vestida con unos tejanos y una camiseta mientras cuido las rosas que hay en las jardineras de la entrada. Son las once de la mañana, hace un sol abrasador y Nico no necesita esconderse porque ha salido a hacer unas compras a Girona, por lo que aún tardará en llegar.

No puedo quitarme de la cabeza todo lo que sucedió anoche. La palabra «asesina», que parecía haber sido escrita por un fantasma en el ordenador y la figura en la oscuridad de la noche que Nico me ha hecho creer, cada vez con más insistencia, que se ha tratado solo de mi imaginación; fruto tal vez de la medicación constante que tomo para calmar el dolor de las agujas clavándose en mi cerebro y algunas otras que él no conoce, como los tranquilizantes que tengo guardados en el estudio. Quiero creer que es así, que solo ha sido una fantasía y no el mismísimo diablo al acecho para apresar una nueva alma indefensa.

María parece preocupada. Lleva las manos en los bolsillos, los pantalones le van grandes y no muestra su entusiasmo característico.

—Qué bonitas tienes las flores —saluda pensativa.

—¿Quieres un café? —le propongo, dejando la regadera a un lado.

—Claro.

María, como siempre, entra mirando a su alrededor. Creo que busca a Nico, así que me adelanto antes de que me pregunte por él.

—Nico ha ido a Girona a hacer unas compras. Apenas queda café y la nevera está vacía —explico riendo, tratando de no mostrar los nervios que me acompañan desde hace días.

—Ayer vi a un hombre —empieza a decir, sentándose—. Preguntó por ti.

—Ah, ¿sí? ¿Cómo era?

—Alto, moreno, ojos rasgados color miel... —describe, mirándome fijamente y achinando los ojos—. Joven, más o menos de tu edad. ¿Te suena de algo?

—¿Fumaba?

Es lo primero que se me pasa por la cabeza. La figura en mitad de la noche exhalando el humo de su cigarrillo.

—No te sé decir, solo estuve con él dos minutos.

—¿Llevabas puesto el uniforme?

—No, ¿por qué?

«Porque si hubieras ido vestida de poli no se le hubiera ocurrido acercarse a ti», decido.

—Pero... no sé, ¿te pareció mala persona?

—Solo puedo decirte que había algo raro en él. Cojeaba de la pierna izquierda. ¿Sabes quién puede ser?

«El hermano de Nico. Nos ha encontrado.»

—Ni idea.

—¿Cómo llevas los mareos? ¿Has pensado en lo que te dije? ¿Has recordado algo?

—María —me doy la vuelta y le sirvo el café—, preferiría no hablar del tema, ¿vale?

—Lo entiendo. Pero, como policía, debería saber algo

más de todo lo que está pasando. Me gustaría asegurarme al cien por cien de que tú no le hiciste nada a la mujer de Carlos Díaz.

La palabra «asesina» vuelve a grabarse en mi mente, así como la velada acusación de aquel vecino de la calle Santa Anna que parecía conocerme.

«Asesina.»

«Asesina.»

«Asesina.»

«¡Yo no soy una asesina!»

—Yo ni siquiera sabía que vivía en una urbanización de Mataró, me lo dijiste tú. Me enteré de la existencia de Carlos Díaz por las noticias, luego le pregunté a mi marido si había sido él quien me provocó el golpe y me dijo que sí —trato de hacer memoria—, luego tú me lo confirmaste. Y sobre la mujer... Mierda, ni siquiera recuerdo su cara.

—Mira, en la comisaría de Mataró no han querido darme más detalles, siguen buscando a ese hombre y a su compañera de trabajo, aunque no sé por cuánto tiempo. Y, sobre tu vecina, han cerrado el caso, creen que huyó por voluntad propia, pero yo no estoy tan segura. Para ellos no eres sospechosa de nada, puedes estar tranquila.

—Pero para ti sí. Tú sospechas de mí.

—No sospecho. Solo creo que tú sabías más de lo que dijiste antes de sufrir la amnesia.

«La vi irse con mi cuñado el jueves a las dos y media de la madrugada. Él volvió y ella, desde entonces, está desaparecida», le oigo decir a mi cabeza, dejándose llevar por las palabras que he leído tantas veces y que por lo visto escribí no hace mucho, como proyecto de novela negra.

—Andrea. Andrea.

La voz de María suena a lo lejos. De nuevo la misma cantinela, una y otra vez sin que yo pueda hacer nada para detenerla: «La vi irse con mi cuñado el jueves a las dos y media de la madrugada. Él volvió y ella, desde entonces, está desaparecida.»

—¿Qué es lo que está pasando aquí? —pregunto, moviéndome de manera nerviosa e inconsciente por toda la cocina.

—Eso quisiera saber yo —replica María.

—¿Cómo se llamaba la mujer que desapareció?

—Lo único que sé es que no se llamaba como decía que se llamaba.

—¿Qué?

—Tenía otro nombre. Tenía otra identidad —responde, con una rabia que no sé cómo interpretar.

UN HOMBRE ENTRE UN MILLÓN

Cuando Nico llega a casa, intento convencerlo de que tenemos que salir de aquí. Quizás irnos a un lugar más grande, puede que Girona sea el lugar perfecto para escondernos de su hermano.

—Estoy segura de que era él. Le preguntó a María por mí.

—¿Y no es mucha casualidad que entre todos los veraneantes que hay en Espinelves ese hombre le preguntase por ti precisamente a María?

No sé qué decirle, no lo había visto de esa manera.

—Era él, y tenía que ser él el que me espiaba en plena noche desde fuera. Nico, ¿no te das cuenta? Nos ha encontrado, no sé cómo puedes estar tranquilo después de todo. Cuando hablabas con él estabas de los nervios, lloraste incluso. ¿Eres de lágrima fácil? Es que no lo sé, no te conozco.

—Sí me conoces, Andrea. Solo que no lo recuerdas.

—Y haces muy poco para que recuerde —le reprocho.

—A ver, centrémonos. Te he dicho todo lo que necesitas saber. Sí, vivíamos en una urbanización de Mataró. No te lo dije, vale, ¿tan importante es ese detalle? —Asiento—. Vale, para ti sí. Muy bien, lo respeto. Vivimos unos años en la calle Santa Anna y luego nos trasladamos a una casita en una urbanización de Mataró. Desde el principio sabes que no pude mentirte y cuando adivinaste que tú nunca habías estado aquí no te lo pude negar. Carlos, nuestro vecino de enfrente de la urbanización, se puso hasta arriba de coca seguramente debido a los nervios de todo lo que pasó con su mujer, le dejaste entrar en nuestra casa y del susto te caíste y te golpeaste la cabeza. Aún estabas en el hospital cuando él desapareció, personalmente no creo que el tipo esté muerto, creo que ha huido, pero no sé qué le ha podido pasar. ¿Qué más quieres saber?

—Esta casa la alquilaste mientras yo estaba en el hospital.

—Sí.

—¿La casa de Mataró sigue siendo nuestra? —pregunto. Asiente—. Pero el piso de la calle Santa Anna ya no nos pertenece.

—Exacto.

—¿Desde cuándo? ¿Cuándo nos mudamos a esa urbanización de Mataró? —quiero saber.

—Hace... dos años más o menos —responde, aunque parece hacer un esfuerzo sobrehumano al recordar cuánto tiempo hace que cambiamos de vivienda.

—La vecina de la urbanización, la que desapareció, ¿qué pasó? —pregunto en tono autoritario.

—Sobre eso no te puedo hablar. —Desvía la mirada y lanza un largo suspiro—. No tengo ni idea. Un día desapareció; así, sin más.

—Por favor, dime que yo no le hice nada. Por favor, dime que yo no la he matado.

—Te lo he dicho mil veces. Tú no eres una asesina, pero, por lo visto —se detiene, lanza otro suspiro y pone los ojos en blanco—, estabas descubriendo algo que ignoro y que a mi hermano le tenía muy cabreado. Es lo único que sé, Andrea. Créeme.

—¿Y quién escribió eso en el ordenador? Joder, ¿quién entró en esta casa? —pregunto desesperadamente.

—Andrea, ¿crees que no sé que has mezclado la medicación que te dio el doctor con otras pastillas tranquilizantes y alcohol? Antes de que digas nada —advierte alzando las manos—, no te tacho de loca ni de nada de eso, ¿de acuerdo? Solo creo que lo escribiste tú, últimamente escribes más de lo que te he visto hacer en años y puede que luego no lo recordaras.

Me rindo.

—Es posible.

—¿Cómo ha dicho María que era el hombre que preguntó por ti?

—Alto, moreno, ojos rasgados color miel... más o menos de mi edad. Como tú.

Nico se echa a reír.

—¿Cuántos hombres altos, morenos y con ojos color miel hay en el mundo, Andrea? ¡Millones!

—Era tu hermano.

—Vale, y si era mi hermano, ¿qué?

—¡Que tú mismo me dijiste que estaba loco! ¡Que era un psicópata! No te entiendo, te juro que no te entiendo.

Nico acaba de vaciar las bolsas de la compra y de llenar la nevera; desaparece en dirección al salón, se coloca enfrente de la caja con las cenizas de mi madre, se agacha y mete la mano en el interior de la chimenea. Saca dos pistolas y viene hacia mí.

—Toma. Esta es para ti. Llévala siempre contigo y si la necesitas, dispara. No lo pienses dos veces o será él quien te mate a ti.

Me tiemblan las manos, el arma pesa condenadamente y ni siquiera sé cómo se usa.

—¿Estás loco?

—No, solo soy precavido y no quiero que te pase nada. Yo tengo otra, a partir de ahora también la llevaré siempre. Estaremos a salvo.

—Nico, ¿a mi madre la mató tu hermano? ¿Manipuló los frenos de algún modo?

Nico guarda el arma y se acerca a mí cogiendo la mía. Me mira tristemente, luego mira la pistola, la deja sobre el mármol de la cocina y asiente con lentitud, provocándome unas lágrimas inminentes.

—¿Por qué?

—Sinceramente, Andrea, no lo sé... Supongo que para hacerte sufrir más, no necesita más motivo que este; su locura se ha desatado totalmente. —Respira hondo—. Además... tengo que contarte otra cosa... —me anuncia enjugándome las lágrimas con la mano—. Me dijiste que cuando estabas en coma oías lo que se decía pero que recuerdas muy poca cosa, ¿verdad?

—Exacto.

—El día en que murió tu madre me pasé horas fuera del hospital encargándome de todo... Alguien aprovechó que estabas sola e intentó asfixiarte.

—Pe-pero... ¿qué estás diciendo...? ¡¿Quién?! ¡¿Tu hermano?!

—La enfermera que lo sorprendió no pudo casi ni verle, pero estoy seguro de que era Carlos. Tenía miedo de que cuando despertaras le acusaras de intento de asesinato, por lo tanto, es lógico que fuera él. Además, ya lo había intentado cuando te dejó en coma.

—Por favor, Nico, no puedo más... Todo esto es horrible...

—Si te lo cuento es para que entiendas de una vez por todas por qué necesitamos escondernos aquí. Solo quiero que veas todo el peligro que corres —dice, muy seguro de sí mismo señalando el arma—. Y lo que debes hacer si alguien te ataca. Podría ser Carlos... o podría ser mi hermano.

—¿Cómo se llama tu hermano? —pregunto, cayendo en la cuenta de que no lo sé y tampoco me había interesado por su nombre.

—Víctor —responde Nico reflexivo, devolviéndome la pistola—. Vamos al jardín. Voy a enseñarte cómo funciona esto.

ELSA

Sábado, 22 de agosto de 2015

CARTA DE UN INFIEL

Enero de 2015. «Ten paciencia —le decía al reflejo que veía en el espejo cada mañana—. Todo terminará pronto y entonces podrás volver a desaparecer.»

Tú te levantabas media hora antes que yo; siempre has necesitado una hora para ducharte y arreglarte, y mientras tanto me encargaba de que al bajar tuvieras preparado el café y las tostadas con mantequilla y miel.

—¿Qué vas a hacer hoy?

Me sorprendió tu amabilidad en aquella fría mañana de enero, cuando ambos habíamos cogido unos kilitos de más debido a las celebraciones navideñas y la abundante y sabrosa comida de tu madre.

—Iré a hacer unos recados, como siempre.

—La nevera está llena, no tienes por qué salir de casa.

—Siempre falta algo —me excusaba yo.

—Mañana me voy a Berlín con tres compañeros.

—Genial. Te encanta ir a Berlín, ¿no?

—Pórtate bien.

Por un momento tuve una terrible intuición. ¿Acaso sabías que era infiel con el vecino de enfrente? ¿Por eso me pegabas casi cada tarde? ¿Por eso parecías descargar toda la rabia del mundo contra mí? Luego sonreíste, tan encantador como al principio de nuestra relación, y los músculos de mi cuerpo, que se habían tensado de repente, volvieron a relajarse. No sabías nada. Yo sí, sabía mucho más de lo que podrías llegar a imaginarte. Algunas de mis salidas también consistían en descubrir adónde ibas los martes y los jueves a las seis de la tarde cuando salías de trabajar, y me sorprendió mucho verte desde el coche con Martina, tu compañera de trabajo, entrando en el hotel Catalonia, al lado de la antigua plaza de toros de Las Arenas reconvertida en centro comercial, con unas vistas increíbles a Montjuïc y a una gran parte de Barcelona. Desde la terraza circular de Las Arenas se veía perfectamente vuestra habitación. Deberíais haber cerrado las cortinas; a ella le dedicabas minutos de pasión, a mí solo migajas, golpes e insultos. Salíais a las siete y media y la llevabas a su casa, a solo unos metros de distancia de la habitación donde hacíais el amor. Os besabais con efusividad dentro del coche, tú acariciabas suavemente su pelo; muy al contrario de lo que me hacías a mí, y te asegurabas de observar cómo entraba sana y salva en su portal, en un antiguo edificio de la calle Tarragona. ¿Crees que me dolió? ¿Crees que me importó? En absoluto. Nada. No sabes lo mucho que me he reído las cuatro veces en las que os he espiado desde la distancia, imitando a la mejor cotilla discreta que conozco: Andrea.

—¿También va Martina? —te pregunté, dándote la espalda y riendo para mis adentros.

Luego me di la vuelta, no quería perderme nada de la expresión que ponías. Alzaste la mirada por encima de tu taza de café mientras saboreabas su sabor amargo y asentiste, intentando aparentar una normalidad que no me creí.

—Entonces lo pasaréis bien. Trabajo y ocio, así cualquiera.

—¿Qué quieres decir?

Te tembló la voz. Te noté tenso a la vez que acobardado e hice lo posible para reprimir la risa interior que tenía en esos momentos. Me limité a encogerme de hombros, a sonreírte y a terminar mi café.

Diez minutos más tarde, salimos a la calle y nos despedimos con un beso del que como siempre fue testigo nuestra querida vecina. Te dije adiós con la mano mientras te alejabas con tu coche, la saludé a ella y cogí el correo del buzón. Una carta me llamó especialmente la atención; era del bufete de abogados en el que trabajaba Nico. Entré rápidamente en casa, dejé las facturas y los folletos publicitarios encima de la encimera de la cocina y, por una extraña intuición, abrí el sobre al vapor, para no rasgarlo. Luego me senté en el taburete ansiosa por saber qué decía la carta.

Señora María López:

Se la acusa de zorrita embaucadora con los senos más espectaculares que he visto en mi vida.

Por favor, acuda a lo largo de esta semana a la dirección que data el remitente, para que podamos hablar del importante asunto del que se la acusa.

Nadie debe tener conocimiento de esta reunión. El tema que trataremos es privado y confidencial; la pena de cárcel puede ser de entre dos y cinco años.

Venga en minifalda, mostrando sus interminables y perfectas piernas que tanto me ponen. Así podremos entablar una mejor penetración.

Atentamente,

NICOLÁS COSTA.
Abogado

Al principio me pareció patético y asqueroso, pero luego me reí. Tenía su gracia, su toque de humor y una chispa más típica de un adolescente con las hormonas alteradas que de un abogado serio. Pero, ante todo, demostraba que le gustaba el riesgo. Al mirar por la ventana vi salir a Nico, que mientras se acercaba a su coche miró en dirección a mi casa. Dudo que me viera, pero le dediqué una de esas miradas que él conocía tan bien. Por un lado quería decirle que le iba a joder la vida tal y como había hecho él con la mía. Por el otro, ansiaba poder confesarle la verdad. Que mi obsesión había resultado ser un vicio y que cuando acabase todo esto no sabía qué iba a hacer sin sus besos, sin sus caricias; sin tenerlo en mi interior.

Volví a meter la carta en el sobre y lo cerré con cola, luego lo dejé bien escondido en el fondo del cajón de la mesita de noche del dormitorio, como si nunca se hubiese abierto. Tú nunca hurgabas entre mis cajones y armarios. Sabía que algún día la necesitaría con la intención de arrancarte y destrozarte el corazón. Quizá, con un poco de suerte, esa carta me salvara la vida y desatara en ti la furia que tan bien conocía y que la utilizaras contra quien de verdad la merecía.

EL PLAN

—No vuelvas a mandarme cartas a casa —le decía, mientras me penetraba salvajemente en la mesa de su despacho—, es demasiado arriesgado y no quiero que Carlos te mate —continuó diciendo, con la respiración entrecortada por el placer al que Nico siempre me sometía.

Se detuvo y se echó a reír. Yo sabía qué era lo que le hacía tanta gracia; al fin y al cabo era un hombre sin escrúpulos, aunque sabía disimularlo mucho mejor que tú.

Abandoné la calle Muntaner con una amplia sonrisa en

el rostro que desapareció en cuanto él me detuvo antes de entrar en el *parking* donde tenía el coche.

—Veo que estás disfrutando del plan. No hace falta que vengas cada día. Lo sabes, ¿no?

Me quedé muda. ¿Era posible que estuviera celoso? ¿Celoso de que me estuviera tirando a su hermano? Lo miré con nostalgia, recordando un tiempo muy lejano en el que eran sus labios los únicos que me obsesionaban.

—Víctor, todo está bajo control. Déjame hacer a mí.

—¿Hasta cuándo? Se nos acaba el tiempo.

—Prefiero ir despacio. Acabaremos con él, te lo juro.

—Si esto no sale bien...

Había visto a Víctor derrumbarse muchas veces, pero el hombre que había vuelto de San Francisco era muy diferente al que recordaba. Él, por asuntos que seguía sin explicarme, ya estaba derrotado. La vida le había gastado una cruel broma pesada de la que no se recuperaría jamás. Bajó la mirada y cogió mi mano empujándome hacia su pecho para darme un abrazo.

—Todo saldrá bien —le dije yo, más pendiente de que nadie nos viera que de otra cosa—. Cinco meses, Víctor. Cinco meses y acabaré con él.

—¿Y si algo sale mal?

—Tendré que huir y entonces tú seguirás con el plan.

Asintió y desapareció calle abajo entre la multitud. Miré a ambos lados de la calle, me sentí extrañamente observada y, aunque en ese momento no lo quise reconocer, algo en mí me decía que «nuestro plan» nos había descubierto.

Llegué temprano a casa. Aún me daba tiempo de preparar la cena e incluso ayudarte con las maletas para tu viaje a Berlín. Pero antes, comprobando si había más correo en el buzón, vi el rostro de Andrea a través de la ventana de su cocina y se me cayó el alma a los pies. ¿Cuándo me había convertido en un ser tan frío y sin sentimientos? Esa mujer era buena y estaba enferma. En parte me sentía culpable, no volví a ver a Nico abrazándola o mordiéndole el cuello en un gesto cariñoso. Ahora todo eso me lo hacía a mí en la intimidad de su despacho; abandonando poco a poco a la mujer que lo amaba de verdad.

Crucé la calle y llamé al timbre. Como siempre, Andrea miraba pero en realidad no veía nada de lo que pasaba a su alrededor y tampoco me vio a mí llegar hasta su puerta. Iba muy colocada, hasta arriba de pastillas y puede que un poco borracha. Olía a tabaco y a alcohol y aún llevaba puesto un pijama de franela rosa con motivos florales.

—¿Café? —pregunté alegremente.

No dijo nada. Me hizo pasar con el semblante serio y se dispuso a preparar la cafetera y a servirse, sin disimulo, un vaso de whisky. Alborotó aún más su cabello, me dio una taza repleta de café hasta arriba y un poco sucia y me miró fijamente preocupada.

—¿Qué harías si pensaras que Carlos tiene una amante? —me preguntó.

Lo primero que pensé fue: «Mierda. Lo sabe. Sabe que soy la amante de su marido.» Así que, en defensa propia, me eché a reír y la miré tratando de no tomarme muy en serio la pregunta o la suposición y le dediqué una mueca burlona.

—Dejar que se entretuviese —empecé a decir—. Así, cuando llegara a casa, no me molestaría tanto a mí.

En cierto modo era verdad. Estabas liado con Martina, tu compañera pelirroja del trabajo y ojalá con ella te quedaras satisfecho los martes y los jueves en los que quedabais después de salir del laboratorio. Pero no, no te bastaba con eso. Luego llegabas a casa y me violabas; porque en ningún momento yo te permitía hacerme el amor aunque no pusiera resistencia. Lo hice una vez y casi me matas. Nunca me dabas fuertes palizas; la mayoría de las veces eran golpes con el puño en la cabeza, para que no se vieran las marcas, aunque alguna vez también me agarraste del cuello, como al camarero de París. Me dolía. Todo me dolía y aún me duele porque no hay día en el que no sienta tus sucias manos encima de mí y esa locura en tus ojos que me recuerda muchas veces a la de Nico.

Miré a Andrea algo desconcertada por su seriedad. Reflexiva, no rio en ningún momento y yo creí estar mirándola también con ojos de loca porque, al fin y al cabo, todo se pega, sobre todo lo malo.

—¿Crees que Nico te es infiel? —me atreví a preguntar.

Terminó su whisky y se levantó a echarse más.

—Con la secretaria —respondió.

Tragué saliva y respiré hondo, aliviada por no ser la protagonista de sus sospechas.

—¡Seguro que no! —exclamé, restándole importancia y mirando hacia el exterior de la calle. Antonio, el vecino que vivía a mi lado, sacaba una enorme bolsa de basura de su casa y la tiraba al contenedor—. ¿Y ese hombre? Siempre con bolsas de basura... ¿Qué habrá dentro? —Quería cambiar de tema, el vecino me vino como anillo al dedo.

—Creo que es un asesino en serie que descuartiza cadáveres y los lanza a la basura —respondió, con toda la normalidad del mundo aunque le costaba vocalizar—. Una noche de estas saldré afuera e investigaré.

No supe qué decir o cómo reaccionar ante tal razonamiento tan fuera de lugar; la vi levantarse, fregar su vaso y salir de la cocina para subir las escaleras en dirección al piso de arriba. La esperé durante cinco minutos, pero al ver que no volvía, me fui a casa con la sensación de que si Andrea no estaba loca le faltaba poco para estarlo.

CULPABILIDAD

Recuerdo que era martes porque me sorprendió verte llegar con un gran ramo de lirios a las cinco y media de la tarde. El martes era tu día con ella, ¿qué hacías en casa conmigo?

—Para compensar estos días en Berlín —me dijiste, besándome en los labios y entregándome el ramo de flores nada más salir del coche. Me abrazaste como solías hacerlo al principio y me fijé en cómo Andrea nos contemplaba desde su cocina con la cabeza ladeada y una sonrisa.

—Gracias por los lirios, son mis preferidos.

—Lo sé —dijiste, orgulloso de tu acierto.

Fui hasta la cocina, preparé un jarrón con agua y le puse una aspirina para que los lirios tuvieran una vida más larga dentro de la brevedad de su belleza. Te sentaste frente a mí en un taburete; no parabas de sonreír y yo me preguntaba: «¿Qué debo hacer ahora? ¿Hoy tiene un buen día? ¿Me va a pegar? ¿Solo está disimulando?»

Dios... te tenía tanto miedo, Carlos... Observé la belleza de los lirios y aun así no pude disfrutarlos al pensar que en unos días todo eso desaparecería y acabarían tirados en el contenedor. Suele pasar. Desperdiciamos la belleza de las cosas pequeñas por preocuparnos en exceso de su caducidad; sin tener en cuenta en la mayoría de las ocasiones que eso nos impide disfrutar del momento.

—¿Qué hacemos? —dijiste de repente—. Sé que me he portado como un idiota y que cualquier mujer no hubiera aguantado y me habría abandonado. ¿Por qué me aguantas tú?

«Por venganza.»

—Porque te quiero.

—Claro que me quieres. Y yo a ti, lo sabes, ¿verdad? Solo que quiero que hagas las cosas bien. Que cuando cocines, no lo hagas por obligación, sino por devoción. Que cuando me hagas el amor, lo hagas con pasión, no por rutina. Que no mires a otros hombres y que no desperdicies el tiempo fuera de casa, porque tu lugar es este. Esta casa, aquí, conmigo.

Tus palabras me hicieron ver que realmente tenías un problema; pero me había acostumbrado a mentir y a disimular, a ser la mejor actriz en mi obra de teatro.

—Tienes razón, cariño.

Asentiste satisfecho y te acercaste a mí. Dejé que me volvieras a abrazar, que me besaras y subiéramos juntos al dormitorio donde ese día mantuvimos relaciones sexuales consentidas. Siento mucho decirte que no era en ti en quien pensaba cuando me hacías el amor. Era en él, solo en él.

ANDREA

Jueves, 27 de agosto de 2015

Un paseo por el bosque

Me estoy volviendo loca; no me siento segura con una pistola oculta en una bandolera que siempre llevo atada a la cintura. La pistola me acompaña incluso de noche, o bien bajo la almohada cuando logro dormir al menos dos horas, o sobre el escritorio del estudio. Nico tampoco se separa de la suya.

Cuando logro dormir tengo pesadillas y siempre tienen relación con pistolas, con Nico y conmigo. Temo el día en el que, al igual que sucede en mis pesadillas, nos confundamos o la mente nos juegue una mala pasada y nos ataquemos mutuamente.

No he vuelto a escribir desde hace días; es como si el ordenador fuera mi enemigo desde que apareció la palabra «Asesina» escrita cincuenta veces en un documento de Word que yo no abrí. ¡Era imposible! A ese y a otros asuntos les sigo dando vueltas y no encuentro una explicación razonable. Nico insiste en que fui yo y que no me di cuenta, pero creo que es su forma de protegerme para que no me preocupe demasiado.

Me he dado cuenta de que la mayoría de las veces en que mezclo pastillas con alcohol la voz permanece dormida, así que sigo haciéndolo: me gusta la sensación de estar sola.

—¿Vamos a dar un paseo? —propone Nico.

No salgo de casa desde que fuimos a Barcelona, así que pienso que airearme un rato por los alrededores de Espinelves me va a venir muy bien. Asiento pensando en María, que no ha vuelto a aparecer por casa. A veces pienso que algún día vendrá acompañada, que traerá consigo a otros polis o quizás al inspector que lleva el caso de la desaparición de Carlos Díaz. Me acribillarán a preguntas; o lo que es peor: quizá crean que yo soy una asesina, culpable de alguna desaparición o de cualquier otro crimen que no recuerdo.

«Que no recuerdo», me lamento.

Toda esta inseguridad y la poca capacidad que tiene mi cerebro para recuperar la memoria me provocan una ansiedad incontrolable, hacen que no pueda respirar y a menudo tengo pensamientos suicidas; aunque es algo que me cuesta admitir, jamás se lo diría a mi marido. Muchas noches él me alivia con sus besos y sus caricias, pero parece que esos momentos íntimos no son suficientes como para querer vivir con la angustia de unos años olvidados y, por lo visto, no del todo claros.

—¿Llevas a tu amiga?

Cuando Nico dice «amiga», se refiere a la pistola. Asiento mostrándole mi bandolera, me peino con una coleta y salimos de casa. No nos apetece ir al centro del pueblo y mucho menos ver gente, desconocidos que nos miren con curiosidad y sean tan habladores como María; por lo que en vez de coger el camino recto nos desviamos hacia la derecha y nos adentramos en un camino de tierra que nos lleva a un bosque repleto de robles, encinas, abetos y castaños. El entorno es plácido y silencioso; solo se oye el crujir de nuestros pasos sobre la tierra llena de ramas caídas de los árboles y el canturreo de los pájaros antes de alzar el vuelo hasta lo alto de un cielo estival completamente azul.

—En otoño podríamos venir a recoger setas —propone Nico.

—¿Te gusta ir a buscar setas al bosque?

—Nunca lo he probado. Puede ser divertido.

Lo miro de reojo. Estaría bien que por primera vez le hiciera más preguntas sobre él que sobre mí. Qué es lo que le gusta hacer en su tiempo libre, cómo es su trabajo, por qué se decantó por la carrera de derecho y no cualquier otra, cuál es su color preferido, su número de la suerte, qué le gusta leer, cuál es su película preferida... Pero ninguna de estas preguntas sale de mi boca; ya hace días que no me apetece hablar, me he acostumbrado al silencio y no me incomoda compartirlo con él. Al cabo de un rato me doy cuenta de que estoy caminando sola.

Miro a mi alrededor buscando a Nico, pero no logro verlo.

Una sensación de mareo y un calor sofocante se apoderan del entorno y de mi cuerpo.

Doy vueltas sobre mí misma, dando palos de ciego; desubicándome por completo mientras el sudor se ha apoderado de mi frente y mis ojos se desvían hacia todos los rincones ocultos del bosque entre el murmullo de los árboles y los animales escondidos, sin ver nada en realidad.

—¿Nico? ¿Nico?

Recuerdo entonces un sueño que tuve no hace mucho, en el que me encontraba perdida en mitad de un bosque que repentinamente se oscurecía, y a lo lejos aparecía la misteriosa figura observándome mientras fumaba un cigarrillo.

—¡¿Nico, dónde estás?! —pregunto de nuevo, esta vez aterrorizada y corriendo hasta donde recuerdo que es el inicio del camino que recorrimos para adentrarnos en este claustrofóbico bosque.

ELSA

Jueves, 27 de agosto de 2015

Libertad

Febrero de 2015. No sabes cuánto le agradecí a tu jefe que tu estancia en Berlín se prolongara dos semanas más. Sin tener que preguntarme constantemente cuál sería tu siguiente paso, tu reacción ante una mala comida o tu respuesta por algún comentario mío supuestamente indebido.

¿Un simple insulto? ¿Me arrancarías otro mechón de pelo como la otra vez? ¿Una bofetada? ¿O me llenarías el brazo de hematomas al estamparlo contra la pared? Cada día, desde que llegamos a esta casa, me pregunto por qué te elegí; por qué no supe ver la maldad que había en ti cuando era una característica humana que ya hacía tiempo que había conocido de cerca.

Durante esas tres semanas en que estuviste ausente, aproveché para estar más rato con Nico en su despacho. Muchas veces te imaginaba en la cama con la pelirroja y me daba morbo pensar que, mientras él estaba en mi interior, tú estabas en el interior de otra. Llámame loca, puede que lo esté. Siempre me he consolado pensando que cualquier persona en mi situación estaría mucho peor que yo. Ya te lo dije una vez: sé lo que es tenerlo todo y que te lo quiten de golpe. Yo he naufragado por aguas tempestuosas de las que no sale con vida cualquier marinero. Yo me he aferrado a la vida y he podido dejar a un lado el asco que me doy cuando estoy con él para ver el lado bueno de este maquiavélico plan en el que no me siento tan sola cuando me reúno en el apartamento de Clara con Víctor.

Tendrías que haber visto lo inusualmente feliz que estaba aquel viernes 5 de febrero. Tú volverías el lunes, pero aún me quedaba un largo fin de semana para disfrutar de la casa para mí sola, sin contratiempos y sin nadie que me mangoneara o me dijera a qué hora debía estar en casa, qué debía preparar de cena o cómo debía mostrarme ante los demás.

Ese día cambié mi rutina: en vez de ir a visitar a Nico al despacho, a las diez y media de la mañana me planté en la cocina de una demacrada Andrea a tomar café. Como era más temprano, esperaba encontrarla menos ida; que aún no le hubiera dado tiempo a emborracharse o a ponerse hasta arriba de pastillas. Me equivoqué: tenía la voz débil y sudores fríos le inundaban la frente, ocupada por unos cuantos mechones castaños sucios y abandonados. Sus labios, agrietados y amoratados, me hicieron pensar que quizá se le había debilitado el corazón debido a sus adicciones, y las ojeras lilas me decían que, una noche más, no había podido conciliar el sueño.

—Tienes que cuidarte más, Andrea —le aconsejé.

Ella me daba la espalda como de costumbre, mirando por la ventana.

—Alicia ya se ha ido a trabajar. Fíjate en el tipo que vive con ella. No me gusta nada... siempre fumando porros y bebiendo cerveza, con esas rastas que un día le llegarán hasta los pies. Me compadezco del pobre perro, tiene que soportar su olor nauseabundo.

Yo la miraba con lástima, no podía ser de otra manera.

Mientras Andrea criticaba las adicciones y el olor de su vecino, no se daba cuenta de que ella estaba mucho peor. Olía siempre a whisky y a tabaco; puede que eso encubriera el hedor que su propio cuerpo desprendía pidiendo a gritos ayuda para conseguir salir de esa prisión.

—¿Qué me dices de Dolores? —comentó—. Hay algo oscuro en esa mujer. ¿Sabes qué creo que es? —Se volvió hacia mí y abrió mucho los ojos—. La muerte. La muerte está siempre junto a ella.

—¿Está enferma? —pregunté inocentemente.

—¿Quién?

No había manera de entablar una conversación normal con ella. Seguía teniendo la esperanza de que me contara más cosas de Clara, pero nunca me daba detalles sobre su relación. Hablaba de ella como de aquella amiga a la que echaba mucho de menos y cuyo final fue trágico, pero nunca contaba qué le sucedió. Yo debía ocultar que sabía mucho más que ella, que sabía quién había acabado con la vida de mi hermana, ocultándose como un cobarde y dejando que la gente pensara que era una drogadicta.

POR LOS VIEJOS TIEMPOS

Después de dejar a Andrea con sus elucubraciones, cogí el coche y conduje hasta el centro de Barcelona. Antes de ir al apartamento de la calle Santa Anna donde había quedado con Víctor a la una, decidí acercarme hasta el Eixample y detenerme a tomar un café en Clarés; donde nos conocimos tú y yo.

«Por los viejos tiempos», me dije, mientras cruzaba el umbral de la cafetería. No habían pasado ni dos años desde que te conocí allí y el tiempo se me había antojado eterno.

Me vi en aquella mesa —que en esos momentos ocupaban cuatro jóvenes de unos veintitantos años que conversaban animadamente sin separarse de sus teléfonos móviles— contemplando tu llegada. También te vi a ti situándote en la mesa de enfrente, que ahora ocupaban dos ancianos con grandes tazas de café y dos minibocadillos.

Mientras esperaba en la barra para pedirle a la camarera mi café con leche, contemplé durante unos segundos la maravillosa Casa de les Punxes. Luego me senté en la única mesa libre que quedaba y fantaseé con la idea de que entraras; que no nos conociéramos de nada y pudiéramos empezar de nuevo. Sabiendo todo lo que sé ahora, no te habría elegido; pero es imposible darle órdenes al corazón, sobre todo cuando tienes una mente retorcida que a veces nubla la razón.

Me tomé el café con leche con calma, observando la normalidad de un ajetreado día e imaginando, tal y como hacía mi vecina Andrea, una vida para cada persona sentada en el pequeño y acogedor local. Ninguna de esas personas parecían atormentadas; puede que la muerte hubiera llegado a su vida y quizás habían podido asimilarlo: una enfermedad, un accidente de coche, la vejez... Pero no en forma de asesinato. No en forma de monstruo, de un ser humano normal y corriente que acoge al mismísimo diablo en su interior.

Me entretuve más de una hora y media, viendo a gente entrar y a otra irse. Como si la cafetería Clarés se hubiera convertido en una función de teatro en la que yo era la única espectadora; y los jóvenes universitarios, los ancianos que vivían en el barrio desde siempre y los transeúntes o trabajadores que necesitaban cafeína para continuar el día fueran meros actores sin pretensión alguna de mostrar algo de ellos sobre un escenario ficticio. Pero yo veía mucho más tras esos ojos cansados, tristes, vivaces, ilusionados o somnolientos.

Veía ángeles, demonios y monstruos.

Contemplaba la estupidez humana en todo su esplendor cuando un cliente vestido de ejecutivo y con unos evidentes aires de superioridad se quejó de la incompetencia de la pobre y atareada camarera por esperar dos minutos de más su café. Por fortuna para él, puede que ese fuera el mayor problema de ese día o que estuviera pagando los problemas de verdad, esos que duelen, con una trabajadora.

También contemplé la magia del amor a través de dos ancianos con una larga vida a sus espaldas y el tictac del reloj acechando a cada segundo. Esa vida que se les escapaba de las manos seguramente había estado repleta de calamidades, hambre, miseria y guerras; y aun así se miraban con todo el cariño y el respeto del mundo como si siempre hubieran sido felices. Los envidié. Los envidié mucho.

Me divertí con los jóvenes universitarios, con toda una vida por delante, mucha energía y poco dinero. Tan absortos en la tecnología de sus móviles de última generación —en los *likes* de Facebook, en los filtros de las fotografías de Instagram o en los *retweets* a un buen chiste para ganar cien *followers*— que podían pasar por alto algo tan importante y generoso como la sonrisa que les dedicaba la persona que en secreto anidaba un mundo de bonitos sentimientos.

Vi la vida pasar.

¿Y sabes qué fue lo que más me dolió? Que Clara ya no pudiera verla.

Luego, mi obsesión se convirtió en rabia. Una furia loca más típica de un lobo hambriento.

Pagué mi café, le dediqué una sonrisa a la camarera recientemente insultada por un ejecutivo egocéntrico y salí de la cafetería. Desde la calle, miré hacia el interior por última vez, prometiéndome no volver para no caer en la tentación de recordar lo perfecto que aparentabas ser cuando te vi por primera vez cruzar esa puerta. Me juré que pagarías por todas y cada una de las bofetadas que me habías dado; por cada insulto, por cada mirada de desprecio. Pero ¿sabes?, es probable que la vida nos ponga a cada uno en su lugar y nos dé lo que merecemos. Espero que algún día alguien te provoque un dolor tan terrible que apenas lo puedas soportar y que pidas a gritos que la muerte te venga a buscar. Ojalá no solo te suceda a ti. Él también se lo merece.

LA NIÑA

Antes de llegar a la calle Santa Anna, me detuve en un puesto callejero del barrio gótico a comprar un par de kebabs: a Víctor le encantaban. Cuando entré en el apartamento de Clara, él ya me esperaba sentado en el sofá con la mirada perdida en la pared. Ni siquiera me miró cuando entré; eran las tres del mediodía y llegaba dos horas tarde.

—Siento haberme entretenido —empecé a decir, quitándome la chaqueta, desprendiéndome del bolso y cogiendo los dos kebabs para darle uno a él—. ¿Víctor? ¿Te pasa algo?

Al ver que no reaccionaba, me senté a su lado y apoyé la cabeza en su hombro. Ni siquiera se movió.

Permanecí así diez minutos. Sin saber qué hacer o qué decir, viendo cómo los kebabs se iban enfriando encima de la mesa de centro. De vez en cuando le miraba la cara, pálida como la pared, con la boca medio abierta y las lágrimas recorriéndole las mejillas muy despacio. Le acaricié la barba, espesa y dejada de la mano de Dios; él ladeó un poco la cabeza y al fin me miró fijamente a los ojos llorando aún más.

Me abrazó con fuerza, estrujándome entre sus brazos, gimoteando y llorando sin parar. Yo le acariciaba la espalda a modo de consuelo y entonces él dijo:

—Kate. Kate está aquí.

Señaló la pared, yo la miré pero no había nada.

Le cogí las manos y le pregunté cuál era su historia. Y él empezó a contármela así:

—Hoy hace dos años que me arrancaron el corazón.

ANDREA

Jueves, 27 de agosto de 2015

LOCURA

Sigo corriendo y llamando a Nico en un intento desesperado de encontrarlo en mitad de este bosque en el que no parecía que nos hubiéramos adentrado tanto. No puedo detenerme, no hasta que encuentre a mi marido, extrañamente desaparecido en medio del bosque.

—¡Nico! ¡Nico!

No lo entiendo. Estaba conmigo; caminaba a mi lado diciéndome que en otoño vendríamos a buscar setas y de repente se ha esfumado; y mi locura crece a medida que recorro el bosque, enfrentándome a altos árboles, los más altos que he visto en mi vida, y matorrales que entorpecen mi camino.

—¡Nico! ¡Nico!

Una especie de alucinación se cierne ante mí. Una pesadilla convertida en realidad. Justo en el momento en el que tropiezo con una rama anclada en la tierra, veo a Nico a unos metros de distancia con la mirada perdida hacia ninguna parte, empuñando en mi dirección su pistola. Pálido, ojeroso, con la boca medio abierta; abre mucho los ojos y, aunque no parece estar mirándome a mí, sí me apunta con el arma. Trago saliva y pido por favor que la bala no me alcance. ¡A la mierda con mis pensamientos suicidas, no quiero morir! No es mi hora, no es mi momento.

Ahora soy yo la que está llorando. Nico sigue perdido entre este y otro mundo que no alcanzo a ver o a entender. La pistola se le resbala de las manos y cae al suelo sobre un montón de hojas verdes. Veo cómo se arrodilla encima de la tierra y, aún con la mirada al frente, sigue llorando, llevándose ahora las manos a la cara y negando con nerviosismo con la cabeza.

—Nico... —le llamo. Apenas ha sido un susurro que no ha podido oír—. Nico —repito, pero no tengo fuerzas y no me sale la voz.

Entonces me ve. Se seca las lágrimas, cierra la boca y me sonríe guardando el arma. No dice nada; se acerca hasta donde estoy yo y me ofrece la mano para que me levante. No logro ni siquiera preguntarle qué es lo que le pasa; qué es lo que le ha pasado para quedarse así. Qué ha visto para empuñar el arma hacia mí en un estado casi catatónico.

¿Es posible que le haya parecido ver a su hermano?

Las imágenes que proyecta una mente enferma pueden derivar a situaciones tensas y a poner en peligro tu propia integridad física o la de la persona que menos culpa tiene.

«¿Tiene Nico una mente enferma? ¿Enferma como la mía?», me pregunto mirándolo de reojo.

En silencio emprendemos uno al lado del otro el camino hacia casa. No puedo dejar de pensar en cómo fui tan idiota de salir del hospital con alguien a quien no conozco ni recuerdo y que ha conseguido sembrar el pánico en mí en solo un segundo. No me quito la imagen de la cabeza. Él, mirando a algo o a alguien invisible; con la boca abierta y empuñando el arma. Pienso que es un sueño, me pellizco disimuladamente el brazo y me doy cuenta de que sigo caminando junto a Nico; que es tan real como el sol de agosto que nos alumbra bajo las sombras de un bosque que no pienso volver a pisar.

PUÑALADAS

Cuando consigo sacar un poco de valor para preguntarle qué es lo que ha pasado hace un momento en el bosque, a quién ha visto o ha creído ver, las flores destrozadas de la jardinera que acoge las cenizas de mi madre y la puerta abierta de casa hacen que vuelva a enmudecer.

Nico entra rápidamente en casa y, al hacerlo yo, me quedo horrorizada al ver todos los armarios y los cajones de la cocina abiertos de par en par; alguien se ha ensañado con el sillón, apuñalándolo y destrozándolo por completo, y el resto de las cenizas de mi madre que guardaba en la caja de madera están desperdigadas por el suelo, frente a la chimenea. Como por inercia y con un mal presentimiento corro hacia el estudio, donde me esperan un montón de libros tirados en el suelo que entorpecen los cinco pasos que debo dar para llegar hasta donde está el escritorio. El portátil ha desaparecido.

Subo hasta el dormitorio mientras Nico sigue abajo y, al mirar en dirección a la mesita de noche, *La sombra del viento* también ha desaparecido. No me ha dado tiempo a terminarlo. Abro el armario, los cajones de las mesitas de noche y miro debajo de la cama. No, no está.

El resto de las estancias parecen estar en orden. Bajo las escaleras preguntándome por qué tanto destrozo si lo que querían llevarse —el ordenador y el libro—, estaba a la vista y al alcance de cualquiera que entrara en casa. Cuando bajo las escaleras y entro en el salón, miro las cenizas de mi madre con la intención de recogerlas y devolverlas a la cajita, que también está tirada en el suelo; pero me llama la atención ver a Nico sentado en el sofá con la mirada fija en la mesa de centro. Al acercarme, sé por qué está así. No solo se han ensañado con el sillón, también con la mesa. En el centro han grabado con un objeto de punta afilada:

ASESINA

Querría recordar. Recordar para no tener que depender de Nico. No me está contando toda la verdad, me está ocultando algo muy grave. ¿Qué es lo que hice?

—No digas nada. Quieren volverte loca.

—Vámonos de aquí —insisto.

—Si cree que me va a achantar con esto, lo lleva claro —dice Nico, mostrándome su pistola.

—¿Por qué no se lo decimos a María? Puede ayudarnos, puede...

—No. Nada de polis. Esto es un asunto entre mi hermano y yo.

—Pero ¿por qué dice que soy una asesina? Nico, por favor. ¿Lo soy? ¿Le hice algo a esa mujer?

—¡No! —grita histérico. Nunca lo había visto así—. No le hiciste nada, joder —sigue diciendo, cambiando el tono de voz al darse cuenta de que me ha asustado—. Siento tanto que tengas que soportar todo esto... Tanto...

Se levanta y se sitúa frente a mí. Me pone sus manos alrededor de las mejillas y me da un beso en la frente.

—Necesitamos descansar y olvidar todo esto.

—¿Qué te ha pasado en el bosque?

Nico baja la mirada, se separa de mí y sube hasta el piso de arriba sin decir nada.

El resto del día me mantengo ocupada en ordenarlo todo,

recoger las cenizas de mi madre y llorar delante de ella preguntándome por qué ocurre todo esto. Por qué hay alguien aprovechándose de mi amnesia y empeñado en hacerme creer que soy una asesina.

ELSA

Sábado, 29 de agosto de 2015

INFIERNO

Febrero de 2015. La vida de Víctor se convirtió en un infierno al mismo tiempo que la mía. Ambos hemos vivido con nuestros propios demonios revoloteando siempre alrededor; pero él se fue lejos, empezó a estudiar arquitectura en San Francisco y al terminar, aunque las apariencias engañan, todo fue de mal en peor. No he podido admitir delante de él cuánto me dolió que terminara con nuestra historia de amor. Nunca entendí su decisión de marcharse de España, y aún hoy en día no logro perdonárselo, aunque agradezco que volviera cuando conseguí contactar con él y le dije que le necesitaba porque Clara había muerto y solo quedaba yo.

—Allí ya no me quedaba nada. Nada —explicó, tapándose el rostro con las manos, quizás algo avergonzado por las lágrimas—. Maggie era ambiciosa, quería una vida de lujos y yo no podía ser un arquitecto más. Tenía que ganar dinero, ser poderoso y la persona que ella quería que fuese. Lo hice muy mal. Engañé, estafé... Y la mataron. Mataron a mi niña.

Me estremecí cuando me contó cómo pasó. La niña salía del colegio. Ese día Maggie llegó un poco tarde, así que no se preocupó demasiado porque pensaba que la pequeña Kate se había ido con alguna amiga. Sin embargo, horas más tarde, la descubrieron muerta en un callejón cercano al colegio.

—Olson mandó a un matón sin escrúpulos que no sintió piedad alguna al ver que la persona a la que tenía que cargarse era una niña inocente. La veo por todas partes, Elsa. La he visto aquí, ahora, antes de que llegaras. Me mira con esos ojos azules, preguntándome por qué... por qué tuvo ella que pagar las consecuencias de todo lo que había hecho.

—Víctor... —murmuré, mirando hacia la pared donde él quizá continuaba viendo a la niña. Me entraron escalofríos con solo pensarlo.

—Conocía muy bien a ese tipo y sus costumbres. Todos los jueves se quedaba en el despacho hasta tarde, y aprovechaba entonces para ponerse música clásica y meterse un relajante chute de heroína. Así que entré en el edificio a las seis, para poder pasar desapercibido con las idas y venidas del personal, y me escondí en el despacho de su socio, que sabía que estaba de viaje. Al cabo de una hora empezó a sonar la música y esperé a que la heroína ya lo hubiera dejado fuera de combate. Entré en su despacho y solo tuve que administrarle un poco más de heroína, la suficiente para terminar con su vida. Así que nadie sospechó que había sido un asesinato: todos sabían que era un drogadicto. El resto es historia.

Antes de que pudieran encerrarlo durante años en prisión por estafas millonarias, salió del país y pudo llegar a España sin contratiempos. Aunque seguían buscándolo, y tres de sus ayudantes, que fueron partícipes de todo el embrollo financiero, estaban cumpliendo penas de prisión.

—Aún oigo la voz de Maggie... —se lamentaba mirando hacia la pared—. «Tú la mataste», me dijo... «tú la mataste...».

—No, Víctor... Lo siento mucho.

Lloré con él. Estuvo en mis brazos durante dos horas y, a pesar de los sentimientos del pasado, no sucedió nada.

—Maggie fue el amor de mi vida —confesó.

«Y tú de la mía», pensé. Pero me tuve que callar y, muy al contrario de lo que me habría pasado tiempo atrás, no me dolió. Si hubiera dicho «Hoy va a llover» habría tenido la misma reacción. No me inmuté. Ella había sido el amor de su vida y a mí, entonces, ya me daba igual.

—Cuando todo esto acabe, volveré a San Francisco. Iré a prisión y devolveré hasta el último dólar que robé. Por eso quiero que esto salga bien y sea rápido, Elsa. Hazlo rápido.

—Tengo que pillarlo y aún no sé de qué manera.

—Clara le hizo confesar, estoy seguro. ¿Has encontrado algo aquí?

Negué con la cabeza.

Había buscado por todos los rincones del apartamento de Clara. En ningún momento dije a la policía que su ordenador portátil y su teléfono móvil habían desaparecido, para ellos no habría tenido ninguna importancia: creían que mi hermana era una drogadicta.

—Estoy segura de que había conseguido grabar algo con el móvil o con el ordenador, me dijo que lo haría.

—Es probable. Ten cuidado, Elsa.

—Lo tendré, no te preocupes. Mientras tanto sigo intentando entablar una conversación normal con Andrea, aunque a veces creo que es misión imposible.

—¿Tan mal está?

—Fatal.

—No me da ninguna pena.

ANDREA

Lunes, 7 de septiembre de 2015

LA CANTINELA SIGUE SONANDO

Espinelves ha recuperado su tranquilidad al finalizar agosto. Por las noches ya no oímos voces, música y risas a lo lejos. Los veraneantes han vuelto a su ciudad; a su trabajo de siempre, a su rutina, y aquí han quedado los habituales, aunque no conozco a nadie salvo a María, que no ha venido más.

Envidio a esos veraneantes. No saben cuánto los envidio. A mí también me gustaría salir de aquí y no sentirme una inútil adicta a las pastillas y al alcohol. No he vuelto a salir de casa desde que el intruso entró.

He tirado la mesa con la palabra «ASESINA» grabada y el sillón destrozado; y las cenizas de mi madre reposan en un lugar oculto en lo alto de la estantería del estudio. Las nuevas flores de la jardinera no parecen soportar el clima como sus antecesoras y se están marchitando.

Hoy es lunes, pero bien podría ser jueves y me daría lo mismo. Sigue haciendo calor; miro la leña perfectamente colocada al lado de la chimenea y sigo llamando al invierno.

«Ven —le digo—, no quiero tener más calor.»

Hace días que Nico ha vuelto a dormir en el sofá, dice que, por si vuelven a entrar, prefiere dormir allí, sin separarse de la pistola. Yo tampoco me separo de la mía, la llevo a todas partes por si la puedo necesitar. He dejado de insistirle en que lo mejor será que nos vayamos de aquí y tampoco he vuelto a mencionar a la policía. No he visto las noticias, sigo sin internet, sin ordenador y sin teléfono móvil; no sé absolutamente nada de lo que pasa en el exterior. A veces me siento como una presa que depende del que le han dicho que es su marido y que unas fotos y unos papeles demuestran, pero que, para mí, sigue siendo un desconocido con el que he hecho el amor alguna vez y con quien hablo muy poco sobre nada en concreto. Hay días que casi ni nos dirigimos la palabra y el ambiente se vuelve tenso; me llega un aroma a putrefacción y a humedad que no sé de dónde procede, pero que me llama la atención, porque siempre aparece cuando me siento incómoda con Nico.

Aunque ya no tengo el ordenador, recuerdo mi escrito sobre lo sucedido con mi vecina desaparecida como si lo tuviera delante, y la cantinela que a veces suena en mi cabeza varias veces al día y que recuerdo con total claridad: «La vi irse con mi cuñado el jueves a las dos y media de la madrugada. Él volvió y ella, desde entonces, está desaparecida.»

Víctor es quien destrozó esta casa, se adueñó del ordenador y de mi novela y quiso confundirme llamándome «Asesina», primero a través de la pantalla y luego grabándolo sobre la mesa. Eso es al menos lo que dice Nico y le encuentro lógica. No podría vivir con la carga de haber matado a alguien, ¡me niego a creer que soy una asesina!

Afortunadamente, la figura oscura que fumaba de noche y me observaba cuando miraba por la ventana de la cocina no ha vuelto a aparecer. Solo vino una vez y nunca más supe de él.

«No pienses en él. No lo llames», advierte la voz.

Tiene razón. Sé que si pienso en él y lo llamo en silencio aparecerá. Y no quiero que vuelva, quiero que nos deje en paz.

EL CADÁVER

A las once y media de la mañana, María aparece vestida con su uniforme, luciendo una sonrisa; con el aspecto de quien ha dormido del tirón toda la noche y un coqueto contorneo en las caderas de quien tiene plena confianza en sí misma.

La saludo desde la ventana, ella me ve y señala la puerta para que le vaya a abrir.

—¡Por fin un poco de tranquilidad! —exclama, lanzando un largo suspiro al aire—. Uy, ¿qué ha pasado en esta casa?

Me asusta a la vez que me desconcierta, porque no sé qué es lo que ha visto raro o diferente para que pregunte algo así. Por qué lo observa todo como si estuviera dentro del escenario de un crimen.

—Nada, ¿qué va a pasar?

—La mesa de centro no está, y habéis quitado el sillón.

—Cuestión de espacio —respondo, disimulando muy bien.

«Nada de esto a María», me advirtió Nico. No solo es que no le guste la poli, es que no le gusta María en concreto, y a mí tampoco me acaba de convencer. Hay algo en ella que me hace desconfiar; y parece darse cuenta, ya que no se sienta, como habitualmente, encima de la mesa.

—¿Todo bien?

—Ajá... —respondo entretenida.

Pongo en marcha la cafetera haciéndole un gesto con la mano para que se siente. De nuevo lanza un suspiro y se empieza a reír.

—¿Sabes qué?, ¡anoche vino mi ex a casa! ¿Te lo puedes creer?

—¿El que se tiró a tu prima? —pregunto, haciendo memoria sobre lo que me contó la primera vez que nos conocimos en La Taverna.

Me relajo al pensar que ha venido como si fuera una «amiga» que necesita desahogarse y contar sus problemas y no como la policía que trata siempre de descubrir una verdad de la que yo sigo sin recordar nada.

—¿Quién si no? Solo he tenido un novio en toda mi vida, qué manera de malgastar el tiempo, querida.

—¿Y qué te dijo?

—¡Que quiere volver! Maldito hijo de puta, ¿qué se ha creído? Mi prima no lo quiere, ninguna del pueblo estaría tan loca como para liarse con él. Se ha quedado completamente solo.

—Vaya. Eres rencorosa.

—Si la haces, la pagas. Esto es así —apunta seriamente.

Asiento dándole la razón, tratando de disimular que me da un poco de miedo y que desearía no haberla conocido.

«Solo te traerá problemas», me dice la voz.

«Lo sé», le respondo yo inquieta.

—¿Y tú qué tal? Tu marido como de costumbre no está en casa, ¿no?

—Ha ido a Girona —me invento.

—¿Y cómo ha ido? —quiere saber—. Tenéis el coche en la entrada.

María me pone de los nervios. Siento que estoy sometida a un continuo interrogatorio; Nico tiene razón sobre ella: no es de fiar, hay algo que me da mala espina.

—En moto —invento.

Cuando llegué a este lugar por primera vez, vi una moto grande aparcada en la entrada. Puede que Nico la haya dejado dentro de la caseta de madera que hay a unos metros de distancia de la casa, porque no la he vuelto a ver.

—¿Has descubierto algo más? ¿Tu marido te está ayudando?

—No he recordado nada.

—Pero al menos ya sabes dónde vivías gracias a lo que te dije yo —dice remarcando el «yo».

—Sí.

—Y tu vecino sigue sin aparecer. ¿No tienes curiosidad por saber qué le ha pasado? ¿A él y a tu vecina?

—¡Basta! —grito—. Deja de torturarme con este tema, ¿quieres?

—No te pongas así, solo quiero ayudar...

—¡No, no quieres ayudarme! ¡Quieres torturarme, quieres hacerme pensar que yo tuve algo que ver en la desaparición de mi vecina!

—¿Tuviste algo que ver?

Su pregunta es malintencionada. Me mira fijamente, aprieta los labios y achina los ojos.

—Dime, Andrea. ¿Tuviste algo que ver?

Por un momento puedo imaginarla tecleando la palabra «Asesina» en mi ordenador para volverme loca, o clavando un cuchillo en la ya desaparecida mesa de centro marcando la palabra que me tortura a diario desde que la leí.

—¿Sabes algo que yo no sé? —le pregunto.

—No, no sé nada más —admite, como quien reconoce una derrota.

Una parte de mí querría decirle que sí, que es probable que la vecina que no recuerdo esté muerta y que el asesino sea Víctor, mi cuñado, del que tan pocas cosas sé; que, por lo que dejé escrito en un ordenador que recientemente ha desaparecido, vi con mis propios ojos cómo el hermano de mi marido se la llevaba a no sé dónde; que él volvió pero ella no. Sin embargo, al mirar a María, con el poder que cree que le otorga su uniforme de los Mossos d'Esquadra, pienso que esta historia no le pertenece. Y cuando pienso eso, tengo la confianza absoluta de que volveré a recordarlo todo.

—Vete —me oigo decir de repente—. Vete y no vuelvas.

—Andrea —dice descolocada, levantándose de la mesa y haciendo un amago por acercarse a mí—, solo quiero ayudarte. Me diste una buena impresión desde el principio, solo...

—Mentira —la interrumpo—. No sé qué es lo que pretendes, pero te estás metiendo en algo que sorprendentemente me duele aunque no sepa en realidad qué es.

—Porque hay una parte de ti que te responsabiliza de lo que pasó —suelta de repente, en un tono amenazador.

—¿Lo ves? ¿Ves por qué quiero que te marches? ¡Porque tratas de volverme loca! ¿Fuiste tú quien entró en mi casa y destrozó el sillón, se llevó mi ordenador y el libro y grabó «Asesina» en la mesa?

«Cállate antes de que sea demasiado tarde», me advierte la voz.

Pero ya es tarde. He hablado demasiado.

—¿Cómo? ¿Quién entró en tu casa? —quiere saber, sin inmutarse en absoluto después de todo lo que le acabo de soltar—. ¿Quién cree que eres una asesina, Andrea?

—Vete.

No dice nada más.

Asiente y, sin dejar de mirarme, acelera sus pasos hacia la puerta principal y cierra tras de sí. La observo irse, mirando como siempre a su alrededor en busca de algo de lo que sospechar, y desaparece camino abajo.

—Has hablado demasiado, Andrea.

—Deja de decirme lo que tengo que hacer —le comento a Nico, sin mirarlo a la cara.

—Sabes que en unas horas tendremos en casa a una cuadrilla de los Mossos d'Esquadra queriendo saber qué pasó, ¿verdad?

—¡Pues vámonos de aquí, joder! —grito, con lágrimas en los ojos—. No puedo más.

—Cuanto menos sepas, mejor. No hables, es la única manera de estar a salvo, Andrea.

—¿Y para qué quiero estar a salvo si no puedo salir de aquí? ¡Quiero irme! Tener una vida normal. Esto es una locura, Nico. ¿En qué me has metido? ¿En qué?

—Te juro que pasará. Déjame pensar, dame tiempo, por favor. Confía en mí y dame tiempo.

Lo miro con desprecio, cierro la puerta principal con llave y subo hasta al dormitorio con la intención de leer un rato, hasta que me doy cuenta de que el libro ya no está; lo tiene el intruso o la intrusa que entró en casa y que también se llevó consigo mi único entretenimiento, el ordenador. Sin nada que hacer, vuelvo a la planta de abajo y encuentro a Nico frente al televisor viendo un canal que dan noticias durante las veinticuatro horas.

—Sigue sin aparecer —informa, sin apartar la vista de la pantalla en la que ahora hablan de lo que pueden llegar a sufrir los sirios para llegar a Europa huyendo de una guerra que ha costado más de doscientas mil muertes.

—¿Quién? —pregunto, consternada por las imágenes que veo en televisión.

—Carlos Díaz —responde—. Y siguen sin encontrar a su mujer —murmura, enjugándose con la mano las lágrimas que le ha provocado la noticia.

ELSA

PRIMAVERA

Marzo de 2015. «Dame tiempo, por favor. Confía en mí y dame tiempo», le repetía a Víctor una y otra vez.

Él asentía y se iba del piso de Clara con una expresión entre sombría y atormentada. No sabía cómo explicarle que había una parte de mí que no quería finalizar el plan, porque significaba dejar de ver a Nico. Cualquiera habría pensado que era una enferma mental dependiente de un asesino. Claro que había momentos en los que necesitaba terminar con todo y encontrar la paz que tanto ansiaba desde hacía quince años. Quince horribles años.

Mis visitas a Andrea eran cada vez más frecuentes y en muchas ocasiones fantaseaba con ver aparecer a Nico, disimulando y fingiendo normalidad. Me parecía algo divertido y a la vez arriesgado, casi tanto como la carta que me envió; aunque Andrea parecía estar cada vez más fuera de este mundo.

—¿Has descubierto algo sobre las bolsas de Antonio?

—le pregunté un día, divertida, pues había visto que de una de ellas sobresalía un vestido de lentejuelas y una boa de plumas.

—Nada. Quizás esta noche salga a descubrir qué hay. Me gusta la primavera. La señora Dolores tiene las flores preciosas, ¿no te parece? ¿Sabes qué me gustaría? Hacer yo misma unas jardineras que colocaría a los dos lados de la puerta de entrada, y plantaría flores de todos los colores. Puede que la jardinería se me dé bien, ¿tú qué crees?

Pasaba de un tema a otro sin venir a cuento, podía estar hablando del tiempo y soltarte a los dos segundos que iría a la peluquería a imitar mi corte de pelo. Yo me reía y le seguía la corriente, pero sí era cierto que la primavera parecía animarla.

Un día que noté que no había bebido y que parecía que solo hubiera ingerido un par de pastillas en vez de ocho o diez, aproveché para profundizar algo más en su pasado.

—Y tu vecina Clara, ¿cómo era? ¿Qué le pasó? —le pregunté, disimulando la nostalgia que normalmente mostraban mis ojos al recordar a mi hermana.

—Murió.

—Eso ya lo sé, ya me lo dijiste. ¿Qué le pasó?

—Se cayó por las escaleras y se desnucó.

Su respuesta me descolocó por completo.

«No, no fue así. ¿Por qué me mientes?», quise decirle. En vez de eso, me enfadé, me enfadé muchísimo, y con alguna excusa que ya ni recuerdo me fui. Andrea no recordaría nada de esto al día siguiente, ni al otro, ni al otro...

Clara aparecía en mis sueños. Siempre lo había hecho, pero entonces era más insistente, puede que para no caer en el olvido.

«Víctor tiene razón —susurraba, al final de un túnel oscuro. Era una sombra, nunca podía ver su cara—. Tienes que darte prisa, ya está cerca.»

«¿Qué es lo que está cerca?», le preguntaba yo angustiada.

No respondía. Nunca respondía. Pero tenía razón, ya estaba muy cerca.

Me despertaba en mitad de la noche sudando y al verte a mi lado me entraban náuseas. Me empezaste a dar asco, Carlos. Mucho asco. Los martes y los jueves seguías yendo con Martina al hotel Catalonia. Nada había cambiado, a ti la primavera no te ponía de buen humor.

«María, cariño, perdóname por lo de anoche. Es esta casa —decías cuando volvías a casa con un ramo de lirios. Dejé de contar cuántos jarrones repletos llegué a tener en la cocina—. Es esta urbanización, esta calle, los vecinos... —Cualquier excusa era buena para excusarte—. Las horas que me paso en el coche, los atascos, el trabajo...»

«Y tu amante», te quería decir yo. Pero debía callarme para seguir con el plan, y reprimir las náuseas al mirarte.

ANDREA

Miércoles, 16 de septiembre de 2015

LA FIGURA

Cae una noche más en mi casita perdida a las afueras de Espinelves. Él va a hacer la compra, a distraerse quizá. Pero yo sigo sin salir desde nuestra nefasta excursión al bosque. Temo que, si salgo, al volver lo encuentre todo patas arriba, con el sofá que nos queda destrozado y que alguien haya vuelto a escribir la palabra «Asesina» en algún otro lugar.

Cuántas veces he soñado que veo esa palabra escrita en rojo en la pared... Rojo de sangre, de una herida que me causa Nico con la pistola, con la mirada ausente como aquel día en el bosque.

Han pasado once días desde que dieron las últimas noticias sobre Carlos Díaz. Ver a Nico tan afectado al saber que no habían encontrado aún a su mujer, cuando me dijo que apenas la conocía, me hace sospechar, e incluso imaginar cosas tan descabelladas como que estaban liados, por ejemplo. Pero la voz me dice que me calle; yo, a la vez, la silencio con alcohol y pastillas y aquí nadie dice nada y no pasa absolutamente nada.

La premonición de Nico sobre que una cuadrilla de Mossos d'Esquadra vendrían después de que me fuera de la lengua con María no se ha cumplido, por tanto vivimos con tranquilidad y con muy poco que hacer. No he visto a nadie más merodeando por los alrededores en mitad de la noche y nadie ha vuelto a entrar en casa. Aún no tengo muy claro qué es Facebook, aunque supongo que es algo entretenido; le he preguntado a Nico pero no me da muchas pistas; la única diversión que recuerdo haber visto en un móvil era un juego en blanco y negro de una serpiente que debía evitar su propia cola. Las nuevas tecnologías no entran en casa y Nico también sigue sin teléfono móvil desde que estampó el suyo contra la pared, después de aquella rara conversación con su hermano.

—¿Quieres que mañana vayamos a Girona? —le propongo a Nico desde la cocina.

—Mejor otro día.

Siempre la misma respuesta. Siempre mi misma cara de resignación. Miro hacia abajo, justo donde tengo guardada la pistola en la bandolera. Después de engullir un par de pastillas contra el dolor de cabeza y un traguito de whisky para que la risa de la voz desaparezca, noto un instinto asesino que no conocía cuando miro a Nico de espaldas sentado en el sofá, frente al televisor. ¿Y si disparara? Ahí, justo en la cabeza. Locura. Confusión. Muerte.

Pienso en mi madre, en lo poco que tengo de ella.

En sus cenizas esparcidas por el suelo de la casa.

En su funeral inexistente.

Y la ceremonia por la muerte de mi padre, que fue hace tan poco tiempo, según lo que recuerdo; aún veo el ataúd bajando hasta las profundidades de la tierra.

Entonces vuelvo a mirar la oscuridad que se deja ver a través de la ventana y vislumbro, algo más cerca que la otra vez, la figura que me observa al mismo tiempo que le da una calada a su cigarrillo.

«El diablo. El diablo del libro de Julián Carax.»

«Julián Carax no existe», aclara la voz.

«Sí existe, está ahí», le digo, como si estuviera teniendo una alucinación.

La figura sin rostro, una sombra en la oscuridad, da un paso hacia mí. Efectivamente, cojea de la pierna izquierda, tal como yo vi y como me dijo María.

Lo miro fijamente, tratando de descubrir su rostro, de saber quién es. Pero él está seguro tras la penumbra; creo que me está sonriendo.

Todo pasa en un segundo. Un ataque de locura, un grito que se queda ahogado en mitad de la cocina y unos pasos precipitados hacia el exterior con el arma, empuñándola tal y como me enseñó mi marido. ¡Mi marido! ¿Quién es mi marido?

—¡¿Quién eres?! —grito alzando la pistola—. ¡¿Quién eres?! —vuelvo a gritar, dirigiendo el arma hasta el punto exacto en el que he visto a la figura desde la ventana de la cocina.

Un disparo al aire.

Alguien me agarra por detrás, es mucho más fuerte que yo.

No puedo moverme.

Oigo gritos; veo luces que se encienden desde las casas vecinas y el silencio sepulcral es sustituido por las doce campanadas de la iglesia de Sant Vicenç d'Espinelves, que me anuncian la medianoche.

ELSA

Miércoles, 16 de septiembre de 2015

Grabaciones

Marzo de 2015. Era la primera vez que visitaba a Andrea de noche, aprovechando que Nico estaba por trabajo en Zaragoza y tú habías vuelto a Berlín, en esta ocasión solo durante tres días. Gracias a tu ausencia mis náuseas habían desaparecido por completo.

Habíamos acabado de cenar una tortilla de patatas que había preparado Andrea, y ella hablaba de Antonio mirando fijamente por la ventana. Decía que esa misma noche hurgaría entre la basura y descubriría la verdad. Estaba convencida de que era un asesino, un peligro para la sociedad. Quise decirle que dentro de esas bolsas había ropa, solo ropa, pero no quería descubrir su secreto, y solo le dije que creía que el pobre Antonio era tan peligroso como lo podía ser la señora Dolores.

Le dio un sorbo a su vaso de whisky después de haber bebido cinco copas de vino durante la cena, se fue hacia la encimera y, de espaldas a mí, engulló unas cuantas pastillas de golpe. Luego vino hacia la mesa, mirándome con los ojos muy abiertos sin expresividad alguna. Sentí su mareo; hipnotizada por lo enormes que se le estaban poniendo las pupilas, fue entonces cuando se cayó, estampando la cara contra el borde de la mesa.

—¡Andrea! —exclamé asustada.

Lo primero que hice fue tomarle el pulso, el corazón parecía latirle con normalidad. Le di la vuelta para poder mirarle la cara; tenía un corte profundo en el labio y la frente se estaba hinchando y amoratando por momentos. Susurré su nombre, luego alcé la voz y le di unos cachetes en la cara para que reaccionara. Pero no hubo manera, estaba inconsciente.

Entonces tuve una gran idea, que se puede considerar espeluznante: encerraría a Andrea en el garaje para poder buscar lo que deseaba desde hacía tanto tiempo sin miedo a que ella despertara; y, por otro lado, quizás entonces, al verse en ese estado, se daría cuenta del daño que se hacía y decidiera por fin dejar el alcohol y las pastillas.

Me puse manos a la obra. Cargué con Andrea hasta el garaje, la tumbé en el suelo y la desnudé. Luego volví a subir y busqué por el salón, debajo del sofá, entre los cojines; abrí todos y cada uno de los armarios y cajones de la cocina; subí al piso de arriba y golpeé las paredes del cuarto de baño, rastreé las habitaciones y el estudio. Lo dejé todo tal como estaba; continué tocando paredes y busqué posibles dobles fondos en armarios y cajones. Ni rastro de lo que andaba buscando.

Desesperada, empecé a pisar con fuerza el suelo de parqué de la casa por si alguna tarima se movía. En el piso de arriba no sucedió nada y volví abajo, asegurándome de que Andrea estuviera bien y respirara.

Caminé por toda la casa buscando flojera en alguna tarima, mirando hacia el techo por si veía algo sospechoso e incluso encima de la estantería que estaba colocada al lado de la chimenea. ¡La chimenea! Miré dentro y me ensucié la mano de hollín en balde. No había nada, nada de lo que me había imaginado: el ordenador y el teléfono móvil de Clara no estaban.

¿Y si Clara nunca llegó a conseguir nada?

Cuando estaba a punto de darme por vencida, me di cuenta de que me había dejado una habitación por comprobar: la despensa, apartada en un rincón de la cocina. Mi casa también tenía una cuando la compramos, pero la eliminé al remodelar la cocina. La puerta estaba cerrada, pero era endeble, así que de una patada la abrí. El espacio era diminuto, ocupado por estanterías industriales de metal repletas de botes de conservas, fiambreras vacías y productos de limpieza. La bombilla que colgaba del techo estaba fundida, así que tuve que alumbrar el espacio con mi teléfono móvil, mirando con especial atención las baldosas del suelo. En una esquina, al fondo a la izquierda, vi que una de las baldosas sobresalía del resto. Empujé la estantería y, al levantarla, vi un teléfono móvil, que supuse era el de Clara. No esperaba que se encendiese, pero sí conocía a alguien que podría hacerlo: el mismo hombre que había falsificado mi documentación.

Volví al garaje para comprobar que Andrea estuviera bien; apagué todas las luces y volví a casa justo cuando el reloj marcaba las doce de la noche. Con ansiedad, marqué el teléfono del falsificador asiático, que sabía de memoria. Accedió a ayudarme por una cantidad «simbólica» de mil euros.

A veces me reía de ti porque guardabas dinero en un sobre de la mesilla de noche como una ancianita desconfiada que lo guarda debajo del colchón; pero no sabes cuánto me alegró encontrar la cantidad exacta, e incluso algo más, para que el asiático pudiera volver a encender el teléfono móvil de Clara, que me daría la respuesta que necesitaba para meter a Nico entre rejas y que se hiciera justicia.

«Conseguiste algo, hermana. Lo conseguiste —pensaba

mientras conducía por la autopista sin respetar los límites de velocidad—. Tu muerte no habrá sido en vano —le prometí.»

Era la una y media cuando llegué a la zona del Raval de Barcelona. La noche era fría y una lúgubre niebla se expandía por las callejuelas de la ciudad, alumbradas por farolas anaranjadas que mostraban sombras alargadas y tenebrosas. Crucé calles desiertas, me enfrenté a miradas peligrosas y respiré tranquila al ver a gente salir del café teatro Llantiol, animados por el espectáculo que acababan de ver. Continué caminando por la calle de la Riereta, pasé por delante de badulaques abiertos y una anciana con la espalda arqueada y unos gruesos calcetines de color rosa se me acercó para pedirme limosna. Agarré con fuerza el bolso y me desvié por la calle de Sant Bartomeu; ahí, frente a un contenedor con un trozo de pared pintado de azul cielo y una puerta endeble al lado que me indicaba que estaba en el número 8, se escondía el asiático. La contraseña: dos golpes espaciados con los nudillos y tres rápidos.

Cruzamos un estrecho pasillo oscuro que olía a humedad y a gato muerto. La suciedad invadía todo el espacio y tuve que llevarme la mano a la boca para no vomitar. El hombre asiático, bajito y extremadamente delgado, cogió una llave del bolsillo de su pantalón y abrió una puerta metálica. Las paredes estaban insonorizadas y en un rincón había un montón de pequeños monitores que nos mostraban el exterior de la calle oscura y otras imágenes que preferí no mirar al comprobar que se trataba de cuchitriles en los que mujeres asiáticas ofrecían servicios sexuales a cambio de dinero.

Le mostré el teléfono móvil, él lo cogió bruscamente y conectó un par de cables al mismo tiempo que encendía un ordenador. Esperé pacientemente hasta que la luz de la pantalla del teléfono cobró vida y una serie de metadatos aparecieron en el ordenador, con fotografías, vídeos, claves y audios a mi servicio. El asiático me mostró los resultados, satisfecho por el éxito de su rápido —y caro— trabajo, asentí y volcó todo el contenido del teléfono móvil en un *pendrive*. Esperé otra media hora más a que finalizara la descarga, luego le pagué los mil euros y me fui corriendo hasta donde había aparcado el coche, con el deseo de llegar a casa y conocer el contenido del *pendrive*.

ANDREA

Jueves, 17 de septiembre de 2015

UN ENGAÑO VISUAL

—¡Andrea! —grita Nico, abrazándome con fuerza por la espalda y arrebatándome la pistola de las manos mientras siguen sonando las campanas de la iglesia—. ¡Andrea, para! ¿Qué has hecho?

Un hombre gordinflón viene corriendo hacia nosotros seguido de una mujer más joven cuyo rostro muestra el auténtico miedo; ese terror que invade también mi cuerpo y destroza mis nervios.

—¡Lo he visto! —chillo—. ¡Allí, estaba allí! —sigo gritando, señalando los matorrales que tenemos frente a la casa.

—Allí no hay nadie, Andrea.

—¿Qué pasa aquí? —pregunta el hombre con un marcado acento catalán.

—¡¿Por qué esos disparos, santo cielo?! —grita la mujer, mirándome con los ojos muy abiertos.

Miro a mi alrededor; la figura no está. Se ha evaporado, no está. ¡Pero yo la vi! Me miraba fijamente, fumaba su cigarrillo, dio un paso hacia delante y vi que cojeaba de la pierna izquierda.

—¡Llamen a María! —les digo—. ¡Llamen a María!

—¿Qué María? —dice entonces el hombre.

—La vecina del pueblo, la que es policía. Llámenla y díganle que venga.

El hombre y la mujer me miran como si estuviera loca. Nico me susurra al oído que entremos, disculpándose con un gesto de cabeza hacia la pareja, que asiente comprendiendo mi estado de enajenación y se aleja en dirección a la casa más cercana a la nuestra.

Al entrar en casa corro hacia la cocina y vuelvo a mirar por la ventana: la figura ya no está.

—Ha sido una alucinación, Andrea. Tienes que dejar de tomar tranquilizantes —me advierte Nico.

—No ha sido una alucinación. Lo he visto, tu hermano estaba allí.

—No, Andrea. Mi hermano no estaba allí —responde mirándome con pena.

No soporto que me miren con pena.

Miércoles, 23 de septiembre de 2015

HIPNOSIS

Una voz lejana habla a lo lejos. Se parece a la mía, pero es como si no saliera de mí. Habla, no para de hablar... Estoy mareada y por la cabeza me pasan un sinfín de imágenes que trato de retener para memorizarlas y explicarlas; responder a las preguntas que un hombre me formula pausadamente.

Cada vez se me hace más difícil vocalizar, pero eso parece no importarle. Él sigue preguntando, sigue queriendo saber.

—Llevaba media melena, negra, siempre brillaba, parecía muy suave —explico, visualizando a una mujer que me sonríe amablemente sentada alrededor de una mesa redonda de madera, con una taza de café sucia en la mano—. Lleva gafas, es maestra. Me caigo. Me hago daño, me duermo. Ella me lleva a un sitio frío y me deja en el suelo, me desnuda y se va. Vuelve para ver si estoy bien. Me llama. Se va. Se va. Es de noche, hay un coche y él lleva una chupa de cuero negra, pero hace calor. Mucho calor. Se va. Se la lleva. Él vuelve, ella no. ¿Dónde está ella? Entro en una casa, no la conozco, está oscura. Cojo un papel, no hay nada escrito. Espero fuera, hace calor, estoy sudando. Hotel Paraíso. Hotel Paraíso. Él me habla de un bocadillo de chorizo, de una pareja, entraron juntos y se fueron juntos. Conduzco. Hace calor. Estoy en un cementerio. Hay una mujer que me sonríe. ¿Qué me dice? Que él siempre viene a verla. Siempre viene a verla. Un gato negro me mira. Yo lloro. Lloro mucho. Descubro una carta. Me asusto, me enfado. Él me amenaza, me coge de la cintura y me suelta. Sube unas escaleras. Hay tres fotos. Una niña. Una niña rubia que me sonríe. ¡Basta!

Al abrir los ojos la primera persona que veo es Nico. La expresión de su rostro, tenso y demacrado con el ceño fruncido y la boca en forma de «O», me demuestra que he estado diciendo cosas que me han impactado. Un hombre frente a mí con bata blanca y oculto tras unas grandes gafas de pasta negras me mira con una expresión interrogante y extraña. Anota algo en su libreta y vuelve a mirarme.

—Andrea, ¿todo bien?

Asiento y trago saliva. No, nada va bien. Me seco el sudor de la frente y cuando intento levantarme me da un mareo y me obligo a sentarme de nuevo en el sillón con la ayuda del hombre de la bata blanca.

—Es todo muy confuso, un remolino de imágenes y sucesos extraños que puede que hayas visto en alguna película, Andrea.

No, no es ninguna película. Es real. Es todo muy real y he recordado cómo era la mujer desaparecida. Media melena, cabello negro; a veces usaba gafas y pensaba que le quedaban muy bien, que a mí nunca me llegarían a quedar tan bien como a ella. Miro a Nico, espero una respuesta pero se queda callado y mira hacia otro lado. Prefiero permanecer callada; mi intención no es terminar ingresada en la unidad psiquiátrica del hospital.

«Él no quiere que recuerdes. Le han obligado. Le han obligado», me dice la voz, que vuelve a aparecer tras un silencio que se había prolongado durante demasiado tiempo.

«Ya te echaba de menos», le respondo con un humor que, debido a las circunstancias, me puedo permitir.

La sala es blanca, luminosa; un espacio abierto con un escritorio, un par de estanterías, dos cuadros y un ventanal con vistas a la ciudad. Aun así, me siento como si estuviera encerrada en un lugar claustrofóbico y le indico a Nico con una mirada que quiero salir de allí.

—Andrea, ¿has visualizado algo de tu vida con tu marido?

«No estoy segura», pienso.

—¿Qué he dicho? —le pregunto al hombre de la bata blanca.

—Nada parecía tener sentido. Programaremos una visita en noviembre, aunque ya sabéis que estamos aquí para lo que haga falta. Aún es todo muy reciente y debes descansar en tu entorno, allí poco a poco irás mejorando y, aunque no puedo prometerte nada, hay esperanzas, Andrea.

Miro de reojo a Nico como preguntándole: «¿Cuándo me vas a llevar a mi casa? A la que se supone que conozco.» Creo que capta mi pregunta, porque suspira, se acaricia la nuca y se encoge de hombros a modo de respuesta.

Magia en la Plaza Reial

Al salir del hospital he sentido la necesidad de volver a la plaza Reial un rato, aunque mi último recuerdo del lugar no fuera el mejor.

Nico ha dicho a todo que sí sin problema, aunque parece estar más pendiente de las personas que pasan a nuestro lado que por el recorrido que hacemos por el barrio gótico hasta llegar a nuestro destino. Observa a la gente como si fueran enemigos y sé que lleva la pistola bien agarrada dentro del bolsillo; me horroriza pensar que algún día tenga que utilizarla, pero entonces recuerdo la ocasión en la que yo disparé en el aire con la intención de terminar con la figura en mitad de la noche y me entra el pánico. Mi mente se bloquea y mi cuerpo se paraliza por completo.

Pasamos por la concurrida calle peatonal del Bisbe, era la calle preferida de mi padre.

Me detengo a observar el famoso arco de estilo neogótico; oscuro y siniestro, que une el Palacio de la Generalitat con la Casa dels Canonges y que alberga en el centro una misteriosa calavera atravesada con una daga.

Recuerdo a mi padre insistir en que me fijara bien a ver si encontraba esa calavera. Tardé lo mío en encontrarla, pero desde entonces no la pierdo de vista. Son muchas las leyendas que cuenta esta calle. La tradición dice que si atraviesas el puente caminando hacia atrás y mirando la calavera puedes pedir un deseo y este se cumplirá.

—Recordar. Recordarlo todo —digo muy bajito.

Cuando vuelvo al mundo real, Nico no está a mi lado y siento el agobio de un ir y venir exagerado de gente a mi alrededor. Me siento como en el bosque, totalmente perdida y de nuevo bloqueada por el miedo y por no encontrar a Nico. Doy vueltas sobre mí misma, golpeándome con las paredes distraídamente y con la gente, muchos de ellos turistas, que protegen con desdén sus pertenencias creyendo que les voy a robar o que soy una drogadicta.

¡Dios! ¿Qué me pasa?

Hay una mujer al otro lado del arco. No, otra vez no. Otra vez no puede estar pasando. Se acerca a mí, miro su mano y no tiene ninguna jeringuilla con la que atacarme; solo me sonríe y, sin darme cuenta de cómo ha podido pasar, la tengo a mi lado susurrándome al oído: «Clara. Clara.»

—¿Andrea? Andrea, ¿qué haces?

Tardo en reaccionar un momento, pero entonces miro a Nico con una sonrisa burlona y sin saber por qué, le respondo:

—Todos tenemos nuestros propios fantasmas, ¿verdad?

No sé si tiene algo de sentido para él, pero su tez bronceada se torna pálida; me coge de la mano y en silencio caminamos hasta llegar a la plaza Reial en la que, algo tensos, nos sentamos en una terraza y pedimos un par de cafés.

Ya no es verano, hoy, justo hoy, le damos la bienvenida al otoño, pero siguen habiendo turistas con sus cámaras fotográficas colgando del cuello por toda la ciudad.

Pasean alrededor de la plaza Reial admirando el ambiente que crea la gran cantidad de bares, terrazas y locales nocturnos que hay; sin tener en cuenta, probablemente, la historia que hay alrededor. Es como si el tiempo se hubiese detenido aquí, nadie se fija en la herboristería del siglo XIX que hay en la calle del Vidre, que va desde la plaza Reial a la calle Ferran; tampoco sabrán que dentro del establecimiento hay una fuente donde se mantenían las sanguijuelas que se utilizaban para hacer sangrías hace mucho tiempo. Puede que no sepan que las dos farolas con seis brazos a diferentes alturas emulando las ramas de un árbol fueron diseñadas por Gaudí en su juventud —el Ayuntamiento le encargó que diseñara una farola de gas para toda la ciudad—, y que solo convivimos con cuatro: las dos de la plaza Reial y otras dos, con solo tres brazos, en el Pla de Palau. Los turistas pasarán por aquí sin saberlo, puede que alguno tome un café al lado de donde estamos Nico y yo, y luego darán una vuelta por la Rambla, «la calle más alegre del mundo», como decía el poeta Federico García Lorca.

—Albert Einstein decía: «El mundo no será destruido por los que hacen el mal, sino por aquellos que lo miran sin hacer nada.»

—¿Papá?

—¿Cómo estás, hija?

Papá sostiene un periódico que data del año 1989; el titular principal habla de once personas muertas, veintidós heridas y una desaparecida en un atentado realizado por el Ejército Republicano Irlandés contra el Ejército británico en el cuartel de los Royal Marines.

—¡Oh, tú eres muy pequeña para ver estas cosas! —exclama riendo.

—Siete años... —respondo temblando.

—¡Exacto! Cuando tengas ocho te dejaré leer el periódico. Mientras tanto, leamos *Peter Pan*.

—Nuestro cuento, *Peter Pan*.

—¿Acaso lo habías olvidado?

Soy consciente de que esto no puede estar pasando y que seguramente Nico y el resto de personas que circulan a mi alrededor me estarán mirando como si fuera una chiflada. Pero esta chiflada contempla el rostro de su padre muerto como si continuara vivo y me inunda un sentimiento de felicidad que no creía que podría existir.

Cuando yo era una niña, papá llevaba barba. Cuando cumplió los cuarenta se deshizo de ella para siempre, pero ahora, frente a mí y dedicándome la más tierna de sus sonrisas, luce una barba castaña bien cuidada. Sus ojos aún no necesitan gafas, son grandes y azules como los míos y, aunque ya se presiente que en unos años se quedará sin pelo en la cabeza por las entradas que luce en la frente, aún puede presumir de una buena mata de pelo de color castaño que se peina hacia atrás con gomina. Lleva su gabardina preferida, la de color marrón que le regalamos mamá y yo cuando yo tenía cinco años; sigue sin separarse de su anillo de casado y los zapatos negros están relucientes, como si acabásemos de llegar de su cita con el limpiabotas de la Rambla.

—He olvidado muchas cosas, papá —reconozco—. ¿Mamá está contigo?

—Cariño, mamá se ha quedado en casa.

—Claro, papá.

No sé en qué mundo paralelo me encuentro; si mi padre me ve como la mujer que soy o como la niña que fui. No sé si estoy perdiendo la cabeza o si la plaza Reial tiene algo mágico y quiere compensarme la terrible alucinación de la otra vez con la presencia de mi padre.

«Lo que daría por verlo una vez más», dije cuando murió.

«¿Qué le dirías? —me pregunta la voz, esta vez dulce, sin un ápice de la maldad a la que me tiene acostumbrada—. Ahora estás a tiempo de decirle todo lo que no te dio tiempo a decir.»

—Papá, te quiero.

Cuando alguien a quien quieres muere, piensas en todas las cosas que podrías haberle dicho y en el poco tiempo que hubo para que lo hicieras. Pero solo hay dos palabras necesarias, todo se resume a eso. A un «Te quiero» a tiempo y no hace falta nada más para encontrar un poco de paz con uno mismo.

Papá asiente, como comprendiendo la urgencia y la necesidad de mis palabras; coge mi mano y la acaricia lentamente.

—Observa a tu alrededor. Fíjate en los detalles, Andrea.

De eso se trata, de fijarte en el más mínimo detalle. Solo así volverás a recordar.

Como si todos mis sentidos se hubiesen despertado de golpe, vuelvo al ajetreo del bullicio de la plaza Reial. Las voces y el cristal de las copas que llevan los camareros en sus bandejas se mezclan con los disparos de centenares de cámaras fotográficas y fogonazos que no sé de dónde provienen. Compruebo que Nico está sentado en el mismo lugar donde hace unos segundos he visto a mi padre, y que su expresión es de normalidad, como si no hubiera visto nada raro en mí.

—Nico, ¿todo bien? —le pregunto frunciendo el ceño, aunque en realidad creía que sería una pregunta que me formularía él a mí.

—Sí, ¿está rico el café?

—Ajá... —respondo yo, dándole un sorbo al café sin dejar de mirarlo para que diga algo más. ¿De verdad no ha visto nada raro?

«Puede que ya lo hayas acostumbrado a tu locura», contesta la voz, nuevamente sarcástica.

—He visto a mi padre. Aquí y ahora, he hablado con él.

—Andrea...

—No, Nico. Era real. ¿No has visto nada raro?

—Es normal, te has quedado en babia. Han desbloqueado tu mente consciente, o sea que has permanecido durante muchos minutos en un estado alterado de conciencia, ¿entiendes? Lo raro es que hayas podido salir de la clínica caminando, después de los fármacos que te han inyectado.

—Llévame a nuestra casa, la de verdad. La de Mataró.

—No —responde rápidamente—. No es posible, Andrea.

—¡He visto a una mujer desnudándome y encerrándome en el garaje! ¿Y yo soy la asesina? No, ni hablar. Allí pasó algo raro, Nico. Algo muy raro.

—No sé de qué me hablas.

—Yo creo que sí lo sabes. Que sabes más de lo que me dices.

—Andrea, créeme que no...

—¡No quiero discutir! Otra vez no. Acabaremos el café en silencio, cogeremos el coche y volveremos a Espinelves. A esa casa en la que me has encerrado. No pasa nada, lo acepto. Eres mi marido y quieres lo mejor para mí ¿no? Tengamos la fiesta en paz de una vez.

«Fíjate bien en los detalles, Andrea. Haz caso de tu padre. Los detalles son siempre muy importantes», murmura la voz.

ELSA

Miércoles, 23 de septiembre de 2015

LA CONFESIÓN

Marzo de 2015. La calle en la que nunca pasa nada me recibió triste y sombría sin la presencia de Andrea tras la ventana de su cocina. Intuía que seguiría en el garaje tal y como la había dejado y que se despertaría al amanecer preguntándose qué había hecho para terminar así. Esperaba de veras haberla ayudado, que dejase de tomar pastillas y volviera a ser la mujer maravillosa de la que mi hermana me hablaba a todas horas.

Las luces de las casas estaban apagadas y una espesa niebla se apoderaba de la calle en dirección al bosque en el que de vez en cuando me gustaba pasear por las mañanas. Tú no lo entendías, pero a mí me relajaba y me despejaba la mente después de tus insultos, desplantes y golpes. Pero ni por todo el dinero del mundo me hubiera adentrado en él a esas horas; un escalofrío me recorrió la espina dorsal al imaginarme en medio de esos frondosos árboles a las cuatro de la madrugada.

Entré en casa sin necesidad de encender ninguna luz.

Llegarías a Barcelona dos días después y de veras pensaba que yo ya no estaría cuando entraras en esa casa. En nuestra casa.

Tenía en mi poder la información que pondría punto y final a mi plan y podría dejar atrás todo el maltrato al que me habías sometido durante meses.

Fui hasta el estudio y encendí el ordenador; una vez puesto en marcha introduje el *pendrive* y busqué entre todas las carpetas los archivos que podrían servirme de ayuda. Me introduje en la mente de Clara, miré a través de sus ojos, hablé con su voz. Vi fotografías que no esperaba encontrar, casi todas eran de Andrea cuando ella no se daba cuenta de que mi hermana la fotografiaba. Andrea saliendo del portal, Andrea caminando por la calle Santa Anna, Andrea besando a Nico en la calle, Andrea acariciando a un gato en casa de Clara... Eran el vivo retrato de una obsesión enfermiza. Sin embargo, cuando pensaba que nada podría sorprenderme más, encontré dentro de otra carpeta fotografías más íntimas: Andrea durmiendo, Andrea besando a Clara, Andrea acariciando a Clara... En mi vida había visto tan feliz a mi hermana. Cómo le brillaban sus hermosos ojos verdes, cómo sonreía, cómo la miraba... Sin que Clara me lo dijera, yo ya sabía que se había enamorado de Andrea, pero ¿Andrea también de ella?

Entonces entendí por qué Andrea se había convertido en una adicta, en una enferma. No había perdido a una amiga o a una simple vecina; era algo más. Mucho más. Era amor.

Después de unos minutos en los que me quedé paralizada tras descubrir que entre Andrea y mi hermana había habido una historia de amor, traté de centrarme en lo que de verdad estaba buscando: la voz de Nico confesando la verdad. Tenía que estar, Clara lo consiguió, estaba convencida de ello. Por eso él se la quitó de en medio. Tras mucho buscar entre vídeos que de nuevo me mostraban el cariño que se profesaban Clara y Andrea, encontré uno que podría servirme: Nico caminando por la calle; y me impactó oír de nuevo la voz de mi hermana mayor. Era tal y como la recordaba, siempre con un tono por debajo de la media, como si creyera que por hablar estorbaba al mundo. Aterciopelada y susurrante, me decía:

—¿Veis a ese hombre? Ese hombre es un asesino. Y va a pagar por lo que hizo.

—Clara, esto no es una prueba contundente para encerrarlo —le digo en voz alta, como si estuviera hablando con ella a través del vídeo en el que sigue apareciendo Nico caminando tranquilamente.

Había otra carpeta repleta de audios. Tenía que estar allí, ¿dónde si no? Pero, a medida que iba abriendo los audios, iba perdiendo la esperanza de encontrar las pruebas necesarias, que quizás estarían en el ordenador portátil que no había encontrado en casa de Nico y Andrea. Maullidos de gatos, la voz de Andrea susurrando un «Te quiero», la voz de Clara que decía: «Pocos ven lo que somos, pero todos ven lo que aparentamos. Maquiavelo.»

—Venga, estamos cerca... estamos cerca...

El sonido de las olas del mar, un par de chistes malos, un villancico... Miré el reloj desesperada, eran las cinco de la mañana y se me estaban cerrando los párpados. Solo quedaba uno. Era ese o nada.

El ruido de una puerta, unos pasos acercándose hasta el micro del teléfono móvil... tenía un presentimiento, debía ser ese. La voz de mi hermana saludando. La voz de Nico.

«Deja a mi mujer en paz.»

«¿La matarás como hiciste con mi hermana?»

Silencio. De nuevo unos pasos y aplausos.

«No te había reconocido hasta que insinuaste lo del paseo de Colom la otra noche, durante la cena, y me dio por recordar. Fue un accidente. No te lo tomes a mal.»

La voz de Nico sonaba fría y distante, no había ni un ápice de remordimiento en sus palabras. Me recordó a ti, cuando, después de golpearme, me hablabas como si no pasara nada.

«¡¿Un accidente?! ¡Eres un maldito asesino!», le reprochó mi hermana furiosa.

Fue valiente. Trato de imaginar el rostro de Clara enfrentándose a Nico; cómo debió de vivir esos tensos momentos, cómo quiso dejar la prueba final sin saber que no le daría tiempo a presentarla en comisaría.

«¿Y qué más da? Disfruté como nunca. A pesar de lo rápido que fue todo, no sabes la adrenalina que me causó ver cómo a tu hermana se le escapaba la vida delante de mis ojos. Observar la muerte de cerca es... ¿Qué es eso? ¿Me estás grabando? ¡Maldita hija de puta!»

No sé qué pudo suceder después y por qué Clara no huyó; estaba claro que aún tardaría unas horas en matarla. Mi hermana se quedó sin el teléfono móvil en ese momento, sin la prueba que tenía decidido llevar a comisaría para denunciar un asesinato cometido trece años atrás. Ahora la prueba estaba en mi poder, se haría justicia por mis hermanas, y se sabría que ni la muerte de Lucía ni la de Clara fueron accidentales.

Maldita la hora en la que se me cruzaron los cables y le hice caso a la vocecilla que todos los locos tenemos en nuestro interior y que me decía que quería jugar más.

Guardé el *pendrive* y el teléfono móvil a buen recaudo y borré todo el historial del ordenador, asegurándome de que no quedase ni rastro de todo lo que había descubierto.

Una súbita arcada se apoderó de mi estómago y tuve que salir corriendo en dirección al cuarto de baño. Al mirarme en el espejo, ojerosa y demacrada, lo supe. Supe que estaba embarazada y sabía quién era el padre.

ANDREA

Jueves, 8 de octubre de 2015

FALSA IDENTIDAD

Veo la vida pasar desde la ventana y esto, sumado a las inquietantes imágenes que vi mediante la sesión de hipnosis, me llevan hasta los recuerdos de otra vida. Trece años que se reducen a una frase que no deja de invadir mi mente: «Muchas veces la echo de menos. Otras veces la olvido.»

No sé qué significa; mezclo imágenes de personas que debí de conocer alguna vez, pero si ahora mismo las tuviera delante sería incapaz de identificarlas. Estoy atenta a cada detalle y a lo poco que sucede a mi alrededor. No quiero que el timbre de la puerta me sorprenda o que la figura entre las sombras vuelva a aparecer sin que yo la vea.

Las hojas de los desolados árboles, cada vez más mustias, han cambiado de color. Ya no son verdes, ahora el color amarillento lo domina todo. El sol ha dejado de alumbrar los días para mostrarnos su cielo más gris, y las camisetas de manga corta ya no son una buena opción, aunque el auténtico frío no se haya apoderado todavía del clima.

Época de castañas asadas, a menudo llega el olor procedente de alguna casa cercana. Ya no se oyen las voces de los niños y sí el rumor suave y delicado del viento de montaña.

Yo, cada vez más loca, me tapo los oídos cuando la voz empieza a martillearme y a repetirme mil veces que vuelva a aquel lugar donde empezó todo.

«Volvería —le respondo—, si supiera dónde es.»

En las noticias siguen sin hablar de Carlos Díaz ni de su mujer. No sé nada de esa historia y tampoco me conviene; no quiero complicarme la vida, lo pasado, pasado está. Desperté del coma sin recordar nada y he llegado a aceptar que puede que fuese lo mejor. Algo malo debió de pasarme; algo horrible debí de descubrir como para que mi cuñado quiera encontrarme y acabar con mi vida.

A veces Nico desaparece, con la excusa de adentrarse en el bosque para ir a buscar setas. No lo he vuelto a acompañar. A veces viene sin nada, otras trae un cesto lleno de setas que acabamos tirando a la basura debido a nuestra ignorancia, por si resultan ser venenosas. Me alegra saber que él tiene un entretenimiento, porque lo que es yo, me estoy marchitando como las flores que planté en las jardineras de la entrada. Muchas noches soy yo la que le pide cariño, por el simple hecho de sentir otra piel. No porque sea mi marido o tenga sentimientos hacia él; de hecho no estoy muy segura de tenerlos, pero me gustan sus besos y sus caricias. Me gusta tenerlo en mi interior. Puede que sea por la costumbre de esa otra vida que no recuerdo.

«Llévame a casa», le digo a Nico mentalmente. Pero, claro, no me oye, y decírselo en voz alta sería inútil. Diría lo de siempre: «Es peligroso... Mi hermano... Es un psicópata... Te mataría...» Fin de la historia.

A veces se me pasa por la cabeza ir a la comisaría más cercana o pedirle un teléfono a algún vecino y llamar a María, si encontrase el número que me dejó escrito en un papel, para decirles, aunque piensen que estoy loca, que mi cuñado quiere matarme.

«Ni la poli puede protegerte», masculla la voz cuando me ve tener estos pensamientos. Entonces me asusto y lo dejo correr.

María no ha vuelto a pasar por casa después de haberla echado aquel día casi a patadas. No me importa, me hacía más mal que bien, pero no deja de intrigarme el motivo por el que ya no viene a tomar café. Nico ha preguntado por ella un par de veces, y cuando le he dicho que no sé nada se ha limitado a decir «Mejor». Luego se sienta en el sofá, enciende el televisor y pone el canal donde dan noticias las veinticuatro horas. Veo amargura en su rostro, preocupación e inquietud.

Le echo un chorrito de whisky al café y voy hasta el estudio a escribir. A falta de ordenador, me he acostumbrado a escribir a mano, aunque al cabo de media hora me canso, se me agotan las ideas y abandono cuando leo la cantidad de paranoias que plasmo en el papel. Historias de una loca con muy poco que hacer y nada en la memoria.

Nico está cambiando una pieza de la moto cuando cojo del perchero una chaqueta y algo de dinero y me animo, después de mucho tiempo, a salir de casa. A dar más de dos pasos por el camino de tierra que conduce al centro del pueblo con la intención de ir a tomar un café a La Taverna; sin el miedo de encontrarme con María y tener que enfrentarme a sus preguntas o a sus siempre inquietantes comentarios.

«Asesina. ¿Cómo se vive con la conciencia cargada de demonios?»

«¡Cállate!»

—Nico, me voy al pueblo.

—¿Al pueblo? —Levanta la vista y frunce el ceño—. ¿Para qué?

—Necesito salir.

—Ten cuidado.

Nico mira la bandolera que no se separa de mi cadera y asiente como volviéndome a decir que use la pistola si la necesito.

Miro al frente; doy un paso y luego otro más. Puedo hacerlo, puedo ir hasta el pueblo y enfrentarme a la mirada de la gente. Espero no coincidir con los testigos de mi locura en aquella noche de septiembre en la que disparé al vacío de la noche pensando que la figura estaba vigilándome.

Un gato negro se cruza en mi camino justo cuando alcanzo a ver la torre de la iglesia. En vez de esconderse, se detiene frente a mí y nos miramos fijamente durante unos segundos que se me antojan eternos. Luego, como quien tiene el poder absoluto de hacer lo que le da la gana, cruza el camino y desaparece con elegancia felina.

Respiro hondo al poner un pie en la plaza. Una mujer mayor me saluda, un hombre sentado en un banco me observa. Decidida, me dirijo hasta La Taverna con el miedo y las ganas de encontrarme con María.

—Buenos días —saludo, mirando a mi alrededor.

El local está vacío.

—¿Qué le pongo? —pregunta el hombre que hay detrás de la barra, el mismo de la otra vez.

—Un café con leche.

—Viene poco por aquí, ¿verdad? ¿Qué tal se vive en las afueras?

Tuerzo el gesto sin responder, con las pocas ganas de hablar que me han caracterizado en estos últimos días.

El hombre me sirve el café, le pago y voy hasta una de las mesas, llamándome la atención la que está junto a la pared, al ver que hay algo encima de ella. Compruebo que se trata de la tarjeta amarillenta de un hotel:

Hotel Paraíso
Dos estrellas
Carretera de Sant Sadurní a Vilafranca, Km. 4
08739 Sant Sadurní d'Anoia, Barcelona

Y unas letras escritas en mayúscula con bolígrafo rojo dicen: «TÚ ESTUVISTE AQUÍ.»

Me sobresalto, miro a mi alrededor con la certeza de que alguien quiere volverme loca.

«Hotel Paraíso. Hotel Paraíso. Llueve. Un hombre gordinflón que hablaba de un bocadillo de chorizo; una mujer teclea algo en un ordenador y me mira de vez en cuando. Entraron juntos, salieron juntos. Él volvió pero ella no. Mi cuñado se la llevó. Mi cuñado se la llevó. Yo no soy una asesina.»

—¡Disculpe!

El hombre da un respingo, me doy cuenta de que he alzado demasiado la voz.

—¿Conoce este lugar? ¿Quién ha dejado esta tarjeta aquí? —le pregunto, acercándome a la barra.

El hombre coge la tarjeta y se encoge de hombros.

—Sant Sadurní d'Anoia, no conozco la zona pero está a más de setenta kilómetros de aquí.

Me devuelve la tarjeta e intento recordar cómo era la letra de María cuando escribió su número de teléfono en un papel que no he vuelto a ver. Ha tenido que ser ella, ¿quién si no?

—María, la *mossa d'esquadra* —me oigo decir de repente con exaltación—. ¿Ha venido por aquí?

—¿María? ¿*Mossa d'esquadra*?

—Sí. Rubia, de ojos claros y alta.

—Ojalá tuviéramos una *mossa d'esquadra* así por aquí —comenta el hombre riéndose—. El único policía que viene por el pueblo se llama Jaume y no tiene pelo.

—Pero usted conoce a María. Estuvo aquí conmigo, me invitó a tomar un café. ¡Estaba en esa mesa de ahí! —le digo, señalando una mesa del centro.

—Lo siento, pero no recuerdo a ninguna mujer así, y la única María que hay en el pueblo tiene más de ochenta años.

No entiendo nada. Guardo la tarjeta en el bolsillo del pantalón y sin tan siquiera probar el café salgo de La Taverna. Me detengo en la plaza, en el punto exacto donde estuve con María y en el que ella me dijo que un hombre, que resultó ser mi marido, me seguía. Trato de recordar la historia de su ex marido y su prima, no me dio nombres.

Miro al cielo, de un momento a otro va a empezar a llover. «Hotel Paraíso. Hotel Paraíso. Llovía. Una tormenta de verano, fue hace tan solo unos meses. Luego al llegar a casa él me amenazó; era mi cuñado. No veo su rostro, pero estaba muy cabreado. Era mi casa, tiene que ser la de las afueras de Mataró. Recuerda, recuerda.»

Me llevo las manos a la cabeza; las agujas clavándose en mi cerebro me obligan a caer de rodillas en el asfalto de la plaza. Oigo una voz que me pregunta en catalán si estoy bien.

—*Nena, nena* —repite una y otra vez.

«¡Cállate!», quiero decirle.

Unas manos femeninas, suaves y delicadas, recorrían mi piel. Sus labios tenían sabor a chicle de fresa y su melena rubia me hacía cosquillas en el cuello. Cuando me miraba, con esos intensos ojos de color verde, me olvidaba del mundo y de él, sin sentir la culpabilidad de ser infiel.

«Infiel, infiel, infiel.»

¿Quién era esa mujer?

«Clara», me susurra la voz.

—*Nena! Nena! Estàs bé?*

ELSA

Miércoles, 14 de octubre de 2015

DISIMULAR

Mayo de 2015. Durante el último mes había aprendido a ser más discreta de lo que creía que ya era. Mis visitas al despacho de Nico no eran tan frecuentes; había perdido mi apetito sexual, aunque seguramente tú ya te diste cuenta de eso.

Disimulaba mi vientre, algo más abultado de lo habitual a pesar de mis escasas once semanas de gestación, con blusas y camisetas holgadas. Para cuando el bebé creciera en mi interior, ya pensaba estar lejos de aquí. Nadie sabría nada, nadie se daría cuenta.

Puede que no lo entiendas, pero te diré que amé desde el primer segundo en el que supe que estaba embarazada al ser que crecía en mi interior a pesar de llevar los mismos genes que el hombre que mató a mis hermanas.

Era chiquitito, del tamaño de una uva, cuando lo vi por primera vez mediante una ecografía.

—Estás de nueve semanas —dijo la ginecóloga, moviendo con suavidad de un lado a otro el transductor sobre el gel frío esparcido en mi vientre—. Mide dos centímetros y medio, y fíjate... fíjate cómo late su corazón —me decía entusiasmada. Yo le agradecí el gesto, supongo que se apiadó de mí al verme sola.

Escuché el latido de su corazón, entremezclándose con el mío; con mi emoción y mis lágrimas. Era rápido y activo; la amable ginecóloga me dijo que todo estaba bien. Que era perfecto y se estaba formando correctamente aunque aún no sabíamos si era niño o niña.

Una mañana soleada de finales de mayo, fui hasta la calle Muntaner. Haciendo caso omiso de las indicaciones de Nico, como si de un juego se tratase, ese día vestía con tejanos, una blusa más propia de monjas que de amantes y zapatos planos. Su secretaria me miró extrañada, no era ese el aspecto con el que estaba acostumbrada a verme. Al abrir la puerta del despacho, también vi cierto desconcierto en Nico, pero lo único que dijo fue:

—Hoy me va a costar un poco más metértela.

¿Qué hacía allí? No quería follar. Quería matarlo. Hacerlo sufrir. Hacer de su vida un infierno. Y luego desaparecer. Dios, no podía poner en peligro la vida de mi pequeña uva, pensaba una y otra vez, recordando toda la información sacada del teléfono móvil de Clara y que debía utilizar para acusar a Nico.

Se acercó y, en el momento en el que me agarró de la cintura, se paró en seco y miró hacia abajo para luego dirigir su mirada directamente a mis ojos. Te juro que no sé cómo lo supo y yo no sé cómo no fui capaz de mentir.

—¿Qué pasa? —le pregunté.

—Estás embarazada.

«No. No. Di que no. Di que no.»

Prolongué demasiado la respuesta y él se dio cuenta. Estaba perdida y ya era demasiado tarde.

—¿Es mío? ¡Dime si es mío, joder!

Se me secó la garganta, quise hablar pero no me salía la voz.

—¡Que me digas si es mío! —gritó fuera de sí, recordándome a ti cuando me gritabas enfurecido, en la mayoría de las ocasiones sin razón. Él sí tenía un motivo.

Era imposible que su secretaria no oyera sus gritos, pero por algún motivo que desconozco no entró.

—Es mío —continuó diciendo bajando el tono—. Es mío —repitió, dando vueltas por su despacho—. Un hijo... Por fin...

—No, nunca lo conocerás —contesté asustada.

—¡Es mío! Quiero ese niño, ¿me oyes? Cuando nazca me lo entregarás.

Quise salir corriendo, pero en vez de eso hice lo más estúpido que podría haber hecho; lo que tantas veces me advirtió Víctor que no hiciera.

—¿Sabes lo que tengo, Nico? —le dije furiosa y temblando—. Un *pendrive*, y gracias a él te encerrarán en prisión de por vida. Encontré el móvil de Clara en tu casa.

—¿Estás loca? ¿De qué hablas?

—Tengo el audio donde confiesas el asesinato de Lucía. Y gracias a esto podré demostrar que también mataste a Clara.

No se acercó a mí. Se sentó tras el escritorio de su mesa inundada de papeles trastabillando y se acarició la nuca sin dejar de mirarme confuso.

—¿Quién eres?

Disfruté del momento aun sabiendo que no debería haberlo hecho, que era la peor idea que se me había ocurrido en toda la vida. Maldije el momento en el que hablé, destrozando por completo el plan. Lo había hecho para proteger al ser que habitaba en mi interior; sin embargo, lo que había conseguido era poner en peligro mi vida y la suya antes de que conociera este mundo. Pero ya no había vuelta atrás.

—¿No me reconoces? El cirujano hizo un buen trabajo —añadí riendo y disfrutando, en cierta forma, el momento.

¿Cómo pude reírme? ¿Por qué continué? ¿Por qué demonios se lo volví a poner todo en bandeja?

—Elsa —dijo mi nombre con toda la frialdad del mundo, asintiendo lentamente; planificando. Con esa frialdad que yo había conocido y temido; con la que había soñado tantas veces y que me había obsesionado, inundando mi mente de oscuros pensamientos en mitad de noches en las que deseaba haber sido yo la hermana muerta—. Qué manera de cagarla, Elsa. Qué manera...

No fueron sus palabras las que me dieron miedo, sino su tono de voz: el asesino que había dentro de él aparecía de nuevo. Salí escopeteada del despacho y él salió detrás de mí.

—Hombre, Costa, contigo quería hablar. —Un hombre que estaba justo delante de la puerta lo entretuvo.

Ya no oí nada más, y bajé por las escaleras tan rápido como pude.

PLAN B

Corrí hacia el coche, conduje hasta un aparcamiento cercano a la calle Santa Anna y subí hasta el apartamento de Clara. Llamé a Víctor y lo esperé sentada en el sofá del salón intentando calmarme. Me acariciaba el vientre con las manos temblorosas, pensando en la muerte, en Lucía y en Clara; en Clara y en su amante, Andrea.

—¿Qué ha pasado? —preguntó Víctor nada más entrar.

—No puedo —dije llorando—, no puedo seguir. Víctor, tengo que huir, mi vida y la de mi bebé corren peligro.

—¿Bebé?

—Estoy embarazada —le confesé— y es de tu hermano.

Víctor se acarició la nuca, igual que hacía Nico: dos hermanos y un mismo gesto para calmar la ansiedad; ¿cómo era posible que fuesen tan parecidos y a la vez tan diferentes?

—A ver, vamos a intentar calmarnos —me dijo en tono confortador.

—Lo peor de todo —continué diciendo en un hilo de voz— es que me ha descubierto. Bueno, en realidad... Dios, he sido una estúpida Víctor, cuánto lo siento.

—¿Por qué? ¿Cómo te ha descubierto? Es imposible.

—Yo misma me he delatado. Le he contado lo del *pendrive*, le he dicho que había encontrado el móvil de Clara.

—No... No, Elsa...

Yo seguía llorando. También pensaba en ti, te lo juro. Habías sido una de las peores personas que se había cruzado en mi camino; la peor que habría podido escoger para simular una vida matrimonial feliz en una aparentemente tranquila urbanización mientras intentaba pillar al asesino de mis hermanas. Sin embargo, una parte de mí te echaría de menos, porque aún tenía la esperanza de que algún día cambiarías todos esos insultos y esos golpes por instantes normales y felices. Solo quería ser normal. Normal. ¿Era tanto pedir?

—Tranquila. —Víctor se sentó a mi lado y me abrazó—. Tengo un plan.

—¿Otro más? ¿Cuál?

—Mi hermano no sabe que estoy aquí, así que le llamaré desde un número oculto y simularé que vuelvo de San Francisco. Me meteré en su casa, te protegeré desde dentro y en cuanto vea la ocasión iré a buscarte para irnos a un hotel, ya miraré cuál. Te quedarás esa noche y a la mañana siguiente te iré a buscar. Volarás como Elsa, con tu documentación auténtica, hasta Italia. No te encontrará, desaparecerás del mapa.

—Suena bien.

—Siempre hay un Plan B, Elsa. Me darás el *pendrive* y lo utilizaré en cuanto estés lejos para incriminarle en la muerte de Lucía y Clara. Saldremos de esta, Elsa.

Tan seguro de sí mismo, tan firme en sus decisiones y tan convincente en cada una de las palabras del nuevo plan que había improvisado.

—He sido una idiota. En cuanto descubrí el audio del *pendrive* tendría que haber ido a la policía y ya lo tendríamos en prisión. Ya estaría entre rejas.

—En el fondo no querías dejar de estar con él. Carlos no ha resultado ser el hombre que imaginabas, ¿verdad? ¿Te pega? ¿Es eso? Por eso querías seguir con el plan, que no finalizara. Nico te evadía de la mierda de vida que te está dando ese mal nacido.

Lloré aún más al oír todas las verdades de golpe en boca de Víctor. Te culpé en silencio y te maldije.

Víctor era el hombre más inteligente que había conocido y, aunque había cometido actos totalmente reprobables y que podrían hacer pensar a cualquiera que solo los cometen las malas personas, él tenía un corazón grande, de esos que, como se suele decir, no caben dentro del pecho.

—Aguanta una semana; hasta el 8 de junio. ¿Podrás? No salgas de casa, cierra la puerta y vigílalo desde dentro. Yo estaré cerca, te lo prometo.

VÍCTOR

Martes, 3 de noviembre de 2015

CERCA, MUY CERCA

Jueves, 11 de junio de 2015. Había una frase que siempre me funcionaba cuando creía que no sería posible continuar con la función: «Todo está bajo control.»

El Plan B empezó en ese momento, a las dos de la madrugada de un bochornoso jueves, cuando Carlos, el marido de Elsa, estaba en Berlín.

La calle en silencio, en la más discreta oscuridad que ofrecían las farolas estropeadas y los vecinos durmiendo; el inicio del plan era perfecto.

Mentiría si dijera que no estaba preocupado. Nico la estaba vigilando; ella había tenido cuidado a lo largo de esos últimos días, pero cualquier movimiento en falso podría ponerla en peligro. Quería salvarla, se lo debía. Mucho tiempo atrás la había abandonado, dejé que se consumiera sola en su propio dolor por lo que hizo mi hermano y le debía, al menos, mi compañía en estos difíciles momentos.

Cuando me localizó en San Francisco y me llamó no dudé

ni un momento en huir de allí y volver a Barcelona, aunque las cosas habrían sido distintas si aquel mal nacido de Olson no hubiera ordenado matar a Kate y a Maggie no me hubiera dejado. Cuánto dolor causaba el recuerdo y las solitarias paredes de aquel frío apartamento; lo mejor que pudo pasarme fue que Elsa necesitara mi ayuda. Fue la excusa perfecta para desaparecer y la suerte estuvo de mi lado al hacerlo antes de que la justicia me buscara. Nadie hace nada porque sí; el ser humano es egoísta por naturaleza y reconozco que estar ocupado con el «plan», mitigó el insoportable dolor y las ganas que tenía de acabar con mi propia vida después de todo lo sucedido.

El recuerdo es a veces el mayor enemigo.

No estaba siendo fácil. Alojarme en casa de mi hermano, tener que verlo cada día y estar al lado de Andrea era abrumador; una mujer ida, adicta a las pastillas y al alcohol que estaba echando a perder su vida. Aunque al principio no sentía ninguna lástima por ella, enseguida la compadecí, y no solo por eso, sino porque no sabía con qué clase de individuo se había casado.

Respiré tranquilo al ver a Elsa salir de casa con una maleta. Dejó una carta en el buzón y yo le sonreí, con la única intención de tranquilizarla y convencerla de que todo saldría bien.

—Bonita luna.

Mi estúpido comentario no la destensó, percibí un pequeño temblor en la mano con la que llevaba la maleta e intuí que lo único que deseaba era salir inmediatamente de allí. De esa casa y de esa calle, huir de Nico y de Carlos.

—¿Nos vamos? —preguntó inquieta y distante.

Entramos en el coche y, una vez dentro, me dio el *pendrive*, que me guardé en el bolsillo del pantalón. Le pregunté de nuevo si estaba segura. No era la primera vez que se lo preguntaba; desde que la pifió de aquella manera quería saber si estaba convencida de lo que íbamos a hacer. En el fondo solo deseaba oír de sus labios que funcionaría.

Al día siguiente a esas horas ella estaría muy lejos, a salvo, y sería yo, con el *pendrive* en mi poder, quien finalizara con toda esa historia macabra; una etapa de nuestras vidas que necesitábamos cerrar. Por Lucía y por Clara, un daño colateral.

Después de quince años denunciaría a mi hermano por ser un asesino; algo que tendría que haber hecho en el momento en el que lo descubrí. Por eso no pude enfadarme con Elsa cuando echó a perder nuestro plan en un ataque de valentía, fanfarronería o simple estupidez.

En el momento en el que puse en marcha el coche, Elsa miró por la ventana y dijo adiós con la mano.

—¿Has visto a Andrea? —le pregunté, saliendo de la urbanización.

No dijo nada. Supuse que sí, que la vio. De Andrea me encargaría más tarde, no le interesaba saber nada; eso complicaría las cosas y la pondría en peligro. Suficiente pena me daba mi cuñada como para verla muerta en manos de mi hermano.

A esas horas de la madrugada no había tráfico, por lo que tardamos apenas una hora en llegar hasta Sant Sadurní d'Anoia donde estaba situado el hotel Paraíso. Elegimos ese lugar por estar apartado del mundo y ser discreto. Elsa se alojaría esa noche y me esperaría. Yo iría a buscarla a las diez de la mañana y la llevaría al aeropuerto con el tiempo suficiente; su vuelo hacia Roma despegaba a la una y media del mediodía.

—Tengo miedo —reconoció Elsa antes de salir del coche.

—Todo saldrá bien. Mañana a estas horas estarás en Roma, empezarás una nueva vida.

—Gracias por el dinero. Por todo, Víctor.

—Te lo debía.

—Pensé que nunca... —Elsa inspiró hondo y me miró como solía hacerlo quince años atrás—, que nunca te perdonaría —siguió diciendo—. Me pareciste un cobarde, aunque ahora entiendo que solo eras un chiquillo asustado de dieciocho años que había descubierto qué era la maldad. En cierta forma, los dos perdimos a un hermano, ¿verdad? Ahora lo entiendo.

—Fue un *shock* para mí. Mis padres no lo hubieran podido soportar.

—No hace falta que te excuses, lo entiendo y te he perdonado. Espero que perdones mi estupidez, no sé qué me pasó.

—Lo hecho, hecho está.

—Lo más raro de todo es que Nico no ha venido a por mí. Cogía el coche, desaparecía y volvía a casa. Todo ha sido demasiado normal. En ningún momento ha intentado hacerme nada, como si se hubiera olvidado de todo.

—Precisamente por eso yo desconfiaría. Está tramando algo, pero puedes estar tranquila: no está en casa, así que supongo que estará de viaje.

—Eso facilita las cosas.

—Mucho. No tienes nada de qué preocuparte.

A las tres y media entramos en el hotel y nos recibió en recepción un hombre de unos cuarenta años con sobrepeso.

—Una habitación, por favor.

Nos miró con una desagradable mueca burlona y una media sonrisa lasciva sin perder de vista el escote de Elsa. Nos entregó una llave y subimos a la segunda planta donde se encontraba la habitación.

—Qué tío más raro —comentó Elsa.

La habitación era amplia aunque le hacía falta una buena remodelación. Elsa alzó la vista hacia las paredes lilas y se sentó en la cama, cubierta por una colcha de florecitas. Acarició su vientre y se puso a llorar.

—Descansa. Duerme un rato.

—Gracias.

Bajé con la intención de darle al recepcionista una buena propina para que atendiera bien a Elsa si necesitaba cualquier cosa, pero, aunque esperé unos segundos, no apareció.

Todo parecía estar bajo control, pero no podía evitar cierta preocupación.

Pensé que tendría que haber abrazado a Elsa. Ojalá lo hubiera hecho.

Fue la última vez que la vi.

ANDREA

Miércoles, 11 de noviembre de 2015

LOCA

Míralo. Ahí está, quieto como una estatua, seguro en la oscuridad. Le da una calada a su cigarrillo, no veo sus ojos pero me miran. Inquietos, penetrantes, siempre revoltosos y llenos de maldad. Sujeto la taza con fuerza y le doy un sorbo al whisky al mismo tiempo que él le da una calada a su cigarrillo. Trato de no mostrarle el miedo que tengo, él sí puede verme, la luz de la cocina está encendida.

Unos pasos se aproximan. Es Nico, que viene a ver cómo estoy, qué es lo que hago, por qué sigo tan confundida después de aquel día de octubre en el que caí desplomada en la plaza del pueblo. Vino un médico, no recuerdo su nombre. Dijo que estaba en estado de *shock*, que debía descansar y dormir. Relajarme. Curarme. A lo largo de este mes he estado casi siempre tumbada en la cama con la mirada perdida en la ventana, observando las ramas de los árboles, cada vez más tenebrosas, cada vez más calvas. Por la noche proyectan sombras en la habitación, pero no les tengo miedo porque Nico vuelve a dormir conmigo.

Contemplo durante horas su melena negra y su torso desnudo; seguimos haciendo el amor, aunque él cada vez está más distante y yo más ida. A veces no sé dónde tengo la cabeza ni tampoco el corazón. Siento pero no padezco, lloro pero no me salen lágrimas. Cuando él me acaricia imagino que son otras manos; más femeninas, más suaves y delicadas. Cuando me besa, aún saboreo el chicle de fresa que una desconocida me dejó. No sé cuánto hace de eso, no sé quién era; aunque sigue susurrándome despacito un nombre: Clara. Clara. Y mi corazón sale desbocado al oír su nombre.

Hace frío. La chimenea está encendida y nos estamos quedando sin leña. Nico tenía razón, más vale ser precavido y empezar a cortarla con tiempo que dejarlo todo para el último momento.

Fíjate. Sigue ahí, no se mueve. Únicamente levanta la mano para llevarse el cigarrillo a la boca e inundar sus pulmones del humo que luego exhala en mi dirección. No sé qué pretende, llevamos así, con este juego de miradas, una hora.

—Andrea, vamos a dormir.

—¿Lo ves? ¿Ves a tu hermano?

Nico se acerca a mí y mira por la ventana. Él no puede verlo, yo soy la única que lo ve. Me quita la taza de la mano y me abraza muy fuerte. Huele a gel de lavanda, me recuerda a algo, pero no sé a qué. Todo me recuerda a algo. A un momento o a palabras que ya se dijeron alguna vez. Pero nunca recuerdo dónde, cuándo o por qué. Es un *déjà vu* constante que me está volviendo loca.

«Asesina.»

No es la voz quien habla. Soy yo, cada vez más convencida que hice algo, algo horrible.

—Clara —le digo a Nico, que me besa la frente y acaricia mi mejilla—. Clara —le repito—. Dime quién es Clara.

—Has bebido demasiado. ¿Cuántas pastillas llevas? Te las escondí, ¿cómo las has encontrado?

—Siempre las encuentro. Siempre.

Miro de reojo a la figura. Me dice adiós con la mano, tira el cigarrillo al suelo, lo aplasta y desaparece por el camino cojeando de la pierna izquierda.

—¿No lo has visto?

—Ahí fuera no hay nadie, Andrea.

Desata la bandolera con la pistola y me la quita. Creo que me tiene miedo, cree que voy a dispararle un tiro en la cabeza mientras duerme. Puede que no sea mala idea, al fin y al cabo me siento presa de este lugar y de mi marido.

Subimos lentamente las escaleras. Nico me ayuda a tumbarme en la cama y me arropa con la manta. Se quita la camiseta, dice que las mantas le dan calor, y se tumba de lado, apoyando la cabeza en una mano. Me mira como si fuera la primera vez que me ve; como si fuera la última vez que me mira.

—¿Qué me ocultas Nico? —le pregunto entre lágrimas con la voz temblando.

—A veces, para estar a salvo, es mejor no saber.

—¿No quieres que me cure? ¿Que recuerde qué pasó?

—Andrea, lo hemos hablado muchas veces. Es mejor así.

—¿Estaría muerta si recordara?

Por un momento me da por pensar que el tal Víctor no existe. Que el hermano psicópata no es más que un personaje ficticio que Nico se ha inventado para retenerme aquí con él. No hay día en el que no piense que mi marido mató a mi madre para llevarme lejos y encerrarme en una casa centenaria por la que han pasado muchas vidas y se han ido otras tantas almas.

No puedo detener estos pensamientos, forman parte de mí casi tanto como el odio que le tengo al mes de noviembre. Hoy ha sido mi cumpleaños y Nico no lo sabía. ¿Cómo es posible que mi marido no sepa cuándo es mi cumpleaños? Hace años que papá murió. Para mí ha pasado un año y lo estoy superando sin la ayuda del libro desaparecido que me regaló. Ese libro que hablaba de un cementerio especial con historias olvidadas; de un tal Julián Carax y su obra, la mayoría arrasada por las llamas; del diablo sin nariz, sin labios, ni párpados, como si su rostro se hubiera convertido en una máscara de piel negra y cicatrizada, devorada por el fuego; y de Daniel Sempere, un chiquillo curioso cuyo mundo crece y crece. Y alguien se ha empeñado en que yo no siga viendo cómo crece.

Jueves, 12 de noviembre de 2015

IMÁGENES DE OTRA VIDA

He aprendido a calcular la hora sin necesidad de relojes. Me basta con permanecer tumbada en la cama y mirar por la ventana. Da igual que amanezca soleado o nublado, ahora sé que son las once de la mañana y que Nico hace rato que ha salido de la cama; su lado está frío como un témpano de hielo.

Me duele la cabeza, creo que ayer me pasé un pelín con el whisky y las pastillas. Cuando esto sucede, me pregunto la de barbaridades que debe de haber tenido que soportar el pobre Nico. Siempre armado de paciencia, su gran virtud.

Sé que por la noche, si no estoy muy centrada, me quita la bandolera y por lo tanto el arma. Luego, al despertar, la encuentro siempre encima de la mesita de noche porque, tal y como me dijo, no debo separarme de ella. Yo abro la cremallera y cojo el arma. Solo durante unos segundos, los suficientes como para saber que con ella estoy a salvo y que llevarla conmigo implica mucha responsabilidad.

Pero esta mañana hay algo más en el interior de la bandolera. Cojo un papel enroscado que contiene una memoria

USB moderna y sofisticada. En el año 2002 eran más grandes; esta es diminuta, de color blanco y con un círculo rojo en la parte del tapón. Hay muchas cosas que desconozco del año 2015, pero sé que esto es una memoria USB y necesito un ordenador para poder ver qué contiene. Trago saliva al ver no solo el misterioso contenido de lo que han escrito, sino el nombre de quién lo ha hecho:

Me ha costado mucho conseguirlo. Escúchalo. Puede que recuerdes algo. Es la clave de todo.

MARÍA

Me queda claro que María me mintió; es evidente que no era *mossa d'esquadra* y lo más probable es que su auténtico nombre no sea María.

Ahora se esconde, y no sé cómo ha conseguido traer la memoria USB hasta aquí. ¿Ha entrado en casa? ¿Me ha observado mientras dormía? ¿Dónde estaba Nico? Sospecho que fue ella quien entró y me robó el ordenador portátil y el libro. Grabó «Asesina» en la mesa de centro, destrozó el sillón, esparció por el suelo las cenizas de mi madre y destruyó las rosas de la jardinera. Y estoy convencida de que ella fue quien dejó la tarjeta del hotel Paraíso en la mesa de La Taverna. No sé con qué intención quiere que recuerde. Que recuerde qué hice. Cojo la memoria USB como si de una bomba a punto de explotar se tratase. ¿Quiero ver lo que contiene? ¿Sabré entonces que soy una asesina? ¿Que fui yo quien lo hizo?

«¿Qué es lo que hiciste?», pregunta la voz socarrona.

«Nada de esto tiene sentido.»

Me pongo unos tejanos, una camiseta de manga larga, una sudadera de Nico que me va grande y guardo la memoria USB en el bolsillo. Me ato la bandolera a las caderas y al bajar pido que mi marido no esté. Que haya salido a por setas, que no me vea. No sé cómo lo hace, pero suele saber cuándo oculto algo, y notaría mi nerviosismo.

Hay café hecho, no me importa que esté frío. Mientras le doy sorbos rápidos, miro por la ventana por si veo a Nico venir. Nada, ni rastro de él. Compruebo que la memoria USB sigue en el bolsillo de mis tejanos y salgo corriendo en dirección al pueblo. Me planto en medio de la plaza, en la que el anciano de la otra vez sigue sentado en el banco como si nunca se hubiera movido de allí. Me mira, parece asustado. ¿Acaso recuerda algo que hice o que dije? Apresurada y mirando a mi alrededor, con la sensación de que alguien me persigue, entro en La Taverna. Cómo me gustaría saber cómo se llama el hombre que hay detrás de la barra, el mismo de siempre, para caerle un poco mejor y que sea generoso conmigo.

—Buenos días —saludo resoplando—. Necesito un ordenador. ¿Tiene uno?

—¿Un ordenador? —pregunta perplejo—. Yo no entiendo de esas cosas. ¡Esther! ¡Esther! —empieza a gritar—. ¡Esther, ven aquí!

—*Collons, papa!* —exclama una joven regordeta saliendo de la cocina—. ¡Me vas a gastar el nombre!

La tal Esther está sudando debido a los fogones de la cocina desde donde me llega un olor a guiso de lentejas, que me evoca a tiempos pasados en los que mi madre se pasaba el día en la cocina con la ilusión de una niña preparando el plato preferido de su marido y de su hija. No he oído lo que ha dicho Esther, que me mira con curiosidad.

—¿No me has oído? Entra en la cocina, *noia*.

—¿Eh? Voy, voy. Gracias.

Una vez dentro, Esther, aún malhumorada, señala un ordenador portátil que hay en la esquina de la cocina y vuelve a centrarse en lo que estaba haciendo: remover una olla enorme con lentejas y chorizo en su interior.

—Huele muy bien —le digo, tratando de ser amable mientras introduzco la memoria USB en el ordenador.

—¿Qué es eso?

—Una memoria USB.

—Vamos, un *pendrive* de toda la vida —me corrige ella.

—*Pendrive*, claro.

Hay dos carpetas. En una de ellas pone «Fotos» y en la otra «Audio».

La mirada de Esther me incomoda, pero no puedo pedirle que salga de su cocina; tiene todo el derecho a averiguar qué está mirando en su ordenador esta loca desconocida.

Empiezo por la carpeta «Fotos», esperando, en el fondo, no encontrar nada importante. Un par, quizá con un poco de suerte cuatro o cinco fotografías que, igual que las que encontré en el ordenador, no me dirán nada. Las imágenes tardan un poco en cargarse, pero cuando lo hacen me doy cuenta de que hay más de cincuenta y creo que en todas aparezco yo.

Como si las hubiera hecho un *paparazzi*, aparezco de lejos, más delgada, más guapa y elegante. Saliendo del portal de la calle Santa Anna que reconozco al instante, caminando por la calle, besando a Nico, acariciando a un gato en el interior de un apartamento que no reconozco. A medida que voy avanzando, el impacto es mayor: en las siguientes tengo al lado a una mujer de cabello rubio y ojos intensamente verdes que me acaricia el pelo en una, me mira dulcemente en otra, y en algunas me besa en los labios. Besos con sabor a chicle de fresa. Manos delicadas, suaves; una piel de porcelana. Mi cabeza va a mil por hora; sé que Esther está diciendo algo pero no la oigo. Trato de recordar quién es la mujer que me besa en las fotografías y la vuelvo a ver tratando de clavarme una jeringuilla con toda la furia de la que es capaz en la plaza Reial, o acercándose a mí y susurrándome al oído su nombre: Clara. Esta mujer es Clara.

—*Mare de Déu!* —exclama Esther, llevándose las manos

a la boca y dejando que las lentejas y el chorizo se remuevan por sí solos.

—¿No tienes trabajo? —le sugiero, lo más diplomáticamente que soy capaz.

—*Escolta*, que estás en mi cocina y usando mi ordenador. Tengo derecho a saber qué miras en mi ordenador.

Lo que pensaba. Tiene todo el derecho, no puedo hacer nada.

Un par de clics a la carpeta «Audio».

—¿Cómo se sube el volumen?

—Aquí.

Esther se acerca rápidamente y pulsa una tecla para subir el volumen justo cuando un hombre le dice a alguien:

«Deja a mi mujer en paz.»

«¿La matarás como hiciste con mi hermana?», le pregunta una mujer.

«No te había reconocido hasta que insinuaste lo del paseo de Colom la otra noche, durante la cena, y me dio por recordar. Fue un accidente. No te lo tomes a mal.»

«¡¿Un accidente?! ¡Eres un maldito asesino!»

«¿Y qué más da? Disfruté como nunca. A pesar de lo rápido que fue todo, no sabes la adrenalina que me causó ver cómo a tu hermana se le escapaba la vida delante de mis ojos. Observar la muerte de cerca es… ¿Qué es eso? ¿Me estás grabando? ¡Maldita hija de puta!»

No sé si es Esther la que está imitando mis gestos o soy yo la que imita los suyos. Las dos nos llevamos las manos a la boca y exclamamos un: «Aaah» al unísono.

—Oye, ¿están hablando de un asesinato?

Me he quedado sin voz. No es la primera vez que me pasa, estoy acostumbrada. Me da igual la presencia de Esther, vuelvo a escuchar el audio para comprobar si lo que hemos oído es cierto y no una paranoia nuestra; o por si forma parte del diálogo de una película. Quiero que me suenen esas voces, lo quiero de verdad. La de ella penetra en mi cerebro y vuelvo a sentir esas caricias como si estuvieran impregnadas en mi piel. Luego la voz del hombre, llena de rabia y frialdad; un asesino.

Al terminar de escuchar el audio por cuarta vez, me da por reír. Me río al darme cuenta de que estoy libre de toda culpa, que yo no he matado a nadie y que la voz del hombre debe de ser la del auténtico culpable. Pero lo que no me queda claro es que él inicie la conversación con un: «Deja a mi mujer en paz.» No tiene sentido.

La cabeza me va a estallar. Vuelven las agujas; penetran en el interior de mi cerebro dejándolo completamente inútil. Mierda. Necesito una pastilla para el dolor y otra para calmar los nervios.

—¿Sabes quiénes son? —me pregunta Esther pensativa.

—No. Padezco de amnesia —le confieso.

—*Collons*. ¡Vaya putada, tía! ¿Quieres conocer mi hipótesis? Mi ex era policía.

—Adelante —le digo, queriendo saber su opinión.

—Creo —empieza a decir señalando el audio—, que la mujer que habla es la que aparece contigo en las fotos del «rollo-bollo». Y tú estás casada. ¿Estás casada? —Asiento—. Ese de ahí es tu marido y por lo visto se cargó a la hermana de tu amante. ¿Tiene sentido para ti?

—No tiene sentido. Conozco a mi marido y esa no es su voz.

—No, entonces no tiene sentido. Puede que estuviera acatarrado, la voz suena un poco ronca.

—No, no. No es la voz de Nico.

—Pues ha habido un asesinato y te diré más. ¿A esa mujer la has vuelto a ver?

—No.

«Solo en espíritu», contesta la voz, otra vez sarcástica.

—Puede que esté muerta. Puede no, vamos, casi seguro.

Te lo digo yo. Ese tío —aclara, señalando de nuevo con insistencia hacia la pantalla del ordenador— es un maldito asesino; un psicópata que se vio pillado por tu amante y se la cargó. ¿Qué te juegas?

—Me tengo que ir —me apresuro a decir, retirando la memoria USB, el *pendrive* o cómo diablos se diga del ordenador de Sherlock Holmes.

—Aquí pasa algo raro, ¿eh? Yo te aviso. Que *allò que diuen* que la realidad supera la ficción, ¿eh? ¿eh? Ahí lo ves. La realidad supera la ficción, *noia*.

—Gracias, Esther.

—No hay de qué. *Escolta*, y yo como si no supiera nada, ¿eh? Te doy mi palabra.

Esther sella sus labios, haciendo como que los cierra y que lanza una llave invisible al mar. Yo sonrío, incómoda por la situación; guardo de nuevo el pequeño aparatito en el bolsillo del pantalón y salgo escopeteada de La Taverna.

Al situarme en el centro de la plaza, alzo la vista hacia la iglesia y, aunque nunca he sido religiosa ni he creído en ningún dios, decido entrar. Nico encuentra la paz en el bosque, puede que yo lo haga en esta pequeña iglesia de Espinelves.

El interior de la iglesia de Sant Vicenç me recibe cálido, solitario y silencioso. Su estructura medieval me recuerda que otras muchas vidas estuvieron aquí antes que yo, rezando a un dios en el que sí creían, rogándole que tuviera piedad y misericordia por sus almas.

Avanzo lentamente por el suelo de baldosas color beige mirando a mi alrededor; observando a la Virgen María con el niño Jesús en su regazo, reproducidos en el altar que hay en el centro elevado por una escalinata, y a los seis profetas junto a los tres Reyes Magos llegando a Jerusalén en el domingo de Ramos en la parte superior. Me arrodillo en la tarima que hay debajo del banco de madera oscura y cierro los ojos. No sé rezar, así que, en vez de eso, pido un deseo. Otra vez el mismo que pedí cuando estaba debajo de la calavera atravesada con una daga en el arco de la calle del Bisbe: «Quiero recordar.»

«Fíjate en los detalles», oigo la voz de mi padre como si estuviera hablándome al oído.

«¿Qué detalles?», le pregunto.

Vuelvo a mirar a mi alrededor. Piedras, una iluminación tenue y anaranjada, motivos religiosos en cada rincón de la iglesia que provocan en mí ese sentimiento que andaba buscando. Visualizo las fotografías que acabo de ver, resuena la voz del asesino en mi cabeza y, a medida que sigue sonando, se me hace más familiar. No sé qué es lo que ha pretendido María cuando se ha colado en mi casa para dejarme estas «pistas», y qué tiene que ver un hotel llamado Paraíso que no recuerdo haber visitado.

«Cierra los ojos. Ciérralos», me dice una voz que no reconozco.

Los vuelvo a cerrar, por si sirve de algo. Por si no estoy tan loca y esas voces quieren en realidad guiarme. Solo presiento la oscuridad, no hay nada mágico o revelador que suceda en estos instantes. Cansada de mí misma y de mi locura, me levanto y salgo de la iglesia con la intención de volver a casa.

Cuando llego Nico no está, así que aprovecho para engullir un par de pastillas que calmen los nervios y el dolor. Un traguito de whisky tampoco le hace daño a nadie, así que lo mezclo con café y me lo bebo de un trago.

Y vuelta a empezar.

Otro día más, pero algo ha cambiado.

Yo no soy la Asesina.

VÍCTOR

Sábado, 21 de noviembre de 2015

NADIE ESTÁ A SALVO

Junio de 2015. A las diez de la mañana llegué puntual al hotel Paraíso dándole vueltas al extraño comportamiento de mi cuñada esa mañana.

El hombre grueso del bocadillo de chorizo no estaba, y en su lugar me recibió una joven que no parecía estar muy satisfecha con su puesto de trabajo. La saludé y subí hasta la segunda planta, pero una señora de la limpieza estaba encargándose de la habitación de Elsa; ella no estaba.

—La mujer que se alojaba en esta habitación —empecé a decir incapaz de controlar los nervios—. ¿Dónde está? ¿Ha ido a desayunar?

La mujer se encogió de hombros sin saber qué responder. Bajé corriendo a recepción.

—Vine ayer por la noche —le expliqué a la chica con la voz temblorosa— acompañé hasta aquí a una mujer que se alojó en la segunda planta y quedamos en que vendría a buscarla hoy a las diez. ¿Sabe dónde está? ¿Se ha ido?

—Un momento.

Tecleó algo en el ordenador, se acercó a la pantalla y acto seguido me miró arqueando las cejas.

—Están limpiando la habitación, pero me consta que la abandonaron a las tres y cincuenta de la madrugada.

—Imposible.

—Eso es lo que puso mi hermano aquí.

Estaba perdido. Nico había sido mucho más inteligente que nosotros, no había nada que hacer. Seguro que él se la había llevado, y era muy probable que a esas horas ya hubiera acabado con su vida.

Volví a Mataró pensando en lo que podría haber hecho y no hice, en cuál sería mi siguiente movimiento. Al entrar en casa de mi hermano fui directo al bolsillo de la maleta, donde había escondido el *pendrive*, pero la única pista que tenía para inculpar a Nico de los crímenes que había cometido no estaba. Lo busqué por todos los rincones de la casa y fue cuando me di cuenta de que Andrea había estado hurgando en mis cosas. En mis fotografías. En mi vida.

Nico seguía supuestamente en Madrid. El muy hijo de puta siempre ha sabido mentir muy bien.

Me enfrentaba a la desconfianza de Andrea; sabía que me había visto irme en coche con Elsa y no sabía qué se le había metido en la cabeza como para esconderse de mí.

«De mí no tienes que tener miedo —pensaba, sin podérselo decir—, debes tener miedo de tu marido.»

Pero no podía hablar.

Me dolía pensar que mi Plan B había fracasado y que Elsa y su bebé habían muerto por el maldito enfermo psicópata en el que se había convertido mi hermano.

Durante días estuve buscando a Nico por todas partes, hasta llamé al bufete, donde me dijeron que se había cogido unos días de vacaciones.

Por otro lado, tenía que pararle los pies a Andrea, estaba

descubriendo demasiadas cosas, metiendo las narices en un asunto que solo le complicaría la vida.

Y entonces, como una especie de maléfico milagro, Carlos la dejó en coma. Entré en la casa justo a tiempo de oír el golpe, subí corriendo al piso de arriba y allí estaban: Andrea inconsciente, y Carlos aterrorizado. El muy imbécil estaba tan colocado e histérico que me confundió con Nico.

Así que eso me dio la idea: no podía dejar que mi hermano se acercase a Andrea, por tanto, utilicé el poco poder que me quedaba sobre él: nuestro parecido físico.

Funcionó.

Nadie notó nada, ni siquiera la madre de Andrea, poco acostumbrada a las visitas de su auténtico yerno.

Al igual que había hecho Elsa, pero sin necesidad de una falsa documentación o de operaciones estéticas, cambié mi identidad por la de mi hermano.

Me convertí en Nico, le robé el pasaporte, denuncié el robo de mi cartera y solicité un DNI nuevo. Estoy convencido de que él se enteró de todo esto pero, no sé por qué motivo, no pareció importarle.

Vino al hospital un par de noches. Siempre amenazante, lleno de ira. Me contó, regodeándose, que ya no tenía ninguna prueba en su contra, porque él tenía el *pendrive*, y que Elsa no estaba muerta y que la mantenía con vida en algún lugar hasta que tuviera al bebé.

Mientras miraba a Andrea, con la que curiosamente me encariñé mientras dormía, debido quizás a lo bien que hablaba su madre de ella, pensaba en cómo y dónde encontrar a Elsa. Pero estaba espeso, no conseguía tener alguna idea mínimamente coherente, y me obligaba a estar encerrado en la habitación de hospital para que al menos Andrea estuviera a salvo. Para que mi hermano, su auténtico marido, no pudiera hacerle daño. No lo volví a ver.

Nico no se detuvo. Alguien manipuló los frenos del coche de su madre, y yo estaba seguro de que había sido él, con la intención de dejar a Andrea sola en el mundo. Inocente de mí, no fui capaz de preveer hasta dónde podía llegar su retorcida mente.

Para solucionar el tema de la muerte de Claudia, tuve que ausentarme durante demasiado tiempo, un tiempo precioso que Carlos aprovechó para intentar asfixiar a Andrea.

Poco después, Andrea despertó. Al verla abrir los ojos, el pánico se apoderó de mí al pensar que me reconocería como su cuñado y no como su marido.

Afortunadamente, Andrea no recordaba nada de los últimos trece años de su vida.

ANDREA

Viernes, 27 de noviembre de 2015

PUÑALADA

> Necesitarás esto.
> Nunca lo supiste.
> Este era el ordenador de Clara, él te lo regaló.
> ¿Ya sabes quién es Clara?
> Sigue los pasos.
> Es lo último que podré hacer por ti.
> Tengo que irme.
>
> MARÍA

Finder > Disco remoto > Archivo 1 > Vídeo 2

Miro la pantalla del ordenador sin creer aún estar viéndolo encima del escritorio del estudio. Fuera llueve, está a punto de anochecer y mi estado anímico no se corresponde con el clima que hay en el exterior.

«¿Cuánto hace que no eres feliz, Andrea?», me pregunta tristemente la voz.

Sigo los pasos que María escribió en un papelito amarillento que ha dejado al lado del ordenador. Inquieta por sus concisas frases, me pregunto por qué sale a relucir de nuevo el nombre de Clara, por qué no me dice quién es él y si al final Esther, la cocinera de La Taverna, tenía razón y era la voz de mi marido acatarrada o distorsionada, la que aparecía en el audio. ¿La *mossa* que resultó no ser *mossa d'esquadra*, quería ayudarme a recordar? ¿Ponerme a salvo de mi marido? ¿Es Nico un asesino? ¿Quién es realmente María?

En esta ocasión ha escrito el nombre entre comillas, lo que me hace creer que ese no era su nombre real, aunque era algo que ya suponía.

No sé cuándo ha vuelto a entrar en casa, solo sé que esta tarde, después de despertarme de una larga siesta, el ordenador portátil ya estaba aquí. Como si nunca hubiera desaparecido. Debe de ser experta en entrar en casas ajenas, puede que no sea la primera vez, pero también temo que tenga algo que ver con la figura oscura que me viene a visitar casi cada noche.

Aprovecho que Nico corta el césped al otro lado del jardín.

Archivo 1, Vídeo 2... Ahí está.

Antes de poder abrir el vídeo que estoy deseando ver y a la vez temo, por si tiene algo que ver con el macabro audio que escuché hace unos días, me parece oír la voz de una mujer a lo lejos.

Escucho con más atención y me asusto al oír claramente lo que dice.

—Andrea, por favor... Andrea... —Cada vez parece más lastimera y débil.

Salgo de casa rápidamente yendo en dirección a los gemidos.

Cuando he recorrido unos cien metros hacia el interior del bosque, al llegar al lado de una verja de hierro oxidada, el susto se convierte en terror. En pánico. En desazón.

—¡María!

Ella se lleva la mano al pecho ensangrentado cayendo encima de mí. Le sujeto la cabeza; veo la muerte en sus ojos y la siento en su aliento, incluso en su respiración agitada. Ha venido corriendo; empapada y con las zapatillas cubiertas de barro, tratando de luchar con las pocas fuerzas que le quedan para decirme algo. Para advertirme de algo.

—María, Dios mío. ¿Qué ha pasado? ¡Nico! ¡Nico! —grito llorando.

Pero Nico no me oye. Nico no viene.

María abre mucho los ojos, en estado de alerta.

—Nico no es... Nico no es... —se esfuerza en decir.

Pero antes de poder finalizar la frase, aún con los ojos muy abiertos, aparta la mirada de mí y gira la cabeza hacia el camino para exhalar su último aliento y morir en mis brazos, mientras un charco de sangre lo inunda todo.

Respiro hondo al sentir que no respira. Alguien le ha clavado un cuchillo en el corazón, puede que haya sido la figura escondida entre las sombras; la que fumaba y cojeaba de la pierna izquierda. Contemplo el cadáver de María; recuerdo su risa, su buen humor y el misterio que encerraban sus palabras en cada improvisado descubrimiento o pregunta, tratándome de volver loca con suposiciones y mentiras. Alguien la había mandado hasta aquí, en el último momento ella me quiso ayudar y la han querido quitar de en medio. Hay todavía algo cuerdo en mí al llegar a esta conclusión, creo que acertada e inteligente, aunque todo esto me parezca algo que no puede estar pasándome a mí.

Han pasado cinco minutos. No puedo soltar a María, tampoco puedo apartar la vista de sus ojos aún abiertos sin vida y pensar que nunca había visto a un muerto tan cerca. El cadáver de mi padre lo vi encerrado en el ataúd, solo le vi la cara a través del cristal. Y, sin embargo, ahora estoy tocando un cuerpo ensangrentado, cuya alma ha volado muy lejos de aquí. Haciéndole compañía, como si me negara a creer que la muerte ha venido a llevársela. Como pensando o imaginando o creyendo que en cualquier momento abrirá los ojos para reírse de mí y decirme que se ha tratado de una broma macabra y muy pesada. Pero no va a ser así, ¿verdad?

«No. Está tiesa —dice la voz—, completamente tiesa.»

Con delicadeza y una extraña calma que se ha apoderado de mí dejo el cadáver de María o quien fuera esa mujer, me quito la sudadera manchada de sangre y voy hacia el jardín de casa donde Nico sigue cortando el césped. Cuando ve mis lágrimas y mi desesperación, porque esa calma se ha convertido en cuestión de segundos en histeria, viene corriendo y posa sus manos en mis hombros abatidos.

—¿Qué pasa?

—Ma... Ma... —Dios, no me sale la voz. No me sale—. Ma... Ma...

—Andrea, céntrate. ¿Qué te has tomado?

Su suposición me enfurece y la voz empieza a salir por sí sola, como queriendo demostrar que sigue ahí y que nadie va a poder acabar con ella.

—¡No me he tomado nada, hostia! ¡Nico! María... María está muerta —logro decir—. Alguien la ha apuñalado, ha muerto en mis brazos, ha...

—Intenta calmarte un poco, Andrea, por favor.

Tardo una eternidad en conseguir que mi respiración sea un poco menos agitada.

—Bien, ahora dime, ¿dónde está? —me pregunta con gravedad.

—Al lado de la verja oxidada, al principio del bosque.

Señalo hacia donde la he dejado y Nico sale corriendo con la pistola en la mano.

Vuelve poco después con el ceño fruncido en señal de no entender nada.

—Andrea, no hay nadie allí. Ni María ni ningún otro cadáver... Nada.

—La sangre. ¿No has visto la sangre? ¡Mira! Yo tengo sangre.

Al mirar hacia abajo, veo que llevo la camiseta intacta, está limpia. Los tejanos también.

—¡Tu sudadera! La sudadera estaba manchada de sangre, me la he quitado al venir aquí.

—Tampoco hay ninguna sudadera manchada de sangre.

—No puede ser —repito una y otra vez—, no puede ser. Alguien se ha llevado el cadáver, la sudadera y ha limpiado la sangre.

—¿En tan poco tiempo? Andrea, por favor...

—¡Nico! Te digo que era María. Que era su cadáver, que alguien la ha apuñalado en el corazón. ¿Por qué no me crees?

En cualquier otro momento, Nico se hubiera acercado a mí y me habría abrazado. Ahora me mira con indiferencia y con pena; como si estuviera loca y nada de lo que le cuento hubiera sucedido. Pero yo lo he visto. Ha pasado y era real.

—No me mires como si estuviera loca. ¡No estoy loca!

Le doy un empujón y subo corriendo las escaleras, entro en el dormitorio, me meto en la cama y me cubro el cuerpo con las mantas.

Si yo misma huelo a muerte, ¿cómo es posible que Nico no crea lo que ha pasado? ¡Ha pasado, maldita sea! ¡Ha pasado!

Entro en un sueño profundo, me inunda la pena y la desesperación.

Dos horas más tarde, Nico entra en la cama, me susurra algo al oído pero no sé qué me ha dicho.

—Vete. Vete de mi cama —le digo adormilada.

DETALLES

Nico me hizo caso y desde esa tarde no volvió a entrar en el dormitorio. Han pasado tres días; yo me he negado a salir de la cama y a comer nada. Voy hasta arriba de pastillas, las que tengo escondidas entre unos libros en un cajón de la mesita de noche.

—Tienes que comer algo —me aconseja desde el umbral de la puerta, con una bandeja en la que lleva canelones y un trozo de bistec.

—Déjame tranquila. Vete.

—Andrea...

—Vete —insisto, reprimiendo las lágrimas.

He tratado de poner en orden mi mente, teniendo muy en cuenta las últimas palabras de María antes de morir: «Nico no es... Nico no es...»

¿Qué trató de decirme?

«Fíjate en los detalles», repite la voz, que a lo largo de estos tres días no ha dejado de decir lo mismo una y otra vez como si fuera un disco rayado.

«¿Qué detalles?», le he preguntado yo, incapaz de entender lo que ya oí en la voz de mi padre, de su espíritu, de mi imaginación o lo que fuera que pasase en la plaza Reial y en la iglesia.

Siempre volvemos a lo mismo y la voz tiene la mala costumbre de no dejar nada claro; al contrario, le encanta martirizarme y volverme aún más loca.

Jueves, 3 de diciembre de 2015

PSICÓPATA

El hambre, feroz e imprevisible, provoca que mi estómago no deje de rugir. Hasta ahora las pastillas me han saciado el hambre haciéndome dormir durante todo el día; pero ahora se han acabado, así que no tendré otro remedio que salir del dormitorio, enfrentarme a la mirada de Nico y abrir la nevera en busca de algo que llevarme a la boca. Desaparecida del mundo, loca dirían algunos, he pasado estos últimos días en la cama, entre este mundo y el de las pesadillas, contemplando el cielo gris por la ventana.

Hoy empieza a nevar. Finos copos de nieve cubren las ramas de los árboles; no parecen tan tétricos como en las calurosas noches estivales o tan solitarios como en otoño; parecen felices al tener una capa blanca sobre ellos.

Me levanto con esfuerzo, sabiendo que guardé la bandolera con el arma y el *pendrive* debajo de la cama. Sin mirar, alargo el brazo para alcanzarlo, pero me topo con una caja de latón que arrastro hacia el exterior para ver qué es. En la tapa tiene dibujado un arcoíris desfigurado en un cielo azul, un sauce llorón en la esquina derecha, que acaricio como creo recordar que ya hice otras veces, y una vieja bicicleta amarilla. Creo firmemente que es mía. Al abrirla, lo primero que veo es un papelito sobre una fotografía que tapa el rostro de quien aparece en ella. Hay escrita una frase que no me dice nada y a la vez me lo dice todo: «El destino está a la vuelta de la esquina, pero lo que no hace es visitar a domicilio, hay que ir a por él.»

Contemplo con curiosidad las tres fotografías. Doy un respingo al ver a la niña rubia de ojos azules que sonríe a cámara; es la misma que vi en la sesión de hipnosis. Las otras dos me hacen creer que mi marido tiene una doble vida, al menos es lo primero que se me pasa por la cabeza. Nico junto a una mujer guapísima y la niña. La misma mujer abrazada a la niña que ya había conocido mediante intermitentes imágenes. Están en un parque, haciéndose fotografías en un momento feliz de sus vidas. No reconozco al Nico amargado, silencioso y misterioso que me ha hecho el amor durante muchas noches y ha mostrado su indiferencia hacia mí tantas otras.

Lo que intentó decirme María vuelve a mi cabeza: «Nico no es... Nico no es...»

«El Nico que conoces no es tu marido», dice la voz.

Algo se despierta en mí.

Guardo las fotografías, cierro la caja y cojo la bandolera atándomela a la cadera. No puedo perderla, tengo el arma, puede que deba usarla.

Me visto y corro escaleras abajo; se me ha olvidado que tengo hambre y respiro aliviada al comprobar que mi marido, si es que es cierto que lo es, no está en casa. Entro en el despacho, enciendo el ordenador y sigo los pasos que me dejó escritos María.

Un par de clics al vídeo.

Abro los ojos, miro atónita la imagen fija que aparece en el vídeo. La mujer rubia que aparecía conmigo en las fotos está sentada, pendiente del hombre y, disimuladamente, de la cámara que solo ella sabe que está grabando. La conversación es idéntica a la que oí en el audio, es el mismo momento en el que el hombre reconoce ser un asesino. Lo miro con atención, es casi idéntico a Nico. Pero basta con fijarte en pequeños detalles para darte cuenta de que no se trata de él. Que ese no es mi marido. No al menos el que se ha hecho pasar por mi marido.

Me tapo los ojos al saber qué es lo que va a pasar cuando el hombre mira hacia el teléfono móvil y descubre que Clara —¡esa mujer es Clara!— está grabando su confesión; sin embargo, no sabe que la escena también se está registrando en vídeo a través del ordenador, supongo que con la pantalla en total oscuridad. La mujer rubia mira de reojo hacia la cámara del ordenador, cuando el hombre coge el teléfono móvil, se lo guarda en el bolsillo y la agarra del cuello levantándola del sofá.

«Ni una palabra de esto a Andrea —le advierte el hombre, al que ya reconozco como el auténtico Nico—. A lo mejor me apiado de ti, huye mientras puedas.»

Acto seguido, el hombre desaparece y se oye un portazo. Ella, con lágrimas en los ojos, se acerca a la cámara y me mira fijamente con esos ojos verdes que despiertan lo que estaba dormido en mi memoria. Mi corazón está latiendo desbocado mientras ella dice:

«Ahí lo tienes, Elsa. Si me pasa algo, utilízalo. Lo tenemos. Lo tenemos, hermana.»

Clara...

Acaricio su rostro a través de la pantalla hasta que esta se vuelve oscura.

Mi memoria ha visto la luz, en compañía, como siempre, de agujas clavándose en mi cerebro.

El asesino es Nico, siempre ha sido él, mi marido. Pero basta con fijarte en pequeños detalles como la diferencia de altura, de la tonalidad de la piel o en la forma de los labios para saber diferenciarlo del hombre con el que he estado viviendo durante estos meses amnésicos. Quien estuvo conmigo noche y día mientras dormía. Quien ha estado viviendo en esta casa perdida de Espinelves, manteniéndome alejada de mi entorno, ha sido Víctor, mi cuñado. Después de ver el vídeo, compruebo que quien realmente es mi marido es un psicópata, y estoy convencida de que tanto él como Víctor están implicados en asuntos muy turbios, como la desaparición de Carlos Díaz —que además intentó matarme dos veces— y de su mujer, que, ahora lo recuerdo, se llama María. Y seguro que fue Nico, protegido por Víctor, quien mató a la falsa *mossa d'esquadra*. ¿Y qué tenía que ver esta con Clara?

Tengo que huir rápidamente de aquí. Salgo del estudio con la intención de volver a Mataró y con el arma en la mano, dispuesta a utilizarla si hace falta.

Pero entonces Víctor abre la puerta y me mira como si no hubiera pasado nada.

Le apunto con la pistola, queriendo vomitar por todas las veces que me ha manoseado, me ha besado y se ha metido en mi interior. Por todas y cada una de las veces en las que me ha hecho creer que lo amaba, que lo era todo para mí.

—Dame las llaves del coche.

—Andrea...

—¡Víctor, dame las llaves del coche!

—¿Has recordado? —pregunta atónito.

—¡Te estoy diciendo que me des las llaves del coche!

—Andrea, deja la pistola... Hablemos, por favor. Te lo voy a contar todo.

«Ya es demasiado tarde. No quiero que me cuentes nada, maldito mentiroso.»

—¡Las llaves! —le grito, acercándome y retirando el seguro del arma tal y como mi cuñado, cuando pensaba que era Nico, mi marido, me enseñó.

—Piensa, Andrea, piensa. ¿Cómo crees que te daría un arma si quisiera hacerte daño?

—¿Por qué me hiciste creer que eras Nico, mi marido? ¿Por qué te hiciste pasar por él? ¿Dónde está?

—Te juro que no lo sé —responde, apartándose de mí y alzando las manos—. Por favor, Andrea. Quédate. No hagas ninguna tontería, él puede...

—¡Que te calles! ¡Dame las llaves o te disparo, maldita sea!

Me envalentono, ya he soportado demasiado. Estoy harta, estoy cansada y mi cabeza, cada vez más lúcida, lo único que me pide es que le vuele la cabeza.

«¡No puedo hacer algo así!», le digo a la voz.

«Dispara. Antes de que sea demasiado tarde.»

«¡Cállate!»

Sigo acercándome y con la precaución de que él, más grande, más alto y más fuerte que yo, no me arrebate la pistola de las manos, la apoyo contra su frente y le quito las llaves del coche del bolsillo de su pantalón.

—¡No te muevas! —le grito, caminando de espaldas en dirección a la puerta mientras cojo el abrigo.

—Andrea, estás cometiendo un error...

Ignoro sus palabras; me enfrento al aire que golpea con violencia mi rostro nada más salir de casa y esquivo los copos de nieve que caen despacio en la misma dirección por la que yo voy dirigiéndome al coche. El Seat León de color azul marino con el que mi cuñado se llevó a María. Él volvió pero ella no. ¿Qué le hizo?

Ya en el interior del coche, con los nervios a flor de piel y sin creer la valentía que he sido capaz de sacar a relucir, cierro los seguros y arranco el motor del coche derrapando sobre la fina capa de nieve que ha cubierto el césped y alejándome en dirección al que considero de verdad mi hogar: en una tranquila calle donde nunca pasa nada, a las afueras de Mataró. Al mirar por el retrovisor, veo a Víctor detenido en mitad del camino sin posibilidad alguna de retenerme.

«Ya no puedes hacerme daño», pienso, con la mirada fija en la carretera y un remolino de recuerdos que se abalanzan contra mí, obligándome de nuevo a ser yo misma; a ser al fin, la mujer que perdí hace dos años.

Y a pesar de todo, a pesar de recordar; siguen habiendo piezas que no encajan en el puzle.

CUARTA PARTE

La verdad es más extraña que la ficción.

EDGAR ALLAN POE

ANDREA

Jueves, 3 de diciembre de 2015

NO MIRES ATRÁS

Temo perder el control del coche por el deslizante camino de curvas por el que conduzco hasta llegar a la autopista que me dirija a Mataró. Deseo que anochezca tarde, pero el cielo no me hace caso; cada vez está más oscuro y la luna se vislumbra entre las nubes, imponente y poderosa.

Me pierdo rápido, debo estar pendiente de los carteles, pero reconozco la moto que conduce a una velocidad superior a la mía y que viene detrás de mí.

«No mires atrás, no mires atrás», me repito, dando golpecitos histéricos al volante al mismo tiempo que desvío la mirada hacia la pistola, ubicada en el asiento del copiloto. Podría hacer como en las películas: abrir la ventana y disparar en dirección a la rueda delantera de la moto que conduce Víctor; pero me temo que si lo hiciera yo también perdería el control del coche y me estamparía contra las paredes rocosas de la cuneta.

Los pensamientos me van a mil por hora.

¿Está María muerta?

No puedo ni imaginar que mi marido o mi cuñado se la hayan cargado. No, no, no; me niego a pensar algo así.

¿Es posible que fuera la hermana de Clara y por lo tanto su nombre real fuera Elsa? ¿Y quién era esa otra hermana a la que Clara acusa a Nico de matar?

¿Quién podía ser la otra «María», la de Espinelves?

«Piensa, piensa, piensa», murmura la voz.

¿Quién se llevó el cadáver y limpió la sangre con tanta rapidez?

¿La figura oculta entre las sombras de la oscuridad era real o fruto de mi imaginación? ¿Era Nico?

Me parece imposible que algo así me esté sucediendo; mi padre siempre decía que, en ocasiones, la realidad supera la ficción, como dijo también Esther, la de La Taverna, y este está siendo un claro ejemplo.

Las lágrimas me inundan las mejillas y me resbalan hacia los labios al pensar en mi madre y en lo que de verdad pudo pasarle.

Alguien la mató, Nico o Víctor, no lo sé; y al pensar en eso me pongo furiosa, capaz de cometer cualquier locura y saber que no me importaría matar al responsable con mis propias manos, aprovechando esta rabia que me hace más fuerte y valiente. Quiero descubrir toda la verdad; después de meses de angustiosa amnesia, ahora necesito saberlo todo y, aunque lo más coherente sería ir directamente a la policía con el *pendrive* en la mano, instintivamente me desvío en el camino que me lleva a la urbanización de siempre. Hacia la calle en la que nunca pasa nada; y si pasara, yo me enteraría y nadie saldría libre de pagar sus fechorías ante la justicia.

NUNCA PASA NADA

Por lo visto nadie ha arreglado las bombillas de las farolas de la calle en todo este tiempo. Cae una fina llovizna. En la más completa oscuridad, echo un vistazo rápido a las casas antes de salir del coche. Hace rato que perdí de vista la moto de Víctor, pero no es algo que me tranquilice; sé que de un momento a otro volverá a aparecer.

Son solo las ocho de la tarde, pero las luces de las casas están apagadas, y da la sensación de que es mucho más tarde.

Antonio debe de estar iniciando uno de sus espectáculos en algún local de Barcelona porque su coche no está. Al mirar hacia la casa de la señora Dolores tengo un mal presentimiento. Parece abandonada, lo que más me llama la atención son las flores marchitas a las que tanto tiempo dedicaba. Puede que su hermana haya muerto.

«O puede que ella esté muerta», interrumpe la voz.

Me inunda una pena y una confusión inexplicables. Salgo del coche, con la pistola bien amarrada a mi mano mirando en todas direcciones. Tengo la sensación de que alguien me observa, pero no sé desde dónde. No veo a nadie.

Anudo la bandolera alrededor de la cadera con el *pendrive*; lo necesitaré mañana, cuando acuda a comisaría.

No tengo las llaves de mi casa, así que decido saltar la valla que da al jardín trasero tal y como hice cuando me colé en casa de Carlos y María. Ahora miro esa casa y me entran escalofríos, como si viera espíritus observándome a través de las ventanas.

Nada me da miedo. Estoy más lúcida que nunca, más empeñada en saber qué es lo que ha pasado; con quién me casé, con quién he dormido durante todos estos años. Quién era realmente ese compañero que elegí erróneamente para compartir mi vida. Si fue el responsable de la muerte de Clara; mi amiga, mi amante, la única persona en este mundo por la que perdí la poca cordura que me quedaba. ¿Qué pasó aquella noche? ¿Fue Nico quién le inyectó la sobredosis de heroína? Lo recordaría, yo nunca he tenido el sueño profundo; si se hubiera levantado de la cama de madrugada para ir hasta el apartamento de Clara me habría enterado. Algunos fragmentos de las imágenes que vi en el vídeo que grabó Clara antes de morir aparecen en mi mente enferma. Ese fue el momento en el que todo se volvió nítido, en el que al fin me fijé en los detalles que diferenciaban a mi marido de mi cuñado, y los trece años de mi vida volvieron como si nunca se hubiesen marchado. Así, como por arte de magia y repentinamente, tal y como dijo el médico que podría pasar. Solo hacía falta una ayudita, un pequeño empujoncito; el que me dio inexplicablemente la falsa *mossa d'esquadra* muerta en mis brazos y cuyo cadáver desapareció en cuestión de minutos.

Cuando salto la valla al tener la pistola en la mano pierdo el equilibrio y caigo al suelo empapado, ensuciándome el trasero del barro que ha inundado el césped mal cortado del jardín. Corro hacia la puerta que da a la cocina; siempre está abierta pero en esta ocasión alguien la ha cerrado. Cojo con fuerza la pistola, me aparto un poco del cristal y alargo el brazo para darle el golpe final.

Tres... dos... uno...

El estruendo del cristal roto rompe el silencio que inunda toda la urbanización. Lo lógico sería que viniera algún vecino o que llamaran a la policía para saber qué ha pasado, pero pasan los minutos y no viene nadie.

Compruebo que el auténtico Nico no está en casa. Vete a saber cuántas barbaridades habrán hecho él y Víctor a espaldas de los que les querían.

Avanzo hacia la ventana desde donde tantas veces he observado el «micromundo» que creé y no puedo evitar dedicarle una sonrisa nostálgica por tantos momentos. Pero la sonrisa desaparece en el instante en el que veo aparecer la moto de Víctor. Aparca al lado del coche, se quita el casco y viene corriendo hacia donde estoy yo. Hacia la ventana.

Frena en seco y nos miramos fijamente durante unos segundos eternos. Víctor llora amargamente y por un momento tengo la tentación de dejarle entrar, dejar que se explique y que la lluvia no lo empape.

Sin embargo, me sorprendo a mí misma alzando el arma y amenazándole con la mirada a través del cristal que nos separa.

—¡Vete o llamo a la policía! —le grito, para que pueda oírme con claridad desde el exterior.

—¡Nada de policía, Andrea! ¡Ellos no pueden salvarnos! ¡Tenemos que irnos de aquí!

—¡No! ¡Es mi casa, maldita sea! ¿Qué le has hecho a mi marido?!

—¡¿Aún no te das cuenta de que tu marido es un asesino?! «¡Sí! ¡Lo sé! ¿Y quién eres tú? ¿Qué le has hecho, joder?»

—¡Dime la verdad, ¿lo has matado?!

«Ojalá lo hubiera matado», farfulla la voz.

—¡No! —responde con desesperación—. ¡No sé dónde está y si nos quedamos aquí corremos peligro!

—Vete. ¡Fuera!

«Nico nunca me haría daño. Puede que matara a Clara y por lo visto a alguien más, pero a mí no. No, a mí no», me digo tratando de reprimir las lágrimas.

Empuño la pistola contra el cristal de la ventana; Víctor retrocede unos pasos aún con lágrimas en los ojos y un temblor en la barbilla debido al frío que hace en la calle. Ya más tranquilo, vuelve a hablar.

—Te estaré vigilando desde esa casa. —Señala la casa de Carlos y María—. El ladrillo suelto que tienes en la parte trasera, ¿sabes cuál te digo? El ladrillo suelto. Míralo, Andrea. Y, cuando lo descubras, cuando sepas la verdad de todo esto, ven a buscarme y confía de una vez por todas en mí. Tenemos que irnos rápido.

Víctor cruza la calle, salta la valla y entra en casa de Carlos y María tal y como me ha dicho. Segundos después, lo veo en el interior, observándome desde la ventana del salón de la casa de enfrente.

No debería fiarme de él, no debería hacerle caso por haberme tenido encerrada viviendo en una mentira y haciéndose pasar por otra persona; pero aun así guardo la pistola en la bandolera junto al *pendrive*, cierro la cremallera y voy hasta el jardín trasero saliendo por la puerta que hay junto a las escaleras.

Está todo oscuro; tengo una idea aproximada de dónde está el ladrillo suelto al que se ha referido Víctor y que tantas veces le dije a Nico que arreglara.

He recuperado trece años de mi vida olvidados, pero aun así van apareciendo fragmentos que me recuerdan lo asquerosos que eran mis días en esta casa. Las miradas de Nico, su indiferencia y la distancia a pesar de vivir bajo el mismo techo.

Es el psicópata. Cuando Víctor se hacía pasar por Nico llamaba psicópata a su hermano.

Palpo la pared desesperadamente hasta dar con el ladrillo suelto, que tiro al suelo con torpeza. Al introducir la mano en el hueco, descubro unos cuantos folios que evito que se mojen con la lluvia, vuelvo a entrar en casa y me siento en el sofá.

Indudablemente, se trata de la letra de mi vecina María, aunque no firma como tal. Elsa era su nombre, ya lo suponía. Clara era su hermana y le habló a través de la cámara del ordenador cuando le dejó las pruebas que incriminarían a mi marido por el asesinato de una tercera hermana. Y, evidentemente, Elsa era la hermana que encargó el mensaje que aparecía en la lápida de Clara, la que no la olvidaba.

ANDREA

Jueves, 3 de diciembre de 2015

La carta

Miércoles, 10 de junio de 2015

Querida Andrea:

Créeme cuando te digo que odio la mentira.

Será mejor que me presente. Mi nombre es Elsa, tu vecina, quien tú conocías como María, la que, aunque ahora no lo creas o te sientas confusa, te apreció y se preocupó por ti. Aún me preocupo por ti.

Si descubres esta carta es que algo ha pasado; estás en peligro y quiero empezar diciéndote que solo hay una persona en la que sí puedes confiar: tu cuñado, Víctor. Si el tiempo juega en tu contra, no te entretengas leyendo y huye rápidamente. Huye, Andrea. Es el mejor consejo que puedo darte en estos momentos.

Pienso en el título de una película que nunca antes ha cobrado tanto sentido como ahora: *Nadie hablará de nosotras cuando hayamos muerto.*

Éramos tres. Tres hermanas, tres almas gemelas, tres nombres que pronto caerán en el olvido: Clara, Elsa y Lucía.

Sí, Clara, tu querida vecina de la calle Santa Anna con quien sé que mantuviste algo más que una sincera amistad, era mi hermana mayor. Solo nos llevábamos un año, así que imagínate todo lo que habíamos compartido durante nuestra niñez y adolescencia. A pesar de eso, ahora siento que nunca la llegué a conocer del todo. He visto vuestras fotografías y debo reconocer que me han impactado. Es cierto que por la forma en la que mi hermana me hablaba de ti sabía que había algo más, pero de ahí a verlo en demostraciones tan gráficas hay un paso enorme. No quiero inmiscuirme más en el tema, solo agradecerte que la hicieras feliz.

Lucía era nuestra hermana menor. Cuando nació, Clara tenía cuatro años y yo tres, así que irremediablemente nos convertimos en sus segundas mamás. Siempre la protegíamos y estábamos ahí cuando nos necesitaba, que era bastante a menudo debido a su carácter alocado, sobre todo cuando creció y se convirtió en una guapísima adolescente.

La belleza de Lucía era de otro mundo y, aunque multitud de buenos chicos iban detrás de ella, no pudo evitar fijarse en el malo.

Te hablaré de un chico de veinte años que debido a su inteligencia daba clases particulares a jóvenes dispersos como lo era mi hermana Lucía. Y a través de él yo conocí a otro chico que, a pesar de ser dos años menor que yo, me conquistó por su madurez. Te hablo de Nico y Víctor, o al menos el Nico y el Víctor del pasado; de hace quince años.

Lucía estaba entusiasmada, no solo por estar enamoradísima de Nico, sino porque yo salía con su hermano. Clara, como siempre aparte, solo los vio en una ocasión, por lo que pasó muy desapercibida en sus vidas.

Te hablaré de la noche en la que mi hermana Lucía murió por culpa de tu marido. De un Nico de veinte años que experimentó de cerca el poder que tiene el ser humano cuando ve la oportunidad de terminar con la vida de un inocente. ¿Por qué? Por maldad. Porque en su interior anidaba el Monstruo que dejó escapar. Y desde entonces, aunque lo ha disimulado muy bien, no lo ha soltado. Ha estado siempre con él y me temo que contigo.

¿Sigues leyendo? ¿No crees que puede aparecer en cualquier momento? Huye, Andrea. Hazme caso y huye mientras puedas. Ya tendrás tiempo de seguir leyendo la historia que debes saber para comprenderlo todo y conocer a la persona con quien has vivido diez años. ¿Decides quedarte? Bien, seguiré contándote el momento en el que Nico dejó escapar al Monstruo.

Mis padres eran autoritarios y Lucía aún era menor de edad, solo tenía diecisiete años, por lo que no sabían que tenía un novio tres años mayor. A Lucía se le ocurrió la idea de que podríamos ir a cenar los cuatro. Nico y ella, Víctor y yo. Llevábamos el mismo tiempo juntos, cinco meses, y aunque creía que podría ser una interesante velada en la que poder jugar a ser adultos, algo en mí me decía que algo malo iba a pasar esa noche.

No le hice caso a la intuición; ojalá lo hubiera hecho. Ojalá le hubiera dicho a Lucía que no debía verse más con Nico, que lo olvidara, que había algo oscuro en él. Pero ahora, quince años más tarde, he entendido qué era lo que veía en Nico y qué es lo que también viste tú. Nico es un Monstruo pero engancha, te penetra salvajemente hasta lo más profundo de tu ser y te obsesiona de tal manera que no quieres dejarlo. No puedes dejarlo. Y ahora llega el momento en el que tengo que pedirte perdón por haber sido «la otra», la amante; por haberte engañado, por haberme acostado con tu marido. Lo siento, Andrea, y espero que algún día puedas perdonarme. Puede que ya lo hayas hecho y seguramente lo harás cuando sepas qué hizo. Acostarme con él solo fue parte del plan, aunque me obsesioné y cometí el error de provocarlo y darle más tiempo del realmente necesario. Por eso ha salido todo mal, por eso ahora me tengo que ir.

Mi hermana, aprovechando que mis padres habían hecho una escapada a Londres ese fin de semana, se vistió con un ajustado vestido de Clara para la ocasión y se puso unos zapatos de tacón de nuestra madre.

«¡Dos hermanos y dos hermanas! ¡Es lo más!», exclamaba Lucía emocionada, mirándose en el espejo y sonriéndose a sí misma.

Siempre llevaba su cabello rubio y ondulado recogido en una coleta, pero ese día se lo dejó suelto e incluso se puso rímel en las pestañas, destacando así sus preciosos ojos azules. Se maquilló en exceso, pero estaba guapísima igualmente.

Habíamos quedado en la plaza de Catalunya. Yo iba normal, unos tejanos y una camiseta de tirantes; era una primavera calurosa la del año 2000. Nico y Víctor ya nos esperaban en una de las entradas de El Corte Inglés, la que está junto al metro. Yo me abracé a Víctor, sintiendo la incomodidad de Nico al ver a «su chica» vestida de aquella manera tan elegante y provocativa poco apta para una joven de diecisiete años.

«¿Adónde vas así?», le preguntó despectivo.

«¿No te gusta? ¡Es un vestido precioso!», dijo ella inocentemente, dándose una vueltecita ante la atenta mirada de todo aquel que pasaba por nuestro lado.

«Para, Lucía. Estás dando la nota...», se quejó Nico.

No sé por qué no dije nada en ese momento. Por qué no le espeté un: «Eh, no te pases.» Me quedé cortada y me limité a mirarlo mal. Su hermano parecía estar acostumbrado a ese tipo de cambios de humor que yo no había conocido hasta ese momento.

Era una noche preciosa, a las nueve aún había luz en la ciudad y contemplar el anochecer paseando por la Rambla de la mano de Víctor me pareció todo un lujo. A pesar del mal comienzo, Lucía y Nico también iban cogidos de la mano dos pasos por delante de nosotros; ella, sonriente y orgullosa, él, algo más serio y reflexivo. No hablamos durante todo el paseo; de hecho, Lucía y yo no sabíamos dónde íbamos a cenar, hasta que nos desviamos por la calle Ferran y bajamos por la calle Avinyó, donde se ubica en el número 9 el precioso y mítico restaurante El Gran Café, fundado en el año 1920. Ellos eran dos niños ricos que podían permitirse el lujo, a pesar de su juventud, de llevar a sus novias a un buen restaurante y no a un McDonald's como correspondería a dos parejas tan jóvenes.

Mi hermana y yo nos quedamos maravilladas con el ambiente del establecimiento, lejano a nuestra época en el tiempo, con una atmósfera relajada y confortable gracias en gran parte a la música del piano que había en el local. Parejas, grupos de amigos y familias, todos mucho más mayores que nosotros, ya disfrutaban de una cena agradable y no había un solo hombre o joven que se resistiera a darse la vuelta para mirar a mi hermana.

«Si lo sé me pongo otra cosa», me susurró divertida, andando cada vez más torpe y cansada con los zapatos de tacón.

Ya sabes cómo es Nico. Apenas habló durante toda la cena; miraba a Lucía, desaprobando muchos de sus alegres comentarios, y también a Víctor de una forma extraña que yo no comprendía. No sé, supongo que me dio mala espina y lo único que quería era llegar a casa y hablar con mi hermana; decirle que había algo raro en Nico, que debía ser precavida.

Dos horas más tarde, mi hermana estaba muerta.

Lo que tengo que escribir a continuación me cuesta sudor y lágrimas. Se me atraganta cada palabra escrita. La escena se ha quedado grabada en mi pensamiento al igual que en el de Víctor. He revivido la situación una y otra vez durante todos los días de mi vida, pensando en las mil cosas diferentes que podría haber hecho y no hice. Nada de eso importa, simplemente sucedió, y ni Clara ni Lucía están aquí para contarlo. Solo quedo yo, «la número 3».

Víctor se encargaba de pagar la cuenta y yo me quedé con él en la barra del local esperando a que el ajetreado encargado nos cobrara. Nos ofreció un chupito a cada uno como compensación por la espera y nosotros nos entretuvimos bebiéndolos a gusto. Cuando salimos, Nico y mi hermana discutían; nunca sabré de qué, aunque imaginaba que era por el vestido y por su comportamiento siempre alegre y despreocupado, o quizá por algún comentario que ella había hecho en la mesa y que a él no le había gustado, como, por ejemplo, cuando dijo lo guapo que era el profesor de filología.

La calle Avinyó siempre está animada y repleta de turistas, sobre todo si hace buen tiempo. Al lado se encuentra la bajada de Sant Miquel, el hostal Levante y la concurrida plaza de Sant Miquel; muy cerca está el Palacio Centelles, galerías de arte, más restaurantes y locales de ocio... Como puedes ver, conozco muy bien esa calle. He caminado por ella mil veces desde que mi hermana murió.

Bajamos hasta el paseo de Colom con la intención de terminar la noche en algún bar de copas. Víctor y yo íbamos otra vez detrás de Nico y Lucía cuando nos detuvimos en un semáforo en rojo.

Todo sucedió muy deprisa y mi corazón se detuvo de golpe. Mis ojos, horrorizados, no creyeron que fuera posible lo que estaban viendo.

En el momento en el que venía un autobús, vi cómo Nico colocaba su mano en la espalda de mi hermana y la arrojaba a la calzada con la certeza de saber qué ocurriría a continuación. Al conductor no le dio tiempo a frenar y se la llevó por delante.

No pude moverme. No me parecía que algo así pudiera haber sucedido delante de mí y que yo no hubiera movido un solo dedo para evitarlo. Me sentiré culpable toda la vida y de nada sirve la excusa de «Sucedió muy rápido.»

Nunca sabemos cómo vamos a reaccionar ante este tipo de sucesos. Pensamos que son cosas que les pasan a los otros y no a nosotros, y créeme cuando te digo que, durante mucho tiempo, jugué con mi mente para convencerme de que había sido un accidente.

Fue Víctor quien me sacó del estado de *shock* en el que me había sumido y, segundos después, corrimos hacia el cuerpo inerte de Lucía, con Nico agachado a su lado y llorando a lágrima viva; interpretando el mejor papel de su vida y pensando en ese momento que no había testigos de su atrocidad.

«¡Lucía! ¡Lucía!», se lamentaba él.

Mi hermana, ensangrentada y con el cuerpo destrozado, no respondería jamás. Era lo que Nico quería.

Qué gran interpretación. Tu marido siempre ha sido un gran actor, ¿ahora te das cuenta?

La gente gritaba; el conductor del autobús temblaba sin poder levantarse de su asiento, con las manos colocadas en la cabeza, y no dejaba de repetir: «No la vi venir. Dios mío, no la vi venir.»

Me abalancé contra Nico, pero Víctor me agarró por los hombros y me apartó, protegiéndome entre sus brazos, quizá con el temor de que su hermano me hiciera daño.

La muerte de mi hermana, se dijo, había sido un fatídico accidente producido por unos zapatos de tacón demasiado altos para una joven de diecisiete años, que había tropezado con el bordillo y se había caído justo en el momento en el que pasaba el autobús.

La realidad era muy distinta y solo la sabíamos Víctor y yo, seguros de lo que habíamos visto, convencidos de ser los únicos que conocían cómo era realmente el Monstruo.

Enseguida llegó la policía y los bomberos. Acordonaron

la zona mientras el cadáver de mi hermana seguía tirado en la calle.

«¿Qué les diré a mis padres?», pensaba yo, sin poder responder con claridad a las preguntas de la policía.

«Fue un accidente. Ella tropezó y... y...» No pude decirles nada más; el agente lo entendió y me posó una mano en el hombro a modo de consuelo.

No podía creer cuánta frialdad había en la mirada y en el comportamiento de Nico. Yo aún no había visto la maldad de cerca, así que no creía en ella. Es como cuando te preguntan «¿Crees en los espíritus?» y tú respondes «No, porque nunca he visto a ninguno». Pues con la maldad sucede lo mismo. Ese día empecé a creer en ella.

De Víctor podía entender que encubriera a su hermano, pero ¿yo? ¿Por qué lo hice yo también? Pregúntaselo a la niña asustada y confusa de veinte años que aún necesitaba quince más para tomarse la justicia por su mano y hacer que el mundo descubriera la verdad de un suceso pasajero que salió un par de veces en las noticias y del que luego nadie se acordó.

¿Cuántos atropellos hay al día en las ciudades de España? Nunca lo has querido averiguar, ¿verdad? Te voy a dar la respuesta: cada día se producen una media de veintisiete atropellos. El de mi hermana fue «uno más».

Me dejé llevar por la mentira de dos hermanos; uno asesino y el otro protector, aunque en esos momentos pensase que Víctor era un traidor. Lo odié casi tanto como a Nico, pero el tiempo me ha hecho perdonarle.

Cuando se llevaron el cuerpo de mi hermana para practicarle la autopsia y para comprobar, según me dijeron, si había restos de drogas en su cuerpo, me atreví a decirle a Nico, con la voz temblando y sin poder dejar de llorar, que lo había visto. Que lo denunciaría, que lo metería en la cárcel. ¿Sabes qué hizo? Sonrió, como si la vida no le importara una mierda.

«Hazlo. Hazlo y mataré a tus padres, a la única hermana que te queda y a ti. Y tú también te callarás», le dijo a Víctor amenazante.

Mi yo de veinte años, una cobarde, calló. Víctor, un joven de dieciocho años, huyó a San Francisco a empezar una nueva vida. El Monstruo era libre; había matado a mi hermana delante de mis narices y él podía seguir respirando.

Nico destrozó mi familia. Mi madre lloró infinidad de horas cada día durante el primer año. A menudo me miraba y no hacían falta las palabras; yo sabía que sus ojos me decían: «¿Por qué no la protegiste? ¿Por qué no hiciste nada?»

La culpabilidad crecía y crecía y me convertí en una infeliz, encerrada en mí misma. Apenas salía de casa, solo para ir a la universidad. El resto del tiempo lo dedicaba a ver la tele y a estudiar la carrera de Magisterio.

Pasaron los años y finalmente le conté a Clara lo que había sucedido en realidad. Fue ella quien me animó a buscar a Nico y a trazar un plan. A ella no la conocería, la había visto muy poco y de manera fugaz, pero, por si acaso, se teñiría de rubio cambiando así de aspecto. Pensamos en que se fuera a vivir cerca de la calle Santa Anna donde vivíais vosotros, y tuvimos la suerte de que se alquilara un apartamento en el mismo edificio. Clara pudo grabar la confesión de Nico, pero cometió un error: enamorarse de ti y no huir para poder seguir cerca de ti; en cierto modo, supongo que quiso protegerte.

Él la mató; menos sanguinario que antaño, le provocó una sobredosis de heroína que detuvo su corazón. Encontraron restos de somníferos en el cuerpo de Clara, por lo que deduzco que de alguna manera se los administró Nico aquella noche para después poder inyectarle la droga. De nada sirvió lo que mi hermana había descubierto. Su teléfono móvil (que tenía Nico escondido en tu casa y cuya información tengo ahora en mi poder en un *pendrive*) y su ordenador portátil desaparecieron.

No lo sabes, pero tú y yo ya nos habíamos visto, mucho antes de coincidir en esta calle donde nunca pasa nada. ¿No lo recuerdas? Claro que no. Nos vimos en el funeral de Clara; ambas estábamos destrozadas, compartíamos el mismo dolor aunque con distinto sentimiento.

Luego cambié mi rostro por completo con varias operaciones de estética para que Nico no me reconociera nunca; me enamoré de Carlos, que, además, iría muy bien para mi plan de mudarme enfrente de vosotros con mi «marido». Sería algo muy normal.

Pero la obsesión ha sido mi peor enemiga. Tú no eres la única enferma, Andrea. Yo también estoy un poco loca y temo esta locura solo por una razón: estoy embarazada. Y sí, el bebé es del Monstruo.

Ahora conoces la historia, sabes algo más sobre tu marido. Si no has parado de leer cuando aún estabas a tiempo, hazlo ahora.

No sé dónde estaré. Víctor, que volvió de San Francisco con sus propios demonios, trata de salvarme después de que yo me delatara ante Nico de la manera más absurda. Me llevará a un hotel alejado del mundo, luego me vendrá a buscar y me llevará al aeropuerto. No puedo dejar por escrito cuál será mi destino, pero ojalá aterrice allí y consiga esa nueva vida que tanto ansío. No tengo a nadie, Andrea. Carlos no resultó ser el hombre perfecto; como supones, es un maltratador que espero que, al igual que Nico, pague por todo lo que ha hecho. Está aún más loco que yo, incluso puede que sea más peligroso que tu marido. No, qué absurdo. No me hagas mucho caso; a estas alturas, recordarlo todo y plasmarlo en un papel me ha costado la poca cordura que me quedaba.

Ya lo ves, la suerte no está de mi lado. Tampoco lo estuvo cuando mis padres murieron en un accidente, y, aunque suene mal decirlo, es lo mejor que les pudo pasar. No han tenido que vivir el infierno de ver morir a otra hija, y puede que también a mí, si no salgo de esta.

Andrea, te deseo lo mejor.

Perdona y entiende mi mentira.

Acepta la historia tal y como es; yo he aprendido a hacerlo y a comprender a aquella niña de veinte años que se dejó engañar y mintió a sus propios ojos.

Por eso mi sed de venganza, mi fallido plan.

Corre. Corre y no te detengas.

Ojalá nos volvamos a ver, pero, si no es así, sálvate tú, yo ya estoy muerta.

ELSA

ANDREA

Jueves, 3 de diciembre de 2015

CARA A CARA CON LA MALDAD

Tal y como le sucedió a Elsa cuando vio morir a su hermana, a mí también se me ha detenido el corazón al leer los siete folios que me dejó escritos, no sé cuándo, en el hueco del ladrillo suelto de la parte trasera de mi casa.

Empiezo a entender los sueños que tuve, qué significaba «la número 3» y por momentos me arrepiento de haberme ido de Espinelves sin escuchar las advertencias de Víctor.

¡Víctor! Está en la casa de enfrente.

Guardo la carta de Elsa en la bandolera, que más que un complemento ya parece una parte más de mi cuerpo, y me meto la pistola en el bolsillo del abrigo. Me levanto del sofá con la intención de cruzar la calle corriendo e ir en busca de mi cuñado para huir de aquí. Nico está cerca, lo presiento, y temo que las palabras de Elsa se cumplan y me mate a mí también.

Algo debió de salir mal.

Elsa no está a salvo allí a donde debía ir; puede que esté muerta y lo sé porque ahora soy yo la que tiene el *pendrive*.

Imagino que Nico guardó el teléfono de Clara en un rincón secreto que Elsa descubrió; pero, por otro lado, no encontró el ordenador porque no supuso que estaba a la vista de todos, en el estudio de mi casa. Que me lo regaló Nico hace dos años y yo, idiota de mí, lo único que pensé fue: «Igual que el de Clara», e incluso me alegré por su elección sin saber que el vídeo que lo delataba del asesinato que había cometido y del que yo me acabo de enterar estaba oculto entre sus archivos; que no se había eliminado. Puede que ni siquiera Nico supiera que Clara lo grabó, imaginando que la única pista se encontraba en el teléfono móvil.

Estoy a punto de salir del salón, pero me detengo en seco cuando unos pasos pisan con seguridad el vidrio roto de la puerta de la cocina. Enciendo la luz, pero alguien la apaga al instante desde el interruptor de la cocina. Vuelvo a encenderla, vuelve a apagarla. Es un juego de locos.

Si subo las escaleras me quedaré encerrada en el piso de arriba. Si salgo al jardín o a la calle, él me atrapará en mitad de la noche. Rezo para que Víctor haya roto las reglas y venga a buscarme. Pero entonces veo a Nico cojeando de la pierna izquierda y entro en pánico. La figura oculta entre las sombras ha vuelto y esta vez no tiene reparos en acercarse a mí.

La valentía ha desaparecido y no se me ocurre coger la pistola y matarlo. Sería demasiado fácil. Y con Nico nunca nada ha sido fácil.

—Vaya, vaya... Hogar, dulce hogar, querida Andrea.

—Eres un psicópata —le digo, entretenida en las sombras que juegan a dar formas a la expresión maléfica de su cara.

—Puede ser —responde tranquilamente—. ¿Qué tal con mi hermanito? ¿Te lo has pasado bien? Ha sido un juego interesante, ¿no te parece?

Da un paso hacia mí. Yo retrocedo, apoyo las manos en el respaldo del sofá. Al lado está el teléfono, podría llamar a la policía. Podría salvarme. Pero, antes de que pueda hacer nada, Nico parece ver mis intenciones y le da un manotazo al teléfono, lanzándolo muy lejos de mi alcance.

—No quiero distracciones. Te quiero solo para mí.

—¿Dónde está Elsa?

—Qué rápido te has acostumbrado a su nuevo nombre.

—¿Qué le has hecho?

—Lo que merecía.

—¿Está viva? —pregunto temblando.

—¿Quieres verla?

«Preferiría irme.»

Trago saliva y respiro hondo. Ahora los latidos de mi corazón van a mil por hora. ¿Cómo es posible estar frente a una persona con la que he compartido tantos años de mi vida y sentir que no la conozco de nada? Parece adivinar mis pensamientos y se acerca más a mí. No puedo retroceder, así que doy un paso hacia la derecha, tratando de no mirarlo fijamente a los ojos, pero estando muy pendiente de todos y cada uno de sus movimientos.

—Yo no era así. Me entró la locura. Era una niña, por Dios. Iba maquillada como una puta, vestía como una puta, reía como una puta... me puso de los nervios, así que cuando vi la oportunidad la maté. Si aquel autobús no hubiera aparecido, no habría tenido la tentación de empujarla hacia él y ahora Lucía estaría viva.

¿Cómo se puede ser tan cínico?

—Todo habría sido diferente —sigue escupiendo por la boca—; al igual que las otras, me habría dejado a los tres días. Contigo fue diferente. Al principio me gustabas mucho, Andrea, con tu hermosa melena y tu limpia mirada azul, tan ingenua. Pensé que podría moldearte como me diera la gana y que nunca me traicionarías. Pero entonces apareció Clara, de la que siempre sospeché algo, y todo cambió. Dime, con lo que parecen gustarte las pollas, ¿cómo lo hacías con ella? ¿Te sorprende que lo sepa? Os vigilaba muy de cerca, Andrea.

—Hace una pausa y sonríe de una forma repugnante—. Así que también tuve que matarla; durante la cena le puse somnífero en el vino, ni mucho ni poco, el suficiente para que se quedase roque y así poder inyectarle la heroína fácilmente. Y mira tú qué casualidad que fue el mismo *modus operandi* que utilizó luego mi hermano con el tipo de San Francisco. —Vuelve a sonreír de esa forma tan espantosa—. La maté por ti, querida Andrea, para que pudiéramos seguir siendo felices y formar una familia. Pero entonces tú tan débil mentalmente, empezaste con los tranquilizantes y con el whisky y te pusiste gorda y asquerosa.

Me tapo los oídos. No quiero oírlo, se me hace un nudo en el estómago y solo quiero salir corriendo y vomitar.

—En fin, te perdono. Ya me da igual. Al fin y al cabo, pronto te reencontrarás con Clara.

—¿Y mi madre...? —susurro atemorizada.

—Ay, sí, casi se me olvida... Bueno, digamos que nunca me cayó muy bien del todo.

Da un paso más. Miro por la ventana por si viene Víctor y en un movimiento rápido puedo abrirle la puerta. Nico se echa a reír escandalosamente realizando un desagradable sonido gutural.

—¿Esperas a Víctor? Creo que el pobre de mi hermano ya no podrá ayudarte. El muy idiota se ha quedado dormido.

«¿Lo has matado?», quiero preguntarle. Pero no me sale la voz.

—Se ha dado un golpe en la cabeza... Bueno, yo lo he ayudado un poco, claro —confiesa orgulloso—. Es que... empujar a alguien para que muera aplastado por un autobús es muy arriesgado, y el cuchillo deja mucha sangre, si no, pregúntaselo a «María» —dice, entrecomillando el nombre— de Espinelves. Y aún eres tan idiota de no saber quién era, ¿verdad? La segunda María, me refiero. Creo que nunca llegaste a conocer su nombre real... Le dije que se hiciera llamar María para volverte más loca, para que algo en ti recordara a tu vecina desaparecida de esta puta calle —sigue exponiendo pausadamente, con la mirada propia de un demente con ansias de cometer el siguiente crimen. Un día leí que quien mata una vez, mata dos veces; se convierte en una peligrosa adicción—. Era mi secretaria, Beatriz. Ya ves, siempre hacía todo lo que le pedía. Pero al final a la muy idiota le diste pena, te devolvió el ordenador que robó, y te dio el *pendrive* y algunas pistas creyéndose más inteligente que yo. No tendría que haberlo hecho, si hubiera colaborado estaría viva y no enterrada en el bosque... Vamos, ven conmigo, Andrea. Te tengo preparada una sorpresa.

Quiero gritar. ¿Serviría de algo? ¿Hay alguien en esta maldita calle?

—Ah, por cierto, la señora Dolores murió. Un infarto, la casa está vacía. Antonio debe de estar en uno de esos *shows* que hace en Barcelona. Creo que Alicia y su novio han salido y Federico está más sordo que una tapia. ¿Tienes el *pendrive*?

Niego rápidamente con la cabeza, mirando de nuevo hacia la ventana. Tengo la esperanza de que Nico me haya mentido, que Víctor siga con vida en la casa de enfrente y venga a por mí. A protegerme, a salvarme del Monstruo. Víctor no puede estar muerto. No es posible que Nico haya matado a su propio hermano, me niego, me niego a creerlo. Es una locura.

«Piensa, piensa rápido, vamos. Nadie va a venir a salvarte, tienes que lograrlo tú sola.»

Me gustaría creer que Nico miente, pero hay un brillo en sus ojos que me confirma que todo lo que ha dicho es cierto. No aguanto más y empiezo a llorar como una cría pequeña e indefensa, y, aun recordando las palabras de Víctor, me es imposible meter la mano en el bolsillo para coger la pistola y defenderme para tratar de salvarme. Algo así como «una vida a cambio de otra».

—Me vas a pedir el divorcio, ¿verdad? —Se ríe—. Venga, ya es tarde. Vámonos de aquí.

Da un paso más hacia mí y en el momento en el que lo tengo enfrente le doy una patada en la pierna izquierda. Suelta un alarido y me da tiempo de subir hasta el piso de arriba. Al mirar hacia el estudio, veo que la puerta sigue destrozada, por lo que voy directamente hasta allí y, prefiriendo caer desnucada al suelo de la calle antes que morir asesinada por mi marido, abro la ventana al mismo tiempo que oigo que Nico empieza a subir lentamente las escaleras y salto con los ojos cerrados por el miedo de ver cómo voy cayendo al vacío.

Al abrir los ojos, siento un profundo dolor en el tobillo, pero eso no me impide salir corriendo hacia la casa que un día fue de una vecina llena de mentiras por culpa de un plan, y comprobar si Víctor sigue ahí dentro. Si está vivo. O si está muerto. Necesito verlo, comprobarlo con mis propios ojos; aunque en el momento que salgo corriendo hacia allí sé que estoy cometiendo un error y perdiendo un tiempo precioso.

Salto la valla mirando hacia la ventana de mi estudio pero no veo a Nico. Con rapidez, me cuelo en el salón oscuro y compruebo que hay alguien tumbado en el sofá. Me acerco rápidamente y trato de no chillar al ver la cabeza destrozada de Víctor, con sangre por todas partes.

Lloro de rabia por no haberle escuchado, por no haberle hecho caso cuando aún estaba a tiempo.

—Perdóname, Víctor. Perdóname —le susurro.

Demasiadas muertes, demasiadas víctimas.

Maldigo haberme dejado las llaves del coche en la cocina en vez de haberlas metido en la bandolera, y salgo corriendo calle abajo. Pero algo, como si fuera una enorme roca, me golpea en la cabeza y de repente todo se vuelve oscuro.

¿Dónde estoy?

Un goteo constante cayendo encima de un objeto de metal ensordece mis oídos. Toc, toc, toc.

Estoy tumbada en el suelo y una venda me aprisiona los ojos, solo veo oscuridad. Me siento mareada y apenas puedo mover ni un solo músculo del cuerpo. Me duele la cabeza con un martilleo constante, oigo risas absurdas que provienen del interior de mi cerebro; quieren jugar conmigo y volverme loca.

«¿Más de lo que ya lo estás? —me pregunta la voz riendo—. ¿Lo ves? Tendrías que haber hecho caso a Víctor. O a la carta de Elsa, huir cuando aún estabas a tiempo. Ahora vas a morir», sentencia.

«¡Cállate!»

«Tú siempre me pides que me calle y no haces nada para que desaparezca», justifica seriamente.

Es verdad, no querría que ahora se fuera. Necesito que siga hablando aunque me duela oír la verdad. Puede que no esté tan loca y la voz solo sea una parte cuerda de mi cerebro que me envía pensamientos a menudo hirientes para que vuelva a la realidad.

Nada de esto tendría que haber pasado. No tendría que haber descubierto la verdad; tendría que haber huido mucho antes de descubrir la carta de Elsa, debería haber...

«Deja de pensar en lo que deberías haber hecho y piensa en lo que vas a hacer ahora. ¡En la manera de salvarte!», me grita la voz.

«No puedo... no puedo salvarme.»

No logro desatarme la venda porque tengo las manos entumecidas.

Quiero gritar, hacer un esfuerzo para que alguien me ayude, pero no lo consigo.

Tampoco puedo respirar, el espacio es húmedo y claustrofóbico, siento que estas cuatro paredes se me van a caer encima y me van a aplastar.

Ahora puedo mover un poco la mano y toco las paredes. Al intentar incorporarme, suelto un gemido ahogado que ha querido convertirse en grito y no ha llegado a más al rozar con la mano una piel fría y viscosa: un cadáver en estado de descomposición que produce todo este olor a podrido y a muerto. Tiemblo al pensar que puede tratarse de Elsa.

Intento levantarme pero me duele mucho el tobillo.

Doy vueltas sobre mí misma, tratando de reconocer el lugar en el que estoy. Debe de ser cerca de casa, parece un lugar subterráneo; puede que un sótano o algo así. Hay barro, agua y metal. Llega un momento en el que me pregunto si estoy muerta, si así es la muerte y el lugar al que van las locas.

Es entonces cuando la voz me dice: «Ya quisieras estar muerta.»

No le respondo. Tiene razón. Querría estar muerta antes que así, sabiendo que Víctor ha muerto por mi culpa, que a Clara la mató mi propio marido, que fingía ser también tan amigo suyo, y que es muy probable que haya terminado también con la vida de Elsa y con la del bebé que esperaba. Si el Monstruo es capaz de matar a su propio hermano y a un bebé que aún no ha venido al mundo, ¿qué va a hacer conmigo?

No hay escapatoria.

Siento que está cerca. Trato de recordar las imágenes difusas de este lugar; cuando he entrado tenía los ojos abiertos, pero el golpe ha hecho que lo viera todo mal. Hay una puerta que se abre y se cierra desde el exterior, no desde dentro. Viene, viene... está muy cerca. Puede que sea por un túnel subterráneo repleto de maleza, pero no estoy muy convencida; mi imaginación me está volviendo a jugar una mala pasada.

Solo puedo pensar en una cosa. En huir.

Preparo mentalmente el cuerpo. Trato de mover las manos otra vez.

Finalmente, con mucho esfuerzo, consigo ponerme en pie apoyándome en la pared. Tengo que agilizar las piernas y frenar el temblor que las posee; así, en cuanto él entre por la puerta, intentaré salir corriendo.

Sin embargo, parecía todo más fácil en mi cabeza, que me sigue doliendo y martirizándome con risas y martilleos.

Voy palpando las paredes buscando desesperadamente una salida.

Pero nada sale nunca como lo planeo. Nada.

Oigo cómo una llave se introduce en el cerrojo de una puerta. Nico ha entrado, está aquí, a mi lado. Sé que me mira, se ríe; disfruta del momento viéndome sufrir como un conejo que ha caído en una trampa y está luchando por liberarse.

—¿Por qué, Andrea? ¿Por qué? —pregunta con fingida condescendencia.

Un objeto punzante me golpea fuertemente en la cabeza. El martilleo y las risas desaparecen.

Me retuerzo de dolor y un ligero mareo que en estas circunstancias me sabe a gloria hace que caiga otra vez al frío suelo, que ahora siento enfangado. Aún respiro, pero me temo que en poco tiempo dejaré de hacerlo. Los latidos de mi corazón se ralentizan, como si estuvieran cansados de vivir, como si estuvieran avisándome de que poco pueden hacer ya para mantener en este mundo mi cuerpo enfermo.

—Me duele... —le digo con las pocas fuerzas que me quedan, apenas en un murmullo, buscando absurdamente algo de piedad.

No contesta. El Monstruo, en silencio, se agacha junto a mí. Su aliento desprende toda la maldad que anida en su alma; esa maldad que no supe ver.

Me arranca la venda de los ojos para que lo mire por última vez. Me enfrento a su mirada, muy distinta a la que conocía o a la que me quería mostrar cuando yo creía que era una persona normal; con sus defectos y sus virtudes siendo únicamente un hombre, el hombre al que elegí.

Son mis últimos segundos de vida, lo presiento; aunque siempre he sido muy melodramática y exagerada en cuanto a dar el paso hacia la otra dimensión.

Me niego a dedicarle a Nico lo que parece ser mi último aliento, así que miro a mi alrededor evitando encontrarme con su mirada. Descubro el cadáver que toqué hace un rato y no me sorprende nada ver que se trata de Carlos. La piel se le cae a trozos, ya no queda nada de él. A su lado hay una mujer a la que no le veo la cara, pero no es Elsa, porque tiene una larga melena pelirroja. Los dos cuerpos están en un avanzado estado de descomposición, hace tiempo que están muertos.

«Lucha. Lucha. Lucha.» No sé si es una ensoñación o mi padre ha venido a verme desde el más allá para darme fuerzas.

«Lucha. Lucha. Lucha», me repite su voz, una y otra vez incansablemente.

Un solo pensamiento me viene a la cabeza mientras cierro los ojos para no ver a Nico, que sigue mirándome con frialdad y con las ganas de volver a contemplar a alguien morir. Como hizo con Lucía, con Clara y hace poco con su propio hermano. Y supongo que con Carlos y con esa mujer pelirroja.

Mi madre. Él también mató a mi madre. Manipuló los frenos de su coche. Y toda la furia se desata, mezclándose con un sentimiento de supervivencia que crece y crece a medida que el llanto de un bebé desde lo que parece una sala contigua suena sin medida sorprendiéndonos a ambos.

Abro los ojos.

«Lucha. Lucha. Lucha.»

Mi cuerpo vuelve a despertarse.

Nico ha ido caminando hacia la puerta con la intención de salir y dejarme sola. Está convencido de que estoy a punto de morir, cuando la realidad es que me siento más viva que nunca.

Muevo la mano en dirección al bolsillo del abrigo; a pesar del miedo, ni siquiera tiemblo.

Logro coger el arma y me levanto con todas las fuerzas de las que soy capaz a pesar del intenso dolor que siento por todo el cuerpo. Cuando Nico se da la vuelta, se enfrenta a mi mirada y a la pistola. Se lleva la mano a la nuca, signo inequívoco de que está tenso y nervioso. Lo sé, creo conocer un poco del Nico con el que me casé en ese gesto tan habitual en él. Ya no se ríe. Ahora la que se ríe soy yo y, recordando las clases que me dio Víctor, retiro con agilidad el seguro del arma y disparo.

Una, dos, tres veces, hasta que me quedo sin balas.

«¿Qué se siente al matar al Monstruo?»

«Dolor.»

Nico cae desplomado al suelo cubierto de sangre.

Contemplar la muerte de cerca no es ninguna satisfacción. Yo no soy una asesina.

Corro hacia donde oigo el llanto del bebé. No estaba tan cerca como pensaba; recorro un túnel subterráneo oscuro y enfangado con hiedra a mi alrededor hasta que llego a una puerta abierta en la que hay una sala alumbrada como si fuera un laboratorio. En el centro hay una camilla de metal iluminada por unos fluorescentes con una molesta interferencia en la que se encuentra Elsa, con la piel pálida y sudorosa, y un bebé recién nacido cubierto con una mantita en sus brazos.

—Andrea... —susurra Elsa débilmente—. Corta el cordón. Corta el cordón.

Al acercarme, resbalo con la sangre del suelo y caigo torciéndome de nuevo el tobillo. Soporto el dolor como puedo, le sonrío a Elsa tristemente y cojo al bebé entre mis brazos, que sigue llorando desconsoladamente.

—Me has salvado, pequeño —le susurro, acariciando su cabecita viscosa y llena de sangre.

—Es un niño. —Sonríe Elsa, feliz a pesar de las circunstancias—. Corta el cordón y llévatelo —me recuerda.

—Estamos a salvo —le digo—. Lo he matado.

Elsa abre los ojos y frunce el ceño, dudando de si lo que le digo es cierto o no. Parece estar agotada, apenas tiene fuerzas ni para sonreír. Vuelve a señalar el cordón y asiento devolviéndole el bebé y recorriendo la sala; buscando unas tijeras por todos los armarios y cajones. Todos son fríos, de metal y hay pequeñas urnas que prefiero no descubrir qué contienen. Cuando al fin encuentro unas tijeras, vuelvo al lado de Elsa y su bebé. Corto el cordón umbilical con torpeza, es mucho más duro de lo que había imaginado.

Miro alarmada a Elsa al ver que está perdiendo mucha sangre, pero ella niega con la cabeza y vuelve a hablar despacio; su voz es solo la sombra de lo que fue aunque suena autoritaria y decidida.

—Cógelo y sal de aquí. Estamos en el interior del bosque de la urbanización. Sigue recto por el pasadizo, sube las escaleras y abre la puerta de metal. Las llaves están colgadas en esa pared de allí, al lado de la puerta.

Asiento, le acerco el bebé para que le dé un beso y le ofrezco todo el calor que puedo apretándolo contra mi cuerpo. Huele a vida a pesar de toda la muerte que hay en este espacio en el que le ha tocado nacer.

Cojo las llaves colgadas de un hierro enganchado a la pared y miro por última vez a Elsa; pensando en cómo he sido capaz de acabar con la vida de Nico y, por lo tanto, salvarla. Salvarla a ella y al bebé.

Cojo con seguridad al recién nacido, que parece haberse quedado dormido debido al balanceo de mi cuerpo al correr por el pasadizo. Subo las escaleras y abro la pesada puerta de metal que da al bosque de la urbanización.

Está amaneciendo, un nuevo día me recibe frío y solitario. Atravieso el bosque con la compañía de una espesa niebla, tratando de no tropezar con ninguna rama caída.

Cuando logramos salir del bosque, miro hacia atrás temiendo no haber disparado correctamente y que Nico nos esté siguiendo. Pero no hay nada que temer. Tres disparos. Ni siquiera los monstruos sobreviven a tres disparos.

Sigo corriendo y al llegar a mi calle me arrodillo mirando en todas direcciones, deseando que haya alguien que, igual que hacía yo, lo contemple todo desde una ventana.

Oigo unos pasos. Vienen hacia mí.

No sé de quién se trata, solo quiero cerrar los ojos.

Cerrar los ojos.

Y dormir.

ANDREA

Sábado, 5 de diciembre de 2015

NADA ES IGUAL

Víctor me recibe con una sonrisa, cogido de la mano de una niña pequeña a la que ya conozco. Es rubia, lleva el cabello recogido en dos coletas de las que destacan dos lazos rojos y tiene los ojos del mismo color que el mar. Mira a Víctor con todo el amor del mundo y parece sentirse muy feliz al estar junto a él.

No sé dónde estamos. Puede que sea el cielo; todo es blanco, puro y rebosa paz. A mi alrededor hay flores llenas de vida y de colores y por un momento recuerdo a la señora Dolores regando el jardín.

«¡Ay, Dolores! Qué suerte tenerte en esta calle, los jóvenes de hoy en día no quieren saber nada de flores», oigo decir con humor a Federico, que debe de echar de menos esas largas charlas con la difunta señora Dolores.

Es cierto lo que suelen decir: cuando vuelves a un lugar que has abandonado durante un tiempo nada es igual a cómo lo habías dejado.

— 513 —

Aquí no me duele la cabeza y tampoco tengo la necesidad de consumirme y destrozarme lenta y dolorosamente. No existe la ansiedad o el miedo.

Víctor sabe perfectamente cómo me siento. Sigue mirándome fijamente sin desprenderse de su bonita sonrisa que también le dedica a la niña. Por momentos me siento culpable al creer que estamos muertos por mi culpa; por no haberle escuchado y por no haber huido a tiempo. Él parece estar más tranquilo que yo, como si conociera este lugar como la palma de su mano y supiera que aquí nada malo puede pasarnos. Los monstruos no tienen cabida en este lugar.

—¿Estoy muerta? —le pregunto.

—No, no lo estás —responde de inmediato—. Lo has hecho muy bien, Andrea.

—Siento no haberte escuchado —me lamento.

—Ahora eso ya no importa. Es el momento de despertar.

DESPIERTA

Una mano acaricia la mía dulcemente.

El murmullo de un bebé, el runrún de unas máquinas, un fuerte olor a antiséptico y los pasos rápidos de unos zapatos de goma que me resultan familiares me alejan de Víctor y de la niña.

Me molesta la luz y me pesan los párpados.

Reconozco al médico que me obliga a abrir los ojos mientras me retira el oxígeno y observa la máquina que hay al lado.

—Andrea, estás despierta. Estás bien. —Y parece alegrarle de verdad—. ¿Recuerdas mi nombre?

—Gabriel —respondo, no sin cierto esfuerzo, haciendo memoria de aquel momento en el que me preguntó, cuando me desperté amnésica, cuántos años creía tener y mi respuesta fue «Veinte»—. Agua. Quiero agua.

Una enfermera se apresura a traerme un vaso de agua y, cuando logro ver con claridad, los ojos se me inundan de lágrimas al ver a mi lado a Elsa y a su bebé. No veo a la mujer perfecta de siempre, a la que se hacía llamar María, sino a una madre cansada y ojerosa que, sin embargo, desprende toda la luz de la que carecía cuando la conocí.

—Se llama Víctor —me dice, llorando ella también y mostrándome la carita de un bebé sano y precioso de mejillas sonrosadas y ojos oscuros.

—Andrea. —El médico, Gabriel, me obliga a desviar la atención de mi vecina—. Has sido muy valiente, lo sabes ¿verdad? —Se me hace un nudo en la garganta y no puedo responder—. Tu cabeza aguantó muy bien los golpes, te hemos dado unos cuantos puntos. Afortunadamente no ha habido derrame ni otra consecuencia más grave. Tienes un par de costillas y el tobillo rotos; nada que no se pueda curar con una larga temporada de descanso y tranquilidad.

—¿Dónde está el Monstruo?

Gabriel se calla de repente y el rostro de Elsa se transforma en miedo.

—Esta tarde vendrá un inspector a hacerte unas preguntas —informa Gabriel—. Ahora queremos asegurarnos de que estás bien, así que te llevaremos a hacerte unas pruebas.

—¿Dónde está el Monstruo? —insisto, tragando saliva y haciendo un esfuerzo por incorporarme.

Me recuerda a aquella vez en la que los últimos trece años de mi vida se habían esfumado de mi memoria, y al despertar del coma lo primero que pregunté fue dónde estaba mi madre, la única persona viva a la que recordaba. Nadie quiso responderme por miedo a que mi salud se viera afectada por el impacto de la noticia, por lo que me temo que algo malo ha sucedido y quieren ocultármelo por las mismas razones.

—Andrea, no te preocupes por eso ahora —me dice Elsa,

con un tono de voz más suave y delicado que el que recordaba—. Hablaremos luego, ¿vale?

No. Quiero decirles que necesito saber ahora mismo qué está pasando. Estoy angustiada, quiero saber dónde está él, necesito que me confirmen que lo maté. Que ya no puede hacer daño a nadie.

Sin embargo, haciendo caso omiso de mis súplicas, me llevan hasta otra sala en la que empiezan a hacerme pruebas para comprobar que mi cabeza está bien y que no he sufrido más daños cerebrales como consecuencia de los golpes que Nico me propinó.

—Todo está bien —dice Gabriel sonriente, dándome una palmadita en el hombro—. Os dejo un rato a solas, tendréis mucho de qué hablar. Nos vemos luego.

Gabriel se retira, no sin antes dedicarme una última sonrisa al salir de la habitación.

Elsa suspira y Víctor se queja, así que lo acerca a su pecho y lo empieza a amamantar.

—Es precioso —le digo, mirando la escena embobada.

—Nos has salvado.

—¿Quién me encontró?

—Ismael, el chico que te gusta tan poco —responde con una media sonrisa—. Sacó a pasear al perro y se encargó de todo. Se ha portado fenomenal.

—¿Qué pasó, Elsa?

—¿Leíste la carta? —quiere saber.

—De principio a fin y sin hacerte caso en los trozos en los que escribiste que aún estaba a tiempo de huir. Víctor ha muerto por mi culpa.

—No pienses en eso ahora. Tendría que haber vuelto a San Francisco y lo habrían encerrado de por vida. Todo eso lo sabías, ¿verdad?

—Ya. Pero aun así duele.

—¿Has visto lo que hay en la mesita?

Al mirar hacia allí veo un paquete envuelto en papel de regalo y una etiqueta con mi nombre. Miro extrañada a Elsa, que lo señala con una amplia sonrisa.

—Víctor lo dejó para ti. Lo encontraron en la casa de Espinelves.

Al abrir el envoltorio veo que se trata de *La sombra del viento*; pero no un ejemplar cualquiera, sino el que me regaló mi padre antes de morir. En su interior hay una notita en la que Víctor escribió:

Encontré en tu casa un albarán de una librería de ejemplares de segunda mano por la compra de algunos libros y tuve un presentimiento.

Fui hasta allí y lo encontré.

Te pertenece, siempre te ha pertenecido.

Por favor, no lo pierdas y no dejes que te lo vuelvan a robar. Es un libro muy especial.

VÍCTOR

Acaricio a través del papel gastado y amarillento todas y cada una de las palabras que me dedicó mi padre y que he vuelto a leer ante la atenta y emocionada mirada de Elsa. El Monstruo me arrebató delante de mis narices y sin que yo me diera cuenta todo lo que era importante en mi vida. Incluido este libro; el recuerdo de mi padre, la vida de mi madre e incluso los mejores años de la mía.

—Víctor era un buen tipo —me dice Elsa—. No hizo las cosas bien en San Francisco, nada bien. Pero nos intentó proteger y estoy convencida de que, esté donde esté, se alegra de que estemos vivas. Cuando nos viste desaparecer con el coche —empieza a explicar— la intención era que Víctor me dejara en el hotel para llevarme a la mañana siguiente al aeropuerto rumbo a Roma. Yo desaparecería y él entregaría el *pendrive* a la policía para encerrar a Nico de por vida, culpable de dos asesinatos y puede que alguno más que no tuviera que ver con nosotros. Nico fue más rápido. Mientras tú creías que estaba en Madrid, nos siguió hasta el hotel y justo después de que se marchara Víctor subió a la habitación y me llevó a la fuerza con él. Supongo que el dueño del hotel no vio a Víctor salir ni a Nico entrar, porque no se extrañó demasiado cuando nos marchamos. Luego me encerró en los pasadizos que conociste.

—Pero el *pendrive* lo tenía Nico...

—Sí, supuso que lo tendría Víctor, registró sus cosas y lo encontró. Me lo contó, regodeándose, cuando me tuvo encerrada. También me contó que había convencido a su secretaria para que te hiciera volver loca; fue él quien la mató cuando...

—Sí, lo sé, me lo dijo. ¿Te contó también lo de mi madre?

—Sí, lo siento muchísimo, Andrea...

—Gracias... ¿Por qué no te mató a ti?

—Porque llevaba un hijo suyo. ¿Sabes lo que me dijo? Que pariría a su hijo allí, en ese zulo, y después me mataría. Luego apareciste y... —Mira al pequeño y, con la voz desgarrada, sigue hablando—: Y nos salvaste. Gracias, Andrea.

—Pero él no está muerto, ¿verdad?

—Encontraron los cadáveres de Carlos y Martina, una compañera del laboratorio que era la amante de Carlos. No sé qué pudo pasarles, solo sé que murieron hace tiempo —explica con una mueca de asco—. Y que conviví en el mismo espacio que sus cadáveres a lo largo de estos horribles meses.

—Elsa, tengo que decirte algo más... Antes de leer tu carta, ya sabía que tú y él erais amantes... Robé una carta de tu buzón cuando te fuiste... Te la había escrito cinco meses antes, no sé cómo llegó tan tarde...

—Andrea —me interrumpe sorprendida—, esa carta la

dejé yo en el buzón justo antes de subir al coche con Víctor, con la esperanza de que la encontrase Carlos y acabara con Nico. Está visto que nada ha salido como lo planeé.

Después de un largo silencio, vuelvo a hablar.

—Elsa... ¿dónde está él? —vuelvo a preguntar, tratando de que no vuelva a desviar el tema.

Elsa traga saliva y da un largo suspiro mientras le ofrece el otro pecho a su hijo.

—No lo han encontrado. ¿Estás segura de que lo mataste, Andrea?

—Tres tiros, Elsa. Le pegué tres tiros y lo vi en el suelo desangrándose. Estaba muerto cuando fui a buscaros —le digo horrorizada, tratando de disimular el pánico que siento al pensar que puede estar vivo y escondido en alguna parte.

—Han encontrado mucha sangre. Pero el cuerpo de Nico no estaba allí. Lo están buscando y, aunque creen que cayó muerto en algún lugar debido a las heridas que le provocaste, yo no estoy tan segura de que así sea.

Asiento preocupada. Yo también tengo ese mismo presentimiento. Está vivo, sediento de venganza y ansioso por volver a matar.

—Mierda. ¿Y qué era ese lugar? —le pregunto.

—Por lo visto eran los pasadizos secretos de un convento construido en el siglo XVIII y que derrumbaron en 1920. Pero los pasadizos siguieron en pie y supongo que cuando Nico los descubrió decidió utilizarlos.

—Pero había urnas, cosas extrañas... La sala en la que diste a luz parecía un laboratorio científico más que un zulo.

—No sé, Andrea. Lo único que me preocupaba era poder salir de allí; no la estética que tuviera el sitio o la cantidad de urnas que escondiera. Aún tengo pesadillas todas las noches —explica, con una mueca de dolor—, sigo oliendo a muerte y a putrefacción; necesito ducharme cinco veces al día y... temo volverme loca y no saber cuidar de mi hijo.

—No digas eso, Elsa. No te volverás loca. A la locura, para que no venga, hay que ignorarla. Y tu hijo... —Lo miro dulcemente. Es el bebé más precioso que he visto en mi vida. Se parece a Elsa—. A todas las madres les sale ese instinto natural de protección cuando lo tienen entre sus brazos. Sabrás cuidarlo muy bien, serás una gran madre porque es lo que más quieres en este mundo.

—Es hijo suyo. —Traga saliva, se le reseca la voz.

—Mejor no pensar en eso. —Niego con la cabeza tratando de quitarme del pensamiento al Monstruo, a mi marido. Las dos caras de una misma moneda. Hasta que no den con él no podré descansar tranquila y Elsa no encontrará la paz que necesita, la justicia que merece—. Ahora lo importante es que le encuentren —sigo diciendo con desesperación, llevándome las manos a la cabeza y mirando el libro que me guardó Víctor antes de que su propio hermano lo matara. Víctor... Reprimo las lágrimas, me aguanto los remordimientos. No me lo perdonaré jamás mientras viva. Jamás.

—Se lo he contado todo a la policía. Están rastreando la zona, investigando en el zulo... Nadie conocía ese sitio, estaba bien escondido bajo la puerta de metal; pero allí han pasado muchas cosas, Andrea. Cosas que es mejor no saber. Si algo he aprendido es que no todo está en nuestras manos; todo habría sido diferente si Víctor y yo no hubiéramos jugado a ser dos superhéroes de pacotilla en busca de venganza y de verdad. A veces es mejor no mirar por la ventana, Andrea. Nunca sabes qué peligros hay ahí fuera, a qué puedes enfrentarte sin pretenderlo. Ahora todo está en manos de la policía y...

—Y más vale que nos escondamos bien, Elsa —la interrumpo—. Porque volverá a por nosotras, de eso estoy segura.

EPÍLOGO

Un año más tarde

EL ANIVERSARIO

Nadie suele volver al lugar del que ha huido.

La calle Santa Anna se ha convertido en mi refugio; dudo mucho que el Monstruo, a quien nunca más he vuelto a llamar por su nombre, venga a buscarme aquí. Cuando vendí la casa de la calle donde nunca pasa nada y la de mi madre en Tarragona pude comprar el apartamento en el que vivió y murió Clara. Su espíritu no ha vuelto a visitarme desde que me susurró su nombre en la calle del Bisbe, aunque sí me viene a ver en sueños. Siempre sonríe; me coge de la mano y paseamos por la Rambla contemplando el cielo rosáceo del atardecer que le otorga una luz especial a la estatua de Colón. Luego, cuando se despide de mí, deja en mis labios un dulce sabor a chicle de fresa con el que amanezco con una sonrisa. No la veo, pero a veces la siento; ella sigue aquí y ya no me hace falta olvidarla. Su recuerdo me hace bien.

Después de meses de intranquilidad y cientos de ataques de ansiedad evitando pastillas y tragos incontrolados de whisky, al fin he encontrado un poco de paz en el pequeño apartamento donde entra muy poca luz. He vuelto a mi peso habitual, estoy en forma y de nuevo puedo ver un ápice de brillo en mis ojos. Aunque sigo fumando cigarrillos frente a la ventana, observando todo cuanto pasa a mi alrededor.

No puedo decir que en la calle Santa Anna nunca pasa nada, porque mentiría. Aquí siempre pasa algo, pasa de todo. Veo la vida en todas sus formas y colores; da igual que sea de día o de noche, el ir y venir de la gente hace que todo resulte más interesante y me sienta menos sola.

Llevo una vida normal. Después de todo el revuelo que ocasionaron los crímenes de mi todavía marido, los interrogatorios a los que me sometieron para avanzar en una investigación que hoy está estancada y las entrevistas que quisieron hacerme en prensa y televisión, con el tiempo, como con todo, el mundo se olvidó de nosotros.

Nadie recuerda a Carlos y a su amante; ni a Beatriz, la falsa *mossa d'esquadra* de Espinelves que resultó ser mi aliada en el último momento; ni a Elsa, Clara y Lucía; ni a mi cuñado y al Monstruo. Y, por supuesto, nadie se acuerda de mí.

Trabajo desde hace cuatro meses como redactora en una revista especializada en temas paranormales y crímenes. No es agradable escribir sobre muertes después de todo lo ocurrido, pero cada día, al llegar a mi cubículo, trato de mantener la mente fría y por fin estoy terminando una novela. Por supuesto, negra, muy negra.

Hoy, como casi cada tarde, Gabriel me ha venido a buscar a la salida del trabajo para ir a tomar un café. Sus horarios en el hospital a menudo son incompatibles con los míos, pero valoro el esfuerzo que hace por venir a verme. Me gusta, me gusta mucho, pero no puedo evitar pensar que tras ese aspecto de médico sonriente, atractivo y agradable puede ocultarse un maltratador como lo era Carlos, o un asesino como resultó ser mi marido. Sin querer, imagino un pasado oscuro en cada persona que se cruza en mi camino; me sucede incluso con mis compañeros de trabajo. No soy tan distinta a aquella mujer alcohólica y adicta a las pastillas que creía que su vecino Antonio descuartizaba cuerpos, los metía en bolsas y los tiraba a la basura. Ese es el infierno con el que ahora tengo que convivir: la desconfianza. Nadie es quien dice ser; la persona que menos te esperas, aquella con la que duermes cada noche y convives a diario, puede ser un completo desconocido llegado el momento.

Gabriel siempre me recuerda que se sorprendió cuando le dije cuál era mi libro preferido, y ahora a menudo compartimos fragmentos de *La sombra del viento* que significan algo especial para nosotros. Hablamos de sus personajes como si en realidad existieran, y una parte de mí siente más vivo que nunca a mi padre al tener a alguien con quien compartir el mundo creado por Carlos Ruiz Zafón. Guardo el libro en casa como si fuera un tesoro, y la nota que me dejó Víctor en el interior de sus páginas. Tampoco quiero ni puedo olvidar a Víctor. Sé que una parte de mí lo amó sinceramente y puede que él también me quisiera un poco. Elsa, antes de coger un vuelo sin retorno rumbo a Roma junto a su hijo, me repitió: «No te empeñes en buscar respuestas a todo, Andrea. Hay cosas que es mejor no saber.»

Supongo que se refirió a qué había pasado con Carlos y la mujer pelirroja, o cómo era posible que el Monstruo no muriera cuando le pegué tres disparos en el pecho. Elsa me sugirió que me fuera con ella a Roma; allí él no nos encontraría. Y aunque fue una posibilidad que no descarté al principio, tomé la decisión de no desprenderme de los recuerdos que tenía en este lugar.

No le hice mucho caso a su recomendación de no buscar respuestas a todo en esta vida, aunque sí me he desprendido de todas las dudas que aún me quedaron de los pasadizos secretos de un convento cuya existencia desapareció hace ya muchos años y de otras cuestiones. Toda información puede complicarnos la existencia e incluso ponernos en peligro. Sí querría saber, por ejemplo, por qué el anciano que vive enfrente sale algunas noches al portal en pijama y enfundado en una bata verde y espera durante media hora. Ni un minuto más, ni un minuto menos. Se queda quieto como una estatua y deja que las agujas del reloj avancen sin prisa. O por qué a las dos y media de la madrugada, todos los viernes, una joven de unos veinticinco años deja una rosa blanca siempre en el mismo punto del suelo. Es posible que ellos también me vean a mí. Tal vez solo mi sombra en la penumbra y el humo de mi cigarrillo, lo cual me gusta, porque me hace sentir misteriosa. Casi tanto como lo fue para mí la figura que veía de noche en Espinelves, un pueblo al que no pienso volver. Ahora mi sitio vuelve a ser Barcelona. El bullicioso centro; las estrechas calles del barrio gótico cubiertas de una niebla espesa en invierno y estas cuatro paredes que me protegen por la noche, donde disfruto de la compañía de mi gato negro sin nombre.

Gabriel y yo caminamos por la céntrica calle de Aragó hasta desviarnos por el paseo de Sant Joan para tomar un café en nuestro bar habitual: la Granja PetitBo. Las calles ya están iluminadas con motivos navideños; se respira ese ambiente de alegría y generosidad entre las gentes, y las tiendas están abarrotadas de aquellos que no esperan hasta el último momento para hacer sus compras.

La pequeña y familiar cafetería esta tarde está vacía. Saludamos a la camarera, que nos recibe con una sonrisa y nos prepara un par de cafés con leche mientras nosotros nos sentamos a una de las mesas de madera que hay junto a la ventana, para contemplar la calle cuando nos quedamos sin nada que decir.

—¿Y qué, cómo llevas la novela?

—Pues no te lo vas a creer, pero ya casi la estoy terminando.

—Qué bien. ¿Y ya sabes cómo se va a titular?

En el mismo momento en que me lo pregunta, se me ocurre el título perfecto.

—*Ella lo sabe* —respondo sin dudar.

—¿Y por qué este título?

—Porque pienso que, en el fondo, todos sabemos más de lo que creemos, mucho más.

Gabriel me sonríe y nos quedamos en silencio contemplando la animada calle.

—Hoy hace un año —me recuerda Gabriel al cabo de un rato—. ¿Cómo estás?

—Bastante bien, tratando de no pensar en el aniversario —le respondo con una triste sonrisa.

—Y yo soy tan cafre de recordártelo.

—No pasa nada.

—¿Sabes algo de Elsa?

—No. Hoy es el primer cumpleaños de Víctor —recuerdo, forzando una sonrisa e imaginando a Elsa con una gran tarta, mientras sopla la velita junto a su precioso bebé.

—Cómo pasa el tiempo —suspira Gabriel.

Sé que quiere preguntarme si tengo miedo de volver a ver al Monstruo, aunque la respuesta sea más que evidente. Cuántas veces me ha dicho que me traslade a su apartamento aun sin tener una relación sentimental con él... ¿Por qué se ha empeñado en querer cuidarme y protegerme como lo hizo Víctor, a quien Gabriel recuerda como aquel tipo que no se separó de mí cuando estaba en coma? Debo de ser una mujer que transmite tanta pena, mal que me pese, que las personas con buen corazón, como creo que es Gabriel, sienten el deber de estar conmigo.

—No volverá. Él no va a volver.

—¿Dónde crees que está? —se atreve a preguntar Gabriel.

Me encojo de hombros. Ojalá supiera la respuesta, por el hecho de querer saber. O lo mejor es ignorarla, porque saber demasiado tiene también sus consecuencias. Tal y como dijo Elsa un día: «A veces es mejor no mirar por la ventana.»

Dos horas más tarde, Gabriel me acompaña a casa. Siempre discreto y respetuoso, me sonríe y se acerca a mi cara para darme un beso en la mejilla. Esta vez, después de tanto tiempo, doy un paso más allá y busco sus labios para saber qué se siente al besarlos. Saben a café, se entremezclan con mi aliento a tabaco que no parece importarle a pesar de estar totalmente en contra del vicio. El acercamiento resulta agradable y, al separarnos, ambos sonreímos al habernos descubierto un poco más. Gabriel suspira y sonríe mirando hacia el portal.

—Porque esta noche me toca guardia en el hospital, si no te obligaría a que me dejases entrar en tu apartamento.

—Mañana.

Le guiño un ojo e introduzco la llave en la cerradura de la diminuta puerta de madera mientras observo cómo Gabriel se aleja calle abajo en dirección a la avenida Portal de l'Àngel.

El desagradable vecino Gregorio está vaciando el buzón. Tontamente recuerdo el día lluvioso en el que descubrí la obscena carta que Nico le había mandado a Elsa desde el bufete de abogados donde lógicamente no volvió a aparecer. Como siempre, nos ignoramos y subo lo más rápido posible las escaleras que conducen a mi apartamento. Saludo a mi gato negro sin nombre que me viene a recibir a la entrada; cojo el libro de la estantería y, antes de ponerme a escribir, leo una vez más la dedicatoria de mi padre. Sus sabias palabras que estoy tratando de cumplir a rajatabla y que hoy en día puedo volver a ver gracias a Víctor:

Quiero pedirte que seas feliz, aunque vivirás momentos para todo, y los peores serán los que te harán fuerte. Al final, recordarás solo los buenos, créeme. Aquellas personas a las que amaste y te amaron; las risas por las cosas sencillas de la vida y los momentos. Momentos.

Vivir el momento. De eso se trata. De algo tan sencillo como vivir el momento.

Mientras ella pensaba si abría las ventanas, vino la vida y tiró la pared.

—Solo un capítulo más —le digo a mi gato sin nombre, sin parar de teclear. Pero suele no rendirse. Trepa por mi pierna hasta situarse encima del teclado, mirándome con sus enormes y profundos ojos verdes reclamando algo de comer—. Vale. Tú ganas. Basta por hoy.

Apago el ordenador. Es la una de la madrugada, la hora en la que suelo fumar un cigarrillo asomada a la ventana abierta para contemplar la noche oscura de la calle Santa Anna antes de irme a dormir. Mentiría si dijera que no me apetece una copita de whisky, pero hace mucho tiempo que no compro alcohol.

El vecino de enfrente, vestido en pijama, con zapatillas de andar por casa y su inseparable bata verde, está quieto en el portal.

Un par de borrachos caminan tambaleándose en silencio. Uno de ellos, con una botella de cerveza mala en la mano, se detiene a vomitar.

Una pareja camina lentamente por la calle, como si el resto del mundo no importara. Conozco esa sensación, aunque ya hace mucho tiempo que no la he vuelto a experimentar. Cuando le doy la última calada al cigarrillo, se me hiela la sangre al comprobar que alguien me observa desde una esquina. Una figura oscura cuyo rostro no puedo distinguir en la noche porque está muy lejos de las farolas que alumbran la calle. Fuma y estoy convencida de que, si se pusiera a caminar, cojearía de la pierna izquierda. Niego con la cabeza, intentando convencerme de que es imposible y que solo es fruto de mi imaginación.

El aniversario me está sugestionando.

Cierro la ventana y voy hasta la puerta para asegurarme de que está bien cerrada. Me voy al dormitorio, me meto en la cama y apago la luz. Me temo que será una noche muy larga y aunque el despertador suene a las siete de la mañana, y sepa que necesito descansar para rendir correctamente en el trabajo, me va a costar conciliar el sueño.

Un tic nervioso se apodera de mis dedos, que creen que la manta son las teclas de un piano.

Miro hacia el techo, dándole vueltas a la cabeza sobre lo que mi mente ha querido mostrarme. Una mala jugada a pesar de no atiborrar mi cuerpo de pastillas y alcohol; a pesar de estar más cuerda que nunca, las visiones suelen ser habituales después de una experiencia traumática como la que viví hace un año.

«Es por culpa del aniversario —me digo pasados unos minutos—. Eso es, es por culpa del aniversario», repito, tranquilizándome por momentos a pesar del mal presentimiento que sigue acechándome y que trato de ignorar.

TODO SE VUELVE OSCURO

Siento una presión en el lado vacío de la cama. La sonrisa al pensar que mi gato negro sin nombre ha venido a acostarse conmigo desaparece al ver una melena negra más larga de lo que la recordaba y un torso desnudo que está de espaldas a mi lado, con unas cicatrices profundas y violáceas que antes no estaban allí.

Paralizada, trato de agilizar mi mente aún dormida, pensando en qué es lo que puedo hacer para huir del Monstruo, que no sé cómo ni cuándo ha entrado en mi casa y en mi cama.

«No ha sido tan buena idea volver al lugar del que huiste, ¿verdad?» Es la voz, que, después de un año en silencio, vuelve a visitarme, recordándome una vez más lo estúpida que soy. Despacio, retiro la manta de mi cuerpo con la intención de salir corriendo. Pero no me da tiempo. Estoy atrapada y, aunque aún no lo sepa, ya estoy muerta.

Él se da la vuelta, tiene en la mano una enorme jeringuilla que va a penetrar en mi piel. Su rostro no es el mismo que un día conocí. Los ojos hoy están hundidos y una cicatriz, similar a las que tiene en la espalda, destaca en la mejilla derecha. Sonríe, emite un sonido gutural y niega con la cabeza antes de hablar, disfrutando del momento y de mi mirada atónita y horrorizada.

—Hogar, dulce hogar. ¿Cómo quieres que acabe esta historia, Andrea?

AGRADECIMIENTOS

Ella lo sabe existe gracias a mi maravilloso editor, Pablo Álvarez, que fue quien me dio la primera pieza del puzle para crear una historia que llevaba escondida y que, sin él, nunca hubiera visto la luz. Gracias. Gracias porque, aun estando desbordado de trabajo, me has hecho sentir como si este fuese el único libro en el que estás trabajando. Y una vez más: gracias por aparecer en mi vida, es una suerte contar contigo.

A Eva Permanyer, por tu entusiasmo y tu toque de perfección y magia en la novela.

A Justyna Rzewuska, por tu profesionalidad y toda la confianza depositada en la obra.

A Berta Noy y a Román de Vicente, no podría haber encontrado mejor hogar para mí que Ediciones B.

Gracias a mi marido por concederme el espacio que necesito para escribir y a mis hijos Marc y Pol, lo mejor que me ha pasado en la vida. A mis padres, por todo.

Y, por supuesto, a los lectores y amigos que han estado ahí desde el principio: Yoli, Noelia, María, mi prima Estrella, Nacho, Estefanía, Pep y Elisabeth, Joaquim y Elisabeth M.S.